Stephanie Moll

NOVA
Vergessene Welt

Dunkelstern Verlag

Copyright 2024 by
Dunkelstern Verlag GbR
Lindenhof 1
76698 Ubstadt-Weiher
http://www.dunkelstern-verlag.de
E-Mail: info@dunkelstern-verlag.de

Illustrationen: Dunkelstern Verlag unter Verwendung von Grafiken von Adobe Stock
© Cover- und Umschlaggestaltung: Juliana Fabula | Grafikdesign – www.julianafabula.de/grafikdesign
Unter Verwendung folgender Stockdaten: shutterstock.com: WaitForLight, Alex Tooth, Art Furnace, FrentaN, Lukasz Pawel Szczepanski, ymcgraphic, pixelliebe; freepik.com

Druck: bookpress.eu - Polen

ISBN: 978-3-98947-004-0
Alle Rechte vorbehalten
Ungekürzte Taschenbuchausgabe.

Für alle meine Freunde, die in den schwersten Zeiten nie zu mir gestanden haben. Wenn ihr schon nicht an meine persönliche Geschichte glaubt, dann vielleicht an diese hier.

»Was man heute als Science Fiction beginnt, wird man morgen vielleicht als Reportage zu Ende schreiben müssen.«
-Norman Mailer-

Prolog

Zwei Männer. Der eine nicht viel älter als der andere, standen sich gegenüber. Zwischen ihnen ein Abstand von Hunderten von Metern, doch sie konnten sich direkt in die Augen sehen. Diese Entfernung war der Beweis dafür, wie sehr sich die Männer ineinander getäuscht hatten.

Wie sich zumindest einer in dem anderen getäuscht hatte.

Um sie herum toste der staubige, schwüle Wind. Ein gewaltiger Sandsturm rollte auf die Menschen zu, die umherliefen, wie aufgescheuchte Hühner. Niemand beachtete die beiden, die mit ausdruckslosen Gesichtern einfach nur dastanden. Niemand, außer dem kleinen Jungen, sah das Flackern in den Augen der Männer. Der Junge klammerte sich ängstlich an das Bein seines Vaters, dessen Atem gefährlich ruhig ging. Zu ruhig, wenn man die Situation betrachtete, in der alle steckten.

Scheu sah er zu seinem Vater auf, in dessen Augen sich nur eines abzeichnete: Unglauben. Unglauben, mit dem er den anderen Mann betrachtete, der ihm schwer schluckend gegenüberstand. Zwischen ihnen immer noch die unendliche Weite. Sand, Wüste, Staub. Trockenheit, die die Kehlen aller Anwesenden verklebte, sie husten ließ, bis ihnen das Blut aus den Mündern quoll.

Der kleine Junge wimmerte schrecklich, denn er musste mit ansehen, wie die beiden Männer, die ihm so vertraut waren, die er tagtäglich sah, auseinanderdrifteten. Jeder für sich zerbrach. Von jedem der Männer sprang ein Teil ihrer Seele ab und verging mit dem Sandsturm, der um sie herum toste.

Schreie ertönten.

Die Hitze wurde immer unerträglicher. Die Sonnenstrahlen brannten rosige Blasen auf die Haut. Ließ alles um sich herum in Flammen aufgehen.

Doch der kleine Junge klammerte sich fest an das Bein seines Vaters, wollte ihn nie wieder loslassen, egal, was passierte.

Langsam drehte sich der Mann auf der gegenüberliegenden Seite um und verschwand hinter dem sich schließenden Tor. Für immer.

Tränen hatte der Junge erkennen können. Tränen, die ihm über das Gesicht liefen und dort aufgrund der Hitze verdampften.

Tränen.

Doch sie änderten nichts daran, dass der Vater sich seinen Sohn schnappte, ihn auf den Arm nahm und davonlief.

Direkt in den Sandsturm hinein.

AlphaOne

Kapitel 1

»Verpiss dich!«, brüllte ich meinen kleinen Bruder an, der neben mir auf der weißen Couch lümmelte und mich mal wieder beim Zocken fertigmachte. Ich fragte mich, wo er nur die Skills lernte, mit denen er ständig aufs Neue glänzte.

»Du kleine, miese Ratte. Du cheatest doch!« Wild hackte ich auf den Controller ein, der meine imaginäre Waffe darstellte.

»Hör auf zu nörgeln und sieh ein, dass du einfach nur schlecht bist.« Auf dem Bildschirm vor uns sah ich, wie der Charakter meines Bruders meinem einen Kopfschuss gab.

Die linke Seite des Bildschirmes wurde schwarz und ich schleuderte den Controller Richtung Fernseher. Er kam scheppernd auf dem Boden auf, wo er in Einzelteile zerfiel.

»Oh man, Lina! Jetzt hast du ihn kaputt gemacht.«

»Krieg' dich wieder ein. Ist ja nicht das erste Mal. Ich repariere den wieder«, maule ich.

Fin warf mir einen schelmischen Blick von der Seite zu.

»Oder bringst du ihn zu Christian in den Technikraum? Ich glaube nämlich, du machst das mit Absicht, damit du *Chriiiis* wiedersehen kannst.« Fin zog den Namen unseres Technikgenies gedehnt in die Länge und wackelte bedeutungsschwer mit den Augenbrauen.

»Ganz sicher nicht. Ich bin nicht diejenige, die extra lange im Klassenzimmer bleibt und wartet, bis eine gewisse *Gina* fertig ist.«

Die Wangen meines kleinen Bruders liefen rot an.

»Stimmt doch gar nicht«, versuchte er sich aus der Sache herauszureden. »Aber verrate es ja nicht Mom und Dad«, gab er dann doch kleinlaut zu.

Ha! Wieder einmal hatte ich Recht behalten.

»Mein Mund ist verschlossen, versprochen«, sagte ich und wuschelte meinem Bruder durch seine blonden, lockigen Haare, woraufhin er meine Hände mit einem genervten Stöhnen zur Seite schlug.

Fin und ich sahen uns nicht wirklich ähnlich, abgesehen von den welligen Haaren, die ich mir stets färbte. Ich hatte schon jede erdenkliche Farbe ausprobiert und trug sie nun schulterlang und in einem kräftigen Hellblau. Fin ähnelte unserer Mutter und ich unserem Vater. Obwohl viele Gemüter anderer Meinung waren.

»Ich werde den dann mal zu Chris bringen.« Ich sammelte die vielen Einzelteile des Controllers auf und erntete ein breites Grinsen von Fin.

»Sag ich doch«, stieß er triumphierend aus.

»Ach, halt die Klappe, du nervst!«

»Ich habe dich auch lieb, Schwesterherz«, rief mir Fin noch hinterher, als ich das Zimmer verließ. Mit einem hydraulischen Surren verschwand die Tür in der Wand und entließ mich in die unendlichen Flure der AlphaOne. Meinem Zuhause.

Kapitel 2

Ich war an diesem Ort geboren und verbrachte schon mein ganzes Leben unter der Erdoberfläche. Die Welt dort draußen, wenn es noch eine gab, war ganz sicher nicht mehr die, die sie vor Jahrzehnten gewesen war.

Als die Sonne meinte, sie müsste implodieren. Als alles den Bach runter ging. Als die Berechnungen und Voraussagungen der klügsten Wissenschaftler und Astronomen Wirklichkeit wurden.

Als das passierte, wovor die Menschheit am meisten Angst hatte. Ihr Planet stand vor dem Aus, sollte von der Sonne verbrannt werden. In der Hoffnung, dass man unsere Spezies noch retten konnte, hatte man riesige Earthscraper unter die Erde gebaut. Diese unterirdische Architektur glich ganzen Städten, für deren Durchquerung man vermutlich Wochen, wenn nicht sogar Monate, brauchte. So wollte man schon vor Eintritt der Supernova Schutz vor den Folgen der Umweltverschmutzung und des Klimawandels bieten. Smog und extreme Wetterkapriolen ging man somit aus dem Weg. Zumindest hoffte man das.

Wie durch ein Wunder überlebten die Menschen. Zumindest die, die es rechtzeitig geschafft hatten, sich einen Platz unter der Erde zu sichern.

Mein Großvater hatte Glück. Na ja, nicht wirklich, denn er war einer der Gründer des Earthscrapers und hatte somit den meisten Anspruch, seine Familie mitzunehmen.

Der Tag, an dem die Sonne die Erde verschlucken sollte, kam schneller und unerwarteter als gedacht. Es konnten längst nicht alle Menschen, die einen Platz in dieser unterirdischen Behausung hatten, gerettet werden.

Sie waren einfach verbrannt. Oder starben schon vorher, weil sie verdursteten. Denn Wasser gab es keines mehr. Die Meere, Flüsse und Seen waren ausgetrocknet. Tiere und Pflanzen starben in den Jahren aus, bis die Erde nur noch ein riesiger, sandiger Ball war.

Dem Tod geweiht.

Doch irgendetwas musste passiert sein, dass besagter Erdball immer noch existierte. Sonst hätten meine Großeltern nie ihre Kinder und Kindeskinder aufwachsen sehen können. Mein Großvater starb mit nur 60 Jahren an den Strahlen der Technik, mit denen er gearbeitet hatte. Doch er erlebte es zumindest noch, wie die AlphaOne ihren Dienst antrat.

Natürlich überlebten auch meine Eltern, die ebenfalls zwischen den Wänden dieses gigantischen Earthscrapers aufgewachsen waren. Und dann gab es da noch mich und meinen kleinen Bruder. Was sich meine Eltern dabei dachten, nach elf Jahren noch einmal schwanger werden zu wollen, konnte ich mir beim besten Willen nicht vorstellen.

Ich wollte nicht sagen, dass ich Fin nicht über alles liebte und verdammt froh war, den kleinen Nervbold um mich zu haben, aber manchmal würde ich ihn gern in einer der Müllanlagen zusammenpressen lassen, damit er seine vorlaute Klappe hielt.

Jüngere Geschwister wurden doch immer bevorzugt und bekamen alles, was sie wollten, mein Bruder war quasi der Inbegriff von Verwöhnung und reizte diese Tatsache bis aufs Letzte aus.

Es interessierte mich schon, wie es oberhalb der Erdoberfläche aussah. Ob es keinen Unterschied mehr zwischen Tag und Nacht gab, ob wirklich -200 Grad herrschten. Doch dann war ich froh, dass ich sicher und beschützt in meinen vier Wänden lebte.

Gut, vier Wände war dermaßen untertrieben, aber es reichte, um die Situation zu verdeutlichen. Das war die Kurzfassung, wieso und weshalb wir hier lebten.

Die längere hatte ich mir fast jedes Jahr im Geschichtsunterricht anhören müssen und war heilfroh, seit Jahren nicht mehr zur Schule zu gehen. Mit 21 hätte ich mir zwar schon längst Gedanken über ein mögliches Studium oder eine Ausbildung machen müssen, aber ich verbrachte lieber die Zeit mit Dingen, die mir wirklich Spaß machten. Und das waren Zeichnen, Lesen, Videospiele spielen und meinen Bruder ärgern.

Ach ja, und meine Klamotten zu verschönern. Ich hasste die triste weiße Kleidung, die wir trugen. Einfach zum kotzen langweilig. Welch ein Glück, dass mein kreatives Hirn dazu gemacht war, viele kleine und manchmal auch so große Löcher in die Hosen oder Oberteile zu schneidern, dass mein Vater fast verrückt wurde. Meine Mutter sah ihn dann immer ganz verliebt an und schmunzelte nur. Kleinlaut gab sie ihm zu bedenken, dass sie doch ganz genauso in ihrer Jugend gewesen war.

Das quittierte Dad oft mit einem tiefen Seufzer und schenkte seiner Frau einen Kuss.

Da mir an diesem Punkt die Romantik echt zuwider wurde, verschwand ich immer in meinem Zimmer. In dem ich für mich sein konnte.

Ich wollte mich noch nicht an etwas binden, sei es an einen Beruf oder einen Mann. Ich flirtete gerne, das war kein Geheimnis, und ich hatte auch schon die ein oder andere flüchtige Bekanntschaft... Aber bisher sprach mich noch kein männliches Exemplar so sehr an, dass ich hin und weg gewesen wäre.

Ich war da vielleicht etwas altmodisch und wartete auf den Richtigen. Haha, die Auswahl war ja nicht besonders groß. Mein Jahrgang und die zwei Jahre vor mir waren ziemlich mädchenlastig.

Vielleicht sollte ich einfach mal das Ufer wechseln und das eigene Geschlecht erkunden. Abgeneigt war ich davon auf jeden Fall nicht.

»Meine liebe Nova-Lina Brown. Schön, dass wir uns mal wiedersehen.«

»Hör auf, so geschwollen zu reden. Das steht dir nicht. Und außerdem: Wer hat dir erlaubt mich so zu nennen?«, fauchte ich Christian mürrisch an.

»Das ist dein Name«, stellte er schlicht fest. Ja, und wie das mein Name war. Ich hasste ihn! Meine Eltern fanden es wohl ziemlich witzig, mich im Angesicht der Tatsache nach einem Stern zu benennen, der durch innere Explosionen ausstirbt. Klasse, Mom und Dad, damit habt ihr mir echt meine Kindheit gerettet. Nicht!

Jedes Mal, wenn mich jemand bei meinem vollen Namen nannte, gab es Gelächter und Getuschel.

Ich war Lina. Einfach nur Lina.

»Was kann ich denn heute Gutes für dich tun?«, fragte Christian, der seine gerahmte Brille mit den dicken Gläsern abnahm und mich über den Rand seines Bildschirmes holografischer Schallwellen, die direkt vor seiner Nase schwebten, ansah. Es war nicht einmal etwas Materielles, kein Vergleich mehr zu den klobigen Computern aus der Zeit, in der die Erde noch grün bewachsen und die Meere den größten Teil des Planeten eingenommen hatten. Auch unsere Fernseher und so gut wie jeder Stuhl, Tisch oder Schrank, nutzten eine Art von Ultraschallwellen, die alles mit Leichtigkeit bewegen ließ. Trotz der Schwerkraft hier unten. Super praktisch, wie ich finde, und ein ganz wunderbarer technischer Fortschritt. Besonders, wenn man ein Mensch ist, mit dem Drang nach stetigen Veränderungen. Da war es ein Leichtes, mein ganzes Zimmer umzuräumen, wenn es mich wieder einmal überkam.

»AlphaOne an Lina.« Chris fuchtelte mit seiner Hand vor meinen Augen umher.

»Ja ja, schon gut. Kannst du den hier reparieren?« Ich warf ihm den kaputten Controller zu, den er gekonnt auffing.

»Schon wieder? Sag mal, was machst du denn immer damit?«

»Kannst du oder kannst du nicht?«, fragte ich mit erhobener Augenbraue.

»Pff, was für eine Frage. Natürlich kann ich. Du hast mir schon schlimmere Dinge geliefert.« Damit verschwand er wieder hinter einem der riesigen Bildschirme und werkelte an dem Controller herum.

Ja, ich musste zugeben, ich kam gerne hier her. Aber das lag nicht nur an Chris, der in der Tat schon ziemlich gut aussah mit seinem trainierten Körper und den niedlichen Grübchen in den Wangen. Aber der eigentliche Grund war, dass ich mich nicht an den vielen technischen Geräten sattsehen konnte, die Christian in seiner kleinen Werkstatt zauberte.

Es gab hier vier Sektoren. Nord, Süd, West und Ost. Wir lebten in Sektor Ost und, wie ich fand, besaßen wir den besten Techniker dieser unterirdischen Basis. Christian war ein absolutes Genie und konnte ohne Ausnahme einfach alles reparieren, was in unserem Sektor zu Bruch ging.

Während Chris seine ganze Aufmerksamkeit meinem Controller widmete, spazierte ich in dem Raum umher und betrachtete die kleinen, technischen Wunder, die herumstanden.

Meine Augen wurden jedes Mal immer größer vor Staunen, und ich musste mich wirklich zusammenreißen nicht alles in die Hand zu nehmen. Die Gefahr bestand, dass ich wieder einmal etwas kaputt machte. Christian konnte es nicht leiden, wenn jemand, außer ihm selbst, seine Werke berührte, doch bei mir machte er da eine Ausnahme. Öfter als andere, durfte ich mir die Dinge in seiner Technikwerkstatt genauer ansehen.

Jedes SmartPad, das die Einwohner um das Handgelenk trugen, stammte aus genau diesem Raum.

Christian hatte dafür den höchsten Technikpreis bekommen, den man sich nur wünschen konnte. Aufgrund seiner Erfindung konnte jede erdenkliche Art von Daten des Besitzers gespeichert werden. Sogar ein Identifikationschip steckte in dem keinen Bildschirm um meinem Arm, der nicht nur mir, sondern allen anderen Bewohnern der Sektoren Eintritt in jedes Zimmer des Earthscrapers ermöglichte. Ausgenommen waren natürlich die privaten Gemächer. Ich wollte mir nicht ausmalen, was für ein schrecklicher Moment es sein musste, wenn plötzlich eine fremde Person in meinem Schlafzimmer stünde.

Obwohl, wenn er oder sie oder es gut aussehen würde und mir... Ich brauchte eindeutig die Zuwendung und Liebe eines anderen Menschen. Ich war ja regelrecht untervögelt!

»Bedien dich ruhig«, sagte Christian, als er sah, dass ich einen silbernen Ring in der Hand hielt, von dem ich nicht wusste, welche Fähigkeiten er besaß. Noch nicht, so wie ich Chris kannte. Der mir dieses kleine Ding an meinem Finger sicherlich gleich erklärte.

Ich sah ihn erwartungsvoll an, während ich den Ring um meinen Finger drehte.

»Das ist ein Prototyp eines neuen SmartPads. Ich wollte etwas, was nicht ganz so... groß und... weniger schick aussieht. Schalte ihn mal an.«

Ich starrte auf den Ring an meiner Hand und wusste nicht, wie ich es anstellen sollte, dieses äußerst brillante und hübsche Ding eines SmartPads in Gang zu kriegen.

Ich wackelte daher unsicher mit den Fingern und drehte an dem Ring umher, doch nichts passierte. Bevor mir die Situation noch unangenehmer wurde, meldete sich Chris rechtzeitig zu Wort, der mein Unwissen mit einem Schmunzeln betrachtet hatte. Sollte er gefälligst den Controller wieder reparieren, schließlich hatte ich noch ein Date mit der Konsole und meinem Bruder, bei dem es nicht gerade liebevoll zugehen würde. Die Revanchekonnte nicht länger warten.

»Du musst einfach nur mit deinem Zeigefinger über das Gehäuse streichen.«

»Wie soll ich das anstellen, wenn...«

»Mit dem Zeigefinger deiner anderen Hand.«

»Ah ja.«

Peinlich berührt tat ich, was Chris mir empfohlen hatte und wie durch ein Wunder fing der Ring an meinem Finger an zu leuchten. Der silbrig-blaue Schimmer gefiel mir äußerst gut, woraufhin ich beschloss, diesen Ring zu behalten, sobald ich es durfte.

»Cool«, sagte ich sichtlich beeindruckt und drehte meine Hand immer wieder hin und her. Diese neue Art des SmartPads gefiel mir tatsächlich gut. Viel besser und deutlich schlichter als dieses Armband, das um mein Handgelenk lag.

»Jetzt sag deinen Namen. Ja, deinen ganzen Namen und dann bist du registriert.«

Ich warf Christian einen bösen Blick zu und rollte mit den Augen. Warum ich auch immer mit meinem beschissenen Namen konfrontiert werden musste. Ich verfluchte meine Eltern für ihre Kreativität.

»Nova-Lina Brown«, sagte ich einen Tick zu schnell, denn der Ring reagierte nicht.

»Du musst es schon deutlich aussprechen.« Wieder warf ich einen Blick zu Chris rüber, der mich gar nicht ansah, denn er vollführte die wildesten Handgriffe an meinem ramponierten Controller.

»Nova. Lina. Brown«, betonte ich deshalb langsamer. Mir wurde diese ganze Sache echt zu blöd, aber was sollte ich tun, wenn mein Herz für den neuesten, heißesten Scheiß der Technik klopfte.

Ich liebte es einfach, neue Dinge zu entdecken und genauso genoss ich es, sie auszutesten. Wie gut, dass ich mit Christian zur Schule gegangen war und wir uns dadurch schon unser Leben lang kannten. Schon damals war er ein Fanatiker, was alles anging, was mit Technik zu tun hatte, und ein totaler Nerd. Doch seine Einzigartigkeit hatte sich ausgezahlt. Ich wusste schon damals, dass er einmal einen ganz besonderen Platz auf der AlphaOne haben würde. Natürlich. Ich hatte ja auch nichts anderes im Kopf als mir Gedanken über meine Mitmenschen zu machen. Als Teenager war ich wirklich schrecklich. Schrecklich anstrengend. Manchmal taten mir meine Eltern jetzt noch leid, dass sie meine miesen Launen und Stimmungsschwankungen ertragen mussten.

Ein Glück gab es keine Türen, die man hätte zuschlagen können. Denn das hätte ich ganz bestimmt mit Genuss und mit einer unangenehmen Häufigkeit getan.

Der Ring teilte sich in zwei, nachdem ich ihm meinen Namen verraten hatte, und es stieg eine mir bekannte Lichtsäule empor. Das hatte sich also zu dem altbekannten SmartPad nicht geändert. Man konnte ja auch nicht alles neu erfinden. Selbst Christian nicht, der seine Arbeit an dem Controller für beendet erklärte und sich zu mir gesellte.

»Willkommen, Nova-Lina Brown.«

»Heilige Scheiße!« Ich erschrak und wich einen Schritt zurück. Was jedoch völlig sinnlos war, denn der Ring blieb weiterhin an meinem Finger.

»Das Ding kann ja sprechen«, stellte ich erstaunt fest.

»In der Tat. Ich kann auch rechnen, lesen, eine Bestellung aufgeben und vieles mehr. Womit kann ich Ihnen behilflich sein?«

Mit offenem Mund starrte ich auf die kleine Lichtsäule, in der nun das Gesicht einer jungen Frau zu sehen war. Einer viel zu perfekten, jungen Frau.

»Das ... das Ding kann denken?«

Christian lachte auf. »Natürlich. Denkst du, ich gebe mich mit den alten Sachen zufrieden? Ich wollte etwas Neues erschaffen. Daher habe ich einfach die alte künstliche Intelligenz in diesen Ring übertragen. Na ja, und habe sie ein wenig verändert. Die alte Alpha hat kein gutes Bild mehr abgegeben.«

Die KI, die mein Großvater zusammen mit vielen weiteren Wissenschaftlern erfunden hatte, führte uns durch unseren Alltag und war jederzeit zur Stelle, wenn Hilfe benötigt wurde.

Dennoch war es komisch, eine neue Stimme zuhören, die wiederum nicht menschlich war, aber dem erschreckend nahekam.

»Wow«, stieß ich anerkennend aus und wippte mit dem Kopf. Das war wirklich klasse. Ich musste diesen Ring haben!

»Wie heißt sie denn?«, fragte ich.

»Frag sie doch selbst.« Christian zwinkerte mir zu und nickte in Richtung der Frau, die mich erwartungsvoll ansah. Sie wartete auf einen Befehl von mir.

Mit pochendem Herzen traute ich mich, mit der neuen Intelligenz zu reden.

»Okay. Also, wie heißt du?« Das klang einfach so kindisch in meinen Ohren. Als würde mein sechsjähriges Ich ein anderes Kind fragen, ob es mit mir spielen wollte. Im Grunde genommen entsprach das sogar fast der Wahrheit, denn ich *wollte* mit diesem Ding spielen. Also mit dem Ring, nicht mit der Frau. Obwohl... so schlecht sah sie gar nicht aus.

Meine Güte, Lina! Such dir einen Kerl.

»Mein Name ist Ava.« Kurz und knapp. Was hatte ich erwartet? Dass *Ava* jetzt Smalltalk mit mir führte?

»Es ist ein Prototyp und wurde noch nicht getestet. Also, wenn du Lust hast, dann kannst du den Ring gerne behalten.«

»Echt jetzt?« Ich drehte mich zu Christian um, der mich liebevoll anlächelte. Ich kannte dieses Lächeln, und es verhieß wenig Gutes.

Oh, bitte nicht, schau mich nicht so an! Bitte, du darfst nichts für mich empfinden. Außer tiefe Freundschaft!

»Natürlich, ich könnte mir niemand anderes vorstellen. Du brennst für meine Erfindungen, und ich weiß, dass sie bei dir in guten Händen sind. Trage *Ava* eine Woche mit dir rum und dann berichte mir, wie es war.« Wie er ihren Namen aussprach, klang fast schon so, als rede er von einer realen Person, die sich mit uns im Raum befand und deren materielle Aura allgegenwärtig war. Als würde *Ava* sich im nächsten Moment von einer holografischen Abbildung in einen Menschen aus Fleisch und Blut verwandeln. Mit einem genialen Verstand noch dazu.

»Das wäre wirklich klasse! Danke. Ich verspreche dir, dass ich *Ava* nicht kaputt mache.« Ich hob zum Schwur zwei meiner Finger und überkreuzte sie. Also, wenn das nicht Beweis genug war, dann wusste ich auch nicht.

Christian lachte kurz auf. »Irgendetwas sagt mir, dass ich Angst um meine Erfindung haben sollte.« Dabei betrachtete er den Controller, der noch vor zehn Minuten nicht einmal ansatzweise nach einem brauchbaren Gegenstand aussah, und nun nicht einen Kratzer aufwies.

Unglaublich.

Ich boxte ihm mit der Faust an seinen Oberarm, den er sich übertrieben rieb. Schauspieler, ich hatte nicht einmal kräftig zugeschlagen.

In meiner Kindheit hatte ich mich oft geprügelt. Zum Glück war ich in meiner Pubertät zu einem ruhigeren Mädchen geworden, nicht auszudenken, was passiert wäre, wenn ich nicht diese Wandlung hingelegt hätte.

»Also gut, dann werde ich *Ava* in Ehren halten und sie dir heil wiederbringen. Danke nochmal. Auch für das hier.« Ich nahm den Controller entgegen und hielt ihn kurz hoch.

»Kein Problem, du weißt, dass meine Tür für dich immer offen steht.« Da war es wieder. Dieses Lächeln. Zeit zu verschwinden.

Ich verabschiedete mich mit einem einfachen Kopfnicken. Ich hasste Umarmungen. Konnte es überhaupt nicht leiden, wenn mich einer knuddeln wollte. Grausam. Das war deutlich zu viel Nähe und dann meist von Menschen, die man nicht einmal wirklich mochte. Das Einzige, abgesehen von meinem kleinen Bruder, den ich doch ganz gerne mal an mich drückte, was sich an mich kuscheln durfte, waren meine heißgeliebten Socken. Es gab nichts Besseres als Kuschelsocken.

Ich bezweifelte, dass dort oben irgendwo eine kleine, runzlige Omi saß, die zwischen Staub und trockenen Bäumen Kuschelsocken häkelte. Obwohl die Vorstellung ziemlich witzig war.

Immer noch fasziniert, verließ ich die heiligen Hallen des Christians. Mit einem Ring an meinem Finger, der herrlich silber-blau leuchtete. Erstaunlich, mit welchen simplen Dingen man mich glücklich machen konnte.

Kapitel 3

Und *wie* glücklich ich war. Ich bekam das breite Grinsen aus meinem Gesicht gar nicht mehr weg. Ich fand dieses kleine, aber wunderschöne Ding so faszinierend, dass ich kaum etwas von meiner Umgebung mitbekam.

Die Menschen, die hier mit mir im Sektor Ost wohnten, rauschten an mir vorbei, sodass ich sie nur als unscheinbare und neblige Schemen wahrnahm. Mein Blick galt immer noch dem silbernen Ring, der so schön glitzerte und glänzte.

Sobald ich auf meinem Zimmer war, würde ich diese neue Erfindung des SmartPads auf all seine Funktionen untersuchen. Was Fin nur zu meiner Errungenschaft sagen würde? Er war genauso angetan von dem neuesten technischen Scheiß, den Christian auf die Welt brachte, aber er durfte den Technikraum nicht einfach so betreten, wie ich. Wie gesagt, ich hatte einen kleinen Bonuspunkt bei Chris gut, da wir zusammen zur Schule gegangen waren.

Aber nicht nur deswegen wurde meinem Bruder der Zutritt verweigert. Er war schlicht und ergreifend zu jung, um mit seinem SmartPad am Handgelenk in jeden Raum zu gelangen. Das war eine Art Sicherheitsvorkehrung der AlphaOne. Einige Dinge waren für die Augen und Ohren von Minderjährigen nicht zugelassen. Obwohl ich ganz sicher wusste, dass Fin kein gewöhnlicher Zehnjähriger war. Er war schlau und gerissen.

Wie mein Leben nur wäre, ohne dass dieser kleine blonde Wuschelkopf um mich herum wuselte?

Wahrscheinlich um einiges ruhiger. Aber schließlich liebte ich meinen kleinen, verrückten Bruder, der mich manchmal an mich erinnerte, wenn er seine rebellischen Phasen hatte.

Ob er auch einmal so werden würde wie ich? Sich gegen die Regeln und Normen der Gesellschaft richtete und sein ganz eigenes Ding durchzog? Vielleicht entschied er sich auch dazu, die langweilige, weiße Kleidung ein wenig aufzuhübschen oder seine Haare bunt zu färben. Damit würde er definitiv auffallen. Ich hatte mich bereits an die musternden Blicke der anderen gewöhnt. Oder besser gesagt, hatten sich alle an *meinen* Anblick gewöhnt. Auszusehen wie alle anderen fand ich öde. Das Leben unter der Erde war trist und einfach genug. Ein wenig Farbe half dabei, sich mehr als Individuum zu fühlen, anstatt eine von vielen zu sein. Das System hier erinnerte mich immer wieder an einen Ameisenstaat, in dem jeder täglich seine Aufgabe absolvierte, ohne sich wirklich entfalten zu können. Insgeheim wünschte ich mir für Fin, dass er nicht zu einer dieser Ameisen wurde.

»Hey, pass doch auf«, pöbelte mich jemand von der Seite an. Ich hatte gar nicht mitbekommen, dass ich jemanden rammte. So sehr war ich von meinem neuen Spielzeug vereinnahmt.

»Sorry«, murmelte ich daher nur knapp und wollte meinen Weg fortsetzen, doch der Fremde hielt mich am Arm gepackt. Aua, was sollte das? Wollte er mir jetzt etwa den Arm zerquetschen? Vollidiot.

»Lina?«

Jetzt hob auch ich die Augen und blickte in das Gesicht eines mir nicht allzu fremden Mannes. Und damit meinte ich wirklich nicht fremd. Man konnte quasi sagen, wir hatten unsere Körper sehr intensiv kennengelernt. Kurz erröteten meine Wangen, als ich an das kleine Techtelmechtel mit ihm dachte, doch riss ich mich schnell wieder zusammen.

»Aris«, sagte ich erfreut, doch erreichte mein Lächeln nicht meine Augen. Heute war wirklich ein merkwürdiger Tag. Erst erntete ich diese gewissen Blicke von Christian, die mir das Gefühl gaben, dass er mehr für mich empfand als nur Freundschaft, und nun traf ich auch noch auf den Kerl, der mir damals das Herz gebrochen hatte, weil unsere Liaison ihm zu... gefühlvoll wurde.

Ja, ich musste zugeben: Ich hatte damals angefangen, mich in Aris zu verlieben, nein, regelrecht zu verlieren. Er war wunderbar, hätte mich auf Händen tragen können, wenn er es nur zugelassen hätte. Wir trafen uns damals ganz romantisch an der Müllanlage. Ich hätte mir kein besseres erstes Kennenlernen vorstellen können, doch zwischen dem würgreizerregenden Gestank der dunkelgrauen Müllsäcke und dem ohrenbetäubenden Rattern der Presse, hatte ich mich in seine hellblauen Augen verguckt. Und nein, das hatte nichts mit der heutigen Farbwahl meiner Haare zu tun. Ganz und gar nicht. Ich stand einfach nur darauf, mich verändern zu wollen.

Tja, und so kam es, dass wir uns noch am selben Abend bei Aris trafen. Er wohnte bereits allein, nicht wie ich, die sich noch von ihren Eltern bekochen und bemuttern ließ. Aris war früh erwachsen geworden und lebte seit er achtzehn war nicht mehr zuhause. Ich sollte mir wirklich langsam Gedanken machen, wie es mit mir weiterging. So konnte mein Leben nicht aussehen. Ich hatte zu lange einfach nur dagesessen und die Füße stillgehalten, aber es machte einfach zu viel Spaß, nur die Dinge zu tun, auf die man wirklich Lust hatte.

»Wie geht es dir?«, fing er eine banale Unterhaltung an, von der ich bereits jetzt wusste, wie sie ausging.

»Ähm, gut. Und dir?«, ging ich auch noch auf seinen Smalltalk ein. Manchmal sollte ich mein Gehirn besser einschalten, als meiner vorlauten Zunge zu vertrauen.

»Mir geht's wunderbar. Ich bin überrascht dich hier zu treffen.« Die Menschen mussten einen Bogen um uns machen, damit sie ihren Weg fortführen konnten. Doch ich ignorierte die vorwurfsvollen Blicke. Es gab schlimmere Dinge. Zum Beispiel, dass niemand wusste, wie lange wir noch zu leben hatten, in Anbetracht der Tatsache, dass kein Einziger wusste, wie es um unsere altbekannte Erde stand.

»Ich wohne hier«, gab ich ihm kurzerhand als Antwort. Ich verstand seine Verwunderung nicht.

Aris lachte. »Ja, das weiß ich. Aber ich habe dich seit Monaten nicht mehr auf den Gängen gesehen.«

»Dann warst du wohl nicht da, wo ich war«, mutmaßte ich und erschrak selbst über meinen gereizten Unterton. Irgendetwas störte mich gerade daran, dass ich auf Aris getroffen war. Mein Herz hatte einen gefährlichen Hüpfer gemacht, als ich in die hellblauen Augen meines Gegenübers blickte. Trauerte ich etwa Aris hinterher? Ja, er hatte mich damals fallen gelassen wie eine heiße Kartoffel, doch sollte es mich schon längst nicht mehr stören. Schließlich sind seitdem zwei Jahre vergangen.

»Das stimmt wohl«, sagte Aris und musterte mich. »Schicke Haarfarbe. Ist die neu?«

Wirklich? Das war das Einzige, was ihm jetzt in den Sinn kam? Meine Haarfarbe? Kein: *Es tut mir leid, was ich damals getan habe*? Oder: *Wollen wir es noch einmal miteinander versuchen? Heute Abend, bei mir. Wir zwei, nackt in meinem Bett oder auf dem Sofa. Lina*! Innerlich gab ich mir eine Backpfeife und verfluchte mich für diese Gedanken.

»Ja, ich wollte etwas Neues ausprobieren. Blau hatte ich noch nicht.«

»Steht dir wirklich ziemlich gut. Besser als Pink.« Sollte ich ihm jetzt für dieses Kompliment um den Hals fallen? War das überhaupt ein Kompliment oder hatte er mich gerade dafür beleidigt, dass ich damals scheiße aussah? War das vielleicht der Grund für seine Trennung? War Pink etwa nicht seine Lieblingsfarbe? Kaum zu glauben, Arschloch.

»Ich ... ähm ... muss dann mal weiter«, versuchte ich mich aus dieser unangenehmen Situation zu winden und zeigte den Gang entlang.

»Ja, natürlich. Ich will dich nicht aufhalten. War schön, dich mal wiederzusehen.«

Ich nickte Aris zu und lächelte ihn gekünstelt an.

»War mir auch eine Freude.« Was sollte ich noch sagen? Aris tat anscheinend nichts davon leid, wie er mich damals behandelt hatte, von daher schenkte ich ihm auch keine weitere Beachtung. Musste man den Männern denn immer erst die kalte Schulter zeigen, um sich interessant zu machen?

»Vielleicht sehen wir uns jetzt öfter. Ich bin als Assistenzarzt in Sektor Ost für die nächsten Monate eingeteilt.« Oh je, auch das noch. Nicht nur, dass Aris offensichtlich einen honorierten Beruf ausübte, jetzt würden wir uns auch noch öfter sehen, als mir lieb war.

»Cool. Dann bis... irgendwann«, stotterte ich und verschwand um die Ecke.

Ausatmend lehnte ich mich an die weiße Wand, die mir unangenehm in den Rücken drückte. Konnte der Tag noch bescheidener werden?

Konnte er. Denn als ich mich dazu aufraffte, endlich wieder zu Fin zurückzukehren, stolperte ich nicht nur prompt über meine eigenen Füße, sodass mir der Controller aus der Hand flog, als ich durch die Tür zu unserem Zuhause trat, sondern es begrüßten mich meine Eltern auch noch mit dem breitesten Lächeln, das in diesem Universum existierte.

Oh Oh. Sofort schrillten alle meine Alarmglocken. Ich kannte dieses dümmliche Grinsen genau. Das bedeutete definitiv nichts Gutes. Zumindest nicht für mich, denn Mom und Dad schauten immer nur dann so, wenn sie einen besonders genialen Einfall hatten, von dem Fin und ich meist absolut nicht überzeugt waren.

In diesem Moment wünschte ich mir, dass dieser Tag einfach endete.

Kapitel 4

»Das ist nicht euer Ernst?«, brach es auch mir heraus, als meine Eltern mir den Grund für ihre gute Laune offenbarten. »Ihr wollt mich rausschmeißen?«

»Wir wollen dich doch nicht rausschmeißen, mein Schatz.« Mom versuchte meine Hand mit ihrer zu greifen, doch leider war der runde Tisch dazwischen, an dem wir saßen. Zudem hatte ich meine Arme vor der Brust verschränkt.

»Das klingt aber ganz danach. Ihr besorgt mir ohne mein Wissen eine Wohnung und erzählt mir das erst, nachdem die ganze Sache schon wasserdicht ist. Ich würde das ganz eindeutig als einen Rauswurf bezeichnen.«

Ich hörte, wie sich Fin vom Sofa aus ein Lachen verkneifen musste, und ich warf ihm einen bösen Blick zu, worauf er mir seine Zunge rausstreckte. Miese, kleine Göre. Er konnte von Glück reden, dass er noch so jung war.

»Lina, es ist wirklich kein Rausschmiss, sondern nur ein Anstoß, dass du jetzt dein Leben, ohne uns ständig um dich zu haben, auf die Beine stellst«, versuchte mein Vater die Sache schöner zu reden.

Natürlich träumte ich von meinen eigenen vier Wänden, in denen ich tun und lassen konnte, was ich wollte. Aber so schnell? Damit hatte auch ich nicht gerechnet. Und das Schlimmste war, dass meine Eltern mir zuvorgekommen waren. Was, wenn mir die Wohnung nicht gefiel?

Insgeheim freute ich mich ein wenig darauf, aber irgendwie blutete mir das Herz, wenn ich daran dachte, dass ich ohne sie auskommen musste. Und ohne Fin.

»Und wir sind noch immer für dich da. Du bist doch nicht ganz alleine«, sagte Mom. Besonders von ihr war ich enttäuscht. Ich hatte immer das Gefühl gehabt, dass sie froh war, dass ihre Erstgeborene noch nicht das Haus verlassen hatte. Aber da hatte ich wohl danebengelegen. Was meine Eltern wohl aus meinem Zimmer machen würden?

»Du könntest schon Montag dort einziehen.« Mein Vater holte etwas aus seiner Hosentasche, das ganz stark nach einem Chip aussah, den man in sein SmartPad steckte, sodass man zu den privaten Räumen Zugang hatte.

Meine eigene Wohnung. Ich wusste nicht, ob ich lachen oder weinen sollte. Ob ich ergriffen oder sauer sein sollte. Irgendwie war ich alles auf einmal, und um jeglichen Streit mit meinen Eltern aus dem Weg zu gehen, nahm ich den Chip entgegen und betrachtete ihn in meiner Hand.

Gerade noch hatte ich mich über meinen neuen Ring gefreut und schon wurde ich mit der bitteren Realität konfrontiert. Verdammt, ich wollte das alles nicht. Wollte am liebsten wieder das kleine zehnjährige Mädchen sein, das davon träumte, einmal an die Erdoberfläche zu gelangen und als Wissenschaftlerin zu arbeiten.

Das waren meine Träume und bisher waren sie das auch immer geblieben. Träume.

Doch nun musste ich mich dem wahren Leben widmen, musste aufwachen und den nächsten Schritt wagen. Konnte nicht länger hier im Elternhaus wohnen bleiben. Ob es mir gefiel oder nicht.

»Montag schon«, murmelte ich.

»Ja, es ist alles fertig. Du brauchst auch nichts mitnehmen, außer deine privaten Sachen. Es ist für alles gesorgt.« Mom strahlte mich fröhlich an, und in diesem Moment konnte ich ihr nicht mehr böse sein. Schließlich wollten sie nur das Beste für mich.

Ich war 21, es wurde Zeit, erwachsen zu werden.

»Danke«, sagte ich und steckte den Chip zu meiner neuen Behausung in das SmartPad um mein Handgelenk. Er hätte sicherlich auch in den Ring gepasst, doch wollte ich es nicht riskieren, ihn kaputt zu machen.

Meine Eltern hatten in ihrer ganzen Aufregung nicht einmal die Veränderung an meiner Hand bemerkt.

»Wir freuen uns so. Und Fin kann dich ja jederzeit besuchen.«

»Nee, bin froh, wenn die Nervensäge aus dem Haus ist.«

»Fin!«, wies meine Mutter ihn zurecht. »Wieso redest du so schlecht über deine Schwester?«

»Das war doch nur ein Scherz, Mom.« Ich hörte an Fins Stimme, wie er förmlich mit den Augen rollte. Natürlich würde er es nie zugeben, aber er vermisste mich jetzt schon. Niemand, der ihn spontan herausforderte oder den er ärgern konnte. Meine Eltern verstanden von seiner Leidenschaft für Videospiele sowieso nichts.

Ich richtete mich schon einmal darauf ein, dass ich ihn mindestens jeden zweiten Tag bei mir vor der Tür fand. Wozu ich natürlich nicht nein sagen würde.

Ich strich mir meine blauen Haare hinter die Ohren, wo sie nur kurz verweilten, da sie nicht die richtige Länge hatten. Ob ich wieder einen Versuch starten sollte, sie wachsen zu lassen? Jetzt, wo mein Leben sowieso neu begann?

Ich verschob diese Überlegung auf später.

»Schön, dann haben wir das ja geklärt. Wer hat Hunger?« Mom klatschte erfreut in die Hände und erhob sich vom Stuhl, der elegant zur Seite schwebte.

Sie ging in die Küchenzeile, die mit dem Wohnraum verbunden war und öffnete die Kühlklappe.

»Oh ja! Ich hab Bock auf Pizza!«, schrie Fin vom Sofa aus und unterbrach sogar sein Spiel.

»Woher hast du nur diese Ausdrücke?«, wunderte sich Dad, während er den Kopf schüttelte.

Mom richtete ihren Blick auf ihren Ehemann und schmunzelte. »Als wenn du nicht so gewesen bist.«

Ich verfolgte die Unterhaltung meiner Eltern über richtige Erziehungsmethoden, schaltete aber bald ab, während mir der Geruch einer frisch gebackenen Pizza langsam in die Nase kroch.

Ich freute mich tatsächlich ein wenig auf meine eigene Wohnung. Jeden Tag Pizza. Ich liebte Pizza.

***

Ich war sofort in einen tiefen Schlaf gefallen, als ich vollgefuttert in meinem Bett lag. Die Pizza war wieder einmal göttlich gewesen, denn Mom zauberte einfach immer das beste Essen. Das würde ich auf jeden Fall vermissen, wenn ich für mich selbst sorgen musste. Irgendwie grauste es mir schon ein wenig davor.

Ich hatte mir nach einer langen und ausgiebigen, warmen Dusche meine Kuschelsocken übergestreift und mich sofort in die weichen Laken des Bettes geworfen. Dort war ich dann auch sofort eingeschlafen.

Eine Zeit lang hatte ich Fin noch in seinem Zimmer reden hören. Vermutlich videochattete er mit einem seiner Kumpels aus der Schule. Fin hatte nicht viele Freunde, was auch gar nicht vonnöten war. Dafür waren aber die Freunde, die er besaß, treu und ehrlich. Mit ihnen war er schon in die Krabbelgruppe gegangen.

***

Als ich morgens aufwachte, startete ein weiterer, immer gleicher Tag, der sich nicht von den anderen groß unterschied. Ich zockte mit Fin, aß und trank oder spazierte gelassen zu Christian in den Technikraum, wo ich meine Seele baumeln ließ und an dem neuen SmartPad an meinem Finger spielte. Chris zeigte mir noch einige coole Tricks, die das Ding auf Lager hatte, doch sie mir alle zu merken schien unmöglich.

Mir entging nicht, wie Chris mich immer wieder von der Seite musterte, als würde er mich begutachten. Doch ich ging nicht auf sein Verhalten ein, das mir ein wenig Angst einjagte. Ich wusste nicht, wie ich mit dieser Situation umgehen sollte. Christian war zwar in meinem Alter, doch empfanden wir nie stärkere Gefühle als Freundschaft. Daher kam es mir umso mysteriöser vor, dass sich mein ehemaliger Mitschüler so verhielt.

Dennoch verbrachte ich fast den halben Tag bei ihm und bemerkte kaum, wie sich der Abend wieder näherte. Morgen war es so weit. Ich würde bei meinen Eltern ausziehen und ein neues Leben starten. Ganz nach meinen Wünschen und Vorlieben. Ich erzählte Christian davon, der sichtlich begeistert darüber war. Er schlug sogar vor, mich zu besuchen, was ich zwar dankend annahm, doch eine leise Stimme in meinem Kopf sagte mir, dass dies keine gute Idee war.

Auch wenn ich ein neues Bett besaß, musste es ja nicht gleich auf die härteste Probe gestellt werden. Sex war zwar die schönste Sache in diesem Universum. Nein, die zweitschönste. Pizza toppte wirklich gar nichts.

Kapitel 5

Diese Nacht träumte ich schlecht. Das erste Mal, seit ich zehn Jahre alt war. Damals hatte ich Angst, dass eine Krankheit meine Großmutter zu den Toten schicken würde, doch sie schaffte es und besiegte das Ungetüm, welches ihren Körper von innen auffraß. Nachts hatte ich mich dann immer schlaflos hin und her gewälzt und vor meinem inneren Auge gesehen, wie meine Großmutter mir ein letztes Mal über die Wange strich und ihre Hand kraftlos zu Boden sank. Erschrocken und mit heißen Tränen war ich aufgewacht und wollte mich am liebsten ins Bett meiner Eltern verkriechen, doch schon damals folgte ich dem Motto, dass ich kein Schwächling sein wollte. Jetzt dachte ich so manches Mal, dass ich meinen Gefühlen eher hätte nachgehen sollen, denn ich hatte Schwierigkeiten, ihnen freien Lauf zu lassen. Was ich natürlich nie zugeben würde. Bis jetzt.

Denn wieder sah ich in meinen Träumen, wie jemand starb. Nur dieses Mal war es nicht meine Großmutter, sondern viele andere Menschen. Ich sah, wie die Sonne auf die Erde herabfiel und alles unter sich begrub. Ich konnte beinahe die unerträgliche Hitze der Sonnenstrahlen auf meiner Haut fühlen. Wie war es den Menschen ergangen, die es nicht rechtzeitig unter die Erde geschafft hatten? Waren sie wirklich bei lebendigem Leib verbrannt? Wenn der Schmerz nur annähernd so extrem war, wie der, den ich in meinem Traum spürte, dann wollte ich nicht wissen, wie es sich für die Menschen angefühlt hatte, die Jahre lang um ihr Überleben gekämpft hatten.

Kraftlos starrte ich an die Decke meines Zimmers. Nur der Schein der Notbeleuchtung erhellte den Raum. Die kleinen, weißen schwach leuchtenden Lämpchen mussten stets eingeschaltet bleiben, im Falle einer Notsituation. Denn es gab unter der Erde schließlich kein Sonnen- oder Mondlicht, welches die Räume erhellen konnte. Es wäre stockfinster, wenn jemand auf den Gedanken käme, das Licht auszuknipsen. Nicht einmal die eigene Hand vor Augen könnte man sehen. Nur Dunkelheit. Tiefe, schwarze Dunkelheit.

Ich musste hier raus, um vor meinen Gedanken zu fliehen. Irgendwie überkam mich ein beengendes Gefühl, als ich so trostlos an die Decke starrte und über... Ja, über was dachte ich nach? Über den Untergang von allem?

Ich hievte mich aus dem Bett und tapste Richtung Wohnküche. Das weiße, dünne Laken ließ ich einfach zerwühlt auf der Matratze liegen, vielleicht würde ich mich wieder hineinlegen, wenn ich müde genug war. Doch nun brannte meine Kehle und rief nach einem kalten Schluck Wasser, das mich auf andere Gedanken bringen sollte.

Die Tür zu meinem Zimmer verschwand geräuschlos in der Wand. Nachts war jedes Surren oder Brummen der Hydraulik ausgeschaltet, sodass man niemanden aus dem Schlaf riss, wenn man mal auf die Toilette musste.

Auf nackten Füßen tapste ich über den beheizten Fußboden und öffnete vorsichtig das Kühlfach. Dazu brauchte ich nur meine Handinnenfläche von einem Sensor scannen lassen, denn nur befugte Bewohner der Wohnung durften sämtliche Geräte benutzen.

Ob ich auch später, wenn ich nicht mehr hier wohnte, an meine heißgeliebte Tiefkühlpizza kam? Das war ja wohl das mindeste, was mir bleiben konnte, wenn ich schon für mich alleine sorgen musste. Sie konnten sagen, was sie wollten. Sie schmissen mich raus und das im hohen Bogen. Warum hatten sie mir nicht früher erzählt, was Phase war? Wieso mussten sie mir die Tatsachen an den Kopf knallen, wenn ich gar nicht mehr widersprechen konnte?

Oh... jetzt wurde mir einiges klar.

»Kannst du auch nicht schlafen?«

»Heilige Scheiße«, zischte ich erschrocken und hätte beinahe die Wasserflasche zu Boden geworfen. Mit weit aufgerissenen Augen und rasendem Herzen starrte ich meinen kleinen Bruder an, der in seiner weißen Schlafhose zuckersüß aussah.

»Wieso musst du mich so erschrecken?«

»Sorry, ich wusste ja nicht, dass du auf geheimer Wasser-Klau-Mission bist.« Fin zwinkerte mir zu, drängelte sich an mir vorbei und holte sich die letzten Stücke der Pizza aus dem Kühlfach, welche wir vor zwei Tagen nicht aufgegessen hatten. Das war so typisch Mom, sie machte immer, aber auch wirklich immer zu viel Essen. Ich wollte mich nicht beschweren, zu einer guten Pizza mit viel Käse konnte ich nicht nein sagen, auch wenn sie schon zwei Tage alt war. Das System der Kühlfächer war so konzipiert, dass sie den Inhalt gut ein bis zwei Monate haltbar machen konnten.

Fin setzte sich ohne Umschweife auf den Barhocker an die Küchentheke und biss beherzt in das Stück Pizza. Irgendetwas stimmte nicht mit mir. Ich empfand nicht das leiseste Bedürfnis ihm die vor Fett triefende Pizza aus der Hand zu reißen, um sie mir selbst einzuverleiben.

Vielleicht steckte der Traum noch zu tief in meinen Knochen. So tief, dass selbst mein Leibgericht mich nicht ablenken konnte.

Ich schloss das Kühlfach und gesellte mich zu Fin an die Küchentheke. Meine nackten Oberschenkel berührten dabei das kühle Aluminium des Hockers, denn meine Beine steckten lediglich in einer kurzen Schlafshorts, die mir knapp über den Po reichte.

»Und warum bist du noch so spät unterwegs? Dich kann doch nicht schon wieder der Hunger plagen. Du hast drei Teller zum Abendbrot leer gegessen«, stellte ich resigniert fest, während ich den Schraubverschluss der Flasche öffnete und einen großen Schluck Wasser nahm.

»Mh...«, brummelte Fin mit vollem Mund.

»Ich ...«, er schickte das belegte Stück Teig mit einem schweren Schlucken Richtung Magen, »Ich stecke in der Pubertät. Das ist ganz normal. Hast doch Mom gehört. Ihre Erklärung für alles, was ich anstelle.« Und wieder biss er zu, sodass fast die Hälfte der Pizza verschwunden war.

Ich grunzte vor Lachen. »Was du nichts sagst.«

Fin war in letzter Zeit wirklich unausstehlich geworden, legte Launen an den Tag, die mich an meine eigene Pubertät erinnerten. Und alles, was Mom dazu sagte, war, dass es ganz normal sei, während Dad die Hände über dem Kopf zusammenschlug. Was würde unser Vater nur machen, wenn Fin das erste Mädchen nach Hause brachte? Würde er dann freiwillig ausziehen bis Fin erwachsen war? Bis er sich eine eigene Wohnung suchte? Oder zugewiesen bekam...

Mom belächelte Fins Verhalten immer, genauso wie sie es bei mir getan hatte. Besonders, wenn ich meine Haare mal wieder färbte. Doch ich war bereits lange aus der Pubertät raus, daher gab es nur eine Erklärung für mein Verhalten: Kreativität!

»Aber manchmal frage ich mich, wer von uns in der Pubertät steckt.«

»Was?« Fin riss mich aus meinen Gedanken, und ich richtete meinen Blick von der Wasserflasche in meiner Hand auf meinen Bruder.

»Na ja, andere in deinem Alter werden nicht so schnell bockig.«

»Bockig. Ich ...« Ich verstummte.

»Was sag ich.«

»Halt die Klappe. Kann man hier nicht mal in Ruhe was trinken, ohne für sein Verhalten, was völlig normal ist und mich eben auszeichnet, verurteilt wird?« Ich schüttelte den Kopf und verdrehte die Augen.

Okay, vielleicht steckte in mir noch ein klitzekleines pubertäres Mädchen. Aber nur vielleicht.

»Sag schon, warum bist du wirklich wach?«, fragte ich meinen Bruder nach einer Weile, in der niemand von uns beiden etwas sagte. Fin hatte die Pizza bereits erfolgreich vertilgt und schob den Teller von sich. Genießerisch leckte er sich einen Finger nach dem anderen ab. Dieser Junge hatte wirklich kein Benehmen. Von wem er sich das nur abgeguckt hatte?

»Ich hatte Hunger«, antwortete er knapp.

»Das glaube ich dir nicht«, gab ich zurück und musterte den blonden Jungen mir gegenüber. »Da steckt noch mehr dahinter. Ist es etwa die letzte Niederlage gegen mich? Wir können das Widerholen, aber glaube ja nicht, dass ich dich gewinnen lasse.«

»Das ist es nicht.« Fin schüttelte den Kopf und wirkte auf einmal ziemlich betrübt.

»Geht es um ein Mädchen?«, versuchte ich weiter mein Glück ihn aus der Reserve zu locken.

Wieder schüttelte er nur den Kopf und starrte auf den leeren Teller vor sich, der auf der penibel sauber gehaltenen Küchentheke stand.

»Nicht ganz.«

»Ein Junge?«

Fin warf mir einen bösen Blick zu.

»Was denn, kann doch alles sein. Und wenn schon. Ich würde es super finden.«

»Ich muss ja nicht wie du sein.«

Beschwichtigend hob ich die Hände. Auch wenn ich mir keine Beziehung mit einer Frau vorstellen konnte, so hatte ich doch schon die ein oder andere geküsst. Dass das nun bis zu meinem Bruder durchgedrungen war, lag nicht an mir. Hier, in Sektor Ost, gab es einige Plappermäuler, die einem das Glück nicht gönnen wollten. Zickige, blonde Mädchen, die stundenlang vor ihrem Spiegel standen und sich zu einer gruseligen Plastikpuppe schminkten. Also niemand, mit dem ich Freundschaft schließen wollte.

»Okay, ist in Ordnung. Wenn du es mir nicht sagen willst. Ich will dich nicht zwingen.« Das wollte ich wirklich nicht. Ich war nicht dazu befugt, sämtliche Geheimnisse aus Fin herauszuquetschen. Er hatte seine Gründe, warum er hier mitten in der Nacht beim schwachen Licht der Notfallbeleuchtung saß. Genauso wie ich meine Gründe hatte, die ich Fin ebenfalls nicht erzählte. Aber vielleicht hilft es ihm, aus sich herauszukommen.

»Weißt du... ich habe schlecht geträumt. Ich habe geträumt, wie die Welt dort draußen von der Sonne verschluckt wird. Wie alles abgebrannt und explodiert ist. Deswegen konnte ich nicht mehr schlafen.«

Fin hob seinen Blick und schaute mich an. Er schaute mich mit einem interessierten und wärmenden Blick an, der mich dazu brachte, ihm meine Hand auf seinen Unterarm zu legen, der auf der Küchentheke ruhte.

Er zog ihn nicht zurück, ein Zeichen, dass er seine große Schwester mal nicht nerven oder ihr beleidigende Dinge an den Kopf werfen wollte.

Ich bemerkte, wie Fin tief ausatmete und sich fallen ließ. Wie die Mauer um sein Herz bröckelte und er überlegte, ob er mich einweihen sollte. Ob ich an seiner Gefühlswelt teilhaben durfte.

»Ich will nicht, dass du gehst«, hauchte er, sodass ich ihn kaum verstand. Doch seine Worte brannten sich in mein Gehör und hallten noch eine Weile nach. *Er wollte nicht, dass ich ging.* Das klang so... endgültig. Als würde ich mich auf eine lange Reise machen, mit der die Ungewissheit einherging, ob ich je wiederkehren würde.

»Ach, Fin. Ich bin doch nicht aus der Welt. Du kannst mich jederzeit besuchen, wenn Mom und Dad dir auf die Nerven gehen. Wenn du Lust hast, dann kannst du gleich morgen beim Umzug helfen. Das würde mich freuen. Dann können wir ›ne Runde in der neuen Wohnung zocken.« Gerührt von Fins Offenheit, musste ich mir eine Träne zurückhalten, die sich in meinen Augenwinkel gestohlen hatte. Fin war noch so zart und wusste nicht, wohin mit seiner Gedankenwelt. Ich war froh, dass er sich mir anvertraute und nicht alles in sich hineinfraß.

In diesem Moment bröckelte auch meine harte Fassade, und ich ließ die grummelige Frau auf dem Barhocker zurück. Fin ließ zu, dass ich ihn in die Arme schloss und mein Kinn auf sein lockiges Haar legte. Es duftete nach Aprikosen.

Ja, ich würde ihn auch vermissen. Mehr als alles andere wahrscheinlich. Fin war nicht nur mein kleiner Bruder, er war ein Stück meines Herzens, meiner Seele. Wir waren nicht nur durch unser Blut miteinander verbunden, auch gemeinsame Erlebnisse hatten uns zusammengeschweißt.

Fin lehnte seinen Kopf an meine Brust, und ich spürte ein zaghaftes Zittern. Er weinte, und ich sprach ihn nicht darauf an. Sollte er weinen, so lange er wollte. Ich war für ihn da, auch wenn wir nicht miteinander sprachen.

Ich würde immer für ihn da sein.

Kapitel 6

Meine neue Wohnung war unglaublich. Das musste ich meinen Eltern lassen, sie hatten wirklich Geschmack bewiesen und mir ein Exemplar der ersten Klasse ausgesucht. Vielleicht fand ich die Idee auszuziehen doch nicht mehr so schlecht.

Fin konnte leider nicht beim Umzug dabei sein, denn die Schule rief. Ich hatte ihm aber versprochen, dass er sofort nach Schulschluss zu mir kommen durfte, sodass wir zwischen unausgepackten Taschen und einer großen Lieferung Burger, zocken konnten. Mom und Dad erlaubten ihm sogar, die Nacht bei mir zu verbringen. Das hatte ich nie gedurft, wohlgemerkt. Bis ich meinen eigenen Kopf durchgesetzt hatte und des Öfteren die Nacht woanders verbrachte. Besonders als die Sache mit Aris noch lief. Kurz versetzte es meinem Herzen einen Stich, als ich an unsere heißen Nächte dachte, doch dann erinnerte ich mich wieder an den Tag, als er alles zunichtemachte und mich fallen ließ wie ein Stück Dreck.

Warum musste er auch ausgerechnet jetzt wieder hier auftauchen?

»Wo soll das hin, Schätzchen?« Mein Dad kam gerade mit einer Kiste herein und sah mich fragend an. Da ich immer noch überwältigt von der Schönheit meines neuen Zuhauses war, starrte ich ihn für einen kurzen Augenblick nur ausdruckslos an.

»Lina?«, rüttelte er mich aus meiner Trance.

»Ähm ja... stell das einfach in den Wohnraum. Ich sortiere mir das schon alles hin.«

Meine Eltern hatten mir keine falschen Versprechungen gemacht. Die Wohnung war komplett eingerichtet. Ein neues, breites Bett zierte das Schlafzimmer, sogar eine weiße Sofalandschaft füllte fast den gesamten Wohnraum aus. Ein riesiger Bildschirm thronte an der Wand gegenüber. Hier würde es sich wunderbar zocken lassen, das wusste ich beim ersten

Anblick. Fin würde Augen machen, wenn er mein neues, nerdiges Paradies heute Abend sah.

Mom kam ebenfalls herein und fing an meine Klamotten in den Schrank zu räumen.

»Ähm. Mom. Das mache lieber ich.« Schnell flitzte ich ihr hinterher und konnte sie gerade so davon abhalten, die Kiste zu öffnen und in meinen Sachen zu wühlen.

»Ach, das ist doch kein Problem. Umso schneller sind wir fertig, und du hast in den nächsten Tagen weniger zu tun.« Sie machte nicht einmal den Anschein, dass sie vorhatte zu gehen.

»Wirklich, das ist nicht nötig. Ich habe da so mein... eigenes System, was die Kleideranordnung betrifft«, erklärte ich, während ich Mom die Kiste aus der Hand nahm und sie auf das noch unberührte Bett stellte.

Ich war tatsächlich ziemlich eigen in Sachen meines Kleiderschrankes, denn ich sortierte meine Oberteile stets nach der Länge. Niemand durfte dieses System durcheinanderbringen. Damit meinte ich auch wirklich niemand. Und außerdem war es mir unangenehm, dass meine Mutter in meiner Unterwäsche herumwühlte. Ich war erwachsen und kein Teenager mehr, der Hilfe brauchte beim Wäschezusammenlegen.

Mal abgesehen von meinen extravaganten BHs, die ich ebenfalls wie meine Hosen und Oberteile pimpte. Ich hatte keine Lust auf ein unangenehmes Gespräch mit meiner Mutter.

»Na gut, wenn du meinst. Dann helfe ich deinem Vater.«

Ich nickte dankbar und schob Mom aus der Tür, die sich auf mein Handzeichen verschloss. Ruhe. Meine Eltern waren seit dem Morgen ganz aufgeregt. Da genoss ich die zwei Minuten Pause, die sie mir gönnten. Wenn auch etwas unfreiwillig.

Tief ausatmend setzte ich mich auf das Bett, das mit einer weißen Tagesdecke umhüllt war. Es sah wirklich alles wunderschön aus, an diesen Anblick konnte ich mich gewöhnen. Besonders an die Fensterfront auf der, in zarten blauen Tönen, feine Linien eingearbeitet waren. Diese Bilder machten das Leben hier wenigstens etwas lebendig, wenn wir schon nicht an die Erdoberfläche konnten.

Im Raum war es still, nur das leise Murmeln der Stimmen meiner Eltern waren zu hören. Ich schloss kurz die Augen und atmete tief durch. Dies war der erste Schritt in ein neues Leben, dachte ich bei mir. Welche würden noch folgen? War ich endlich bereit dazu, mich um einen Job zu kümmern, mein Leben in die Hand zu nehmen? Wollte ich überhaupt Kinder in diese Welt setzen, so wie es immer alle von einem erwarteten? Was, wenn ich mich dagegen entschied. Niemand hatte das Recht, jemandem vorzuschreiben, wie sein Leben abzulaufen hatte. Auch nicht meine Eltern. Erstrecht nicht die. Ich konnte die Bedenken verstehen, wer wusste schon, wie lange die Menschheit noch in dieser Form existierte. Wer konnte mit Sicherheit sagen, dass wir nicht schon längst auf unsere letzte Generation blickten. Ich wurde nicht jünger, das wurde niemand, und es würde auch nie möglich sein, das Leben zu verlängern oder gar die Zeit anzuhalten. Selbst unsere Technik war noch nicht so weit fortgeschritten. Aber träumen durfte man ja. Und genau in diesem Moment wünschte ich mir, mein Leben an diesem Punkt anzuhalten. Einfach so weiterleben zu können – ohne Zwang, ohne Verpflichtungen. Einfach frei, doch das war auf Dauer nicht möglich, denn jeder einzelne Bewohner der AlphaOne war dazu verpflichtet, für das Gemeinwohl zu sorgen. Einen Beitrag zur Gesellschaft zu leisten. Das verstand ich, keine Frage, aber oft dachte ich darüber nach, wie es früher war. Ob sich viel verändert hatte im Gegensatz zu heute? War das Leben vor der Supernova einfacher und zwangsloser gewesen? Hatten sich die Menschen freier und individueller entwickeln können? Oder gab es bereits ein solches System, wie ich es kannte?

Das würde ich wahrscheinlich nie herausfinden, selbst meine Eltern konnten mir das nicht genau erklären. Mein Großvater schon, doch der lag in einem dieser Aufbewahrungsbehälter für Tote. In einem kalten und sterilen Raum ganz am Ende dieses Bunkers, dort, wo die Toten von uns nicht gestört werden konnten.

Ich glaubte nicht an ein Leben nach dem Tod, fand es also schwachsinnig, die Verstorbenen an einem so abgeschiedenen Ort unterzubringen. Weshalb konservierte man ihre Körper noch? Hatten unsere

Wissenschaftler etwa vor, sie wiederzubeleben? Ihnen künstliche Gehirne zu implantieren? Vielleicht war es sogar möglich, eine KI in die leblosen Körper zu pflanzen.

Ich für meinen Teil hatte zumindest keinen Plan von der Wissenschaft und war immer nur absolut erstaunt darüber, was alles möglich war. Besonders über die kleinen, hilfreichen Erfindungen von Christian.

Apropos... Ich strich über den Ring an meinem Finger, und sofort erschien das Gesicht von Ava in der kleinen, weißen Lichtsäule.

»Was kann ich für dich tun, Nova-Lina Brown?«, säuselte mir die liebliche Stimme entgegen.

Eines musste Christian wirklich ändern, nämlich die Tatsache, dass Ava mich bei meinem vollen Namen nannte. Dieses *Nova* ging mir tierisch auf die Nerven. Kurz rollte ich mit den Augen, denn das Gesicht der Frau in der Lichtsäule war mal wieder perfekt. Nicht eine Falte, nicht ein Pickelchen oder Hautfleck. Daran erkannte man, dass Ava nicht echt war, sondern künstlich erschaffen. Ich war ein wenig neidisch, denn meine Hautprobleme waren ein leidiges Thema, mit dem ich leider jeden Morgen aufs Neue konfrontiert wurde.

»Verbinde mich mit Christian O ‚Neil«, sagte ich zu Ava, die daraufhin süß lächelte.

»Das mache ich doch gerne. Er befindet sich gerade in Sektor Süd.«

»Was macht er denn in Sektor Süd?«, fragte ich überrascht und runzelte die Stirn.

»Er ist bei Marissa Lee.« Ja, natürlich. Was auch sonst. Chris vergnügte sich also gerade mit einem der braungebrannten Mädchen, die aussahen, als hätten sie zu viel Zeit unter einem der UV-Bestrahlungsgeräte verbracht, die dazu dienten, eine künstliche Bräune hervorzurufen. Die Frauen in Sektor Süd übertrieben es maßlos damit. Unglaublich, dass Chris sich auf ein Mädchen von denen einließ. Sie glichen Amazonen, die im Dschungel, fernab der Zivilisation, lebten. Ich kannte den Dschungel nur von Bildern aus dem Unterricht. Und ich erinnerte mich schwach daran, dass Chris immer der Meinung gewesen war, dass sie ihm viel zu dominant seien und er lieber eine zartere Frau an seiner Seite hätte. Ich für meinen Teil war relativ plump und tollpatschig, deshalb wunderte es mich in diesem Moment umso mehr, dass er mich die letzten Tage mit einem Blick gemustert hatte, der fast schon verliebt wirkte. War ich etwa gerade eifersüchtig? Die Männer machten mich verrückt. Erst Chris, dann Aris und jetzt wieder Chris. Ich sollte es eindeutig mal mit dem eigenen Geschlecht versuchen.

»Verbinde mich trotzdem mit ihm«, gab ich Ava die Anweisung, und kurz darauf verschwand sie in der Lichtsäule und hinterließ eine drückende Stille.

Für einen kurzen Moment war ich aufgeregt und nervös. Wie würde ich Chris jetzt vorfinden? Etwa oberkörperfrei und mit zerzausten Haaren, die förmlich nach Sex riefen?

Dabei wollte ich ihm doch nur erzählen, dass ich soeben in meine neue Behausung eingezogen war. Vielleicht nicht unbedingt die beste Idee, denn er hatte ja schon einmal angedeutet, mich besuchen zu kommen. Doch ich wusste niemanden, mit dem ich jetzt lieber darüber reden wollte.

Eine beste Freundin hatte ich nicht. Hatte ich nie gehabt, schon in der Schule hielten die Mädchen Abstand, denn ich war anders. Allein durch meine auffälligen Haare und meine flapsige Art passte ich viel besser in die Männerwelt. Die Jungs fanden mich immer interessant und cool.

Ich war eben ich, und das war gut so.

»Christian nimmt deinen Anruf an«, ertönte die liebliche Stimme von Ava und ohne darauf zu warten, dass ich mein Okay gab, erschien an ihrer Stelle das Gesicht von Chris. Zu meiner Überraschung lächelte er mich freudestrahlend an. Hatte er etwa gerade eben den besten Blowjob seines Lebens bekommen?

»Hey, da ist ja wieder meine Nova-Lina Brown.«

»Halt die Klappe.« Und schon war ich wieder die Alte.

Er lachte beherzt auf, bevor er sich gekonnt die Haare aus dem Gesicht strich. Also doch wilder Sex, seine Haarpracht verriet ihn.

»Wie gelange ich zu der Ehre?«

Ich rollte genervt mit den Augen und schüttelte schmunzelnd den Kopf. Er schaffte es auch immer wieder mit einer merkwürdigen, aber liebevollen Art, meinen Tag ein wenig besser zu machen.

»Ich bin jetzt in meiner Wohnung«, erzählte ich stolz.
»Wow, super. Das klingt ja mega. Ich freue mich für dich. Dann kann ich ja nachher mal vorbeikommen, wenn du Lust hast.«

Kurz verschluckte ich mich an meinem eigenen Speichel, doch ließ es mir nicht anmerken.

»Oh sorry, das geht nicht. Fin kommt heute Abend vorbei und wir wollen die Wohnung einweihen.«

»Dann kann ich doch trotzdem dazustoßen. Je mehr Leute da sind, umso besser.« Kurz blieb ich in Anbetracht der Tatsachen, dass Chris soeben vermutlich sehr viel Spaß hatte, an dem Wort *dazustoßen* hängen, bevor ich mich wieder fing.

»Du, das ist wirklich nicht böse gemeint. Aber das ist so ein Familiending, weißt du.« Unsicher verzog ich meinen Mund zu einer Schnute und wippte mit dem Kopf hin und her. Damit, dass er mich so schnell besuchen wollte, hatte ich nicht gerechnet. Ich wollte ihm doch lediglich mitteilen, dass ich einen weiteren Schritt Richtung neues Leben machte und nicht gleich eine Einweihungsparty schmeißen wollte.

»Ja, verstehe. Alles gut. Das holen wir einfach nach. Ich bringe auf jeden Fall etwas zu Essen und zu Trinken mit. Dann brauchst du dich um nichts kümmern. Hast ja schließlich genug um die Ohren, jetzt, mit der neuen Verantwortung.«

»Vielen Dank auch«, sagte ich ironisch und grinste Chris frech an.

In diesem Moment klopfte es an die Schlafzimmertür und meine Mutter fragte nach mir.

»Ich muss jetzt leider wieder los. Meine Eltern sind hier und helfen mir.«

»Alles, klar. Melde dich, wenn es was Neues gibt. Spätestens, wenn du mir über Ava Bericht erstattest, sehen wir uns ja wieder. Halt die Ohren steif.« Somit legte er viel zu schnell auf. Nur Chris benutzt diese alten Sprichwörter, aber das machte ihn gerade so besonders.

Die Lichtsäule verschwand und bevor Ava mich noch mit weiteren Fragen löcherte, streichelte ich über das Silber des Rings und schaltete das Gerät damit aus. Ich wünschte so sehr, dass dieses neue SmartPad wirklich Erfolg hatte. Der Ring war so viel praktischer und Ava so viel lebendiger als Alpha.

Ich verließ das Schlafzimmer und fand Mom und Dad zwischen unzähligen Kisten wieder, in denen sie rumwühlten. Ich verkniff mir einen bissigen Kommentar und ließ sie einfach gewähren. Mit einem leichten Schmunzeln im Gesicht beobachtete ich meine Eltern dabei, wie sie meine Wohnung auf den Kopf stellten.

Ich würde sie vermissen. Irgendwie.

Kapitel 7

Es war einer der besten Abende, die Fin und ich bisher zusammen verbracht hatten. Mein kleiner Bruder war wie ausgewechselt. Nichts war mehr von dem traurigen und geknickten Jungen zu erkennen, der sich noch vor einem Tag an meiner Schulter ausgeweint hatte.

Nachdem ich meine Eltern mit einigen Überredungskünsten endlich nach Hause schicken und die Tür zu meiner neuen Wohnung hinter ihnen schließen konnte, fühlte sich mein Herz auf der einen Seite schwerer, auf der anderen Seite leichter an. Schwerer, weil ich nun die Verantwortung trug, diese vier Wände in Stand zu halten und das ganz allein. Meine Güte, mir grauste es schon, obwohl wir jegliche Art von Technik besaßen, die jeden kleinsten Fussel vom Boden saugten oder die Flächen säuberte. Doch irgendwie hatte ich Angst, dass ich anfing, meine Wohnung in einen Müllhaufen zu verwandeln. Hier und da lagen schon ein paar Klamotten von mir herum, von denen ich nicht sicher war, ob sie gewaschen werden mussten oder nicht.

Also entschloss ich mich kurzerhand dazu, sie in die Wäscheklappe zu stopfen, von wo aus sie sich auf den Weg in die Wäscherei machten. Alles natürlich von Maschinen betrieben. Morgen früh würde das grüne Lämpchen neben der Klappe leuchten und mir signalisieren, dass meine Klamotten gereinigt waren.

Mom und Dad meinten es zwar gut, mir beim Einräumen und Dekorieren zu helfen, doch ich wusste ja nicht einmal selbst, wo alles hin sollte.

Ich konnte zwar meine Klamotten aufhübschen, aber eine Wohnung war doch eine Hausnummer zu groß.

Kaum hatte ich mich auf das weiße Sofa geworfen und begutachtete mein neues Heim, da ertönte schon die Stimme von Alpha, die mir sagte, dass Fin vor der Tür stand und um Einlass bat.

Keine zehn Minuten später war das Sofa bedeckt von Burgerpapier und Fettflecken, die vermutlich nur mit extremen Spezialreinigern rausgingen. Chipskrümel lagen auf meiner Hose und kitzelten mich an den Beinen. Genau dort, wo meine nackte Haut herausblitzte. An den Knien und Oberschenkeln. Ich liebte meine zerschlissenen Hosen, sie sahen einfach cool aus.

Fin war erstaunlich gesprächig und erzählte mir von seinem Tag. Nichts Besonderes, eigentlich wie jeder andere Schultag, doch das Grinsen in seinem Gesicht entging mir nicht. Es wäre ein Wunder, wenn Fin einen Schultag und den langweiligen Unterricht so interessant fand, dass er jetzt noch freudig lächelte.

Da steckte etwas anderes hinter. Oder eher *jemand*. Und dieser Jemand war eine gewisse Gina, auf die mein kleiner Bruder ein Auge geworfen hatte. Gina hatte doch tatsächlich heute mit ihm geredet und saß sogar neben Fin im Unterricht, weil sie einen neuen Schüler bekommen hatten, der aus Sektor West zu uns gezogen war. Gina war so freundlich gewesen, dem Neuen (ich hatte seinen Namen vergessen) sofort Platz zu machen und hatte sich neben Fin gesetzt, neben dem immer ein Stuhl frei war.

Die ganze Zeit über, in der er mir von Gina erzählte, machte er keine Pause. Sage und schreibe eine halbe Stunde lang quasselte Fin ohne Punkt und Komma, was mich glücklich machte, denn er schien endlich aufzublühen. Er war oft mürrisch, was er sich von jemandem abgeschaut hatte. Doch nun wärmte seine Freude mein Herz, und ich bemerkte in diesem Augenblick, dass Fin mich gar nicht mehr brauchte. Das versetzte mir auf der einen Art ein Stich ins Herz, doch auf der anderen erleichterte es mich.

Fin war traurig, dass ich nicht mehr bei ihm wohnte, doch war es wahrscheinlich das Beste für uns beide. Für uns alle. So konnte ich mich auf mein neues Leben konzentrieren und Fin zu dem Mann werden, der er sein wollte. Ohne seine große Schwester, die ihn zu Dummheiten anstiftete.

Nun lag ich im Bett, vollgefuttert und mit einer fetten Niederlage, die mir im Kopf herumschwirrte, denn Fin hatte mich mal wieder geschlagen. Oder hatte ich ihn einfach nur gewinnen lassen, weil mein Herz es nicht mehr ertragen konnte, ihn traurig zu sehen? Vielleicht.

Das Bett fühlte sich himmlisch an – so viel besser als die durchgelegene Matratze meines alten Kinderzimmers. Diese hier war unberührt und noch ganz frisch. Meine Güte, meine Gedanken schlugen schon wieder die falsche Richtung ein. Das war nicht gut, und mit dem Gedanken an einen oberkörperfreien Christian, der mich mit vom Sex zerzausten Haaren träumerisch anlächelte, glitt ich in einen Dämmerzustand. In einen Halbschlaf, doch irgendetwas hielt mich davon ab, ganz in die Dunkelheit abzutauchen.

***

Ich wusste nicht, wie lange ich schon in diesem Zustand so da lag, doch es mussten Minuten, wenn nicht sogar Stunden vergangen sein, als mich etwas in der Nase kitzelte.

Erst dachte ich, dass es ein Traum war, dass mein Gehirn mir etwa vorspielen wollte. Dass ich schon so müde war, dass ich im Halbschlaf Dinge spürte, die gar nicht existierten.

Ich wälzte mich mehrmals herum und konnte nicht aus dem Zustand zwischen Schlaf und Wachsein herausfinden. Als würde mich eine unbekannte Macht unbedingt festhalten wollen. Oder mich warnen. Ich spürte die Hitze in mir, als hätte ich Fieber, das mir Schweißperlen auf die Stirn trieb.

Hitze?

Sofort schrillten alle Alarmglocken in meinem Kopf. Das war kein Traum. Das war auf gar keinen Fall ein Traum, denn ein beißender und rauchiger Geruch breitete sich in meiner Nase aus, der all meine Sinne benebelte.

Das konnte nur eines bedeuten.

Feuer!

Kapitel 8

Wie vom Blitz getroffen schreckte ich auf und brauchte ein paar Sekunden, um mich zu fangen. Meine Augen gewöhnten sich nur schlecht an die schwache Notbeleuchtung, doch meine Überlebensinstinkte, von denen ich gar nicht wusste, dass ich sie besaß, waren geschärft.

Es brannte.

Verdammte Scheiße, hier war ein beschissenes Feuer! In der AlphaOne. Diese Tatsache war schier unmöglich. Hier konnte es einfach nicht brennen. Und wenn ich von *Können* sprach, dann meinte ich das auch so. Es hatte seit der globalen Katastrophe nicht einen einzigen Zwischenfall gegeben. Feuer kannte ich nur von Bildern oder aus Filmen.

Als meine Augen sich an die schwachen Lichtverhältnisse gewöhnt hatten, schwang ich meine Beine über die Matratze, sodass meine nackten Füße klatschend auf dem Boden aufkamen. Der Rauch, der in meiner Lunge kratzte, ließ mich husten, und ich hielt mir die Hand vor den Mund. Shit, es brannte selbst in meinen Augen, die sofort tränten. Der Rauch kam durch die Schlafzimmertür, die ich nicht verschlossen hatte, vermutlich war sogar meine Küche die Brandursache, doch als ich den Wohnraum betrat, sah ich nichts. Keine hellen, orange-rot leuchtenden Flammen, die mir die Hitze ins Gesicht trieben. Dort war der graue Rauch, der sich bis an die Decke festgesetzt hatte. Ein Brand ganz in meiner Nähe, der sich rasend schnell ausbreitete.

Barfuß und nur mit einer dünnen, kurzen Schlafhose und einem T-Shirt bekleidet, konnte ich in diesem Moment nur an eines denken: Meine Familie.

Mein Herz begann wild zu pochen.

Ich musste zu ihnen, ich musste nachsehen, ob sie ebenfalls den Rauch entdeckt hatten. Was, wenn sie schon längst daran erstickt waren, während ich hier tatenlos herumstand und versuchte, mit der Situation zurechtzukommen. Da gab es doch nichts zu überdenken, ich musste sofort Hilfe holen und herausfinden, wo die Ursache des Feuers lag.

Schnell band ich mir mein SmartPad ums Handgelenk und entriegelte die Wohnungstür. Mit einem hydraulischen Surren verschwand sie in der Wand. Mir stockte der Atem. Vielleicht war es doch keine gute Idee gewesen, die Tür zu öffnen, denn dicker, schwarzer Qualm wallte mir entgegen.

Hustend und krächzend presste ich meine Hand noch fester vor meinen Mund und hielt meine Augen lediglich als enge Schlitze offen. Doch der beißende Gestank bahnte sich seinen Weg durch meine Lunge.

Das konnte doch niemand überleben, schoss es mir in den Kopf, als ich Schreie vernahm. Menschen hetzten an mir vorbei und liefen mich fast um, als ich in die entgegengesetzte Richtung rannte. Zu meinen Eltern, die hoffentlich von der Unruhe auf den Gängen wachgeworden waren. Zu Fin, der vor ein paar Stunden noch auf meinem Sofa gesessen und Burger gegessen hatte. Sein verliebtes Lächeln hatte sich in meine Netzhaut gebrannt. Ich würde es nie vergessen. Niemals, egal was jetzt passierte. Doch ich wollte nicht, dass es das Letzte gewesen war, was ich von meinem Bruder in Erinnerung hatte.

»Mom! Dad!« Ich bemerkte, dass ich langsam in Panik verfiel. Der Rauch verschwand nicht, wurde auch nicht lichter, als ich der Wohnungstür meiner Eltern näherkam. Links und rechts wurde ich von Bewohnern des Sektors angerempelt, was mir sicherlich einige blaue Flecken bescherte. Aber das war mir egal. Ich hätte auch bluten oder ein halb abgetrenntes Bein hinter mir herziehen können, solange ich meine Eltern fand, war mir jede Verletzung recht.

Wo wollten die Leute nur alle hin? Es gab keinen Ausgang, der uns rausführen konnte. Wir waren quasi dem Tod geweiht, wenn nicht endlich jemand die Brandursache ausfindig machte.

Mein Herz schlug immer schneller, sodass ich das Gefühl hatte, es spränge mir beinahe aus meiner Brust. Mit rasselndem Atem und purem Adrenalin in meinen Adern erreichte ich die Tür meines ehemaligen Zuhauses. Keuchend und völlig außer Atem stützte ich mich mit beiden Händen auf das Touchpad, um die Tür zu entriegeln.

Rot. Zutritt verweigert.

»Was?«, keuchte ich. Das konnte nicht sein.

Ich hustete, denn der Rauch quoll immer und immer mehr aus allen Ecken. Ich konnte die blauleuchtende Nummer neben dem Touchpad erst nicht richtig erkennen, aber ich war mir sicher, dass ich vor der Tür meiner Eltern stand.

Wieder presste ich meine Hand auf das Feld.

Rot.

Ich sah mich um... irgendetwas war anders. Obwohl es hier überall gleich aussah, war es ein merkwürdiges Gefühl, das mich dazu veranlasste, näher an die Nummer heranzutreten. Meine Augen tränten bereits, aber plötzlich konnte ich deutlich meinen Fehler entdecken.

Nummer 19.

Nein, wie konnte ich so dumm sein? In meiner Panik war ich falsch abgebogen! Dies war tatsächlich die falsche Wohnung.

Was bedeutete... ich durfte keine Zeit verlieren. Nicht noch mehr.

Als ich mich herumdrehte, quälte mich kurz das schlechte Gewissen. Was, wenn die Bewohner dieser Wohnung von allem noch nichts mitbekommen hatten?

Aber mir ging es um *meine* Familie. *Sie* musste ich finden.

Ich rannte wieder zurück zu der Abbiegung, die ich offensichtlich falsch genommen hatte. Zwei Männer stolperten hustend an mir vorbei. Ich hatte das Gefühl, in ihren Gesichtern meinen Dad zu erkennen. Es schmerzte, als ich erkannte, dass mein Gehirn mir einen Streich spielte.

Jetzt bloß nicht in Panik verfallen! Bleib klar im Kopf, Lina!

Wo musste ich lang?

Dort. Nach links, nicht nach rechts.

Meine Knie zitterten und fühlten sich an wie Pudding.

Ich bog um die Ecke und traf auf eine Menschenansammlung, die sich vor den Aufzugtüren drängelten, um in einen anderen Sektor zu gelangen.

Vielleicht hatten meine Eltern ebenfalls diesen Gedanken. Ich reckte meinen Kopf, hielt mir dabei weiterhin die linke Hand vor den Mund, was wenig brachte, denn der Rauch bahnte sich ungehindert seinen Weg.

»Mom! Dad! Fin?« Meine Stimme ging in den panischen Schreien der Menschen unter.

Ich drängte mich zwischen sie, mein Kopf zuckte ständig nach links und nach rechts.

Sie mussten hier einfach irgendwo sein.

In dem Moment, als ich die leuchtende Nummer meiner ehemaligen Wohnung entdeckte, rempelte mich jemand von der Seite an, sodass ich zu Boden fiel.

Schuhe, nackte Füße, Beine. Sie waren überall. Reflexartig hielt ich meine Hände schützend vor das Gesicht. Immer wieder wurde ich angestoßen. Sofort schmerzte mein ganzer Körper.

»Lina?« Ich riss meine Hände weg.

»Fin?«, schrie ich. Das war eindeutig die Stimme meines Bruders gewesen. »Ich bin hier!« Irgendwie schaffte ich es, mich hochzustemmen und auf die Beine zu kommen. Dabei zog ich mich an allem hoch, was ich zu greifen bekam. Doch die Leute bemerkten es in ihrer Panik nicht.

»Lina!« Wieder. Wieder war es Fin. Hoffnung wallte in mir auf. Er war hier! Und wenn er in der Nähe war, dann meine Eltern sicherlich auch.

Drängelnd bahnte ich mir den Weg, immer die Eingangstür meiner Eltern im Visier.

Wo bist du, Fin? Wo bist du?

Ich erreichte das Ende der Menschenansammlung und blieb abrupt stehen. Hier war niemand. Kein Fin. Keine Mom. Kein Dad.

Ich drehte mich wieder um.

»Fin!« Meine Stimme versagte.

Sie waren nicht hier draußen. Aber wieso war es seine Stimme? Wieso hatte ich ihn klar und deutlich gehört?

Heiße Tränen, die sich mit dem kalten Rauch vermischten, brannten auf meinen Wangen. Wann hatte ich angefangen zu weinen?

Die panischen Schreie der Leute im Hintergrund, führte ich meine zitternde Hand zum Touchpad, doch ich bemerkte schnell, dass mein Handabdruck zur Entriegelung gar nicht mehr vonnöten war.

Die Tür stand offen.

Panisch rannte ich in die Wohnung.

»Mom! Dad! Fin!« Der Rauch machte mir zu schaffen. Ich spürte schon, wie er sich schwer in meiner Lunge absetzte und jeder Atemzug schmerzhafter wurde.

»Bitte, seid hier.« Mein Flüstern in der erdrückenden Stille wurde nur von den fernen Schreien der anderen Bewohner durchbrochen.

»Wo seid ihr?« Immer und immer wieder rief ich nach ihnen, während ich jede Ecke, jedes Zimmer und jeden Fleck der verdammten Wohnung nach meiner Familie absuchte.

Doch ich fand sie nicht. Niemand war hier. Sie waren fort.

Und ich allein.

Kapitel 9

»Scheiße!«, brüllte ich verzweifelt. Meine hellblauen Haare klebten mir schweißnass und mit Staub besudelt an der feuchten Stirn. Das weiße T-Shirt war schon halb durchsichtig, da mir der salzige Schweiß aus jeder Pore meines Körpers schoss.

Es war verdammt heiß hier drinnen. Viel zu heiß. Ich hatte Angst, ich hatte eine scheiß Angst um meine Eltern und um Fin. Um Maribel und Tony Brown. Mom und Dad.

Ich stand in ihrer Wohnung und drehte mich verzweifelt im Kreis. Alles zog wie in Zeitlupe an mir vorbei. Der dicke Rauch qualmte in Schwaden zur Tür herein und verdichtete von Sekunde zu Sekunde die Sicht.

Mein Rücken tat mir auf unerklärliche Weise weh, meine Muskeln waren angespannt, als ob sie bald reißen würden. Das Adrenalin rauschte durch meine Adern, sodass ich es in meinen Ohren hören konnte.

Es war niemand da.

Ich brauchte viel zu lange, um diese Tatsache zu begreifen, denn ich befand mich wie in einer Trance. In einem Strudel, der nicht aufhören wollte, sich zu drehen.

Das konnte doch nicht wahr sein. Von jetzt auf gleich. Von heute auf morgen war alles auf den Kopf gestellt. Dieser Bunker hatte ein Leck. War nicht so sicher und unzerstörbar, wie es hieß. Irgendjemand musste einen Fehler gemacht haben. Und dieser Jemand würde sich vermutlich soeben eine Kugel in den Kopf jagen, da die Situation aussichtslos war.

Die AlphaOne war nicht auf diesen Extremfall vorbereitet. Warum auch? Es hieß immer, dass so etwas nie passieren könnte. Dass alles sicher wäre.

Doch nun ...

Nun stand der gigantische Earthscraper in Flammen. Tausende Meter unter der Erdoberfläche. Irgendwo auf diesem beschissenen Planten, der seit Jahrzehnten zum Tode verurteilt war.

Wir würden sterben. Der Menschheit war es nicht erlaubt, länger zu leben als das Universum.

Warum zum Teufel hatte keiner der ach so tollen Wissenschaftler je damit gerechnet, dass es brennen könnte? Dabei existierte das Feuer doch schon lange vor dem Menschen. Es konnte immer etwas schiefgehen.

Als würde man auf die Playtaste drücken, schlugen die Geräusche und die Eindrücke wieder auf mich ein. Es schrillte ein unangenehmer Ton in meinen Ohren. Eine Sirene. Sie hatten die Sirenen betätigt.

»Scheiße!«, fluchte ich erneut und musste mir eingestehen, dass es zwecklos war, weiter in dem Wohnraum meiner Eltern tatenlos herumzustehen.

Sie waren fort. Hatten sich vermutlich schon in Sicherheit gebracht oder waren auf dem Weg dorthin. Aber warum hatten sie mich nicht geholt? Warum waren sie einfach ohne mich geflohen? Wo auch immer sie hin wollten.

Kurz zerriss es mein Herz, dass meine Eltern ihr eigenes Leben über meines gestellt hatten. Doch ich ahnte, dass sie einen guten Grund dafür gehabt haben mussten.

Sie wollten Fin retten, weil sie wussten, dass ich stark genug war, es allein zu schaffen.

Ich rief ein letztes Mal nach ihnen, doch niemand antwortete. Da erweckte etwas anderes meine Aufmerksamkeit. Die Schreie auf den Gängen wurden lauter, und als ich meinen Blick auf die Tür richtete, sah ich, warum.

Helles, gelb-oranges Licht flackerte an den Wänden entlang und versetzten mich in Alarmbereitschaft.

Das Feuer. Es war ganz in der Nähe. Es musste in unserem Sektor entstanden sein.

Was ich als nächstes tat, war völlig verrückt, denn ich rannte nicht in die entgegengesetzte Richtung. Ich lief genau auf die Flammen zu, denn eine böse Vorahnung breitete sich in meinem Kopf aus.

Ich wusste, woher der Rauch kam. Genau dort, wo ich die meiste Zeit meines Tages verbrachte. Wo ich am liebsten war, denn dort konnte ich ganz für mich sein.

Bei Christian. In seinem Technikraum.

Heiße Tränen rannen mir über das Gesicht, die sich schmerzend in meine Wangen brannten. Ich betete, dass meine Vermutung sich in Luft auflösen würde.

Während ich zum Technikraum rannte, immer noch mit einer Hand vor dem Mund, denn hier wurde der Rauch immer dichter, versuchten die Leute, denen ich begegnete, mich zum Umkehren zu zwingen. Doch ich entriss mich ihrer Hände, die um meinen Oberarm griffen und schubste sie zur Seite.

Ich durfte Christian nicht einfach sterben lassen. Auch wenn ich nicht wusste, ob er sich überhaupt an seinem Arbeitsplatz befand. Schließlich hatten wir es mitten in der Nacht, aber so wie ich ihn kannte, verbrachte er auch heute Stunden hinter seinen Bildschirmen. Es war nicht abwegig, dass Chris bewusstlos auf dem Boden lag und um sein Leben kämpfte. Es war sogar sehr wahrscheinlich.

Alle meine Werte und Normen schalteten sich in dem Moment aus, als ich den Gang zum Technikraum erreichte. Ich dachte nicht mehr an meine Familie, was vielleicht egoistisch war, doch ich vertraute meinem Dad, dass er seine Liebsten in Sicherheit brachte.

Ich hatte nur noch eines im Sinn: Den Menschen zu retten, den ich liebte. Ich liebte Chris auf einer anderen Ebene, die nichts mit Romantik zu tun hatte. Und deshalb musste ich ihn finden und zumindest das Gefühl haben, ihn retten zu können.

Die Flammen züngelten um den Türrahmen. Wie sollte ich nur da reinkommen? Mein Bauchgefühl hatte richtig gelegen. Die Brandursache stammte aus Christians heilige Hallen. Irgendetwas musste gewaltig schiefgelaufen sein.

»CHRIS!«, brüllte ich. Die Flammen waren undurchdringbar. Ich konnte nicht hinein. Ich würde beim lebendigen Leib verbrennen. Wie nur konnte Christian das überleben? Warum war ich noch so dumm und glaubte daran, dass er ein verdammter Superheld war? Niemand konnte diese beißenden Flammen überstehen. Nichts war sicher davor. Selbst das Aluminium schmolz langsam dahin. Ich hörte, wie es krachte und explodierte. Sah, wie Metallteile durch den Raum flogen.

Es war aussichtslos. Chris war verloren. Für immer.

»Li...na?«

Ich riss meine Augen auf. Nein, ich hatte es mir nur eingebildet. Mein Verstand spielte mir einen Streich. Ganz sicher.

»Lina?« Ganz klar eine Stimme.

»Christan?«, rief ich in die Flammen hinein, denen ich immer weiter ausweichen musste. Sie umzingelten mich, ohne dass ich es wahrnahm. Ein Feind, der sich langsam an mich heranschlich.

»Ja! Ich bin hier und ich habe...« Etwas unterbrach Christian und ließ ihn verstummen. Mein bescheuertes Herz machte einen Hüpfer. Er lebte. Oh, heilige Scheiße, er lebte!

Und war gefangen in dem gelben Licht, das meine Haut verbrannte.

»Chris!«, rief ich immer wieder, weil ich kein Lebenszeichen mehr von ihm bekam. »Scheiße! Antworte mir! Was ist los? Du musst da verdammt nochmal rauskommen!«

Ich hörte ein Husten und versuchte irgendwie dem näherzukommen, doch das Feuer ließ mich nicht. Es drängte mich immer weiter zurück.

Das Husten kam näher, und irgendwann erkannte ich eine schemenhafte Gestalt auf mich zu torkeln.

Er wollte doch nicht wirklich durch die Flammen steigen? War er verrückt? Aber vermutlich war es die einzige Lösung, der einzige Ausweg, um nicht zu sterben.

»Chris, ich bin hier«, versuchte ich ihn mit meiner Stimme zu locken. Ich konnte selbst kaum noch etwas sehen, wie musste es nur ihm ergehen?

Die Gestalt, die zunächst nur ein schwacher Schatten war, formte sich langsam zu einem Körper. Tatsächlich, es war Chris, der dort auf mich zukam.

Aber er war nicht allein. Er trug einen zweiten Körper auf den Armen. Einen kleinen, dünnen Körper, der...

Mir stockte der Atem. Mein Herz blieb stehen und ich sank auf die Knie. Nein! Nein! NEIN!

Meine Hände fingen an, unkontrolliert zu zittern, Tränen verschleierten meine Sicht und ich starrte mit entsetztem Gesicht und offenem Mund auf die Gestalt, die ich nun deutlich auf Chris' Arm erkennen konnte.

Die Welt um mich herum wurde lautlos. Sie verstummte, einfach so. Nicht ein einziges Geräusch erreichte mein Bewusstsein.

Ich sah nur Chris' Lippen, die sich bewegten und mir irgendetwas zuriefen.

Doch es interessierte mich nicht. Ich hatte nur Augen für den Jungen, dessen Arme schlaff an seinem Körper herunterhingen.

Fin.

Kapitel 10

Jemand rüttelte an meiner Schulter und ich brauchte viel zu lange, um zu realisieren, dass es Christian war, der versuchte, mich aus meiner Schockstarre zu befreien.

Nein, das konnte einfach nicht sein. Wieso war Fin bei Chris im Technikraum gewesen? Es war mitten in der Nacht, zum Teufel. Und ich hatte ihm sogar noch das Versprechen abluchsen müssen, dass er sich nach unserer Zocker-Partie auf geradem Wege nach Hause machte.

Doch mein kleiner Bruder hatte dieses Versprechen gebrochen. Aus welchem Grund auch immer, aber wegen einer dummen Entscheidung, die er vermutlich innerhalb weniger Sekunden getroffen hatte, lag er nun bewusstlos in Chris' Armen und war dem Tod näher als dem Leben.

»Lina! Steh auf. Wir müssen hier sofort weg. Die ganze Scheiße fliegt gleich in die Luft!«

Irritiert wanderten meine weitaufgerissenen Augen zu Chris' Gesicht und konnten nicht glauben, was sie sahen. Christian war völlig verrußt und kleine glänzende Splitter steckten in seiner Haut, die eine Hälfte seines Gesichtes war verbrannt und knallrot. Ich sah, wie das Blut aus jeder seiner Poren quoll, doch er ließ sich nicht davon beeindrucken. Er hielt meinen kleinen Bruder immer noch auf dem Arm, ohne sich anmerken zu lassen, welche Schmerzen er vermutlich aushalten musste.

Scheiße, nochmal. Wieso konnte ich mich nicht bewegen? Wieso saß ich nur da und starrte Löcher in die Luft? Mein Körper fühlte sich schwer wie Blei an und schien mit dem Boden verwachsen zu sein, der gehörig wackelte.

Diese Basis durfte sich nicht bewegen. Es war ausgeschlossen, dass es hier überhaupt irgendeine Gefahr für die Menschen gab und doch schossen hinter Chris' Rücken die Flammen aus dem Technikraum und hüllten uns in eine brennende Hitze, die meine Haut fast zum Schmelzen brachte.

»Jetzt steh endlich auf.« Ein fester Griff packte mich am Oberarm und zog mich auf die Beine. Schwerfällig konnte ich mein Gleichgewicht halten, doch Chris versuchte mich zu stützen. Mich und Fin, von dem ich immer noch nicht meinen Blick abwenden konnte.

»Lina, bitte! Wir müssen *sofort* hier weg, verstehst du?«

Ich nickte vage und ließ mich von Christian führen. Ich vertraute ihm einfach, denn ich konnte in diesem Moment keine Verantwortung für mein Handeln übernehmen. Ich würde wahrscheinlich eine dumme Entscheidung treffen, die diese Sache nur verschlimmerte. So wie es Fin getan hatte, als er nicht auf mich hören wollte.

Dummer kleiner Junge, was war nur passiert, dass es so kommen musste? Dicke Tränen kullerten mir über meine Wange und tropften auf mein weißes T-Shirt, wo sie mit dem nassen Schweiß auf meiner Brust verschmolzen.

Chris lockerte seinen Griff, als er sah, dass ich mich langsam wieder fing und ihm selbstständig folgen konnte. Ich konnte es mir nicht leisten, jetzt den Verstand zu verlieren. Ich musste einen kühlen Kopf bewahren und die Situation analysieren. Musste so schnell wie möglich handeln, um mein Leben zu retten. Und das von Chris und Fin. Und hoffentlich auch das von den Menschen, die uns folgten, als wir den Gang so schnell wie unsere Beine uns tragen konnten, hinunterliefen.

Als ich Chris gerade fragen wollte, wohin wir gingen, erklang ein schreckliches Geräusch. Der Technikraum explodierte hinter uns, sodass das Feuer durch den Gang schoss. Wir schafften es gerade rechtzeitig, uns auf den Boden fallen zu lassen, um den Flammen wenigstens ein wenig auszuweichen, doch der verbrannte Geruch von Fleisch und Haaren sagte mir, dass wir nicht ganz unversehrt blieben.

Grauenhafte Schreie ertönten. Schreie des Todes. Jemand litt Höllenqualen und für einen kurzen Moment dachte ich, dass es Chris oder Fin war, der so schmerzerfüllt nach Hilfe rief. Doch ein Blick zu meinen beiden Begleitern zerschmetterten meine Befürchtung.

Im gleichen Moment ergriff mich aber das schlechte Gewissen, denn jemand aus unserem Sektor verbrannte dort gerade bei lebendigem Leibe. Vielleicht war es sogar ein direkter Nachbar, der uns immer fröhlich auf den Gängen begrüßt hatte. Niemand konnte mehr sagen, wer dort sein Leben ließ, denn die Flammen machten keinen Halt vor einem Hindernis.

Der Körper des Opfers war schwarz verkohlt, und sofort stieg mir ein beißender Geruch in die Nase, der mich würgen ließ. Aber auch der Anblick und der Gedanke daran, wie das rosig-schwarze Fleisch sich von dem Knochen abperlte, ließ meinen Mageninhalt gehörig rumoren.

»Sieh nicht hin«, flüsterte Chris in mein Ohr, als er sah, wie sehr ich zu kämpfen hatte.

Eine Frau rannte kreischend an uns vorbei und verfehlte nur haarscharf meinen Kopf mit ihrem Fuß. Völlig besinnungslos trampelte sie alles, was sich ihr in den Weg stellte, nieder, um an den verbrannten Körper zu gelangen.

Sie schluchzte und schrie immer wieder einen Namen, doch wen auch immer sie soeben verloren hatte, würde ihr nicht antworten.

Ein Knallen ließ uns zusammenschrecken, und Chris zerrte mich wieder hoch. Fin war immer noch bewusstlos und lag schlaff zwischen mir und Christian, der ihn nun in Windeseile wieder auf den Arm nahm. Er hatte Fin einfach so fallen lassen, als wäre er ein Sack Kartoffeln. Doch ich wusste, dass er es tun musste, um Fins Leben zu retten.

»Wir müssen weiter. Jeden Moment könnte wieder etwas explodieren«, sagte Chris und deutete den Gang entlang.

Wie auf sein Kommando knallte es aus Richtung des Technikraumes und erneut schossen Flammen hervor. Dieses Mal jedoch langsamer. Um nicht wieder einen Menschen sterben zu sehen, wollte ich die arme Frau retten, die nur noch Augen für den glühenden Haufen Fleisch hatte.

»Du kannst da nicht hin, Lina!«, hielt mich Chris zurück.

»Ich will sie retten«, schrie ich ihm entgegen.

»Du kannst sie nicht retten, sie wird nicht mit dir kommen.«

»Aber ...« Chris' Kopfschütteln ließ mich innehalten.

Vermutlich hatte er recht, aber ich konnte die Frau doch nicht einfach hier sitzen lassen. Sie bekam nicht einmal mit, was um sie herum passierte.

»Du kannst sie nicht retten«, betonte er erneut, sodass ich innerhalb weniger Sekunden eine folgenschwere Entscheidung treffen musste.

Ich drehte mich um und folgte Chris, der wieder die Führung übernommen hatte. Ich ließ die Frau zum Sterben zurück. Ein Anblick, der mir noch Jahre nach diesem Ereignis im Gedächtnis bleiben würde. Der mich Nacht für Nacht im Schlaf umbrachte, denn mein Herz sagte mir, dass ich einen Menschen getötet hatte. Dass ich zu selbstsüchtig gewesen war, in dem ich wieder nur an mich dachte.

Doch mein Verstand prügelte mir immer wieder ein, dass es aussichtslos gewesen wäre, die Frau zu retten. Und dass es richtig war, meinem Freund zu folgen.

***

Meine Gedanken kreisen die ganze Zeit um den verkohlten Körper des Mannes, der den Flammen nicht mehr hatte ausweichen können. So schnell war ein Leben vorbei. In dem einen Moment lag man noch mit seinen Liebsten im Bett und schlummerte seine schönsten Träume und im nächsten krachte alles wie ein Kartenhaus zusammen. Ob sich überhaupt jemand an die Toten erinnerte? Als hätte jemand mit dem Finger geschnipst und Gott gespielt, verloren unzählige Menschen in diesem Feuer, das es eigentlich nicht hätte geben dürfen, ihr Leben.

Auf unserem Weg sprangen wir über leblose Körper, die mit weitaufgerissenen Augen an die Decke starrten. Ihnen war das Feuer noch nicht nahegekommen, doch tot waren sie trotzdem. Einfach platt getrampelt, wie ein lästiges Insekt. Die Menschen waren in Panik geraten und nun lag gefühlt die Hälfte der Bewohner von Sektor Ost leblos auf dem Boden.

Die Situation in unserem Sektor spitzte sich immer weiter zu.

Chris drängelte sich an den Leuten vorbei, schubste sie zur Seite. Was war nur aus dem harmonischen Miteinander geworden, dass ich so gewöhnt war? Die Bewohner schienen Scheuklappen auf den Augen zu haben; sie sahen nicht nach links und nicht nach rechts. Für sie war nur noch von Bedeutung, was mit ihnen selbst passierte.

Ich gab zu, mir ging es nicht anders. Ich wollte auch nur mein eigenes Leben retten. Und natürlich auch das von Fin und meinen Eltern. Es war aber aussichtslos, sie in diesem Durcheinander zu finden.

Wir bogen um eine Ecke, die in einen leeren Gang führte. Dort kamen wir zum Stehen, lehnten uns atemlos an die kühle Wand und konnten für einen kurzen Moment Luft holen und die letzten Minuten verdauen.

»Was zur Hölle ist passiert?«, fragte ich Chris atemlos, der Fin nun auf dem Boden absetzte, sodass sein Kopf ebenfalls an der Wand lehnte.

In Chris Gesicht konnte ich keine Regung entdecken, was vermutlich daran lag, dass es entstellt und verbrannt war und ihm höllische Schmerzen bereitete.

Deshalb nahm ich sein Handgelenk und drehte seinen Körper zu mir, sodass er mich einfach ansehen musste, denn ich spürte, dass ihm das schlechte Gewissen plagte. Etwas war passiert, und es war Chris' Schuld.

In seine Augen trat Trauer, die mich innerlich zerriss. Der Mann, den ich schon seit meiner Schulzeit kannte, weinte. Er weinte stumme Tränen, die auf dem offenen Fleisch seines verbrannten Gesichtes verdampften. Ich bildete mir ein, dass das Salz der Tränen auf der Haut zischte, doch mein Verstand spielte mir einen Streich.

»Chris. Was ist passiert?«, flüsterte ich erneut, während ich meine eine Hand auf die gesunde Gesichtshälfte legte. Ganz behutsam, um ihn nicht zu verletzten. Der Schmerz in seinen Augen war unerträglich. Ich wollte ihm helfen, wollte mit ihm gemeinsam wieder alles rückgängig machen, doch das konnte ich nicht. Das Feuer fraß sich immer weiter durch den Sektor und schon bald würde es auch den leeren Gang erreichen, in dem wir standen.

»Ich...« Chris schluckte schwer. »Ich habe herumexperimentiert.«

»Da ist ja nichts Neues. Also, was bitte schön ist passiert, damit dieses Hölleninferno ausgelöst wurde?« Ich zeigte mit der ausgestreckten Hand in die Richtung, aus der wir soeben gekommen waren.

Meine Stimme nahm einen vorwurfsvolleren Ton an, als beabsichtigt, und ich sah, dass es Chris wehtat, wie ich meine Worte wählte.

»Sorry, das war nicht so böse gemeint«, entschuldigte ich mich bei ihm. »Aber es will einfach nicht in meinen Kopf, was da gerade passiert ist. Was hier immer noch passiert, wohlgemerkt.«

Nach Antworten suchend starrte ich erwartungsvoll in Christians Gesicht, der voller Mitgefühl den bewusstlosen Fin auf dem Boden betrachtete.

»Ich bin seit Tagen dabei eine neue Art von elektromagnetischen Schallwellen zu erzeugen und als ich glaubte, es endlich geschafft zu haben da ...« Wieder schluckte er, seine Augen immer noch auf meinem Bruder geheftet. »Da ging es plötzlich schief. Die Verbindung zwischen den Überträgern ist von jetzt auf gleich überlastet gewesen. Das ganze System hat der Elektrizität nicht mehr standgehalten und ist explodiert«, sagte er nun gefasster und die Härte in seiner Stimme kehrte zurück.

»Okay. Ich habe zwar keine Ahnung, wovon du genau redest, aber dein Gesichtsausdruck sagt mir, dass da noch mehr hinter steckt.«

Chris räusperte sich.

»Ich vermute, dass durch die Reaktion und der Explosion ein neuer brennbarer Stoff entstanden ist.«

»Das wird ja immer komplizierter.«

»Es war nur ein winziger Augenblick, aber ich bin mir sicher, dass ich im Kern der Explosion ein grünes Licht habe schimmern sehen.«

»Oh ja, natürlich, grün ist immer kein gutes Zeichen«, erwiderte ich ironisch und verzog fragwürdig das Gesicht.

»Lina! Das ist kein Scherz!«, polterte Chris, was mich sofort verstummen ließ. »Dieses Licht könnte eine neue Art atomarer Masse sein. Und das bedeutet, dass wir nicht nur durch das Feuer in größter Gefahr stecken, sondern nicht einmal wissen, *wie* gefährlich dieses *Etwas* ist.«

Ich kramte in meinem Gedächtnis und durchsuchte meine letzten gebliebenen Erinnerungen an den Geschichtsunterricht.

»Wir sind doch jetzt nicht alle verstrahlt, oder? Oder?« Meine Stimme quiekte hysterisch, sodass ich mich kaum wiedererkannte.

»Das kann ich ehrlich nicht sagen.«

Ich schüttelte ungläubig den Kopf, während ich Chris nur anstarrte. Mir hatte es die Sprache verschlagen.

»Ich wollte doch nur helfen. Ich stand kurz vor einem neuen technischen Durchbruch und hätte uns dadurch allen mehr Lebensqualität ermöglichen können, und jetzt das. Wie konnte das nur passieren?«

Sollte ich ihm diese Frage jetzt ernsthaft beantworten?

»Wir müssen handeln und das Schlimmste verhindern. Menschen sind gestorben und weitere werden vermutlich noch an den Folgen dahingerafft werden! Ich mache dir keinen Vorwurf. Ich weiß, dass du nur Gutes für unsere Gesellschaft tun wolltest, aber dieses Experiment könnte unser aller Leben kosten, statt es zu verbessern. Es steht alles in Flammen. Wohin sollen wir flüchten? Die Aufzüge in die anderen Sektoren scheinen blockiert zu sein. Es gibt keinen Ausweg.«

Jetzt hatte ich es ausgesprochen. Und die Wahrheit tat in meinem Herzen weh. Es gab kein Entkommen. Wohin sollten wir denn gehen? Die anderen Sektoren würden sicherlich nicht ihre Tore für uns öffnen, wenn wir vermutlich alle atomare Strahlung abbekommen hatten und das Feuer vor nichts Halt machte. Wieso zur Hölle hatte denn niemand an Löschvorrichtungen beim Bau gedacht? Das erinnerte mich leicht an die Geschichte der Titanic, die im Jahr 1912 mit einem Eisberg kollidierte und auf diesen Vorfall nicht gewappnet oder vorbereitet war. Genau wie die Titanic besaß die AlphaOne keine ausreichenden Hilfsmittel, um die Menschen, die hier lebten, zu retten. Warum lernte denn niemand aus der Vergangenheit?

Verzweifelt vergrub ich mein Gesicht in den Händen und stöhnte auf.

»Es gibt vielleicht doch einen Ausweg«, murmelte Chris so leise, dass ich ihn kaum verstand.

»Bitte, was?«, hakte ich ahnungslos nach.

»Es gibt vielleicht doch einen Weg, wie wir hier rauskommen«, wiederholte Chris und hievte sich im nächsten Momenten Fin auf die Arme.

»Also, wenn du jetzt nicht plötzlich zaubern kannst, dann kläre mich doch mal bitte auf«, rief ich ihm hinterher, denn er drehte sich ohne Umschweife um und lief den Gang entlang.

»Chris!«

»Folge mir einfach.« Er wandte sich im Laufen noch einmal zu mir um. »Und vertraue mir.«

Ich schluckte nur schwer, als ich meine Beine in die Hand nahm und Chris in die Ungewissheit unseres Schicksals folgte.

Kapitel 11

Meine Ausdauer ließ deutlich zu wünschen übrig. Ein stechender Schmerz in den Seiten, gepaart mit dem schlimmer werdenden Brennen in meiner Lunge, ließen mich immer wieder nach Luft schnappen. Ich wollte eine Pause machen, aber Chris ließ nicht zu, dass wir anhielten.

Wo wollte er hin? Er sprach nicht ein einziges Wort mit mir. Ich trampelte nur hinter ihm her und hielt an, wenn er es tat, um um die Ecken der Gänge zu schauen.

»Chris.« Ich atmete heiser aus.

»Pscht«, brummte er immer wieder, wenn ich endlich wissen wollte, was er vorhatte. Chris war einfach mit Fin in seinen Armen davongelaufen, ohne mich darüber zu informieren, was in seinem schlauen Köpfchen vor sich ging. Gab es etwa einen Ort, an dem wir sicher vor dem Feuer waren? Ich dachte immer wieder an die vielen Menschen, die mit uns um ihr Leben kämpften und so viele von ihren Habseligkeiten retten wollten, wie es nur ging. Es wollte einfach nicht in meinen Kopf passen, wie es zu diesem Ereignis kommen konnte. Ich konnte Chris verstehen. Scheinbar lag es in der Natur des Menschen, sich immer weiterzuentwickeln. In den natürlichen Lauf des Universums einzugreifen. Vielleicht ging Chris mit seinen Experimenten zu weit und nun schauten wir auf das Ausmaß der menschlichen Neugier, die Zerstörung der Natur. Gott spielen zu wollen schien ein gängiges Hobby der Menschen zu sein, wenn man sich die vergangenen Jahrhunderte anschaute. Immer wieder wurde mit Stoffen herumexperimentiert, neue Dinge erschaffen und versucht jedes physikalische Gesetze zu brechen. Die logische Folge war, dass sich Flora und Fauna wehrte.

Vielleicht war das Schicksal der Menschen schon besiegelt, als die Erde vor Milliarden von Jahren entstanden war. Möglicherweise sollte es nicht sein, dass der Homo sapiens sich so schnell entwickelte. Was wäre, wenn ...? Diese Fragen kreisten die ganze Zeit in meinem Kopf umher, während ich Chris stumm durch den Sektor folgte. Er kam mir so viel größer und weiter vor als sonst. Na gut, ich bewegte mich nicht oft außerhalb meiner gewohnten Umgebung, aber es mussten Tausende von Türen sein, die wir passierten und die an mir vorbeizogen, wie ein heller Nebelschleier.

Plötzlich blieb er abrupt stehen und wies mich an, leise zu sein.

»Was ist?«, flüsterte ich und schielte um die Ecke, immer darauf achtend, ob ein Geräusch zuhören war. Wieso verhielten wir uns eigentlich so, als wären wir auf geheimer Mission? Wenn Chris wusste, wie es ein Entkommen gab, warum unterrichteten wir die anderen Bewohner des Sektors nicht darüber? Hatte er Angst, dass man ihn auf der Stelle exekutieren könnte, weil er der Verantwortliche für diese Katastrophe war? Wieder dieses *Warum*, und im Nachhinein könnte ich mich für mein unmoralisches und unmenschliches Verhalten ohrfeigen. Wieso war ich nur so blind gewesen und hatte meinen Verstand ausgeschaltet. Wir hätten so viele Menschenleben retten können, wenn ich Chris nicht wie ein treuer Hund gefolgt wäre und so getan hätte, als wären mir alle anderen völlig egal.

Verdammt, es ging hier um den Erhalt der Menschheit! Es gab nur noch wenig von uns, und ich ließ meine Normen und Werte einfach links liegen. Und weshalb? Weil ich wieder nur an mich dachte und an Fin, dessen Leben mir meist wichtiger war als mein eigenes.

»Siehst du den Aufzug dort?«

»Welchen Aufzug?«

»Da hinten. Ganz am Ende des Ganges.«

Ich beugte mich über Chris' Schulter um bessere Sicht zu haben. Ich nickte, als ich in weiter Ferne eine doppelflügelige Tür entdeckte. Gesichert mit einer Schaltfläche, ähnlich wie der neben unseren Wohnungstüren.

»Dort müssen wir hin.«

»Gehts noch? Das Ding ist gesichert oder sind dir die zwei bewaffneten Wachen nicht aufgefallen?«, herrschte ich ihn an. Ganz offensichtlich musste dieser Aufzug verdammt wichtig sein, denn die beiden Männer in Sicherheitskleidung hielten längliche Waffen in der Hand. Sie sahen aus, als würden sie diesen Aufzug mit ihrem Leben verteidigen. Aber warum? Ich war bestürzt über die Tatsache, dass in unserer friedlichen Gesellschaft solche Schutzmaßnahmen vonnöten waren.

Etwas stimmte hier nicht. Und wo zum Teufel führte dieser Aufzug hin? In die anderen Sektoren? Nein, dazu war ein anderes Beförderungssystem gedacht, das weniger gefährlich aussah. Das man jederzeit benutzen konnte, wenn man in die anderen Sektoren gelangen wollte. Dieser Aufzug schien seine Geheimnisse in sich zu tragen.

»Die sind mir natürlich nicht entgangen. Es ist aber unser einziger Ausweg.«

»Und was ist mit den anderen? Wenn du weißt, wie es hier herausgeht, dann müssen wir es ihnen sagen.« Meine Stimme überschlug sich und quietschte heiser, als ich Chris ungläubig ansah.

Der wiederum atmete tief aus und drehte sich nun zu mir um. In seinen Armen atmete Fin sachte ein und aus, sodass sich sein Brustkorb kaum merklich hob und senkte.

»Lina. Es ist keine Zeit, dir jetzt alles zu erklären, aber wir müssen da jetzt durch.«

»Was gibt es denn zu erklären, als dass du anscheinend den Verstand verloren hast und Menschenleben aufs Spiel setzt? Die sterben doch da alle!« Mein Körper verkrampfte sich. »Was verschweigst du mir?«

Als ein Geräusch aus der Nähe des Aufzuges kam, verstummten wir und warfen einen Blick zu den bewaffneten Männern. Aber wir konnten aufatmen, sie hatten uns nicht bemerkt.

Deshalb flüsterten wir noch leiser.

»Es gibt Dinge, die uns nicht gesagt werden. Dinge über das Leben außerhalb der Erdoberfläche. Das würdest du nicht verstehen, wenn du es nicht mit eigenen Augen siehst.«

»Du willst mir sagen, dass wir angelogen werden?«

»Ja, und nur die wenigsten und wichtigsten Leute wissen Bescheid. Aber wir haben keine Zeit, jetzt darüber zu reden. Willst du deinen Bruder retten oder nicht?«

Stellte Chris mich gerade wirklich vor die Wahl? Natürlich wollte ich Fin retten, aber ich wollte auch die vielen Menschen nicht zum Sterben zurücklassen.

Doch mein Bauchgefühl siegte über meinen Verstand, und ich hörte mich sagen, wie ich Chris bei seinem Plan zustimmte. Kurz danach hantierte er an seinem SmartPad am Handgelenk. Die Sirene, die die ganze Zeit in meinen Ohren dröhnte, verstummte plötzlich, und ich sah mich verwundert um. War das Chris' Werk? Ungläubig sah ich ihm dabei zu, wie er in sein SmartPad sprach, gleichzeitig konnte ich leises Stimmengewirr vom Aufzug wahrnehmen. Leises Rauschen drang aus den SmartPads der Wachen, die sich ebenfalls verwundert ansahen. Jetzt erst verstand ich, dass Chris soeben sich als deren Diensthabender ausgab und seine Stimme verzerrte. Die Wachen zuckten nur mit den Schultern und verließen ohne Umschweife den Aufzug und rannten in Windeseile an uns vorbei, ohne sich nach links oder rechts umzusehen. Ich drückte mich an die kalte Wand, die sich unangenehm in meinen Rücken bog.

Die beiden Wachen hatten nicht einmal zwei Sekunden über die neuen Vorkommnisse geredet oder diskutiert, ob sie ihren Posten verlassen sollten oder nicht. Ungläubig schüttelte ich den Kopf, der mir beinahe zu platzen drohte. So viele Eindrücke schlugen auf mich ein, die ich erst einmal verarbeiten musste, doch mir blieb keine Zeit, lange darüber nachzudenken, denn Chris zog mich schon um die Ecke und in den Gang hinein, der uns zu dem Aufzug führte.

Von Nahem sah er sogar noch gefährlicher und wichtiger aus als aus der Ferne. Ein ungutes Gefühl brodelte in meinem Magen, der seit Stunden leergeräumt war und leise knurrte. Wie spät war es? War vielleicht schon der Morgen hereingebrochen und die Frühstücksmahlzeit schon in der Kühlklappe angekommen? Morgens bekamen wir unsere Mahlzeiten immer zugeteilt. Mit reichlich Vitaminen und Proteinen, die wir nicht anders zu uns nehmen konnten, da uns sonst wichtige Nährstoffe fehlten. Das Sonnenlicht zum Beispiel.

Chris verlor keine Zeit und legte seine flache Hand auf den Touchscreen neben dem Aufzug. Die Schaltfläche leuchtete rot. Es war logisch, dass Chris keinen Zugang gewährt wurde; *so* wichtig war er dann wohl doch nicht.

»Mist«, murmelte er und übergab mir Fin, der schwer in meinen Armen hing.

Ich erkannte Christian kaum wieder, seine Miene war versteinert, seine Körperhaltung angespannt. Natürlich ging es mir auch nicht blendend, aber dennoch blieb ich in dieser besonderen Situation immer noch ich selbst. Chris wiederum war wie ausgewechselt. Ein anderer Mensch.

Konnte ich ihm wirklich vertrauen? Oder hatte er mich die letzten Jahre nur mit seinem Charme und seinem Einfallsreichtum geblendet? Langsam stieg in mir das Misstrauen ihm gegenüber, doch eigentlich wollte ich Chris vertrauen, wollte ihm seine Worte glauben, die mich für einen kurzen Moment aus der Bahn geworfen hatten. *Wir werden angelogen. Man verschweigt uns etwas. Das Leben außerhalb der AlphaOne.*

Leben außerhalb dieser hochsicheren Architektur? Unvorstellbar. Aber genauso unvorstellbar war es auch gewesen, dass hier jemals ein Feuer ausbrechen würde. Und doch war es geschehen.

Und wieder kam Christian ins Spiel.

Ein mir sehr bekannter und vertrauter Ton erklang, und ich riss überrascht meine Augen auf, als sich die Türen des Aufzuges öffneten.

»Du...«, setzte ich an, doch bekam nicht mehr heraus. Chris hatte es geschafft. Keine fünf Minuten später und schon war der Sicherheitscode geknackt und ihm wurde Einlass gewährt. *Verdammte Scheiße!* Ich zwickte mich kurz in den Arm, zumindest so gut es ging, denn ich trug ja immer noch Fin. Ein stechender Schmerz und eine rote Einkerbung meines Fingernagels sagte mir, dass ich mitten in der Realität feststeckte und nicht durch einen Traumtod aufwachen würde. Das hatte ich tatsächlich schon so einige Male gemacht, um mich aus einem Traum herauszukatapultieren.

»Wie hast du...?«, setzte ich erneut an und wieder unterbrach mich Chris, der mich einfach in den Aufzug schob und sich vor mich stellte, sodass sich die Türen schließen konnten. Und das taten sie. Sie schlossen uns einfach in diesem kleinen, viereckigen Raum ein, der uns sonst wohin führte. Wohin, das wusste nur einer in diesen vier Wänden. Chris.

»Kannst du mir jetzt mal bitte verraten, wo du uns hinbringst?«

Meine Stimme hatte an Stärke gewonnen, denn langsam stieg in mir auch die Wut auf. Die Ungewissheit, was mit meinem Bruder und mir passierte, behagte mir gar nicht, sondern baute nur eine dicke Mauer um meine Seele, die sich vor Chris immer weiter verschloss.

Wieso fragte ich mich immer noch, ob ich ihm vertrauen konnte? Offensichtlich hatte er den Verstand verloren. Oder die giftigen Stoffe, die bei seinen Experimenten entstanden sind, haben ihm ebenso seine Gehirnzellen weggeblasen, wie sie es mit dem halben Sektor schon getan hatten.

Langsam drehte sich er zu mir um. Es war so verdammt eng hier, dass ich mich an die Wand des Aufzuges pressen musste. An einem normalen, weniger ereignisreichen Tag hätte ich Chris' Anwesenheit genossen, aber nun fühlte ich mich nur noch unwohl.

»Ich bringe dich hier raus. Raus aus der AlphaOne. Verstehst du das? Dieser Aufzug fährt auf direktem Wege an die Erdoberfläche. Zu einem Stahltor, das uns schützen soll. Durch dieses Tor musst du gehen und Fin und dich hier rausbringen.«

Mir klappte der Mund auf. »Aber ... Was?«

»Die Sache würde es einfacher machen, wenn du mir glauben würdest.«

»Dir glauben? Ich soll dir glauben, dass dieser Aufzug uns nach dort oben bringt? Dir ist wohl nicht klar, dass die Erde ausnahmslos zerstört ist. Dass ich dort nicht eine Sekunde überleben könnte. Bei -200 Grad und ständiger Dunkelheit lebt es sich schwer.«

»Und genau das versuchen sie uns doch einzureden. Dass wir die einzigen Überlebenden sind, dass sogar ein einzelner Pflanzensamen auf der Stelle erfrieren würde. Was glaubst du, woher all das Obst, das Gemüse und die anderen Lebensmittel kommen?«

»Aus den Gewächshäusern und Aufzuchtstationen«, antwortete ich Chris pflichtbewusst, was uns in der Schule eingetrichtert wird. Und was ich mit eigenen Augen gesehen hatte, bei einem Ausflug mit der Klasse.

Plantagen, so groß wie ein ganzer Sektor, beherbergten die leckersten Erdbeeren, Tomaten, Gurken, Äpfel und exotische Früchte. Gerade weil es keine Möglichkeit auf Vegetation oder gar Zivilisation auf der Erdoberfläche gab. Oder?

»Die Vorräte reichen schon lange nicht mehr. Die Gewächshäuser sind nur noch ein Vorwand, um der Gesellschaft vorzuspielen, dass alles seinen geregelten Lauf nimmt. Doch auch wir werden immer mehr. Kinder werden geboren. Zu viele, um sie zu ernähren. Lina, ich ...«

Plötzlich regte sich Fin auf meinem Arm, und ich sah, wie seine Augenlider flackerten. Meine Frage, woher Chris all diese verrückten Dinge wusste, blieb mir im Hals stecken und geriet in Vergessenheit, als Fin zu Bewusstsein kam.

»Oh mein Gott, Fin!« Ich setzte mich so gut es in dem kleinen Aufzug ging, auf den Boden und strich sanft mit einer Hand über Fins Gesicht. Ich spürte kaum, dass sich der Aufzug bewegte, doch vereinzeltes Surren und leichtes Rütteln verriet mir, dass Chris zumindest bei einer Sache die Wahrheit sprach: Der Aufzug führte uns nach oben.

»Hey, mein Großer. Es ist alles in Ordnung, hörst du? Ich bin bei dir. Du bist in Sicherheit«, flüsterte ich behutsam. Leider versetzte mir die fette Lüge ein Stich ins Herz. Waren wir wirklich in Sicherheit oder fuhren wir geradewegs in den Tod?

»Lina?«, hauchte Fin an meiner Nasenspitze, auf der eine Freudenträne meinerseits saß. Schnell wischte ich sie fort.

»Ja, ich bin es. Und Christian ist auch hier. Er hat dich vor dem Brand gerettet. Wieso bist du denn zu ihm gegangen?«

»Ich... ich wollte... ich wollte nicht allein sein.«

»Aber...«

»Lina, es ist keine Zeit für lange Erklärungen. Fin muss zu sich kommen, um genug Kraft zu haben.«

»Kraft wofür?«, fauchte ich und funkelte Chris misstrauisch an.

Er verdrehte nur die Augen, denn wir beide wussten, wofür. Fin sollte mit mir fliehen. Sollte es ebenso wie ich aus diesem mysteriösen Stahltor schaffen, um uns zu überzeugen, dass man uns ein Leben lang angelogen hatte.

Warum tat ich nur diese Dinge? Aber in Anbetracht der Tatsache, dass ich gemeinsam mit Fin und Chris in einem kleinen, engen Aufzug steckte, kehrte ich meine Fluchtpläne unter den Teppich. Es gab kein Entkommen, das musste ich mir eingestehen.

»Wir sind gleich da«, sagte Chris, während er auf seinem SmartPad tippte.

»Komm, kannst du aufstehen?« Vorsichtig half ich Fin, der sich erst auf die Unterarme stützte und dann tatsächlich auf die Beine kam.

»Wo sind wir?«, fragte er misstrauisch, als er sich umsah. Dabei gab es so wenig zusehen.

Doch bevor ich ihm eine Antwort geben konnte, ruckelte der Aufzug verdächtig stark, sodass wir alle an die Wand fielen und uns gegenseitig festhalten mussten.

Chris warf mir einen vielsagenden Blick zu. Und ich verstand. Das Feuer hatte den Aufzug erreicht. Der gesamte Sektor war explodiert.

Kapitel 12

»Lina, was passiert hier?«, wimmerte Fin, während er seine Arme um meinen Oberkörper klammerte und sein Gesicht an meine Brust drückte. Er sollte doch so ein schönes Leben haben, ohne darüber nachdenken zu müssen, was morgen passierte. Oder ob es überhaupt ein Morgen gab. Doch nun war ich mir nicht mehr so sicher, ob wir den nächsten Tag überleben würden.

Der Aufzug ruckelte hin und her, und ich schloss meine Augen, in der Hoffnung, dass das Ganze bald ein Ende fand.

Mein Kopf ruhte an der Wand des Aufzuges, wobei er immer wieder dagegen stieß, als erneut eine Explosion alles um uns herum erschütterte.

Eine Träne kullerte leise und still meine Wange entlang, und ich hoffte, dass Fin sie nicht bemerkte. Ich musste jetzt stark bleiben, musste für ihn kämpfen und ihm zeigen, dass keine Gefahr für uns herrschte. Aber wem wollte ich etwas vormachen? Ich redete mir nur selbst ein, dass alles gut war, dabei stimmte hier ganz und gar nichts.

»Mach schon«, murmelte Chris, der gebannt auf sein SmartPad starrte, als würde er die Sekunden zählen, die wir benötigten, um nach oben zu gelangen. Wo auch immer dieses *Oben* war. Immer noch wollte ich nicht glauben, dass es so viel mehr gab, als uns weisgemacht wurde. Dass es ein Leben an der Erdoberfläche gab. Wie sollte das möglich sein? Chris' Worte klangen gar nicht so verrückt, aber wiederum auch völlig abgedroschen. Ich fragte mich schon seit Langem, wie Wissenschaftler es schafften, so viele Lebensmittel auf einmal gedeihen zu lassen. Da half auch kein Spritzen von chemischen Mitteln, die die Pflanzen auf magische Weise wachsen ließen. Aber stellte ich gerade das gesamte System in Frage? Die Arbeit meines Großvaters, wohlgemerkt.

Nein, Chris musste sich täuschen. Und überhaupt, woher hatte er all diese Informationen? Verriet man ihm doch mehr, als er immer zugeben wollte? War er doch wichtiger für den Erhalt der Gemeinschaft, als ich dachte?

Er war ein kluger Mensch, aber... Ja, immer dieses *Aber*, das in meinem Kopf herumschwirrte wie ein lästiger Parasit. Sollte ich mich persönlich davon überzeugen, ob Chris die Wahrheit sprach?

Ein mir unbekanntes Gefühl im Magen ließ mein Herz flattern. Nicht vor Angst oder Panik, nein, dieses Mal vor Vorfreude und Neugier. Ich versuchte dieses Kribbeln zu unterbinden, doch je näher wir unserem Ziel kamen, umso stärker wurde es.

Ein beißender, rauchiger Geruch stieg in meine Nase und kurz darauf erkannte ich leichte Nebelschwaden, die zwischen den Schlitzen der Aufzugtür entlang züngelten.

»Chris«, flüsterte ich erstarrt und nickte nur in die Richtung, aus der der Rauch kam.

»Der Aufzug ist beschädigt. Die Kabel sind durchgeschmort. Lange wird er nicht durchhalten«, sprach Chris wie ein Roboter. Kurz und knapp, ohne jegliche Zeit für Erklärungen zu verschwenden, doch bevor ich etwas erwidern konnte, hielt der Aufzug abrupt an. Mit einem Ruckeln, bei dem ich beinahe das Gleichgewicht verlor, kam er zum Stehen. Wir waren angekommen.

Ohne Zeit zu verlieren, betätigte Chris die Schaltfläche wieder mit seinem Handabdruck, sodass sich die Türen des Aufzuges öffneten.

Fin ließ mich daraufhin los und staunte mit großen Augen und offenem Mund. Es eröffnete sich uns ein Anblick der Leere.

Ein noch viel längerer Gang, der gute zweihundert Meter weit in die Ferne reichte, erstreckte sich vor uns. Am anderen Ende... wieder ein Tor. Aber dieses Mal wusste ich sofort, wohin dieses Tor führte.

Nach draußen. Mein Verstand sagte es mir einfach. Eine kleine Stimme flüsterte mir zu, dass dies der Ausweg war. Der Ausweg und ein Neubeginn.

»Ihr müsst jetzt, so schnell ihr könnt, zu diesem Tor rennen. Ich kann euch nur ein Zeitfenster von zwanzig Sekunden geben. Wenn ihr es nicht schafft, dann sind wir hier eingesperrt. Für immer.«

Ich traute mich, einen Schritt aus dem zuvor sicheren Aufzug zu machen und hielt meinen Blick weiter nach vorne gerichtet.

»Das schaffen wir niemals.«

»Ihr müsst es schaffen. Lina.« Chris packte mich an den Schultern und hielt sie mit seinen Händen einen Tick zu fest umklammert, als er mich zwang, in seine Augen zu sehen. An einem anderen Tag, zu einer anderen Zeit hätte ich mich in diese Augen verlieben können. Regelrecht verlieren, doch das Schicksal wollte etwas anderes. Ich hatte nie an Schicksal oder anderen Aberglauben auch nur einen Gedanken verschwendet, denn das Leben kam mir immer so selbstverständlich vor. Es gehörte zur Normalität, dass ich jeden Morgen aufwachte, meinen Tag mit einem ausgiebigen Frühstück begann und die Stunden mit Dingen verbrachte, die ich liebte. Für die mein Herz aufging und entflammte.

Doch als ich in die grünen Augen von Chris starrte, erkannte ich, dass die Lüge meines Lebens wie ein Kartenhaus in sich zusammenfiel. In den letzten Jahren hatte ich den Blick für das Verborgene verloren und nun brach alles auf einmal über mich herein.

»Wieso redest du die ganze Zeit von *ihr*? Kommst du nicht mit?«

Chris senkte seinen Blick, und ich erkannte eine Spur Trauer und Verzweiflung in seinen Augen.

»Ich kann nicht.«

»Du kannst. Du hast uns hierher gebracht, also kommst du auch mit.«

»Nein, Lina. Ich *kann* nicht. Ich würde es nicht schaffen.«

»Aber...« Weiter kam ich nicht, denn Chris ließ meine Schultern los und zog ein Hosenbein hoch. Erschrocken von dem Anblick seines blutenden Unterschenkels, von dem sich die Haut löste, schlug ich eine Hand vor den Mund. Oh mein Gott, jetzt begriff ich. Chris würde es tatsächlich nicht schaffen und das nicht, weil er nicht *wollte*, sondern weil er nicht *konnte*. Sein Bein musste auf der Stelle verarztet werden, ebenso wie die vielen kleinen Einschnitte in seinem Gesicht.

Doch sein verbranntes Bein sah noch schlimmer aus.

»Chris«, hauchte ich und legte ihm eine Hand an die Wange. »Bitte.« Meine Stimme versagte, denn mir wurde schlagartig bewusst, was auf dem Spiel stand. Fin und ich mussten allein durch dieses Tor, unsicher, was uns auf der anderen Seite erwartete. Chris hatte zumindest eine Ahnung oder einen Verdacht, doch von jetzt auf gleich sollten wir ohne ihn zurechtkommen.

»Kann mir jetzt bitte einer sagen, was hier los ist?«, mischte sich nun mein kleiner Bruder ein, der uns die ganze Zeit von der Seite aus beobachtete. Stimmt ja, Fin war auch noch anwesend, und nun trug ich die gesamte Verantwortung für ihn.

»Ihr müsst hier raus. Die AlphaOne ist nicht mehr sicher. Sobald ich den Countdown für das Tor freischalte, rennt ihr. So schnell ihr könnt«, erklärte Chris Fin, ohne mich dabei aus den Augen zu lassen.

»Rette ihn, okay?«, flüsterte er, sodass Fin es nicht hören konnte. Sachte nickte ich, woraufhin er mich losließ und etwas in sein SmartPad eingab.

»Hast du *Ava* noch?«, fragte er mich.

»Natürlich.« Ich hielt meine Hand mit dem Ring am Finger hoch, an dem das silber-bläuliche Licht schimmerte.

»Gut, sobald das Tor sich hinter euch schließt, versuche ich eine Verbindung zu *Ava* herzustellen. Im Normalfall sollte die Frequenz auch durch dicke Stahlbetonwände reichen. Und dann sehen wir weiter.«

Wieder nickte ich und machte mich mit Fin bereit für den Sprint meines Lebens. Der Sprint um mein Leben, besser gesagt.

»Okay. Auf drei lauft ihr los.« Hinter uns krachte es erneut und dieses Mal rieselte sogar Sand von der Decke, der sich staubig auf meinen Haaren festsetzte.

»Eins.« Mein Herz pumpte und schoss Adrenalin durch meinen Körper.

»Zwei.« Chris' Stimme wurde lauter, mein Atem flacher. Ich konzentrierte mich nur noch auf das Tor in der Ferne. Ich spürte Fin neben mir zittern und nahm kurz seine Hand in meine. Er musste es schaffen. Er war sportlich und schnell, das wusste ich, doch entging mir auch nicht, wie blass er aussah. Seine Bewusstlosigkeit steckte ihm noch zu tief in seinen Knochen. Hoffentlich würde es uns nicht das Genick brechen.

»Drei!!!« Wir schossen wie ein Blitz los. Mein zuvor flacher Atem beschleunigte sich von Sekunde zu Sekunde, bis mir die Lunge brannte.

Fin nahm ebenfalls an Tempo auf, doch leider musste ich feststellen, dass er immer weiter zurückfiel.

Nein, nein, nein!

»Lauf, Fin!«, keuchte ich zwischen zwei Atemzüge.

Meine Augen fixierten den Punkt an Ende des Ganges. Das Tor öffnete sich tatsächlich, aber ich konnte nicht erkennen, was sich davor abspielte. Es war viel zu hell! Ein Lichtstrahl durchbrach die schwache Dunkelheit des Tunnels, durch den wir nun liefen. Doch ich durfte keinen Gedanken daran verschwenden, wieso mir keine Eiseskälte entgegenschlug und mich nicht innerhalb einer Sekunde zu einem Eisklotz gefrieren ließ.

Ich rannte. Ein kurzer Blick nach hinten ließ mich zusammenzucken, denn Fin hatte an Tempo verloren und keuchte unaufhörlich.

»Fin!«, schrie ich.

»Lina...«, japste er. »Ich... kann... nicht.«

»Nein, Fin. Du schaffst das!«

Es zerriss mich innerlich, denn ich wusste nicht, was ich machen sollte. Auf der einen Seite wollte ich stehenbleiben und zu Fin rennen, ihm helfen. Aber auf der anderen Seite hallten die Worte von Chris in meinen Ohren nach. *Die AlphaOne ist nicht mehr sicher.* Nicht mehr sicher. Verdammte Scheiße!

Ich schrie aus Leibeskräften all meine Wut heraus, die in mir steckte. Die sich angestaut hatte, seitdem ich bemerkt hatte, dass es in unserem Sektor brannte.

»Lina!«, hörte ich Chris brüllen und warf einen Blick zurück.

Chris deutete nur aufgebracht und mit einem dicken Schweißfilm auf der Stirn, den ich selbst aus dieser Entfernung sah, auf das Tor am anderen Ende des Ganges.

Kurz blieb mir das Herz stehen, denn die zwanzig Sekunden waren bereits verstrichen, und das Tor begann sich wieder zu schließen.

Ich hatte noch gute dreißig Meter vor mir, die ich so schnell wie möglich überwinden musste.

»Lina.« Ich blieb abrupt stehen. »WAS tust du da? Lauf, Lina!!«, schrie Chris mir entgegen, doch mein Blick galt nur meinem kleinen

Bruder, der zwanzig Meter hinter mir humpelte und fast stehen blieb. Er würde es nicht schaffen. Niemals.

»Lina, du musst laufen! Bring wenigstens dich in Sicherheit!«

Wieder ignorierte ich Chris' Worte und mein Kopf huschte zwischen dem sich schließenden Tor und Fin hin und her. Meine Entscheidung sollte das Leben der anderen bestimmen. Für welche Seite entschied ich mich? Mir blieb keine Zeit, um weiter über die möglichen Folgen meiner Taten nachzudenken, also schaltete ich meinen Kopf aus. Ich rannte in die entgegengesetzte Richtung, was Chris fassungslos losbrüllen ließ.

»Bist du verrückt? Du wirst es nicht schaffen!«

Und ob ich es schaffte. Ich gab das Leben meines Bruders nicht so kurz vor dem Ziel auf. Entweder gingen oder blieben wir beide. Uns gab es nur im Doppelpack.

»Lina... nicht... du musst...«, krächzte Fin, als ich die wenigen Meter überbrückte und ihm unter die Arme griff. Sein schlaffer Körper kam mir plötzlich viel schwerer vor.

»Ich gehe nicht ohne dich!« Ich hievte ihn über meine Schulter. Meine Beine brannten bei jedem Schritt. Chris verfluchte mich mit jedem Meter, den ich dem Tor entgegenkam.

Ich schaffe es!

»Ich bringe uns hier raus«, keuchte ich.

Ein markerschütterndes Quietschen erklang. Mein Blick flog Richtung Tor. Es schien zu ruckeln, irgendwie festzustecken. Nach über fünfzig Jahren kein Wunder.

Aber das war meine Chance. Zwei Sekunden, die mir länger blieben, um uns beide zu retten.

Ich lief schneller, mobilisierte alle Kräfte, die ich besaß.

Der Körper auf meinen Schultern wurde immer schwerer.

»Bleib bei Bewusstsein.«

Eine schwache Zustimmung erklang.

Nur noch fünf Meter.

Vier Meter.

Drei.

Das Tor ruckelte erneut und schien sich wieder gefangen zu haben.

Scheiße.
Zwei.
Eins.
Fin rutschte in diesem Moment von meinem Rücken und fiel zu Boden.
»Nein! Komm schon! Hoch mit dir!«
Ich spürte die Hitze auf meiner Haut, die durch den Spalt drang.
Er war noch einen Meter breit. Mein linkes Bein war bereits draußen, mein linker Arm auch. Ich zog und zerrte an Fin, aber er war zu schwer.
»Lass mich nicht allein!«, schrie ich. Tränen rannen über meine Wangen. Mein Bruder versuchte sich hochzustemmen.
Ich war bereits auf der anderen Seite des Tores. Im Hintergrund explodierte der Aufzug und Flammen schossen den Gang entlang.
»Komm! Gib mir deine Hand.« Er streckte sie mir entgegen. Das war der Moment, als meine Welt stehenblieb.
Vor meinen Augen überwanden die beiden Türblätter die letzten Zentimeter.
Das Tor war geschlossen.
Ich lag auf der einen Seite.
Mein Bruder auf der anderen.

Vergessene Welt

Kapitel 13

»Neeein!!«, brüllte ich und hämmerte auf das Stahltor ein, das meine Fäuste bluten ließ. »Wieso??« Der Anblick des explodierenden Aufzuges und der glühenden, hellen Flammen des Feuers, das Chris einschloss und in sich gefangen hielt, brannte sich in meine Netzhaut ein.

Was zum Teufel war da gerade passiert? Hatte ich wirklich meinen Bruder dem Tod überlassen?

Verzweifelt schlug ich auf das Tor ein, das nicht einen Zentimeter unter meinen Fausthieben nachgab. Nicht einmal die kleinste Beule war zusehen, außer an meinen Knöcheln, die aufgerissen waren und das nackte Fleisch auf kalten Stahl traf.

Aber das war mir egal. Mir war alles egal. Mir war egal, ob ich mir sämtliche Knochen brach oder meine Kleidung blutbespritzt war. Ich musste unbedingt wieder in diesen Tunnel gelangen und Fin retten. Ein Teil meiner Seele war darin zurückgeblieben. Und dieser Teil war mein kleiner Bruder.

Was hatte ich mir nur dabei gedacht, zu glauben, dass Chris' Worte wahr waren? Wie konnte ich glauben, dass es das Beste war, wenn ich mich hinauswagte, um mich davon zu überzeugen, dass wir seit Jahren belogen wurden. Dass es noch mehr als nur den Untergrund gab.

»Lasst mich rein!«

»Fin!«

»Chris!«

»Öffnet dieses verdammte Tor!«, brüllte ich im Sekundentakt und in der Hoffnung, dass mich irgendjemand hören könnte. Aber ich vernahm nicht einmal das leiseste Geräusch. Kein Klopfen von der anderen Seite, kein schmerzvolles Stöhnen von Fin, der kaum noch Kraft hatte, sich auf den Beinen zu halten.

Nichts.

Nicht einmal die Hitze des Feuers spürte ich an meiner Hand, die ich nun flach an das Stahltor legte und mein Ohr ganz dicht davor hielt.

Nichts.

Nichts.

Ich befand mich ebenfalls im Nichts. In einer Zone zwischen Verzweiflung und Hass. Hass gegen mich selbst. Ich verspürte sämtliche Gefühle in mir hochkochen, sodass ich panisch, weinend und kreischend zusammenbrach.

Immer wieder hämmerte ich wie eine Verrückte auf das massive Tor ein. Meine Hände waren bereits so taub, dass ich den Schmerz nicht mehr spürte, der sich gerade noch bis in meine Schulter hochzog.

Nichts.

Ein tiefes Loch öffnete sich unter mir, in das ich am liebsten hineingefallen wäre und aus dem ich nie wieder auftauchen wollte. Das imaginäre Loch entstand in meinen angsterfüllten Gedanken.

Ich war allein. Vollkommen allein. Einsam und verletzt. Eigentlich sollte ich hier mit Fin sitzen, und wir sollten uns Gedanken darüber machen, was wir als nächsten tun konnten. Wo wir am besten anfingen mit der Suche nach dem großen Geheimnis.

Doch nun saß Fin hinter dieser Mauer gefangen, um sein Leben kämpfend, wenn das Feuer ihn nicht schon gefressen hatte.

Meine Hand rutschte völlig kraftlos an dem kühlen Stahl entlang. Der feuchte Schweiß an meiner Handfläche quietschte unangenehm in meinen Ohren und eine klebrige Blutspur blieb übrig, als ich meine Hand in meinen Schoß sinken ließ.

»Fin!«, rief ich noch einmal. »Hilfe!«, setzte ich hinterher, doch ich wusste, dass mich niemand hören würde. Sie waren alle zu sehr damit beschäftigt, das Feuer zu stoppen und die Menschen zu retten, die sie liebten.

Doch wenn Chris' Worte stimmten, dann mussten sich hier draußen irgendwo Menschen tummeln, die verantwortlich für die vielen Pflanzen waren, die uns mit Lebensmitteln versorgten.

Hier draußen.

Hier draußen.

Hier draußen!
Wie vom Blitz getroffen schreckte ich hoch und erwachte aus meiner benebelten Trance, in der ich gefühlt eine Ewigkeit feststeckte. In der Hoffnung, dass ich aus einem schlechten Traum aufwachen und in meinem kuscheligen Bett liegen würde. Dann würde ich mich noch einmal umdrehen und fünf Minuten dösen, bis ich mich dazu entschied, aufzustehen.

Doch nichts dergleichen passierte. Ich saß immer noch mit der Stirn an das kalte Tor gelehnt, die Augen geschlossen mit heißen Tränen auf den Wangen, dessen Salzkruste meine Augenwinkel verklebte.

Ich zitterte am ganzen Körper. Ich hatte innerhalb von ein paar Stunden einfach alles verloren. Mein Zuhause, meine Eltern, meinen Bruder und meine Freunde. Ich hatte den ganzen Sinn des Lebens in diesem Moment hinter den Mauern der AlphaOne gelassen, in die ich nun nicht mehr gelangte.

»Ist da irgendjemand?«, hauchte ich dem Tor entgegen, aber niemand antwortete mir. Nur die unerträgliche Stille um mich herum und der leichte, sanfte Wind, der meine Haare um mein Gesicht wehte, war zu spüren.

Moment ... *Wind?*

Ich musste halluzinieren. Ganz eindeutig. Es war unmöglich. Ebenso war es unmöglich, dass ich immer noch lebendig war und klare Gedanken fassen konnte.

Normalerweise müsste es dunkel sein. Und verdammt kalt. So kalt, dass ich auf der Stelle einfrieren müsste. Doch nichts passierte.

Ich spürte sogar eine leichte Wärme auf meinem Rücken, die mich stutzig werden ließ.

War das etwa...

Nein, wie sollte das funktionieren? Nachdem die Sonne verschwunden war, herrschten eisige Temperaturen um die -200 Grad, nicht einmal mehr der Mond war der Erde treu geblieben und aus seiner Umlaufbahn gerissen worden.

Doch was ich auf meinem Rücken fühlte, dieses Kribbeln im Nacken, konnte nur eines bedeuten.

Langsam öffnete ich meine Augen und starrte für einen ewigen Moment an das gigantische Tor. Es war noch viel größer, als ich es in Erinnerung hatte. Vorhin kam es mir so unbedeutend und mickrig vor, doch seitdem ich meine Familie und alles andere, was mir je im Leben bedeutete, dahinter zurückgelassen hatte, fühlte sich das Tor an, als wäre es das personifizierte Böse.

Wie nach einem Marathonlauf pumpte mein Herz wild in meiner Brust. Meine Hände, die immer noch in meinem Schoß ruhten, zitterten wieder unaufhörlich, denn in diesem Moment brach eine ganze Welt über mir ein.

Meine Welt.

Wie ein Kartenhaus, das zu hochgebaut wurde und keinen Stand mehr hatte. Ich wusste, was los war. Wusste, was die unbekannte Wärme auf meiner Haut zu bedeuten hatte. Aber ich musste mich selbst davon überzeugen. Mein Verstand könnte mich ja immer noch austricksen. Es konnte alles nur ein ganz schlechter Scherz sein. Oder ein grausamer Traum.

Es gab nur eine Sache, die mich nicht mehr daran glauben ließ, dass es eine Einbildung war. Nämlich die erschreckende Tatsache, dass es sich *echt* anfühlte.

Langsam drehte ich mich um.

Steine und Sand rissen meine Beine blutig.

Steine und Sand. Zwei Dinge, die ich nur aus dem Museum kannte. Erscheinungen der alten Welt, die gut behütet hinter dicken Vitrinen verweilten.

Und doch spürte ich jeden einzelnen Kratzer auf meiner Haut, den die vielen winzigen, aber auch größeren Steine hinterließen.

Ich schluckte schwer. Mein Hals war ganz ausgetrocknet. Wieder schloss ich die Augen, als mein Rücken sich immer weiter dem Stahltor zuwandte. Ich hatte Angst davor, was ich nun sehen würde. Hatte tierische Angst, doch meine Neugier kroch langsam an die Oberfläche meines Verstandes und brachte mich dazu, Dinge zu tun, die ich mir vorher nie erträumt hatte.

Als ich mit dem Rücken an dem Tor lehnte und mir sicher war, dass ich mich nun um 180 Grad gedreht hatte, öffnete ich vorsichtig meine Augen. Binnen Sekunden fiel ich in tiefe ohnmächtige Schwärze.

Kapitel 14

Als ich das nächste Mal aufwachte, verlor ich kurz darauf erneut das Bewusstsein.

*

Ich konnte nicht glauben, was ich da sah. Hielt alles immer noch für einen ganz schlechten Traum, der nicht enden wollte. Auch als mir die Realität direkt ins Auge blickte, wollte ich nicht einsehen, dass es wahr war.

*

Okay, ich musste wenigstens für ein paar Minuten wach bleiben. Ich konnte nicht ständig umkippen, wenn ich meine Augen öffnete und der Wahrheit ins Gesicht sah. Der Wahrheit und gleichzeitig der Lüge. Oder wusste wirklich niemand, was geschehen war? Dass alles anders gekommen sein musste als das, was uns die Wissenschaftler einredeten. Was sie vermutlich selbst glaubten; wovon sie überzeugt waren.

Aber hier war der Beweis. Ich war der Beweis. Der Beweis dafür, dass die Erde noch existierte.

Ich saß mit dem Rücken an das harte Stahltor gelehnt, die Arme schlaff neben meinem Körper. Mein Kopf ruhte leicht geknickt ebenfalls an dem sich nun wärmenden Stahl, da ich zu schwach war, mich überhaupt zu bewegen. Meine Lippen waren rissig und spröde. Meine Haut wurde an den Stellen, wo die Sonne sie berührte, rot, aber ich unternahm nichts dagegen.

Zu sehr war ich von dem Anblick, der sich mir bot, überrumpelt. Völlig niedergeschlagen. Wusste nicht mehr, wo meine Gedanken hinwollten.

Alles kreiste wie eine Schar Vögel über meinem Kopf. Wie Adler, die zu einem Angriff übergingen.

Die kleinen Steine des heißen Sandes zerkratzten meine Beine und drückten winzige Dellen in meine Haut. Ebenso wie meine Arme, lagen meine Beine ausgestreckt vor meinem Körper. Schon seit Stunden konnte ich sie nicht mehr spüren. Glaubte ich zumindest.

All meine Sinne waren nur auf eines gerichtet. Und ich konnte nicht einmal genau sagen, wie lange ich hier schon verweilte. Die Tage mussten außerhalb meiner Heimat viel langsamer voranschreiten. Viel, viel langsamer.

Der Herzschlag in meiner Brust tat das Nötigste, um mich am Leben zu halten. Bei dieser Hitze wollte ich mich auch nicht unnötig bewegen; war dazu gar nicht erst in der Lage.

Nachdem ich endlich aufgewacht war und sicher ging, dass mein Bewusstsein mich nicht wieder ins Aus schickte, horchte ich auf jedes noch so kleine Geräusch. Doch, außer dem leisen Rauschen des schwülen Windes, war nichts zu hören.

Niemand eilte mir zur Hilfe. Mir waren regelrecht die Hände gebunden. Nur wenige Meter trennten mich von meinem Bruder. Und einige Kilometer lagen zwischen mir und meinem Zuhause. Das Problem war nur, dass sich dieses beschissene Tor nicht einen Zentimeter bewegte. Mein Klopfen und Flehen hatte nichts gebracht. Sie waren alle verloren. Alle.

Mom und Dad. Fin. Chris. Aris. Und all diejenigen, die tagtäglich meinen Weg kreuzten, wenn ich die Wohnung verließ.

Ob sie alle tot waren oder immer noch um ihr Leben kämpften, wusste ich nicht. Aber ich ging vom Schlimmsten aus. Ging davon aus, dass ich nun wirklich ganz allein war.

Einsam und verlassen.

Verletzt und am Boden zerstört.

Mit einer Wahrheit vor den Augen, die ich nicht wahrhaben wollte, aber doch mir etwas anderes bewies.

Verschwunden war die lustige und gleichzeitig mürrische Nova-Lina Brown, die ich noch vor Stunden war.

Übriggeblieben war nur noch eine seelenlose Hülle, die in die weite Ferne der neuen Welt starrte. Das Flackern der Hitze über dem weißen Sand verschwamm zu einem undurchsichtigen Strom vor meinen Augen.

Die Sonne, oder was auch immer dort vom Himmel herabschien, knallte mir mit einer enormen Wucht ins Gesicht, dass ich dachte, das Feuer in der AlphaOne hätte mich nun auch erreicht.

Doch auch das war nur ein wirrer Gedanke der unbeseelten Hülle, die dort an dem Tor saß.

Und das musste ich mir immer und immer wieder einreden. Musste immer wieder die Erinnerungen an meine Vergangenheit in mein Gedächtnis rufen, damit ich nicht auf der Stelle zu Staub zerfiel.

Denn immer noch keimte in mir die Hoffnung auf, dass sich alles aufklären würde. Und eine kleine, leise Stimme in meinem Hinterkopf flüsterte mir unentwegt zu, dass ich gefälligst meinen Arsch hochbekommen musste, da die Welt offensichtlich nicht die war, die uns vorausgesagt wurde.

Und wenn das wirklich stimmte, dann hatte Christian recht und es musste sich hier irgendwo in der Nähe ein Lager befinden. Vielleicht Gewächshäuser, in denen das notwendige Obst und Gemüse angebaut wurde, das uns versorgte. Es klang mittlerweile logisch, dass die Räumlichkeiten und Möglichkeiten nicht mehr ausreichten, um alle Lebensmittel unterzubringen, die tausende Menschen ernähren sollten. Kinder wurden geboren. Alte Leute starben. Jedoch nicht so schnell, wie die Geburtenrate stieg.

Es klang auf einmal alles so... *sinnvoll* in meinen Ohren, als ich nur eine Sekunde länger an Chris' Worte dachte.

Allein für ihn musste ich wieder auf die Beine kommen. Allein für sein Vermächtnis, das er hinterließ. Er hatte alles aufs Spiel gesetzt, um mich hier rauszubefördern. Er hatte in einer Kurzschlussreaktion gehandelt, für die ich ihn eigentlich verfluchen sollte, doch etwas in mir regte sich, als ich an die unendlichen Geheimnisse der neuen Welt dachte.

Dieser vergessenen Welt.

Es existierte eine Welt, die in den Köpfen der Menschen nicht überleben konnte. Weil sie so unvorstellbar war. Meine Augen sahen etwas anderes.

Sie sahen eine unendliche Weite, gefüllt mit steinigem Sand. Am Horizont konnte ich Baumwipfel erkennen und einen... violetten Schein? Es sah beinahe so aus, als würden sich violette Blumen im leichten Hauch des Windes wiegen.

Ich ließ meinen Blick zum Himmel gleiten, von dem aus mir nicht nur ein Planet entgegenblickte, sondern gleich mehrere. Riesige runde Himmelskörper prangten am Firmament und schienen mich beinahe zu erschlagen.

Alles sah aus, wie in einem verdammt realen Science-Fiction Film. Ich konnte den Planeten sogar dabei zusehen, wie sie sich um ihre eigene Achse drehten und dabei bunte Schlieren hinter sich herzogen.

Was ich erst für die altbekannte Sonne hielt, musste ein gigantischer Stern aus diesem Sonnensystem... oder dieser Galaxie sein.

Meine Augen nahmen zwar all diese wundersamen und atemberaubenden Dinge wahr, mein Verstand konnte sie jedoch nicht verarbeiten.

War das die Realität?

Waren all diese Planeten, die mir beinahe entgegensprangen, all diese Pflanzen um mich herum real?

Meine Nase vernahm sogar einen süßlichen, strengen Geruch, den ich auf die violetten Blumen in der Ferne schob.

Ich versuchte mein linkes Bein anzuwinkeln, was erstaunlich gut funktionierte. Die Kraft in meinen Muskeln war anscheinend nicht ganz verschwunden, als ich völlig kraftlos zusammengebrochen war.

Der Anblick der neuen Welt hatte mich nur komplett aus der Bahn geworfen, doch nun musste ich handeln.

Mir ging es nicht aus dem Kopf, dass sich hier draußen tatsächlich Leute aus der AlphaOne befanden, deshalb musste ich dem nachgehen.

Zittrig stemmte ich mich mit den Armen hoch und schob meinen Oberkörper an dem Stahltor entlang. Der blutrote Fleck, den meine verletzte Hand hinterlassen hatte, war in der Sonne getrocknet und klebte nun rostbraun an Ort und Stelle.

Die Knöchel besagter Hand bluteten schon gar nicht mehr, was hieß, dass ich bereits einige Zeit in der Hitze verbracht haben musste.

Das raue Gefühl in meiner Kehle wies mich bereits darauf hin, dass es an der Zeit war, zu trinken, nur war ich ohne jeglichen Proviant durch das Tor gestürmt.

Wackelig suchte ich nach einem festen Stand und vertraute meinen Beinen, dass sie mich sicher befördern würden. Wo auch immer diese Reise mich hinführen würde.

Hoffentlich nicht zu weit. Meine sportlichen Fähigkeiten waren nie die besten. Mein ehemaliger Sportlehrer meinte immer, ich hätte eine Kondition wie ein Faultier. Dem konnte ich nichts hinzufügen. Es war einfach so.

Ich grunzte, als ich über meine Gedanken schmunzelte, die gar nicht zu dieser Situation passten, aber mich aufheiterten und mir Kraft gaben. Kraft für diesen Scheiß, den Chris mir eingebrockt hatte.

Dieser verfluchte Kerl, wenn ich den in die Finger bekam, dann... und schon war ich wieder ganz die Alte. Die alte Nova-Lina Brown, die ihren Namen über alles hasste.

Ein Kloß bildete sich in meinem Hals, als ich daran dachte, dass ich vielleicht nicht einmal mehr die Chance dazu bekam, Chris in den Arsch zu treten. Nie wieder hören konnte, wie er mich bei vollem Namen nannte.

Ich wusste ja nicht einmal mehr, ob er noch lebte. Die grausamen Flammen, die aus dem Aufzug geschossen waren, hatten sicherlich keinen Halt vor ihm gemacht.

Nun machte ich mich also auf die Suche nach etwas, von dem ich nicht wusste, ob es tatsächlich existierte.

Ich tat es für Mom und Dad. Für Fin. Und ja, auch für Christian, diesen verdammten Arsch.

Kapitel 15

Die Sonne brannte mir unentwegt heiße Löcher in meinen Kopf. Zumindest fühlte es sich danach an.

Was auch immer dieser Stern war, er stellte die vergangene Sonne vollkommen in den Schatten. Und das aus dem Mund einer Frau, die noch nie zuvor Tageslicht erblickt hatte.

Dafür, dass sich soeben mein ganzes Leben auf den Kopf stellte, kam ich überraschend gut damit zurecht. Vielleicht lag es an meiner generellen Einstellung, nicht alles so ernst und verbittert zu nehmen. Auch wenn ich öfter einen ganz anderen Eindruck bei meinen Mitmenschen hinterlassen hatte.

Ich erschrak über meine eigenen Gedanken. Ich sprach von den Bewohnern der AlphaOne schon in der Vergangenheit, als würde mein Verstand voraussetzen, dass sie alle tot waren.

Aber nicht alle waren von dem Feuer betroffen. Nur der Sektor Ost, das hoffte ich zumindest. Wenn es hier einen Ausgang gab, dann vielleicht auch in den anderen Sektoren?

Ich wusste nicht einmal, wo ich mit meiner Suche anfangen sollte. Als ich meinen Blick über die karge Landschaft schweifen ließ und meine Augen mit meiner Hand vor der Helligkeit der Sonne abschirmen musste, wusste ich nur eines: Dass diese Suche kräftezehrend und schier aussichtslos war.

Das Stahltor, an dem ich die letzten Stunden gehockt hatte, war in seinem vollen Ausmaß sogar noch imposanter. Wie eine riesige Mauer ragte es aus dem Erdboden und wollte so gar nicht zu dem restlichen Gesamtbild der Landschaft passen. In Anbetracht der Tatsachen und der trockenen Vegetation sollte es kein Problem darstellen, die anderen Ausgänge zu finden. Doch der Earthscraper war ein gigantisches Konstrukt, das sich über Kilometer streckte. Es würde noch weitere schreckliche Tage dauern, bis ich überhaupt etwas fand.

Mein zuvor aufgekeimter Enthusiasmus verflog schnell, als ich meinen Weg fortsetzte, um hinter das das Tor zu blicken. Es war mit einem abschüssigen Sandhügel, fast schon Berg bedeckt, der einfach in der Erde versank und hinter sich eine unendliche Weite preisgab. Eine Weite aus Sand und Stein. Ich erinnerte mich an die Aufzeichnungen der Wissenschaftler vor der Katastrophe, bevor die Supernova eintrat. Die Erde sah genauso aus, wie ich sie jetzt vorfand.

Einsam, staubig und keine Spur von Zivilisation. Doch mir entgingen nicht die violett schimmernden Blumen und die Baumwipfel, die ich vorhin entdeckt hatte. Auf der anderen Seite des Tores. Dort musste es mehr als nur diese Steinwüste geben.

Aber vielleicht bildete ich es mir auch nur ein und *wollte*, dass es dort mehr gab als an meinem jetzigen Standpunkt.

Mich überkam ein plötzlicher, trockener Hustenanfall, der in meinem Rachen schmerzte. Verdammte Scheiße, wo sollte ich hier nur etwas zu trinken finden? Es war aussichtslos, und wenn ich die Lage betrachtete, konnte ich auch nichts entdecken, was ansatzweise nach einem Gewächshaus oder einem Lager aussah. Ich allein würde es niemals schaffen, das große Geheimnis aufzudecken. Was hatte sich Chris nur dabei gedacht? Dass ich putzmunter in der Weltgeschichte umherstapfte und jeden Augenblick auf Menschen traf, die einer geheimen Mission nachgingen?

So wie es aussah, war ich die einzige lebende Person auf diesem Planeten. Na ja, zumindest an der Erdoberfläche.

Hier war einfach nichts. Rein gar nichts.

Außer jede Menge Sand, der mir in die Augen flog und sich unangenehm in deren Winkeln absetzte.

Ich hasse diesen Wind jetzt schon. Gerade deshalb, weil er nicht einmal eine willkommene Abkühlung darbot.

Der Wind verstopfte meine Lunge genauso mit trockener Hitze, wie es die Sonne auf meiner Haut tat.

Aussichtslos.
Einsam.

Verlassen.
Das waren die Worte, die mir in den Kopf kamen, als ich mich betrübt wieder umdrehte und zurück zu dem Stahltor ging. Fort war meine Positivität für meine Eltern und Fin irgendetwas retten zu können. Verschwunden war meine Hoffnung nach Erlösung.
Nichts war mehr von mir übriggeblieben.
Selbstzweifel überkamen mich, die sich schnell in Selbsthass verwandelten.
Ich schlurfte über den Sand, sodass meine nackten Füße Staub aufwirbelten, der mit dem Wind davongetragen wurde. Ja, ich trug tatsächlich noch meine Schlafklamotten. Was in dieser Situation einfach grotesk wirkte. Ein dicker Kratzer zog sich über mein linkes Bein, aus dessen Wunde nun wieder Blut tropfte. Sollte es sich doch entzünden, für mich gab es eh nichts mehr, wofür es sich nun noch zu kämpfen lohnte.
Doch, deine Eltern. Fin. Ach, halt die Klappe, dachte ich bei mir und stellte fest, dass ich schon Selbstgespräche führte. Aber diese leise Stimme in meinem Kopf, die sich verdammt ähnlich nach meiner eigenen anhörte, flüsterte mir zu, dass ich stark bleiben musste; dass ich die Hoffnung nicht aufgeben sollte.
Es gab einen Grund, warum es die AlphaOne gab. Denn die Menschheit war nicht mehr dazu geschaffen, auf der Erde zu leben. Und ich stellte keine Ausnahme dar.
Langsam ließ ich mich wieder an dem Stahltor hinuntergleiten. Als ich auf meinem vom Sitzen tauben Hintern saß, knickte mein Kopf erneut erschöpft zur Seite.
Es war zu viel für mich. Meine Kraft verließ mich. Was dachte ich mir dabei, auf eigene Faust und ohne eine Ahnung, wohin ich gehen sollte, mich auf die Suche zu machen, nach etwas, das vermutlich gar nicht existierte?
Vielleicht musste ich einfach nur warten.
Warten, bis sich das Tor doch noch öffnete, weil mich meine Eltern vermissten. Weil das Feuer bekämpft wurde und man sich nun auf die Suche nach den Verbliebenen machte.

Ja, das war ein guter Plan. Und wahrscheinlich würde mir Schlaf guttun.

Als sich meine Lider schlossen, hoffte ich nur, dass ich auch wieder aufwachen würde.

Kapitel 16

Nichts.

Jedes Mal, wenn ich aus meinem Schlaf erwachte und kraftlos einen Blick zu dem Tor warf, sah ich immer und immer wieder das gleiche Bild. Nichts. Nichts hatte sich geregt. Nichts war in der Zeit passiert, als ich weggetreten war.

Nichts.

Keine Spuren waren zusehen. Nur meine eigenen Fußabdrücke im Sand erkannte ich.

Der Wind war abgeebbt und auf meiner Haut hatte sich bereits ein starker Sonnenbrand gebildet.

Nichts.

***

Wie viel Zeit war bereits vergangen? Stunden? Tage? Ich war durstig und irgendwie kam mir die ganze Sache komisch vor. Nicht nur, weil sich dieses beschissene Tor immer noch nicht geöffnet hatte und ich auch keinen Ton aus dem Inneren des Tunnels vernahm, sondern auch, weil mir nach elenden Stunden des Wartens eines aufgefallen war, und das, obwohl mein Hirn nur noch auf Notbetrieb eingestellt war und ich meine Augen kaum noch offen halten konnte:

Dennoch fiel mir auf, dass diese *Tage*, die sich so anfühlten wie mehrere Sonnenläufe, nur *ein* Tag sein konnten. Denn, wenn ich ehrlich zu mir selbst war, dann hatte ich bisher nicht ein einziges Mal den Nachthimmel gesehen. Erst dachte ich, mein innerer Biorhythmus würde immer noch funktionieren, sodass ich pünktlich zum Sonnenuntergang einschlief, aber nichts dergleichen war in Wahrheit geschehen.

Meine trockene Kehle brannte immer mehr, denn weit und breit fand ich keine Wasserquelle. Ebenso wenig, wie dieses merkwürdige Lager, von dem Chris erzählt hatte.

In meinem Kopf herrschte eine tote Leere, die mich wie paralysiert in die weite Ferne starren ließ. In die Ferne, wo ich dieses wunderschöne Leuchten des violetten Blumenmeeres sah. Das ich mir höchstwahrscheinlich ebenso einbildete. Aber immerhin war es ein kleiner, farbiger Lichtpunkt in meiner sonst tristen Lage. Ich musste einfach auf ein Wunder hoffen ...

Mein Kopf zuckte wie vom Blitz getroffen hoch. Schwarze Pünktchen versammelten sich vor meinen Augen, da mein Kreislauf völlig am Boden war, doch aus irgendeinem Grund war ich hellwach.

Was war das?

Ein Geräusch.

Ein Geräusch??

So hastig, wie mein müder Körper es zuließ, stemmte ich mich hoch, denn ich war wieder einmal unbequem an dem riesigen Stahltor zusammengesackt. Mein Nacken schmerzte unaufhörlich, und ich ließ meinen Kopf erst einmal kurz kreisen, bis meine Wirbel angenehm knackten.

Dieses eigenartige Geräusch stahl sich immer weiter in mein Bewusstsein, und ich dachte erst, dass es aus dem Inneren des Tunnels kam, aus dem ich vor geraumer Zeit geflüchtet war, doch wie ich feststellen musste, täuschte ich mich.

Nachdem ich mein Ohr ganz dicht an den kühlen Stahl hielt, hörte ich nämlich rein gar nichts.

Wieder einmal.

Verdammter Mist, woher kam nur...

Plötzlich schlich sich in meine Erinnerung ein leiser Verdacht. Ein bekanntes Gefühl, welches ich zuerst nicht zuordnen konnte.

Dieses Geräusch ... dieses monotone Piepen ...

Woher kam es mir bekannt vor? Tief in meinen Erinnerungen kramte ich nach der Erlösung, und als wäre ein geheimes Tor geöffnet worden, fiel es mir wie Schuppen von den Augen.

Dieses verdammte Piepen hatte ich schon einmal gehört, als Fin und ich damals, als wir kleiner waren, Verstecken gespielt hatten. Ich konnte schon damals schlecht verlieren, also hatte ich die GPS-Funktion meines SmartPads aktiviert, um Fin zu finden.

Das war nicht ganz fair, ich weiß, aber Verlieren war schon immer meine schlechteste Eigenschaft und so gewann ich fast jedes Versteckspiel. Ab und an ließ ich Fin gewinnen, weil er mir sonst leidtat.

Und genau dieses Piepen des GPS- Signals stahl sich in meinen Gehörgang.

So weit wie es meinen schwachen Fingern möglich war, tippte ich auf mein SmartPad am Handgelenkt, von dem ich noch vor ein paar Stunden dachte, es hätte den Geist aufgegeben.

Was auch fast zutraf, denn sämtliche Funktionen waren eingestellt. Bis auf eine.

Wie in Trance starrte ich auf den blinkenden Punkt am Rande des kleinen Bildschirms und konnte es kaum fassen.

Ich war nicht allein.

Irgendjemand war in meiner Nähe und suchte mich wahrscheinlich.

Endlich.

Endlich keimte in mir Hoffnung auf.

Kapitel 17

»Hallo?«, krächzte ich heiser, um auf mich aufmerksam zu machen. Der Punkt auf meinem SmartPad piepte stetig weiter, doch irgendwie schien er nur langsam näher zu kommen.

»Ist da jemand?« Meine Stimme war kaum mehr als ein Hauchen, doch irgendwie musste ich mich verständlich machen. Auch wenn mir das Sprechen höllische Schmerzen bereitete, musste ich alles dafür tun, um gerettet zu werden.

Als Unterstützung klopfte ich mit meinen Fäusten ebenfalls an das kühle Stahltor, doch die Härte des Tores hinterließ sofort blaue Flecken an meinen Handballen.

Was war hier nur los? Diese Welt schien meinen Körper von Sekunde zu Sekunde immer weiter zu schwächen, dabei empfand ich nur die unerträgliche Hitze als das größte Problem.

Diese *neue* Welt. Dieser eigenartige Planet auf dem ich war. War das wirklich die Erde? Es war schier unmöglich, dass sie so lange überlebt hatte. Doch im Grunde genommen ... wie hätten *wir* sonst überleben können? Wie hätte die ganze AlphaOne überleben und die Erschütterungen der Supernova überstehen können?

»Hallo?«, versuchte ich es ein weiteres Mal, aber wie auch die Male zuvor, kam kein einziges Geräusch aus dem Inneren des Tunnels.

Es blieb nur dieses nervige Piepen meines SmartPads, das vor lauter Schweiß an meinem Handgelenk wie festgeklebt saß.

Ich kniete mich mit dem Rücken zur Sonne vor das Tor, sodass der heiße Stern mir nicht weiterhin das Gesicht verbrannte. Und versuchte mit zittrigem Finger mein SmartPad in Gang zu bekommen, doch die Wärme des Feuers und der Sonne mussten es beschädigt haben, denn auch nach intensiver und lauter Sprachbedienung und mehrmaligen, wütenden Drauf-rum-Hämmern passierte rein gar nichts.

»Verdammt«, fluchte ich und hätte mir am liebsten dieses Teufelsding vom Arm geschüttelt, doch es saß bombenfest.
»Ach, fick dich doch!« Missmutig starrte ich auf den blinkenden Punkt, der mal weiterwanderte und mal aufhörte sich zu bewegen.
Irgendjemand musste doch in meiner Nähe sein, der ebenfalls ein solches Ding oder ein anderes GPS-fähiges Gerät bei sich trug.
Da fiel mir plötzlich etwas ein.
Ava.

Ich berührte den Ring wie jeden Tag, seit ich ihn trug und zu meiner Überraschung leuchtete das helle Licht auf, in dem normalerweise gleich das schöne Gesicht erschien.
»Ava?« Das Stechen in meinem Hals ignorierte ich, denn kaum hatte ich die künstliche Intelligenz gerufen, erschien sie im schmalen Lichtschein des Ringes.
Etwas verpixelt, aber dennoch erkennbar.
Erleichtert atmete ich aus.
»Oh mein Gott, ich glaube es nicht. Ava! Hörst du mich?«
Kurz schien es, als würde das Bild wieder verschwinden, da es für einen kleinen Moment aufflackerte, aber Ava richtete suchend ihre Augen in die Umgebung, als hätte sie zwar etwas gehört, aber mich nicht richtig verstanden.
»Ich bin es. Nova.« Nach kurzem Zögern fügte ich noch ein schnelles »Nova-Lina Brown« hinzu, was sie aufzuwecken schien.
»Oh, Nova-Lina Brown. Wie... schön.« Auch mit ihr stimmte etwas nicht. Nicht nur, weil sie merkwürdig verstört wirkte, sondern auch, weil ihre Stimme viel zu mechanisch klang. Nicht wie die Ava, die ich kannte.
Jetzt wirkte sie viel mehr wie Alpha.
»Was... kann ich für dich ... tun?« Immer wieder zuckten ihre Augen unkontrolliert von rechts nach links. Sie musste beim Feuer ebenfalls einen Systemschaden erlitten haben, dachte ich bei mir, als ich mir die Bilder des explodierenden Technikraums vor Augen führte.
Schrecklich!
»Ich bin hier draußen!«, brüllte ich mit neuer Kraft in den Ring an

meinem Finger. Ich spürte eine wohltuende Hoffnung in mir aufkeimen, die mir Stärke verlieh.

»Draußen?«, fragte Ava überrascht und runzelte die Stirn. »Wie kann das sein?«

»Lange Geschichte. Wenn ich sie dir erzähle, dann würdest du sie mir eh nicht glauben. Aber wir dürfen keine Zeit verlieren. Ich muss wieder in die AlpahOne. Das Feuer. Es war einfach überall ...« Kurz stockte ich, denn es verschlug mir die Sprache, als ich an meinen kleinen Bruder dachte und an Chris, der von den Flammen einfach verschluckt wurde.

Wie konnte ich nur so dämlich handeln und sie alle dort unten allein lassen?

»Das Feuer ... ja.« Sie war überhaupt nicht wirklich bei mir und verstand vermutlich kaum etwas, von dem, was ich ihr erzählte. Aber sie war meine einzige Hoffnung, um wieder in den Tunnel zu gelangen.

»Ava, hör mir zu. Ich habe ein GPS-Signal empfangen, doch niemand antwortet mir. Kannst du es im System verfolgen? Und denjenigen kontaktieren?«

Wieder flackerte das Licht, und ich schüttelte ihn, damit die Verbindung nicht abbrach.

»Ich soll eine Ortungssuche starten?«

»Ganz genau!«, rief ich triumphierend, denn sie war wenigstens noch etwas bei Sinnen. »Bitte beeile dich.«

»Einen Moment. Ich starte die Ortungssuche.« Das Mechanische in ihrer Stimme gefiel mir ganz und gar nicht. Es wirkte so fehl am Platz und unecht. Auf meinen Armen bildete sich eine Gänsehaut, die dort für eine Weile verweilte.

Besonders, als Avas Gesicht plötzlich verschwand und ich für eine Nanosekunde dachte, die Verbindung sei abgebrochen. Doch da erschien ihr Gesicht wieder. Dieses Mal sah sie mich mit ihren hellblauen Augen direkt an.

»Es wurde kein GPS-Signal aus der AlphaOne gesendet.«

Die Wahrheit traf mich mitten ins Gesicht. Kein Signal?

»Aber ... ich empfange ein Signal. Hast du auch alles durchsucht?«

»Alles. Bis ins kleinste Türchen. Doch...«

Ich wurde hellhörig. Hatte Ava vielleicht doch etwas übersehen?

»Ich empfange ein Signal. Aber es kommt nicht aus dem Inneren. So eine Struktur habe ich noch nie gesehen. Völlig fremd. Es ist nicht in meiner Datenbank registriert.«

»Was? Aber, woher kommt es dann?«

»Von draußen.«

Kapitel 18

»Nein, nein, nein. Bist du dir ganz sicher?«
»Ich täusche mich nie«, war ihre letzte Antwort, bevor das Licht endgültig erlosch und ich alleine mit mir und der Erkenntnis zurückblieb, dass ich womöglich nicht der einzige Mensch auf diesem Planeten war.

»Komm schon! Geh wieder an.« Ich drehte den Ring nach links und nach rechts. Wischte wie eine Verrückte auf ihm herum, doch nichts geschah. Nun war auch meine letzte Verbindung im Sande verlaufen.

Überraschenderweise blieb ich ruhiger als gedacht. Mein Körper fühlte sich auf einmal nicht mehr ausgetrocknet und ausgelaugt an.

War da etwa auch ein Kribbeln in meinem Bauch? Irgendetwas veranlasste mich dazu, einen Blick auf die unendliche Weite der steinigen Wüste zu werfen, die mich nun seit unerträglichen Stunden begleitete.

Die violett schimmernden Blumen reizten mich, doch wiederum konnten sie nur ein Bild meiner durstigen Fantasie sein.

Aber ging mir dieses Piepen des GPS-Signals nicht mehr aus dem Kopf. Gut, wie denn auch, es war ja auch kaum zu überhören.

Der blinkende Punkt bewegte sich nicht mehr, kam nicht mehr auf mich zu oder bewegte sich von mir fort. Er war einfach nur da. Am Rande des Bildschirms und in der Nähe des Blumenmeers, das mich so faszinierte.

Mit einem letzten Blick auf das Stahltor, fasste ich einen lebensverändernden Entschluss. Wenn es die einzige Möglichkeit war, meine Familie und die anderen Menschen dort unten irgendwie zu retten, dann blieb mir nichts anderes übrig.

Ich musste es tun. Für Mom und Dad. Für Fin. Eventuell auch für Christian, ohne den ich nie in diese Lage geraten wäre.

Aber dennoch hatte er vielleicht recht und es gab hier draußen

irgendwo jemanden, der mir helfen konnte. Der uns retten konnte.
Ich wollte nicht diejenige sein, die dafür verantwortlich war, dass tausende Menschen starben, nur weil ich einen Fehler begangen hatte.
Also stand ich auf, nahm all meinen Mut zusammen und ging los. Ohne mich noch einmal umzudrehen.

***

Kurze Zeit später bereute ich meine Entscheidung, denn das violette Blumenmeer schien sich immer weiter von mir zu entfernen.
Das durfte doch nicht wahr sein. Bildete ich mir das Ganze vielleicht doch nur ein? Aber die vielen Blütenblätter, die sich leicht im Hauch des Windes hin und her wiegten, wirkten verdammt real.
Sie mussten existieren, redete ich mir ein. Sie mussten, denn ich wusste nicht, ob ich den Rückweg lebend überstand. Egal, wie lange ich mich in dieser brütenden Hitze befand, es war schon viel zu lange.
Mit quälenden Schritten schlurfte ich über den trockenen, sandigen Boden, der hinter mir eine kleine staubige Wolke hinterließ. Für mich sah es nicht danach aus, als wäre je ein Mensch hier entlang gegangen. Meine Spuren im Sand wirkten völlig deplatziert an diesem friedlichen Ort der Stille und Unberührtheit.
Hatte Christian in seinem ganzen technischen Wahn die Fassung verloren und bildete sich nur ein, dass ein Leben an der Oberfläche der Erde möglich war? Gut, im Grunde genommen war ich der Beweis, dass es funktionierte, und wenn ich an seine drängenden Worte dachte, hatte er es schon ziemlich ernst gemeint.
Immerhin hatte ich einen eindeutigen Hinweis auf die Existenz eines anderen Lebewesens auf diesem Planeten. Das Piepen meines Smart-Pads begleitete mich die ganze Zeit über und geriet irgendwann in Vergessenheit, als ich bemerkte, dass ich nicht halluzinierte.
Ich kam dem Blumenmeer immer näher und wenn ich mich nicht täuschte, konnte ich einen süßlichen Geruch ausmachen, der zart an meine Nase drang.
Himmlisch. Für einen kurzen Moment unterbrach ich meine Reise

und hielt inne, um mit geschlossenen Augen diesen fremden aber bekannten Geruch tief in mir aufzunehmen.

Irgendwie war dieser Duft leicht berauschend, sodass ich mich erst einmal sammeln musste, als ich meine Augen öffnete.

Wieso kam mir diese Süße nur so bekannt vor? Ich musste sie schon einmal gerochen haben. Im Chemieunterricht? Komischerweise war es das Erste, was mir einfiel, denn ich verband den Geruch automatisch mit einer chemischen Substanz, mit der wir einmal experimentiert hatten.

War das vielleicht ebenfalls ein Beweis dafür, dass wir nicht die letzten Überlebenden waren? Dass die Regierung uns nur einen Streich spielte und uns vorgaukelte, es wäre kein weiteres Leben auf der Erde möglich?

Wieder diese unzähligen Fragen, die meinen Kopf fast zum Platzen brachten. Ich musste herausfinden, was hier gespielt wurde. Was das alles bedeutete. Christians Worte, dieses Blumenmeer und ganz besonders das GPS-Signal, an das ich mich schon gewöhnt hatte.

Neue Hoffnung keimte in mir auf, ebenfalls kehrte das angenehme Kribbeln wieder in meinen Bauch zurück, dass ich vor meinem Aufbruch verspürt hatte.

Wie magisch zogen mich die violett schimmernden Blumen an, und ich setzte wieder einen Fuß vor den anderen. Meinen Durst verlor ich dabei so gut wie aus den Augen. Jetzt zählte nur eines: ankommen.

Und dieses Ankommen rückte immer mehr in den Vordergrund, denn ich konnte erkennen, dass die Blumen mindestens halb so groß waren wie ich und mir locker bis zur Hüfte reichten.

Der süßliche Duft intensivierte sich zudem und veranlasste mich dazu, meine schwachen Beine in die Hand zu nehmen und in einen Laufschritt zu verfallen.

Ich würde sie gleich erreichen! Nur noch gute zwanzig Meter trennten mich mit dem ersten Zeichen, das auf Leben auf diesem komischen Planeten hinwies.

Zehn Meter! Mein Gehirn verhielt sich merkwürdig, je dichter ich den Blumen kam. Irgendwie fühlte es sich schwammig an, als würde es nicht mehr richtig klar denken können.

Berauschte mich der Duft dieser wunderschönen Blumen so sehr, dass ich high wurde?

Scheiße, was passierte hier nur?

Wie ein Magnet wurde ich von den übergroßen Pflanzen angezogen, sodass ich keine fünf Meter später vor ihnen stehen blieb.

Wow, das raubte mir den Atem. So etwas Schönes und gleichzeitig Geheimnisvolles hatte ich noch nie zuvor in meinem bisher eintönigen Leben gesehen.

Ich musste träumen, das stand langsam außer Frage für mich, aber es wirkte alles um mich herum so real und existent.

Nein, ich träumte nicht. Alles, was gerade mit mir geschah, passierte wirklich. Und diese Blumen, dieser süße Geruch, der meinen Kopf vollkommen für sich einnahm, verführte mich dazu, dass ich wie durch einen Schleier dabei zusah, wie meine rechte Hand ganz wie von selbst, zu einem der dicken, violett schimmernden Blütenblätter einer Pflanze griff.

Ich konnte nichts dagegen tun, meine Hand machte, was sie wollte, und betastete die weiche, fast schon pelzige und flaumartige Oberfläche der Blüte, die plötzlich anfing, heller zu leuchten.

Oh man, ich war wirklich high! Oder wie sollte ich mir erklären, dass diese Blume plötzlich anfing zu strahlen?

Der wabernde Schimmer hatte mich schon von Weitem fasziniert, aber dieses intensive Violett blendete mich beinahe.

An meinen Fingerkuppen fühlten sich die Blütenblätter samtig weich an, wie eine Wolke, auf der man schwebte. Wenn das je möglich gewesen war.

Aber bei dem, was ich soeben erlebte, zweifelte ich nicht mehr daran, dass überhaupt irgendetwas nicht realisierbar war.

Es war einfach fantastisch.

Ich ging einen Schritt in das Blumenmeer hinein, sodass ich von ihm komplett umschlossen wurde. Ich breitete meine Arme aus und ließ meine Hände über die wunderbaren Blumen streifen, während ich mich immer weiter in das Meer hineinwagte. Nie wieder wollte ich diesen Ort verlassen. Nie wieder wollte ich je an etwas anderes denken als an diesen herrlichen Geruch und dieses faszinierende Leuchten.

Nie wieder. Verdammt! In meiner Berauschtheit hatte ich völlig vergessen, warum ich überhaupt hier war.

Schnell schüttelte ich meine Gedanken wieder ab, von dem immer mehr von mir zehrenden Geruch der Blumen und konnte auf einmal wieder klarer denken.

Ich war hier, weil ich diesem beschissenen GPS-Signal gefolgt war, zum Teufel. Und genau nach diesem musste ich wieder suchen.

Ich hatte komplett mein Ziel aus den Augen verloren und das nur, weil mich diese Pflanzen in ihre Fänge nahmen.

Hektisch blickte ich mich um und bemerkte, wie weit ich mich von meinem Ausgangspunkt entfernt hatte.

Das Stahltor, aus dem ich noch vor ein paar Stunden geschlüpft war, erkannte ich nur noch als ferne Silhouette, die wie ein grauer, verlassener Punkt am anderen Ende der Welt wirkte.

Verdammt, ich warf einen Blick auf mein SmartPad am Handgelenk. Gott sei Dank, das Signal bestand immer noch und blinkte fröhlich weiter vor sich hin. Aber immerhin schien es sich wieder zu bewegen, aber zu meinem Schrecken nicht zu mir hin, sondern von mir weg.

Ich musste fokussiert bleiben. Wer wusste schon, ob derjenige, der hinter diesem Signal steckte, meine letzte Hoffnung war. Die letzte Hoffnung der ganzen Menschheit eventuell.

Panisch drehte ich mich um und versuchte mir einen Weg durch die dicken Stängel der Blumen zu erkämpfen, was sich schwieriger gestaltete als geahnt.

»Hallo? Ist da jemand?« Doch irgendwie schien es die falsche Wirkung zu erzielen, als ich geplant hatte, denn plötzlich streckten die Blütenköpfe sich in meine Richtung, als würden sie mich ansehen.

Was war hier los?

Es schien, als hätten sie auf meine Stimme reagiert. Bedrohlich starrten sie mich an, ohne sich auch nur einen Zentimeter zu bewegen.

Nicht einmal der leichte Windhauch konnte sie dazu bringen, eine Regung zu zeigen. Ich schluckte schwer.

Was sollte ich tun? Einfach weitergehen und so tun, als wäre alles ganz normal? Oder sollte ich noch einmal rufen? Obwohl mir diese Variante in Anbetracht der bedrohlich wirkenden Blumen nicht besonders gefiel.

Also entschied ich mich für Ersteres und bereute es sogleich wieder, denn kaum hatte ich meinen Fuß angehoben, umschloss mich ein rosa Nebel, der aus den Blütenköpfen geschossen kam.

Ein unheimlicher Schmerz durchfuhr mich, und ich schrie vor Qualen auf. Mein Körper schien innerlich zu brennen, sodass ich mir nichts anderes übrigblieb, als mich schmerzerfüllt zu krümmen.

Meine Schreie hallten in meinen eigenen Ohren wider und wirkten völlig verzerrt.

Doch die Blumen nahmen das zum Anlass, um immer mehr giftigen Nebel zu versprühen, der mir den Atem raubte. Meine Luftröhre schnürte sich zu, schwoll an und ließ mich nach Luft schnappen, die nicht dort ankam, wo sie hinsollte.

Ich würde ersticken, wenn ich nicht sofort einen Weg aus dieser Blumenhölle fand. Doch ich konnte mich keinen Zentimeter bewegen.

Nachdem ich innerlich verbrannte und kaum noch Luft bekam, fing auch noch meine Haut an, sich rötlich zu verfärben. Kleine Brandblasen blubberten darauf wie kochendes Wasser, und es roch bereits nach verbranntem Fleisch.

Ich zitterte am ganzen Körper, der nicht mehr mir zu gehören schien. Langsam verließ mich auch die Kraft zu schreien, sodass ich bald darauf verstummte und meiner Haut dabei zusah, wie sie sich immer mehr veränderte.

Fühlte es sich so an, bei lebendigem Leib verbrannt zu werden? Hatte sich so der Mann gefühlt, dessen verkohlten Körper wir bei der Flucht durch die AlphaOne gesehen hatten?

Geschah mit mir nun dasselbe? Vielleicht waren wir Menschen nicht dafür bestimmt, ewig zu leben. Irgendwann endete alles einmal, und dieser Planet würde für immer unser Ende bedeuten. Das bedeutete er wahrscheinlich schon seit Milliarden von Jahren, ohne dass wir davon etwas mitbekamen oder es wahrhaben wollten.

Der Schmerz, der mich nun vollkommen einnahm, fühlte sich bereits taub an, als würde mir jemand ständig mit dem Finger auf ein und dieselbe Stelle tippen.

Und nicht nur mein Schmerzempfinden schaltete sich aus, sondern auch mein Verstand.

Das Letzte, was ich sah, waren die vielen Brandblasen auf meiner Haut, die bereits aufplatzen und eine eklig stinkende Flüssigkeit zutage förderten.

Kurz darauf wurde alles um mich herum schwarz.

Kapitel 19

»Shhh, ganz ruhig, nicht bewegen.«

Ein quälender Laut entkam meiner Kehle, als sich etwas Kühles und Nasses auf meiner Haut ausbreitete und sich immer wieder wie kleine Nadelstiche hineinbohrte. Beinahe fühlte es sich wieder so an, als befände ich mich inmitten des gefährlichen Blumenmeeres, das mir meine Haut versengt hatte.

Kaum dachte ich an dieses schreckliche Gefühl, schossen mir Bilder, wie ich regungslos und gefangen inmitten dieser Hölle stand und elendig verbrannte, in den Kopf, sodass die Panik wieder an die Oberfläche kroch.

»Ganz ruhig, es ist alles in Ordnung. Du bist in Sicherheit«, hörte ich es neben mir tief flüstern, und endlich war ich auch in der Lage, einen klareren Gedanken zu fassen.

Ich war schon einmal aufgewacht, doch konnte vor Schmerzen nicht einmal meine Augen richtig öffnen.

Nach kurzen Sekunden des schweren Atmens und Zitterns meines gesamten Körpers war ich wieder bewusstlos zusammengesackt und seitdem nicht wieder aufgewacht.

Doch an eines konnte ich mich erinnern, wie hätte ich es nicht können, denn diese strahlenden blauen Augen verfolgten mich noch bis in meinen todesähnlichen Dämmerzustand. Blaue Augen, die mich nicht mehr loslassen wollten, von denen ich sogar träumte.

Na ja, wenn man denn von Träumen sprechen konnte. Im Grunde genommen waren es nur Lichtblitze, die plötzlich in meinen Gedanken auftauchten und mich irgendwie am Leben hielten.

Und nun waren die besagten blauen Augen wieder direkt vor meiner Nase. Dazu gesellte sich ein Gesicht.

Nachdem, was ich gesehen hatte, glaubte ich mittlerweile schon an

Geister und andere übernatürliche Wesen. Vielleicht schwebte ich immer noch zwischen Leben und Dämmerzustand und bildete mir nur ein, dieses recht attraktive Gesicht zusehen.

Okay, Moment. Gesicht? Ein Gesicht, das verdammt menschlich aussah. Ein Mensch. Ein Gesicht. Ich...

Ich riss meine Augen weit auf und rappelte mich auf. Dabei schoss ein unerträglicher Schmerz durch meine Gliedmaßen.

»Aaahh!«, schrie ich und konnte mich gerade so mit den Unterarmen auf dem harten Boden abstützen.

»Hey, hey. Nicht zu schnell. Was tust du denn?« Es sprach mit mir! Dieses braungebrannte und bärtige Gesicht sprach mit mir!

Mir blieb die Luft weg, und ich hätte schwören können, dass mein Herz ebenfalls für ein paar Sekunden aussetzte, bevor laut prustend die Luft aus meiner Lunge entwich und ich anfing zu japsen.

»Du ...«, stotterte ich heiser, denn meine Kehle war kratzig und ausgetrocknet. Ja, was jetzt? Was genau wollte ich ihm sagen? Diesem männlichen Antlitz, das zu einem ebenfalls sehr gebräunten Körper gehörte. Kranker Mist, er war sogar Oberkörperfrei.

Hatte ich schon erwähnt, dass er männlich war? Zumindest was meine persönlichen Vorlieben betraf, war er sehr maskulin. Muskulös, kräftig und ... dreckig. Ja, er war dreckig. So dreckig, als hätte er sich Monate, nein, Jahre nicht gewaschen.

Seine tätowierte Haut glänzte vor Schweiß, der seine Muskeln nur noch stärker zum Vorschein brachte.

In Gottes Namen, Lina! Wieso ausgerechnet jetzt? Hast du keine anderen Probleme, als einen wildfremden Mann anzuschmachten, der dich augenscheinlich irgendwo gefangen hält? Eigentlich sollte ich mir Gedanken darüber machen, dass ich in diesem Nichts aus Staub und Sand eine lebende Person getroffen habe.

War dieser Mann eventuell das GPS-Signal, das ich empfangen hatte?

Es herrschte eine unangenehme Stille zwischen uns, in der ich den Fremden fassungslos anstarrte. Sicherlich sah ich völlig daneben aus, als würde ich einem Außerirdischen gegenübersitzen, dessen Existenz mir nicht bewusst war.

Aber doch, *dieser* Außerirdische existierte. Und er war nichts Anderes als ein lebendiger Mensch. Auf den ersten Blick war mir klar, dass er kein Bewohner der AlphaOne sein konnte. Seine Haut war zu braun, sein Blick zu wild. Niemand sah so aus, mit dem ich aufgewachsen war.

»Ja, also ...« Der Fremde räusperte sich einmal, bevor er mit tiefer und warmer Stimme weitersprach. »Du hattest ziemliches Glück, weißt du. Wenn ich nicht in der Nähe gewesen und deine Schreie gehört hätte, wärst du jetzt tot.«

Wow, danke für diese aufmunternden Worte. Sollte ich ihm jetzt vor die Füße fallen, ihn wie einen Gott anbeten und ihm für seine Taten danken? Reiß dich zusammen, Lina. Er hat dich verdammt nochmal gerettet! Gerettet! Vor dem Tod! Aber anscheinend wollte mein beschissenes Ego sich nicht eingestehen, dass ich Hilfe von einem Fremden bekommen hatte.

Hilfe anzunehmen, zählte nicht gerade zu meinen Stärken.

Wieder entstand eine kurze Pause des Schweigens, in der ich nur das Geräusch unserer beider Atem hörte.

Ich befand mich in einer Höhle, wie ich feststellte. Ringsherum gab es nur Stein um mich. Sandstein, wie ich vermutete und mein eingerostetes Denkvermögen noch aus meinen Erinnerungen hervorkramte.

»Geht es wieder?«, fragte mich der Fremde, der sich nun aus seiner Hockposition löste und in einen Schneidersitz auf den Boden niederließ.

Da ich meine Stimme noch nicht allzu sehr beanspruchen wollte, nickte ich einfach nur.

»Sehr gut. Dann scheint die Salbe zu helfen. Du solltest deinen Körper aber wirklich noch schonen, sonst bringt auch die ganze Prozedur mit der Salbe nichts.« Er zwinkerte mir zu, bevor er aufstand und gehen wollte. Er wollte mich doch hier nicht etwa allein lassen.

»Hast du Hunger?« Bei seiner Frage knurrte automatisch mein Magen, was der Fremde mit einem tiefen Lachen quittierte. »Das deute ich einfach mal als ja.«

Doch nicht nur mein Hunger setzte ein, sondern auch mein unerträglicher Durst, der mich auf meiner Reise begleitet hatte.

Da der Mann, dessen Namen ich immer noch nicht kannte, mir den Rücken gekehrt hatte und nun mit seinen Händen irgendwo herumwühlte, musste ich wohl oder übel sprechen.

»Ich ... ich habe Durst«, hauchte ich und hustete kräftig, als wollte mein Körper ihm zeigen, wie ernst es um mich stand.

»Oh, verdammt. Ja, natürlich. Du hast zwar vorhin schon mindestens zwei Liter getrunken, aber wenn ich mir dich so anschaue, könntest du noch drei weitere vertragen.« Er kam auf mich zu, hockt sich wieder hin und hielt mir eine Art Sack mit Öffnung vor den Mund. Ohne zu protestieren, nahm ich einen kräftigen Schluck. Und noch einen. Und noch einen. Bis mir die Übelkeit meine Speiseröhre hochkroch und ich beinahe wieder alles erbrach.

»Langsam, langsam. Nicht, dass wir gleich gar nichts mehr haben.« Irgendwie verschwand bei seinen Worten dieses leichte Schmunzeln nicht von seinen Lippen, sodass mir klar war, dass er es nicht ganz so ernst meinte, wie es im ersten Moment klang.

»Danke«, sagte ich, und tatsächlich ging es mir schlagartig besser. Auch meine Stimme fand langsam wieder zu ihrer alten Form zurück. Vermutlich war ich nicht nur heiser durch meine trockene Kehle, sondern auch durch meine schmerzerfüllten Schreie, als sich die violetten Blumen gegen mich gewandt hatten.

»Kein Problem, aber jetzt verrate mir mal bitte eins ...«

Ich zog fragend meine Augenbrauen hoch.

»Deinen Namen.«

Erleichtert atmete ich aus, denn irgendwie hatte ich damit gerechnet, dass er mich etwas anderes fragen würde. Was genau, konnte ich nicht sagen. Aber wenn es nur mein Name war, den er wissen wollte, kein Problem.

»Ich bin Lina.« Wohlwissend ließ ich natürlich meinen verhassten Zweitnamen weg. Doch mein Gegenüber schien zu spüren, dass ich etwas verheimlichte.

»Einfach nur Lina? Das war bestimmt nicht alles. Du musst doch einen Nachnamen haben.«

Sollte ich ihm wirklich meinen Namen verraten? Schließlich kannte ich diesen Fremden gerade einmal ein paar Minuten und wusste selbst nichts über ihn. Also drehte ich den Spieß um.

»Den verrate ich dir nur, wenn du mir deinen Namen verrätst.«

»Oh, du bist clever. Wirklich raffiniert. Ich bin Noah. Noah Anderson.«

Jetzt war ich diejenige, die Schmunzeln musste, denn ...

»Noah? Ist das nicht...«

»Jap. Der Typ, der diese Arche gebaut hat, um Zuflucht für Mensch und Tier zu schaffen.«

»Haha!« Schnell hielt ich mir eine Hand vor den Mund, denn mein Lachen kam so plötzlich, dass ich selbst nicht damit gerechnet hatte. Eine kleine Träne stahl sich aus meinem Augenwinkel, die ich mir immer noch glucksend wegwischte, als meine Bauchmuskeln schon gefährlich in den Seiten zogen.

»Ja, sehr witzig. Frag mich nicht, was meine Eltern sich dabei gedacht haben. Dabei sind sie nicht einmal gläubig.« Augenrollend löste Noah sich aus der Hocke und drehte den Schraubverschluss des wasserspendenden Beutels zu, den er sich an seine schwarze, zerrissene Hose klemmte.

»So, und jetzt ...« Noah hielt eine Schüssel mit einem dampfenden Inhalt in den Händen, als er sich wieder zu mir umdrehte. »verrate mir deinen richtigen Namen. Ich habe das Gefühl, dass du meinen noch toppen kannst, richtig?«

Oh, und wie richtig er damit lag. Meine Güte, dieser Mann hatte eine wirklich besondere und ausgeprägte Menschenkenntnis, und das, obwohl er so aussah, als hätte er lange nicht mehr in der Gesellschaft anderer Menschen gelebt. Aber wie ich nun feststellen musste, konnte ich mich auch täuschen. So wie mit anscheinend allem ...

Noah setzte sich erneut auf den Boden und reichte mir die Schüssel, in der eine Art klumpige Suppe waberte, die dennoch einen leckeren Geruch verströmte.

»Das ist Wild«, erklärte er, denn ich blickte etwas irritiert drein, als ich den Holzlöffel entgegennahm, den mir Noah ebenfalls reichte.

Da mein Magen bereits lauthals um Füllung bettelte, nahm ich, ohne weiter darüber nachzudenken, den ersten Bissen. Und war erstaunt, wie gut die Suppe oder was auch immer diese Pampe darstellen sollte schmeckte.

Mir wäre zwar eine Pizza deutlich lieber gewesen, aber ich wollte nicht wählerisch sein.

Ich hatte schon bemerkt, dass die Dinge hier draußen anders abliefen, als ich gewohnt war. Zu meiner Überraschung fühlte ich mich aber in Noahs Nähe ziemlich gut aufgehoben und wohl, was mich selbst verwunderte, denn fremde Menschen und Menschen allgemein waren nie mein bevorzugtes Terrain.

Kaum landete das erste Stück Wild in meinem Magen, gierte ich nach mehr. Und schon löffelte ich ohne Pause aus der dampfenden Schale, die innerhalb weniger Minuten wie ausgeleckt war.

»Ich vermute mal, dass es geschmeckt hat«, stellte Noah ironisch fest, und ich gab ihm mit hochgezogener Augenbraue die leere Schüssel wieder, die er neben sich auf den Boden stellte.

Dieser Mann war wirklich anders als alle, die ich bisher kennenlernen durfte oder unfreiwillig kennenlernen musste.

»Also, was ist nun mit deinem Namen?« Er ließ echt nicht locker. Aber das gefiel mir an ihm. Das reizte mich und meine Vorliebe mit dem männlichen Geschlecht zu spielen.

»Mh, lass mich überlegen. Weißt du, diese Hitze und diese Blumen.« Ich schüttelte mich bei dem Gedanken an das brennende Gefühl auf meiner Haut. »Die haben mir ganz schön zugesetzt. Ich kann mich kaum noch an etwas erinnern ...« Theatralisch atmete ich aus und ließ meine Schultern hängen.

Ich schielte zu Noah hinüber, der mich ausdruckslos musterte und dabei nicht aus der Reserve zu locken war.

»Okay, okay. Aber im Ernst. Wehe du lachst.« Erstaunt über meine lockere Art, wie ich mit einem fremden Menschen umging, überlegte ich noch für einen kurzen Moment, ob ich Noah tatsächlich meinen ganzen Namen verraten sollte. Wer wusste schon, ob er ein Attentäter oder ein Kannibale war. Und ich hatte soeben das Fleisch seines letzten Opfers gegessen.

»Nova-Lina Brown«, rutschte es mir heraus, bevor meine kranken Gedanken in meinem Kopf Realität annehmen konnten.

»Kreativ. Wirklich kreativ. Nova... etwa wie die Supernova, die für alles hier verantwortlich ist?«

»Jap, ganz genau. Meine Eltern fanden sich damals besonders witzig.« Noah nickte wissend.

»Sie haben einen Orden verdient.«

»Hatten«, murmelte ich und riss daraufhin panisch meine Augen auf. »Scheiße!«, fluchte ich erneut und rappelte mich auf. Oder versuchte es zumindest, denn immer noch war dieser tiefe Schmerz in meinem Körper präsent.

»Was ist los?«

»Ich ...« Mein Kopf explodierte gerade vor Schmerzen, sodass winzige Lichtblitze vor meinen Augen zuckten und ich das Gleichgewicht verlor.

»Lina, ganz ruhig. Sag mir, was los ist.« Wie Noah meinen Namen aussprach, gefiel mir. So fürsorglich und mit einem Hauch Beschützerinstinkt. Und genau das brachte mein wild pochendes Herz wieder etwas zur Ruhe.

Damit, dass er auf meine Eltern zu sprechen kam, hat er mir in Erinnerung gerufen, wieso ich überhaupt hier war.

Ich spürte, wie ein kräftiger Arm mich umschlang und ich meinen Kopf an die nackte Schulter von Noah lehnte. Für einen Moment war alles schwarz um mich herum, doch die Wärme der Hand, die auf meinem Rücken lag, holte mich langsam wieder ins Hier und Jetzt.

Viel zu schnell war ich aufgestanden, sodass mein Körper mit den neuen Veränderungen nicht klarkam, doch jetzt rauschte das Blut in meinen Ohren nicht mehr und auch das helle Fiepen war verschwunden, das plötzlich aufgetaucht war, als die bunten Lichtblitze vor meinen Augen zuckten.

»Ist alles wieder gut?«, fragte er mit einer so weichen und wärmenden Stimme, dass ich beinahe dahinschmolz. Bei einem Mann, den ich gerade einmal ein paar Minuten kannte. Dem ich aber dennoch jetzt schon dankbar dafür war, was er alles für mich getan hatte.

In der AlphaOne hätte mir niemand, ohne eine Gegenleistung zu verlangen, Essen zubereitet. Zumindest niemand, der nicht zu meiner Familie gehörte.

Meine Familie. Mom und Dad. Fin.

Ich nickte zustimmend und entfernte meine schweißnasse Stirn wieder von Noahs Schulter. Sein Geruch nach männlichem Schweiß, Staub und einer Prise ... Zimt? verschwand daraufhin nicht so schnell aus meinem Gedächtnis.

»Meine Eltern«, fing ich an, »Sie ... Es gab ein Feuer. Es war riesig und breitete sich verdammt schnell aus. Ich ... Fin und ...« Bei dem Gedanken an Christian, wie er von den Flammen verschluckt wurde, die den Aufzug hochstoben, blieb mir die Luft weg. Ich hoffte nur, dass Noah irgendetwas aus meinem Gestotter verstand.

»Ein Feuer? Wo?« Er setzte sich kerzengerade auf. Seine Muskeln spannten sich kampfbereit an, ohne dass jegliche Gefahr bestand.

Als ich nichts sagte, da mir ein dicker Kloß im Hals steckte, fragte er noch einmal. »Lina, wo war das Feuer?«

»In der AlphaOne.«

Kaum hatte ich den Namen meines Zuhauses ausgesprochen, sprang Noah auf, kramte wild und lautstark irgendwelche Sachen zusammen, schwang sich einen dunklen Beutel über die Schulter, der wie ein selbst zusammengenähter Rucksack aussah und drehte sich mit versteinertem Blick zu mir um.

Oh je, hatte ich etwas Falsches gesagt? Verließ er mich jetzt, weil er dachte, ich wäre eine verrückte Alte, die durch ihre Dehydration Geister sah?

Mein Herz fing wieder wild an zu pochen, da ich nicht wusste, was nun auf mich zukam.

Aber anstatt mich sitzen zu lassen und mir an den Kopf zu werfen, dass ich krank war, reichte Noah mir seine Hand und zog mich ohne ein Wort auf die Beine.

Ich stellte mich schon einmal auf ein erneutes Blitzlichtgewitter vor meinen Augen und stechende Schmerzen meiner Organe ein, doch diese hielten sich in Grenzen. Nur die Stelle, an der Noah seine Hand wie eine Schraubzwinge um meinen Arm klemmte, zwickte etwas, da meine Haut immer noch rötlich verbrannt war.

»Wir müssen sofort gehen.« Mit diesem Satz folgte ich einem völlig Fremden ins Ungewisse.

Kapitel 20

Ich hatte keine Ahnung, wohin Noah zu gehen gedachte. Er hielt zwar meinen Arm nicht mehr umklammert, doch ich folgte ihm dennoch wie ein braves Hündchen.

Schließlich war er meine einzige Hoffnung auf die Rettung meiner Eltern, von Fin und hoffentlich anderen Überlebenden des Feuers.

Ob Noah das GPS-Signal gesendet hatte, das mein SmartPad empfing, das nun völlig tot und mit einem schwarzen Bildschirm um mein Handgelenk baumelte, traute ich mich nicht zu fragen. Immerhin wusste ich nicht genau, wer Noah war, wo er lebte, ob es dort noch andere Menschen gab und, das war wohl die wichtigste Frage, ob sie Freund oder Feind waren.

So wie Noah aussah, genoss er in keiner Weise den Luxus, den ich kannte. Sein durchtrainierter Oberkörper, der besudelt mit schweißnassem Dreck war, der schon eine ganze Weile an seiner Haut kleben musste. Die einzelnen Narben in seinem Gesicht, die ich entdeckt hatte. Die wettergegerbte Haut, das wilde, aber dennoch zusammengebundene, blonde Haar, das das Erscheinungsbild eines Kriegers nur noch unterstützte.

Zu wem gehörte er? Gab es eine Menschengruppe? Überlebende? Auf diesem Planeten schier undenkbar, aber Noah war der Beweis, dass ein Leben auf dieser etwas anderen Erde möglich war.

Meinte Chris etwa Noah? Hatte er ebenfalls Kontakt mit ihm gehabt und wusste noch mehr über ihn und seinen Lebensstil? Hatte Chris versucht mir *das* zu zeigen?

Um dies herauszufinden, musste ich wohl oder übel Noah dorthin folgen, wo er hinwollte. Wo auch immer das sein mochte.

Als wir unsere Behausung verlassen hatten, kaum sichtbar von außen, nur mit einem Stein vor dem Eingang verdeckt, blendete mich die grelle Sonne erneut.

Ich musste mir eine Hand schützend vor die Augen halten, damit ich nicht ganz erblindete.

Auf meine Fragen, wohin wir gingen, murmelte Noah nur etwas Unverständliches. Irgendwie hatte sich seine zuvorkommende, einfühlsame und witzige Art innerhalb einer Sekunde zu einer versteinerten Maske entwickelt, die ich nicht mehr deuten konnte.

Ob er doch ein Kannibale war, der mit seinem Charme nur seine Opfer um den Finger wickelte?

Wie komme ich nur auf diese bescheuerten Gedanken? Noah würde sicherlich kein verstecktes Beil aus seiner gutsitzenden Hose ziehen.

Apropos gutsitzende Hose: Meine Klamotten waren, wie ich feststellte, auch schon einmal weißer gewesen. Trockener Staub besudelte mein Oberteil und meine kurze Hose hatte auch schon bessere Tage gesehen. Zu meinem Erschrecken bemerkte ich, dass ich immer noch meine Schlafsachen trug, doch wie es den Anschein hatte, war ich die Einzige, die dieses Detail interessierte.

Noah schien es vollkommen egal zu sein, wie ich aussah. Zumindest vermittelte er mir dieses Gefühl.

Aber immerhin konnte ich froh sein, nicht in dickeren Sachen zu stecken, denn die Hitze hier draußen machte mir mal wieder zu schaffen.

»Kannst du mir jetzt bitte verraten, wohin wir gehen?« Ich war bereits aus der Puste kurz nachdem wir die Höhle verlassen hatten.

»Ich habe jetzt keine Zeit, dir alles zu erklären, aber wenn wir weiter so trödeln, dann kann ich nicht garantieren, dass wir diesen Tag überleben«, knallte er mir eiskalt an den Kopf, sodass ich stehen blieb.

Das gefiel ihm natürlich ganz und gar nicht, nachdem er mir vor einer Sekunde eröffnet hatte, dass meine konditionellen Fähigkeiten daran schuld sein könnten, dass ich bald sterben würde. Na, wunderbar.

»Was?«, rief ich aus. Meine Stimme klang so fremd in dieser stillen Umgebung. Generell hörte man nur unsere Schritte auf dem sandigen, harten Boden. Sonst nichts. Die leichte, sommerliche Brise war auch abgeebbt, sodass die Sonnenstrahlen ungehindert auf meine verbrannte Haut trafen.

Noah war so frei gewesen, mich noch einmal mit der wohltuenden

Salbe einzureiben, die meine Verbrennungen linderten, bevor wir uns der Sonne entgegenstellten, doch die Wärme ließ die Salbe schneller einwirken und trocknen, als mir lieb war.

Kurz darauf spürte ich wieder das Zwicken und Piken der aufgeplatzten Brandblasen.

»Wie schon gesagt, wir müssen uns jetzt wirklich beeilen. Die Nacht bricht bald herein und dann möchtest du nicht erleben, was hier passiert.« Noah hatte sich zu mir umgedreht. Der Blick seiner hellblauen Augen traf mich mitten ins Herz, dieses geheimnisvolle Schimmern und Glitzern ließ mich für einen kurzen Augenblick die Welt um mich herum vergessen.

Als könnte ich in seine Seele blicken. Gab es da nicht dieses Sprichwort? *Das Auge ist das Fenster zur Seele.* Genauso fühlte ich mich gerade, als Noah mir direkt in meine eigenen sah. Ich erkannte den Ernst der Lage, auch wenn ich nicht ganz verstand, was er mir sagen wollte. Aber vielleicht war es auch besser so, dass ich nicht am eigenen Leib erfuhr, was geschah, wenn die Nacht hereinbrach.

Deshalb traute ich mich auch nicht weiter nachzufragen, denn das Argument, dass wir diesen Tag nicht überleben würden, reichte mir, um Noah blind zu vertrauen. Hoffentlich war ich nicht zu blind für die Wahrheit.

»Also schön«, sagte Noah nur und drehte sich wieder um. Da ich nicht wie ein Schoßhündchen hinter ihm herlaufen wollte, nahm ich meine Beine in die Hand und gesellte mich neben ihn.

»Danke nochmal. Für die Salbe und alles«, versuchte ich die missglückte Konversation wieder aufzunehmen.

»Danke mir, wenn wir angekommen und in Sicherheit sind. Die Salbe hat mir wirklich keine Umstände bereitet.«

Dafür, dass er aussah, als würde er täglich mit einem Bären kämpfen, drückte er sich sprachlich äußerst gewählt aus. Da, wo er herkam, existierten wohl nicht nur Menschen, die ohne die Vorzüge der zivilisierten Gesellschaft lebten.

»Trotzdem. Du hättest mich auch einfach dort liegen lassen können. Aber das hast du nicht.« Ich sah Noah dankbar und interessiert, wie er auf meine Worte reagierte, von der Seite an, doch er runzelte nur die Stirn und schaute in den Himmel hinauf.

Ich folgte seinem Blick.

»Beeilung«, flüsterte er plötzlich und verfiel in einen Laufschritt.

Und jetzt bemerkte ich sie auch. Die Veränderung.

Der Himmel färbte sich gelb-orange, das Lüftchen um meine Nase war nun ganz verschwunden und die wenigen Geräusche um mich herum verstummten, als wären sie nie dagewesen.

Die Nacht brach herein und mich ließ das Gefühl nicht los, dass wir beobachtet wurden.

Kapitel 21

»Lina?«
»Ja?«
»Versprich mir bitte, dass du dich jetzt nicht umdrehen wirst.«
»Okay.« Natürlich unterdrückte ich den Drang mich nach hinten umzuschauen, um zu sehen, wieso Noah plötzlich in Alarmbereitschaft war.
»Wenn ich sage, dass du laufen sollst, dann lauf.«
»Okay«, piepste ich heiser, sodass sich meine Stimme ängstlich überschlug.

Wir liefen bereits nicht nur so schnell, als würden wir eine gemütliche Joggingrunde vollziehen, sondern, als würde gleich etwas Schreckliches geschehen. Ich stellte mich schon einmal darauf ein, den Weltrekord im Sprinten zu knacken und horchte auf jedes Geräusch um mich herum.

Was sich als schwierig erwies, denn es herrschte nun vollkommene Stille. Totenstille. Doch der Mann neben mir kannte sich deutlich besser hier draußen aus und wusste ganz genau, was uns erwarten würde.

Der grelle Stern am Himmel war bereits gefährlich nah dem Horizont entgegengesunken und hüllte die Umgebung in ein dunkles Blutrot, das sich an einigen Stellen bereits violett färbte.

Ich wusste nicht, wie weit es noch war. Doch eines war mir klar: Es würde verdammt knapp für uns werden, lebend diesen Weg hinter uns zu bringen.

Mein Herz pochte wild. Sämtliche meiner Sinne waren geschärft, wartend, dass Noah mich jeden Moment losschickte.

Er selbst wagte immer wieder einen Blick nach hinten, während wir über die steinige Wüste liefen.

Nach ein paar Kilometern hatte ich eine Art Wald ausgemacht, der trotz der kahlen und fast abgestorbenen Bäume, in vollkommene

Dunkelheit gehüllt war. Ein dicker Schauer war mir den Rücken hinuntergelaufen, als wir den Wald in einigem Abstand passierten und ihn hinter uns ließen.

Doch seitdem wir der drückenden Dunkelheit entkommen waren, schien Noah noch aufmerksamer zu sein als vorher.

Ich wollte den Grund wissen, wieso ich mich nicht umsehen durfte, meine Neugier ließ mich beinah platzen, doch ich konnte mir keinen Fehltritt leisten. Schließlich ging es hier um Leben und Tod.

Und das, was Noah so nachdenklich machte, schrie nicht gerade nach dem blühenden Leben.

Plötzlich durchzuckte ein ohrenbetäubender Schrei die Stille. Mir entfuhr ein erschrockenes Quieken, woraufhin ich mir eine Hand vor meinen Mund schlug.

»Warte.«

Ich konnte kaum meinen Körper ruhig halten. Er zitterte vor Angst so sehr, dass ich mehrmals stolperte beim Laufen.

Da, wieder ein Schrei, nur schien er von weiter weg zu kommen. Kurz darauf gesellte sich noch ein dritter, dieses Mal viel näher, hinzu und mein geschädigtes Hirn brauchte nicht lange, um zu verstehen, dass diese Schreie nicht nur von einem Wesen stammten, sondern von mehreren.

Ich schluckte einen dicken Kloß hinunter, denn meine Kehle war von der ganzen Lauferei schon ziemlich trocken. Das einzig Gute war, dass die Schmerzen meiner Haut kaum noch zu spüren waren, da sie von dem Piksen in meiner Taille und der Angst, diesen Tag nicht mehr zu überleben, abgelöst wurden.

Wieder einmal bereute ich es, dass ich mich im Sportunterricht nicht besser angestrengt hatte. Nun prasselten die Konsequenzen meiner nicht vorhandenen Kondition wie ein Hagelschauer auf mich ein.

Der nächste, nichtmenschliche Schrei erschreckte mich so sehr, dass ich stark zusammenzuckte und leider das Gleichgewicht verlor. Mit einem Stöhnen landete ich mit den Händen, die mich abstützen sollten, voraus auf dem harten Boden.

Sofort schossen mir Tränen in die Augen, da ich befürchtete, dass meine Handgelenke gebrochen waren.

Konnte ich nur noch hoffen, dass es keine innere Fraktur, sondern nur eine Prellung war.

»Scheiße. Komm schnell!« Noah war sofort bei mir und half mir hoch, natürlich immer wieder einen Blick nach hinten werfend. Mich ließ das Gefühl nicht los, dass ich soeben einen dummen Fehler begangen hatte, denn Noah packte mich unter den Achseln und hob mich wie ein Kleinkind in die Lüfte. Kaum hatte ich wieder festen Boden unter meinen Füßen, raunte Noah mir ein Wort ins Ohr, das ich so schnell nicht mehr vergessen sollte.

»Lauf.«

Daraufhin tat ich etwas Unüberlegtes und sah mich um; und wäre am liebsten sofort im Erdboden versunken. Das, was ich sah, verschlug mir endgültig die Sprache. Mit weit aufgerissenen Augen verfiel ich in eine Art Schockstarre, während ich beobachtete, wie vier schrecklich aussehende Kreaturen auf allen Vieren auf uns zu stürmten.

»Was machst du denn?! Lauf!«, rief Noah, während er sich den Bogen, den er die ganze Zeit über der Schulter getragen hatte, über den Kopf schwang, einen Pfeil aus seinem Köcher griff und, mich immer noch ansehend, in Richtung der Kreaturen ging.

»Lina! Verdammt, lauf jetzt!«

Ja, aber ...

Ich konnte doch nicht ...

Was waren das ...

Nicht einen einzigen Satz konnte ich mehr klar zu Ende denken, denn mich schockierte der Anblick dieser skelettartigen Monster, die es offensichtlich auf uns abgesehen hatten. Langsam glaubte ich, in einem sehr schlechten Traum festzustecken, der sich leider viel zu real anfühlte.

Der Sand unter meinen nackten Füßen, die rötliche Abenddämmerung. Und besonders der Mann mit den blonden Haaren, dem ich schon so nah gekommen war, wie keinem anderen Mann in der letzten Zeit. Dessen Geruch nach Zimt mir immer noch in der Nase steckte.

Verdammte Scheiße, nichts davon entstammte einem Traum, und wenn ich nicht sofort von hier verschwand, dann wurde aus dieser Realität leider nur noch eines: mein Tod.

Aber ich wusste ja nicht einmal, wohin ich laufen sollte. Weit und breit gab es nur sandige, trockene Landschaft, die mich zu verschlucken drohte.

Ich hörte ein Zischen und ein darauffolgendes Jaulen. Noah hatte eine der Kreaturen erwischt, die zwar nicht tot, aber immerhin so geschwächt war, dass sie langsamer lief als ihre Artgenossen.

»Lina!«, holte mich Noah wieder zurück in die Wirklichkeit. Er zog einen weiteren Pfeil, der sich in die Schulter der vorderen Kreatur bohrte. Zu unserem Pech schien sie der Pfeil nicht weiter zu stören. Es machte sie nur noch wütender.

Ohne weiter darüber nachzudenken was ich hier überhaupt tat, drehte ich mich um und lief.

Lief immer geradeaus, weil mein Bauchgefühl mir sagte, dass dies der richtige Weg war.

Lief immer geradeaus, auch wenn mir meine Oberschenkel unmissverständlich zu verstehen gaben, dass meine Muskeln am Ende waren.

Lief immer geradeaus, während ich die Schritte von Noah hinter mir hörte, der ebenfalls das Weite suchte, immer wieder einen Pfeil nach dem anderen schießend, um uns wenigstens einen kleinen Vorsprung zu lassen.

Lief immer geradeaus ...

»Ahhh!«

Ich fiel. Ein riesiges Loch hatte sich unter mir aufgetan, dessen Schwärze mich verschluckte.

Mein eigener schriller Schrei brachte meine Ohren dazu, dass ein unangenehmes Fiepen meine gesamte Wahrnehmung übertönte.

Ich fiel und fiel, ohne dass ich etwas um mich herum ausmachen konnte. Bis ich auf einem weichen Untergrund – es fühlte sich an wie ein Netz – landete und mir sämtliche Luft aus der Lunge gepresst wurde.

Ein karamellfarbiges Augenpaar, das groteskerweise perfekt zu den orangen Haaren der Besitzerin passte, musterte mich mit einem missbilligenden Blick.

Ja, ich stand völlig neben mir. Eindeutig.

Kapitel 22

»Da hast du ja gleich Bekanntschaft mit der Richtigen gemacht«, scherzte Noah, der sich zu mir gesellte und von irgendwo aus dieser gigantischen Höhle kam.

Wieso war er nicht wie ein verletzter Vogel vom Himmel gefallen, sondern stolzierte hier entlang, als wären uns nicht gerade teuflische Wesen auf den Fersen gewesen?

Es wurde immer verrückter.

Nachdem ich von der orangehaarigen Schönheit aus dem riesigen Netz befreit wurde, hatte ich mich auf einen Stein plumpsen lassen, um erst einmal durchzuatmen. Meine Arme und Beine fühlten sich an wie mit Pudding gefüllt und kribbelten ganz merkwürdig, als das Blut wieder in normalem Tempo durch meine Venen gepumpt wurde.

»Geht es dir gut?«

»Ob es mir gut geht?«, quiekte ich, sodass sich meine Stimme überschlug. Das konnte Noah doch nicht ernst meinen. Wir waren gerade ... Ach, ich gab es auf.

Noch heute Morgen – ich nahm zumindest an, dass es heute Morgen war – lag ich friedlich schlafend in meinem kuscheligen Bett, und nun saß ich hier, in einer Höhle mitten in der Wüste, die es eigentlich nicht geben dürfte, mit fremden Menschen, die mich ganz entspannt mit hochgezogenen Augenbrauen ansahen, als wäre es das Normalste auf der Welt. Als würden sie diese ganzen beschissenen Dinge jeden verdammten Tag erleben.

Ja gut, vielleicht taten sie das ja tatsächlich. Ich erinnerte mich an die Zielgenauigkeit, mit der Noah diese Kreaturen in Schach gehalten hatte.

Er kannte sich aus. Er kannte sich verdammt gut aus.

»Er hat dich gefragt, ob es dir gut geht«, zischte die schlanke, trainierte Frau und wandte sich, ohne eine Antwort von mir abzuwarten, an Noah. »Wo hast du die denn aufgegabelt?«

Na, wunderbar. Feind Nummer eins in meiner neuen Welt stand direkt vor mir und machte keinen Hehl daraus, dass er mich regelrecht verabscheute.

An ihrem misstrauischen Blick sah ich, wie sie meine weiße Kleidung musterte, und auch meine hellblauen Haare schienen ihr zu missfallen.

Hallo? Ihre waren *orange*. Das war schon so was von out. Orange hatte ich vor drei Jahren getragen.

Und da war sie wieder. Die menschenhassende Lina, die ihre schlechte Laune kaum im Zaum halten konnte.

Anscheinend war mir diese ganze verrückte Sache doch noch nicht zu Kopf gestiegen.

Ich warf der fremden Zicke einen bösen Blick zu, den sie leider gar nicht wahrnahm, da sie Noah immer noch genervt ansah und auf eine ernstgemeinte Antwort von ihm wartete.

Sah sie denn nicht, dass ich augenscheinlich nicht von dieser Welt stammte? Dass ich offensichtlich nicht von hier war? Noah hatte mich sicherlich nicht irgendwo aufgegabelt, na gut, eigentlich stimmte das sogar. Aber wenn man es genau nahm, dann hatte ich *ihn* gefunden, dank meines SmartPads.

Ein wenig Stolz durfte mir doch noch bleiben, oder?

»Sie war bei den Blumen...« Bevor Noah weitersprechen konnte, schnalzte die junge Frau mit der Zunge und sah mich herabwürdigend an.

»Wie beschränkt«, sagte sie nur voller Hohn und warf mir wieder einen arroganten Blick zu, während sie langsam den Kopf schüttelte.

»Ich habe sie gerettet. Sonst wäre sie verbrannt.« Ohne auf die eklige Art und Weise einzugehen, wie diese Zicke mit mir sprach, erklärte Noah ihr sachlich, was sich zugetragen hatte.

Als er von unserer Begegnung erzählte und ebenfalls von meinen Aussagen, dass es ein Feuer in der AlphaOne gab, veränderte sich das Gesicht der Fremden ein wenig. Es versteinerte und irgendwie überkam mich das Gefühl, als könnte sie mich jetzt noch weniger leiden als zuvor.

Was hatte ich ihr getan? Es schien so, als würde meine Herkunft mit der Hölle gleichzusetzen sein, so misstrauisch und böse sah sie mir in die Augen.

»Jetzt wird mir einiges klar«, murmelte sie, als sie an mir herabsah. Meinte sie meine Klamotten? Ja, sie unterschieden sich deutlich von ihren und selbst ein Blinder hätte gesehen, dass ich nicht zu ihnen gehörte. Wie bei Noah war die Kleidung der Frau spärlich. Ihre Brüste waren lediglich von einem Bandeaux aus Leder bedeckt, sodass ihr durchtrainierter Oberkörper zur Geltung kam. Ich zog automatisch meinen Bauch ein, obwohl es Quatsch war. Aber dennoch fühlte ich, dass diese Leute vor mir mehr für ihr Essen leisten mussten als ich.

Auf ihren Hüften saß eine ebenso schwarze, enge Hose, die in dunklen, kurzen Stiefeln endete. Wie konnte sie bei dieser Hitze dort draußen Stiefel tragen? Und dann noch Schwarz. Unbegreiflich.

Auch ihre Haut war mit zahlreichen Tattoos bedeckt, wie es bei Noah der Fall war und tatsächlich konnte ich einige Ähnlichkeiten feststellen. Nicht zwischen Noah und der Fremden, nein, zwischen ihren Tattoos, als würden sie ihre Zusammengehörigkeit zeigen. Wie bei einem Clan.

Shit, mit wem hatte ich es hier zu tun?

»Ich muss unbedingt zu meinem Dad«, durchbrach Noah meine Gedanken.

»Kilian wird nicht erfreut sein, wenn er das hört. Das ist dir klar.«

»Ich weiß, aber mir blieb keine andere Wahl.« Er klopfte sich ein wenig Staub von der Hose, was total sinnlos war, denn dreckig blieb sie dennoch.

»Na gut, das ist dein eigenes Risiko, aber ich würde dir vorschlagen, sie vorher noch einmal zu waschen.« Ich war anwesend. Wieso sprach diese blöde Zicke über mich, als wäre ich nicht hier? Wer war sie nur, dass sie so mit einem anderen Menschen umgehen durfte?

Niemand sollte so mit jemanden umspringen, den er nicht kannte. Sie sprach es nicht aus, aber sie hatte mir gegenüber eindeutig jede Menge Vorurteile.

»Nein, ich werde sofort zu ihm gehen. Danach bringe ich sie in meine Unterkunft. Es kann nicht warten, was sie ihm zu sagen hat.«

»Oh, jetzt willst du sie auch noch mit zu dir nach Hause nehmen. Du kennst sie nicht einmal und vertraust ihr so sehr?« Ungläubig starrte sie Noah an.

Doch der hatte keine weiteren Worte für sie übrig als ein ernstes *Ja*, während er mir direkt mit seinen wunderschönen Augen in die meine sah.

Ja, er vertraute mir. Warum auch immer. Ich war eine Fremde, doch Noah sah etwas in mir, was zuvor kein anderer gesehen hatte.

Und ich selbst konnte nicht genau sagen, was das war.

Er half mir unter dem Augenrollen seiner Begleiterin auf die Beine. Mein Hintern war schon ganz taub von dem harten Stein, auf dem ich saß, sodass erst einmal wieder ein Gefühl in meine stumpfen Nerven zurückkehren musste.

»Okay, na schön. Dann tu, was du nicht lassen kannst. Aber vergiss nicht, dass ich dich gewarnt habe. Kilian wird verdammt sauer sein. Besonders, weil du eine Wildfremde hierhergebracht hast«, rief die Fremde uns hinterher, als Noah mich sachte am Arm nahm und mich aus der riesigen Höhle führte. In einen weiteren dunklen Gang.

»Kümmere dich um deinen eigenen Kram, Emelie!«

Emelie also. Dieser Name passte ganz und gar nicht zu ihrem arroganten Auftreten. Emelie klang einfach viel zu liebevoll und ... nett. Ja, und das konnte man von ihr nicht einmal ansatzweise behaupten.

»Mach dir nichts draus, sie ist immer ein wenig kompliziert.«

»Ein wenig?« Ich grunzte, woraufhin Noah kurz auflachte. Ich genoss den Klang seiner Stimme, die mir sofort einen wohligen Schauer über den Rücken schickte. Gerne hätte ich ihn gebeten, mehr von all dem hier zu erzählen, nur um ihn beim Reden zuzuhören.

Und ihn eventuell ein wenig anzuschmachten.

Was waren das nur für Gefühle und dieses Kribbeln in meinem Bauch, wenn ich Noah von der Seite betrachtete? Das kannte ich nicht von mir. Nicht in dieser intensiven Art. Natürlich war ich schon verliebt gewesen und einige gebrochene Herzen hatte ich auch schon hinter mir, aber niemand konnte mich so in seinen Bann ziehen wie er. Allein sein Name klang wie ein Gedicht.

Ich stolperte und musste mich an seinen Arm klammern, damit ich nicht hinfiel. Oh je, war das peinlich. Während ich mich meinen schmachtenden Gedanken hingegeben hatte, hatte ich die Kontrolle über meinen Körper verloren. Das durfte mir nicht noch einmal passieren.

»Da ist aber jemand ungeschickt.« War das eine Anspielung darauf, dass ich bereits das zweite Mal gestolpert war, seitdem wir zusammen waren? Erst während der Flucht vor diesen skelettartigen Kreaturen und nun jetzt, und das nur, weil ich einen Mann anhimmelte, den ich nicht kannte. Na, wunderbar.

Ich sollte lieber alles dafür tun, meine Familie zu retten, stattdessen ging ich gerade mit einem attraktiven Mann durch eine Wüstenhöhle und hatte nichts Besseres zu tun, als mich an seinem Aussehen und seiner Stimme zu erfreuen.

»Sorry, ich glaube, ich bin einfach nur müde«, gab ich kleinlaut zu. Meine Glieder wurden immer lahmer und meine Augenlider schwerer. Ich sehnte mich nach diesem verrückten Tag, nach einem wärmenden Bad und einem kuscheligen Bett, in dessen Matratze ich mich fallen lassen konnte.

»Keine Sorge, nachdem wir mit meinem Vater gesprochen haben, zeige ich dir, wo du dich waschen und ausruhen kannst, okay?« Noah klang so zuversichtlich, dass ich hierbleiben durfte, auch wenn Emelie ihm unmissverständlich zu verstehen gegeben hatte, dass sein Dad nicht begeistert von meiner Anwesenheit war.

Was auch immer ich damit zu tun hatte.

»Okay«, flüsterte ich und folgte Noah durch die endlosen Gänge dieser gigantischen Wüstenhöhle. Eine Höhle, inmitten dieser kargen und toten Landschaft, so gut verborgen, dass niemand sie finden konnte.

Wirklich clever, doch immer noch wollte mir nicht in den Kopf passen, wie es möglich war, dass auf der Erde, oder was auch immer dieser Planet nun war, Leben existieren konnte.

In diesem Moment gab ich Christian recht. Ja, es gab sie tatsächlich. Die Anderen.
Die Menschen an der Oberfläche.

Kapitel 23

»Was zum Teufel fällt dir ein, sie hier in unsere Gemeinschaft zu bringen?« Ich zuckte erschrocken zusammen, als die dröhnende Stimme erneut über unsere Köpfe hinweghallte.

Wie Emelie bereits prophezeit hatte, war Kilian, Noahs Vater und gleichzeitig Anführer dieser ganzen Sache hier, nicht erfreut über mein Auftauchen.

Aber immer noch wusste ich nicht, warum. Warum, zum Teufel?

»Dad, jetzt beruhige dich«, versuchte Noah Kilian zu beschwichtigen. Er hatte mich hinter sich geschoben, damit ich aus der Schusslinie der Worte seines Vaters geriet, doch leider trafen sie mich trotzdem mitten ins Herz. Noah tat mir leid. Er wollte mir helfen. Hatte nicht eine Sekunde darüber nachgedacht, mich meinem Elend zu überlassen. Mich dem Tod hinzugeben. Er hatte mich gerettet und bekam nun die Quittung für sein heldenhaftes Benehmen.

Das durfte ich nicht zulassen.

»Ich…«, versuchte ich zu Wort zu kommen, doch Noah schob mich weiter hinter seinen Rücken, was mich verstummen ließ.

»Bitte, nicht jetzt. Lass mich das regeln«, flüsterte er mir zu, und ich beruhigte mich beim Klang seiner vertrauensvollen Stimme ein wenig.

Was nahm er nur alles auf sich? Für eine Frau, die plötzlich aus dem Nichts aufgetaucht war. Ich musste ihm unbedingt dafür danken. Ich erkannte mich kaum wieder. Ich war sonst eine Person, die gerne von anderen nahm, aber selten etwas zurückgab. Doch bei Noah war es anders.

Schließlich musste niemand vorher mein Leben retten. Na gut, Christian hatte es eigentlich auch getan. Und ich hätte seines und das meines Bruders retten können, wenn ich nicht durch dieses Tor gegangen wäre. Oder war gerade diese Entscheidung lebensrettend für mich und sie gewesen?

Mir rauchte der Kopf, während Kilian weiter vor sich hin fluchte.

»Ich kann es nicht fassen. Hat sie dich so geblendet, dass du ihr mir nichts, dir nichts vertraust?« Kilian tigerte im Raum umher. Wieder diese Frage nach Noahs Vertrauen in mich. Doch dieses Mal bejahte er es nicht direkt.

»Jetzt hör mir doch mal zu!«, rief er aufgebracht. Seine Stimme kippte von beschwichtigend zu äußerst erbost.

»Nein!« Kilian schlug mit der flachen Hand auf den Holztisch, der vor ihm stand. Wieder zuckte ich zusammen und hätte schwören können, dass ich ein leises Knacken vernahm.

»Mir gehen deine heimlichen Streifzüge schon lange gegen den Strich, und ich habe nicht länger Lust, Angst um dich zu haben. Du weißt, wie gefährlich es ist, bei Nacht draußen zu sein. Nein, wie *tödlich* es ist, aber dir scheint ja nicht viel an deinem Leben zu liegen.«

Ich sah, wie Noah seine Hände zu Fäusten ballte. Würde er gleich die Fassung verlieren und explodieren? Kurz hatte ich mich auf einen Wutanfall seinerseits eingestellt, so lockerten sich seine Fäuste wieder und er atmete einmal tief durch.

Seine Rückenmuskeln, die mir glücklicherweise aufgrund seines nackten Oberkörpers präsentiert wurden, spannten sich an und sahen so aus, als würde in Noah gerade ein innerer Kampf ausgefochten.

»Kannst du ihr nicht wenigstens eine Chance geben und dir anhören, was sie zu sagen hat?«, fragte er sichtlich entspannter, nachdem einige Sekunden der Stille eingetreten waren.

»Warum sollte ich jemandem zuhören, der zu *denen* gehört?«

Okay, jetzt wurde ich schon in eine Schublade gesteckt. Wer auch immer *die* waren. Kilian kannte mich doch gar nicht. Aber er schien mich kennen zu wollen. Ich hatte diesen Mann nie zuvor in meinem Leben gesehen, von der AlphaOne konnte er nicht stammen. Auch Noah wäre mir auf jeden Fall aufgefallen.

Also, was zum Teufel sollte diese ganze Nummer hier?

»Weil sie vielleicht nicht ist, wie sie? Weil du nicht das Vergangene auf eine einzelne Person übertragen kannst. Wieso sollte sie mir etwas so Wichtiges anvertrauen, wenn sie wüsste, was damals geschehen ist?«

Bei jedem seiner Worte ging Noah einen Schritt auf seinen Vater zu, der uns mit verschränkten Armen den Rücken zugekehrt hatte.

Noahs und Kilians Worte wurden immer undurchsichtiger. Was war damals geschehen? Am liebsten hätte ich meine Fragen wie eine Salve aus mir herausgepresst, aber ich schätzte die Situation so ein, dass ich keine Antworten bekommen hätte.

Nicht jetzt zumindest.

Trotzdem musste es ein einschneidendes Erlebnis gewesen sein, was Kilian beschäftigte und mit welchem er mich verband.

Ich lugte erneut an Noahs breitem Rücken vorbei, um zu sehen, wie Kilian zwar immer noch starr an die Wand vor ihm schaute, seine Schultern aber sichtlich nach unten sackten, bevor er sich langsam zu uns umdrehte.

Er sah nur seinen Sohn an. Mich würdigte er die ganze Zeit über keines Blickes. Ständig hatte ich das Gefühl, dass Kilian meinem Blick auswich und sich nicht traute, mich anzusehen.

Als würde er tot umfallen, wenn meine Augen in seine blickten. Wie bei Medusa.

Eines konnte ich Kilian versichern, zu Stein würde er nicht erstarren.

»Ich vertraue dir. Aber nicht *ihr*. Aber wenn du sagst, dass es wichtig ist, dann soll sie sagen, was sie zu sagen hat. Ich entscheide immer noch, ob ich ihr Glauben schenken kann.«

»Danke, Dad.« Noah wandte sich an mich und schenkte mir ein aufmunterndes Lächeln. Ich zeigte fragend mit dem Finger auf mich, denn ich konnte Kilians plötzliche Eingebung nicht ganz nachvollziehen. Eben erst wollte er mich noch dem Höllenfeuer übergeben und nun sollte ich ihm erzählen, was auf der AlphaOne geschehen war?

Ich hatte ja schon Probleme, meinen eigenen Körper mit meinem Kopf in Einklang zu bringen, aber das ...

»Ich ... ähm ...«, stotterte ich, denn so richtig wusste ich nicht, wie ich anfangen sollte.

Noah trat einen Schritt zur Seite, damit Kilian mich sah, doch das hätte er sich sparen können, denn sein Vater blickte unentwegt auf das dunkle Holz des Tisches vor ihm.

»Wird das heute noch was?«, brummte er genervt, was mich nicht gerade dazu ermutigte, mit meiner Geschichte fortzusetzen.

»Dad«, beschwichtigte Noah ihn mit einem ungläubigen Kopfschütteln. »Lina, fahr fort.«

Ein dicker Kloß in meinem Hals hinderte mich daran, zu reden, aber als ich sein Gesicht betrachtete, seine strahlenden blauen Augen, wurde mir warm ums Herz.

»Also ... ich ... ich komme von der AlphaOne. Einem Earthscraper, der...«

»Ich weiß, was das ist«, unterbrach mich Kilian forsch. Okay, so weit, so gut. Deshalb war Noah so erpicht darauf gewesen, mich so schnell wie möglich hierher zu bringen. Sie, wer auch immer hier noch lebte, waren im Bilde darüber, was sich noch auf und in diesem Planten verbarg.

Erste Zweifel kamen auf, ob ich das Richtige tat. Ob ich Kilian wirklich von dem Feuer erzählen sollte. Aber es war bereits zu spät. Noah wusste Bescheid und würde es nicht für sich behalten.

Und ich *wollte* es erzählen. Jedoch machte mein Kopf nicht ganz mit. Immer wieder war da dieses merkwürdige Gefühl, eine Art Stimme, die mir sagte, dass es hier, in dieser Wüstenhöhle, gefährlich war. Dass die Menschen hier gefährlich waren.

Vermutlich war es nur mein Urinstinkt, der sich tagtäglich an die Oberfläche meines Bewusstseins kämpfte. Misstrauen.

Wieder schluckte ich, um meine Stimmbänder von dem schleimigen Ding in meinem Hals zu befreien und fuhr fort.

»Es gab ein Feuer. Eine Explosion bei einem der Experimente unseres ... Technikmannes ... Ich habe geschlafen, als ich den Rauch bemerkte, doch da war es schon für viele der Bewohner zu spät. Sie verbrannten vor unseren Augen.«

Ich spürte, dass Noah mir ungläubige Blicke zuwarf. Dass ich Menschen dabei zusehen musste, wie ihr verkohltes Fleisch von den Knochen rann, hatte ich ihm verschwiegen.

»Und?«, war das Einzige, was Kilian erwiderte, nachdem einige Sekunden Stille geherrscht hatte. *Und?* Verdammte Scheiße, mehr hatte er nicht zu sagen? Nur ein einfaches *und*?

»Sie brauchen Hilfe! Mein Bruder, meine Eltern. Sie sind immer noch dort unten gefangen. Und niemand kennt einen Ausweg. Wie könnt Ihr...« Fassungslos schüttelte ich den Kopf und hielt meine Hände rechts und links an meine Schläfen. Stechende Kopfschmerzen übertönten plötzlich sämtliche meiner Gedanken.

»Lina.« Noah eilte auf mich zu und fing mich gerade im richtigen Moment auf, als meine Knie unter mir wegsackten und ich zu fallen drohte.

»Siehst du nicht, wie es ihr geht?«, zischte er seinen Vater an, der ausdruckslos hinter dem klobigen Holztisch saß und mich nun aus dunklen Augen betrachtete.

»Wir müssen sie retten. Wenn sie das Feuer überlebt haben, dann können wir uns gegenseitig helfen. Du weißt, wie es um unsere Gemeinschaft steht. Wir brauchen sie.« Immer wieder dieses *sie*. Ich konnte es nicht länger ertragen, dass Noah und Kilian sprachen, als wären die Bewohner der AlphaOne Außerirdische. Dabei waren wir Menschen. Ganz gleich, woher wir kamen.

Kilian musterte mich weiter, während ich meinen Kopf an Noahs Schulter bettete und er mir besänftigend über den Rücken strich.

»Noah, ich kann nicht mehr«, flüsterte ich in sein Ohr. Er nickte.

»Ich werde sie mit zu mir nehmen. Sie braucht Schlaf. Morgen reden wir weiter.« Aus seinem Mund klangen die Worte, als wäre er selbst ein erfahrener Anführer, und ich spürte die Anspannung zwischen Vater und Sohn.

Noah schien so erwachsen zu sein. Er konnte nicht viel älter sein als ich, aber er wirkte, als hätte er schon die ganze Welt gesehen. Mit all ihren Freuden. Mit all ihrem Leid.

»Das wirst du nicht.«

»Und ob ich das werde. Ich lasse sie nicht einfach zurück. Dann wäre ich keinen Deut besser als ihre Vorfahren. Das willst du doch nicht, oder?«

Mit diesen Worten hob Noah mich hoch, sodass ich meine Arme um seinen Hals klammerte und meine Beine über einem seiner Arme hingen.

Als wir gingen, konnte ich noch einen letzten Blick auf Kilian erhaschen, dessen Augen sich zu Schlitzen verengten.

Ich konnte den Hass, den er mir entgegenbrachte, auf meiner Haut spüren. Hörte förmlich seine Stimme zu mir sprechen, dass ich hier nicht erwünscht war.

Niemals.

Kapitel 24

»Leg dich hin. Ich mache dir gleich was Warmes zu trinken.«
Sachte nickte ich, denn kaum hatten wir den Teil der Höhle verlassen, der anscheinend Kilians Büro darstellen sollte, verließen mich meine Kräfte. Es war einfach alles zu viel.

Mein Kopf brummte, meine Glieder schmerzten und nun machten sich die rosigen Verbrennungen wieder bemerkbar, die mir diese beschissenen violetten Blumen beschert hatten.

Ich wollte weinen wie ein kleines Kind, doch ich konnte nicht. Nicht eine einzige Träne stahl sich aus meinen Augenwinkeln, als wäre sämtliche Flüssigkeit meines Körpers unter der brennenden Hitze der Sonne vertrocknet.

Ich kuschelte mich unter die Decke, die Noah mir gab, damit ich nicht fror. Erst fragte ich ihn, ob das ein Scherz war, denn hier unten war es zwar kühler als draußen, aber immer noch warm.

Nachdem er nur meinte, dass ich schon sehen würde, gewannen seine Worte wenige Minuten später an Bedeutung. Wie durch ein Wunder huschte ein kalter Schauer über meinen gesamten Körper und hinterließ eine Gänsehaut, bei der sich meine Härchen aufstellten. »Das sind die Nachwirkungen der Vergiftung«, erklärte er, während er in einen anderen Teil seiner – es war eine Art Wohnung – ging. Es gab hier keine Türen. Und auch keine Fenster. Nur ein dicker Vorhang diente als Eingang und hinderte andere Leute daran, unerlaubt einzudringen.

Generell war Noahs Wohnung spartanisch eingerichtet. Ich war den Luxus der AlphaOne gewohnt. Mit all den technischen Wundern und Hilfsmitteln, die uns zur Verfügung standen.

Hier unten, in dieser Wüstenhöhle, sah alles aus wie vor Jahrhunderten, als es noch Ureinwohner gab, die vollends auf die neumodischen Dinge der Zeit verzichteten. Wie ein Volk in den Regenwäldern, die es damals auf der Erde gab. Nur, dass es hier nicht gerade danach aussah, als würde der Boden jemals Feuchtigkeit zu Gesicht bekommen.

Ich lag auf einer Empore, auf der eine dünne Matte ruhte, damit es nicht zu hart zum Schlafen war. Über mir hatte ich eine etwas vergilbte, aber nicht dreckige dünne Decke, die mir etwas Wärme spendete, ausgebreitet, sodass ich mich entspannen konnte. Das war das Schlafzimmer von Noah. Ich konnte nicht sagen, ob hier noch jemand lebte. War er in einer Beziehung? Wohnte hier jemand gemeinsam mit ihm, für den er bereits sein Leben opfern würde? So wie er es für mich getan hatte, als er mich aus dem teuflischen Blütenmeer und vor den abscheulichen Kreaturen gerettet hatte.

Aber nichts machte den Anschein, dass hier mehr als nur eine Person lebte.

Noah kam mit einem Becher zurück, aus dem heißer Dampf emporstieg und reichte ihn mir, als ich mich mit dem Rücken an die steinige Felswand lehnte.

»Danke«, flüsterte ich.

»Hör auf, dich für alles zu bedanken«, entgegnete Noah nur und hielt mir den Becher hin. Vorsichtig nahm ich ihn zwischen meine Hände, mit dem Gedanken, dass er vermutlich sehr heiß sein würde, doch nichts geschah. Nur der warme Dampf des Getränks, in dessen Spiegelung ich mein verzerrtes Gesicht sah, umwehte meine Haut wie eine leichte Sommerbrise.

Auf dem Weg in Noahs Wohnung war ich zu schwach gewesen, um die Umgebung zu betrachten. Ich konnte nicht sagen, ob uns weitere Menschen begegnet oder wir mutterseelenalleine durch die Gänge gestreift waren. Einzig und allein auf seinen festen Griff um meinen Körper hatte ich mich konzentrieren können.

Irgendwie war es alles, worauf meine Sinne im Moment gierten. Noahs Berührungen. Sie lösten in mir ein unbekanntes Kribbeln aus, das ich nicht richtig in Worte fassen konnte. Dieser Mann hatte etwas an sich, was mein Interesse und meine Neugier weckten. Ich wollte mehr erfahren. Mehr über Noah. Mehr über diese Höhle. Über dieses Leben. Über diesen gottverdammten Planeten.

Diesen vergessenen Planeten, wie ich ihn in Gedanken heimlich getauft hatte. Denn nichts anderes war er. Es schien so, als hätte das Universum die Erde in ein anderes Sonnensystem katapultiert, um die Menschen daran zu erinnern, dass sie nur einen Planeten zum Leben hatten. Den Planeten, den sie erfolgreich, und zusammen mit der Supernova nicht zu vergessen, unter sich begraben hatten.

»Worüber denkst du nach?«, riss mich Noah aus meinen Gedanken.

Ich zuckte nur mit den Schultern. Ich dachte einfach an so vieles. Es hätte ein Buch gebraucht, um meine Gedanken aufzuschreiben.

»Über alles«, gab ich eine ehrliche Antwort.

»Du machst dir Sorgen wegen meines Vaters?« An Kilian dachte ich in diesem Moment tatsächlich gar nicht. Dennoch nickte ich, um Noah nicht weiter mit meinen Sorgen zu belasten.

»Keine Angst, der kriegt sich schon wieder ein. Es war ein Schock für ihn, als du hier plötzlich aufgetaucht bist. Niemand hätte jemals damit gerechnet, dass wir einen von euch zu Gesicht bekommen.« Einen von uns?, hätte ich ihn am liebsten gefragt, aber mein Verstand signalisierte mir, dass dies wohl ein heikles Thema war, das ich jetzt lieber nicht anschnitt.

Ich nahm einen Schluck von der warmen Flüssigkeit, die Noah mir gereicht hatte und verzog genüsslich den Mund. Mh, war das lecker. Es schmeckte nach...

»Ich hoffe, du magst Zimt.«

Genau, es war Zimt, und sofort musste ich an die weihnachtliche Stimmung denken, die jedes Jahr in der AlphaOne aufgekommen war, wenn sich das Jahr dem Ende neigte. Diese Traditionen wurden nie aufgegeben. Besonders das Fest der Liebe wurde groß gefeiert. Und so hatte sich auch jedes Jahr aufs Neue der Duft von Zimt in meiner Heimat verbreitet.

»Ich liebe ihn«, sagte ich. *Und ich liebe deinen Geruch.* Jetzt wurde mir klar, warum dieser doch eher außergewöhnliche Duft an Noah haftete, der eigentlich danach aussah, als würde er sich tagtäglich mit diesen miesen Kreaturen herumschlagen. Es war der Tee, den er offensichtlich ebenfalls so gerne mochte wie ich.

Apropos ...

»Was waren das für Dinger?«, fragte ich geradeheraus, ohne darüber nachzudenken, ob Noah über die vergangenen Vorkommnisse sprechen wollte. Aber ich war zu neugierig.

»Was meinst du?« Noah tat unwissend, doch ich sah in seinem Blick, den er abwendete, dass er genau wusste, was ich meinte.

Ich stellte den Becher auf meinen Schoß.

»Du weißt, was ich meine. Also, was waren das für Viecher, die uns gejagt haben und aussahen, als wären wir ihr nächstes Abendessen?«

Noah schmunzelte über meine Worte.

»Hybriden.«

»Hybriden?«

»Ja, eine Kreuzung aus einer Art Wolf und ... Mensch. Nur, dass sie schon viele hundert Jahre hier leben und sich nie wieder an die Menschen erinnern würden, die sie einst waren.«

Angeekelt starrte ich in Noahs blaue Augen, die den Dreck auf seinen Händen musterten.

»Das waren mal Menschen?«

»Na ja, nicht ganz. Aber sie waren dem Menschen ähnlich. Um es den Kindern besser zu erklären, erzählen wir ihnen, dass es Menschen waren. Egal, wie sehr sie uns einmal geähnelt haben oder nicht.«

Ich ignorierte kurzerhand die Tatsache, dass hier Kinder lebten, und wollte zu einer nächsten Frage ansetzen, als Noah mich davon abhielt.

»Bei Anbruch der Nacht kommen sie aus ihren Verstecken, gierig den nächsten Leckerbissen zu reißen. Wir hatten Glück, dass wir so nah an einem der Eingänge waren, um es noch rechtzeitig zu schaffen. Sonst hätten wir wohl auf ihrem Speiseplan gestanden.«

Ich schluckte. Bei der Vorstellung, wie verdammt knapp ich dem Tod ein weiteres Mal entkommen war, wurde mir kurz schwindelig, sodass sich winzig kleine Punkte vor meinen Augen bildeten.

»Wie sind sie denn so lange unentdeckt geblieben, wenn es sie schon seit hunderten Jahren gibt?«, überlegte ich laut.

»Man wusste schon, dass sie existierten, doch verschwieg man es den Menschen. Nachdem die Erde langsam ausstarb und vertrocknete, krochen sie nach und nach an die Erdoberfläche, aber immer nur nachts. Man hielt sie so gut es ging in Schach, sperrte sogar einige ein, um sie kontrollieren zu können und an ihnen herumzuexperimentieren, aber die Hybride entwickelten sich mit zunehmender Hitze weiter und fanden irgendwie einen Weg hinaus aus ihrem Gefängnis. Seitdem das Leben nun nicht mehr dem der alten Zeit gleicht, bestimmen sie über Leben und Tod.«

Ich atmete schwer aus. Noch mehr Geheimnisse, noch mehr unerklärte Dinge. Und das schon, bevor die Supernova überhaupt eintraf. Die Erde hatte sich grundlegend verändert, seitdem die Sonne anfing, sich auszudehnen. Hatte mein Großvater von alledem gewusst? War es ebenfalls ein Ansporn, die Städte unter der Erde so schnell wie möglich fertigzustellen? Weil es noch mehr Gefahren auf der Erde gab als nur die Sonne? Wenn er doch nur noch leben würde, dann hätte ich ihn mit all meinen Fragen bombardiert.

»Aber ... dein Vater. Er klang, als würde er sich wirklich große Sorgen um dich machen, wenn du dort draußen bist. Doch, wenn ich das beurteilen darf, sahst du nicht gerade aus, als wärst du tatsächlich in lebensbedrohlicher Gefahr gewesen. Das hast du doch schon öfter gemacht, richtig?«

Noah atmete tief aus und sah plötzlich viel schwächer aus als zuvor. Die Ereignisse des Tages setzten ihm stärker zu, als er zugeben wollte.

»Weißt du, das ist nicht das einzige Gefährliche dort draußen.« Kurz sah er an die Decke der Höhle, als würde er durch sie hindurch und in den Nachthimmel sehen können.

»Sobald es dunkel wird und die Sonne vollständig verschwindet, kommt der Regen.«

Erst dachte ich, dass Regen gut war, doch dann bemerkte ich, dass Noah mit seiner Erklärung nicht ganz fertig war.

»Was passiert, wenn es regnet?«, fragte ich mit klopfenden Herzen.

»Es wird alles vergiftet, was auch nur einen Tropfen des Regens abbekommt. Und stirbt sehr qualvoll.«

»Und die Hybride?«

»Der Regen ist quasi ihre Lebensquelle, aber ...« Noah stand auf.

»Das sollte dich jetzt nicht weiter kümmern. Du musst dich ausruhen. Wenn du meinem Vater morgen wieder gegenübertreten willst, dann solltest du ausgeschlafen sein.« Er zwinkerte mir zu, und ich nahm noch einen tiefen Schluck des leckeren Zimt-Tees, bevor Noah den Becher an die Seite der Empore stellte.

Sofort wurden meine Augenlider schwer, und ich bettete meinen Kopf auf dem flauschigen und mit einer Art Watte gefüllten Kissen.

»Schlaf jetzt, kleine Blume«, waren Noahs letzte Worte, bevor ich in einen tiefen Traum fiel, der von Hybriden, dem Feuer und meinem kleinen Bruder heimgesucht wurde.

Kleine Blume.

Was für ein passender Name.

Kapitel 25

»Nein, bitte, nicht!« Heißer Schweiß lief mir an der Schläfe entlang, ich befand mich in einer Art Dämmerzustand. Irgendwo zwischen Traum und Realität. Ich spürte eine unendliche Hitze auf meinem Körper, die immer stärker zu werden schien.

»Bitte …«, flehte ich in die Dunkelheit hinein, in der Hoffnung, dass mich jemand hören konnte. Ein Wimmern entfuhr mir, gefolgt von einem kalten Schauder, der meinen gesamten Körper zum Beben brachte.

Bilder von Flammen, die um meinen Körper züngelten und sich ihren Weg zu meinem Gesicht bahnten, gepaart mit den unerträglichen Schmerzensschreien fremder Menschen, verfolgten mich schon die ganze Nacht.

Tatenlos sah ich erneut dabei zu, wie sich die Aufzugtüren vor Christian schlossen und das Feuer ihn auffraß. Erneut stand ich einfach nur da, ohne mich bewegen zu können. Ohne dass ich Fin retten konnte. Mein Fin.

Sein trauriger Blick hatte sich in meine Netzhaut gebrannt und suchte mich immer dann heim, wenn es dunkel um mich herum wurde.

Bitte, sei am Leben. Lass die Flammen dich nicht auch unter sich begraben haben. Bitte, lass meine Eltern einen sicheren Unterschlupf gefunden haben, wo sie unverletzt das lodernde Feuer überstanden.

»Bitte«, murmelte ich, und salzige Schweißtropfen sammelten sich an meinen Mundwinkeln. Ich spürte, dass ich mich auf einem harten Untergrund befand, konnte meine eigene Stimme hören, doch mein Verstand zwang mich dazu, diese schrecklichen Bilder noch einmal anzusehen.

Wieso hatte ich nicht Fin hinausgeschickt? Wieso hatte ich mich nicht geopfert? Wie konnte ich nur so egoistisch sein! Niemals würde ich es mir vergeben, wenn meiner Familie etwas zustieße.

Niemals.

Wenn sie alle tot waren, dann war es meine Schuld. Auch wenn ich nicht für diese Katastrophe verantwortlich war, es fühlte sich dennoch so an.

Aber irgendetwas war mit mir passiert, seitdem ich das dicke Stahltor hinter mir gelassen hatte. Ich gab nicht mehr anderen Leuten die Schuld, auch wenn sie es verdienten.

Jetzt machte ich mich für alles verantwortlich, denn in meiner Hand lag es nun, ob die AlphaOne Hilfe bekam.

Ein stechender Schmerz durchfuhr mich, als die heißen Flammen mein Herz berührten.

Ich schrie und wachte mit wild pochendem Herzen und schweißnassen Haaren aus diesem Albtraum auf.

Erschrocken riss ich meine Augen auf und musste mich einen Moment sammeln. Winzige schwarze Punkte bedeckten mein Sichtfeld, und kurz hatte ich Angst, dass ich blind sein könnte. Doch dann wurde mir klar, dass die spärliche Beleuchtung daher stammte, dass ich mich unter der Erde befand.

»Lina! Was ist los?« Ein großer Mann mit nacktem Oberkörper und zerzausten blonden Haaren stürmte zu mir in den Raum hinein.

Seine Tattoos waren nun deutlich sichtbar. Noah hatte sich tatsächlich gewaschen, sodass seine nackte Brust noch besser zur Geltung kam. Eine Sonne auf der linken Seite sprang mir sofort ins Auge und faszinierte mich. Sie war wunderschön.

Meine Güte, er war verdammt attraktiv! Und dann diese ... er hatte nur eine Boxershorts an, die tief blicken ließ, denn sie war ihm ein wenig zu weit die Hüften hinuntergerutscht.

Ich konnte sein bestes Stück zwar nicht sehen, aber meine Libido regte sich beim Anblick des straffen Oberkörpers eindeutig.

»Du bist ja ganz heiß.« Noah fasste mit der flachen Hand an meine Stirn und wischte sich danach den Schweißfilm von seiner Hand, den meine Haut hinterlassen hatte.

»Ich ...«, krächzte ich, »Ich habe nur schlecht geträumt.« Mein Herzschlag normalisierte sich langsam und auch meine Augen gewöhnten sich allmählich an die Lichtverhältnisse.

»Das habe ich gehört. Als du geschrien hast, dachte ich, irgendjemand würde dir etwas antun.« Noahs Stimme wurde leise und fürsorglich. Sachte strich er mir über mein nasses Haar, das teilweise in einzelnen Strähnen an meinem Gesicht klebte.

»Nein. Wieso sollte das jemand wollen? Hier kommt doch niemand rein, oder?« Panik regte sich in mir.

»Keine Sorge, das ist das oberste Gesetz hier. Na ja, zwar inoffiziell, aber niemand darf die privaten Räume eines anderen ohne die Erlaubnis des Eigentümers betreten. Aber ... ich ... mich beschlich einfach so ein Gefühl.«

Noah rieb sich mit einer Hand den Nacken. Seine blonden Haare fielen ihm in die Stirn. Er hatte seinen Zopf zum Schlafen gelöst, und ich konnte nicht genau sagen, welche Frisur mir besser gefiel. Die Wuschelige des verschlafenen Noahs oder der Knoten des kämpferischen Kriegers.

Er sah einfach in jeder Lebenslage gut aus.

»Niemand weiß, dass ich hier bin, oder?«

»Nur Emelie und mein Vater. Aber so wie ich Emelie kenne, hat sie diese Neuigkeit nicht gerade für sich behalten.«

»Und was passiert dann mit mir? Es sind bestimmt nicht viele damit einverstanden, dass du mich aufgenommen hast.«

»Bezieh nicht alles, was meinen Vater angeht, auch auf die Bewohner der Gemeinschaft. Kilian ist einfach sehr verbissen in seinen Ansichten. Nicht alle teilen immer seine Meinung. Ob du hier willkommen bist oder nicht, lass das meine Sorge sein, okay?« Ich nickte und legte mich langsam wieder zurück auf das Kissen. Noah nahm die zerknüllte Decke vom Fußende der Matte und breitete sie über meinen Beinen aus. So wurde ich wenigstens nicht vor Hitze erstickt.

»Warum hasst dein Vater mich?«, fragte ich nach kurzer Stille, in der Noah seine Hand nicht von meinem Knie nahm. Mir gefiel seine Berührung sehr. Ich fühlte mich automatisch sicher bei ihm.

»Er hasst dich nicht. Also nicht direkt dich. Eher die Tatsache, dass du aus der AlphaOne kommst.« Wenn Noah den Namen meines Zuhauses aussprach, klang es irgendwie fremd, aber dennoch bekannt. So, als würde er nicht zum ersten Mal etwas davon hören. Als wüsste er schon lange, dass es uns gab. Tief unter der Erde. Fast so ähnlich wie diese Gemeinschaft hier, von der ich bisher nur die nervige Emelie und den aufbrausenden Kilian kennenlernen durfte.

»Du solltest jetzt weiterschlafen, es sind zwar nur noch zwei Stunden bis die Sonne aufgeht, aber du brauchst jede Sekunde der Ruhe.«

Wieso beantwortete Noah mir nicht, was los war? Erst sollte ich mir keine Gedanken über die Hybride machen, jetzt wich er meiner Frage aus, warum Kilian mich beziehungsweise die AlphaOne so verabscheute.

Kilian konnte mir ja nicht einmal in die Augen gucken, als ich davon berichtete, was geschehen war.

»Zerbrich dir nicht den Kopf, ich erkläre dir morgen alles«, versprach Noah und erhob sich von der Empore. Kaum hatte er den Ausgang des Schlafzimmers erreicht, drehte er sich noch einmal um und musterte mich kurz, bevor er mir ein entschuldigendes Lächeln schenkte und verschwand.

***

Lautes Gemurmel drang an meine Ohren. Gelächter und Getrampel von Schuhen auf dem Boden.

Mit brummendem Kopf erwachte ich aus meinem Schlaf, der zu meiner Freude wirklich sehr erholsam gewesen war.

Es herrschte reges Treiben vor der Eingangstür zu Noahs Wohnung. Die Sonne musste aufgegangen sein und hatte die Bewohner der Höhlen hinausgetrieben. Was auch immer sie jetzt taten, aber ich vermutete, dass es ähnlich wie in meiner Heimat zuging. Jeder hatte eine Aufgabe, einen Job oder ging zur Schule.

Kannten diese Leute eigentlich Schulen? War so etwas bei ihnen möglich?

Das waren doch keine Hinterwäldler.

Ich hatte echt zu viele Filme gesehen. Und vermutlich auch zu viele Ballerspiele gezockt. Eine Mischung aus beiden wahrscheinlich.

Ich rieb mir über meine müden Augen, deren Lider angeschwollen waren. Ich benötigte dringen eine Dusche, denn ich stank wie ein Schwein, dass sich im Dreck gesuhlt hatte. Nichts gegen Schweine, ich mochte die putzigen, borstigen Tiere, die ich zwar noch nie in meinem Leben zu Gesicht bekommen hatte, aber die Bilder und Filme, die uns im Unterricht gezeigt wurden, hatten mir immer wieder aufs Neue gefallen.

Ich streckte mich kräftig, sodass meine Knochen gefährlich knackten. Ob Noah auch schon auf den Beinen war? Leise schlug ich die Decke von mir und genoss die kühle Luft auf meiner Haut.

Ich trug tatsächlich noch die kurze Hose und das weiße T-Shirt. Meine Schlafsachen! Ob ich...

Nach einem kurzen Seitenblick fiel mir ein sorgfältig zusammengefalteter Stapel neben der Empore auf, auf dem ein kleiner Zettel lag.

Schnell rappelte ich mich hoch und nahm den Zettel in die Hand.

Guten Morgen, kleine Blume
Ich hoffe, du konntest ein wenig schlafen. Zieh das hier an und komm dann in den Speisesaal. Der Weg ist ganz einfach. Du musst immer geradeaus gehen.
Und am besten der hungrigen Masse an Menschen folgen ;)
Ich warte dort auf dich.
Noah

Mein Herz machte einen kleinen Sprung. Noah war also wirklich aufgestanden und hatte mir Kleidung besorgt, die ich gegen meine verdreckten, stinkigen Sachen austauschen sollte. Neugierig starrte ich auf den Stapel, der vor mir lag. Schwarz. Sie waren einfach nur schwarz. Was hatte ich anderes erwartet?

Bei näherer Betrachtung hoffte ich, dass sie nicht ganz so freizügig wie die von Emelie waren. Mit pochendem Herzen legte ich den Zettel beiseite und sah mir die Kleidung an.

Zu meiner Erleichterung bestanden sie aus einer schwarzen, langen Hose, die mir sicherlich wie eine zweite Haut am Körper kleben würde, einem dazu passenden Gürtel mit einer goldenen Schnalle in Form einer Sonne, die stark der auf Noahs linker Brust ähnelte, und einem dunklen Oberteil, das durch dünne Träger auf meinen Schultern sitzen würde. Flink entledigte ich mich meiner weißen, schmutzigen Schlafsachen, die mich schmerzhaft an mein Zuhause erinnerten und schlüpfte in die dünne Hose und zog mir das Oberteil über den Kopf.

Der Stoff, der meine Nase streifte, roch neutral, aber nicht so klinisch rein, wie ich es kannte.

Tatsächlich, es passte wie angegossen. Federleicht schmiegte sich der dunkle Stoff der Hose an meine Beine und endete knapp über meinen Hüften, auf denen nun der Ledergürtel mit der Sonnen-Schnalle saß. Das Oberteil steckte ich in die Hose, sodass mein schlanker Körper zur Geltung kam.

Wollte ich Noah etwa unterbewusst beeindrucken, in dem ich mir Gedanken darüber machte, ob ihm mein Outfit gefallen würde? Hatte er sich vielleicht ganz bewusst für diese Auswahl entschieden?

Immer wieder kreisten meine Gedanken um den schönen Mann, der mich aus der Blumenhölle gerettet und mich ohne weiteres hierher gebracht hatte.

Da ich nicht wusste, wohin mit meinen alten Klamotten, warf ich sie unbedacht auf die Matte.

Eigentlich hätte ich eine Dusche gebrauchen können, doch wollte ich keine hohen Ansprüche an meine Gastgeber stellen. Immerhin behandelte man mich bisher gut und nicht wie eine Aussätzige. Bis auf zwei Ausnahmen – Emelie und Kilian. Aus diesen beiden Menschen wurde ich nicht schlau.

Hoffentlich traf ich nicht sofort auf die mürrische Zicke, sobald ich Noahs Wohnung verließ. Und erst recht nicht auf Kilian, der mich vermutlich höchstpersönlich wieder vor die imaginäre Tür setzen würde.

Mit gekonnten Griffen durchkämmte ich meine blauen Haare mit den Fingern, da ich auf Anhieb nichts Brauchbares finden konnte, das einer Bürste oder einem Kamm glich und steckte sie mir hinter die Ohren.

Die leichte Mischung aus Schweiß und Dreck erinnerte mich daran, dass ich Noah bei Gelegenheit darauf ansprechen sollte, ob ich mich waschen durfte.

So ging ich normalerweise nicht unter Leute. Aber wie ich wusste, war dies nicht mehr mein altes Leben, gezeichnet durch den Luxus der

AlphaOne, sondern ... Ja, was war es? Als Zuhause konnte ich diese Höhlen schließlich nicht bezeichnet, aber sie stellten meine neue Unterkunft dar. Auf die ich beim besten Willen nicht verzichten wollte, wenn ich an die teuflischen Hybride dachte, die Noah und mich beinahe als Abendessen serviert bekommen hatten.

Ich sollte froh sein, nicht den tödlichen Gefahren der Nacht ausgesetzt worden zu sein, denn diese hätte ich nie im Leben lebendig überstanden.

Die Schritte vor der Wohnung ebbten ein wenig ab, was ich als Zeichen nahm, dass ich mich schleunigst beeilen sollte, den Weg zum Speisesaal zu finden. War es so eine gute Entscheidung, mich vollkommen allein zu lassen? Was, wenn mich die Menschen hier sofort als Fremde erkannten? Daran konnten die schwarzen Klamotten an meinem Körper auch nichts ändern, wenn ich mich so stark von ihnen unterschied.

Meine blasse, makellose Haut schrie förmlich danach, dass ich keine von ihnen war. Dass ich kein Mitglied der Gesellschaft in diesen Höhlen war.

Aber vielleicht schaffte ich es, in der Masse auf dem Weg zum Speisesaal unterzutauchen, sodass es niemandem auffiel.

Ich warf noch einen letzten Blick auf das Bett, in dem ich genächtigt hatte. Der Geruch von Zimt steckte immer noch tief in meiner Nase und wollte dort nicht so schnell verschwinden.

Ehrlich gesagt, wollte ich diesen Geruch auch nicht vergessen, denn er erinnerte mich nicht nur an Noah, sondern auch daran, dass ich verdammt nochmal am Leben war.

Kapitel 26

Vorsichtig schob ich den schweren Vorhang zur Seite und linste verstohlen in den breiten Gang. Es waren noch einige Leute unterwegs und wie auf dem Zettel stand, gingen sie alle in dieselbe Richtung. Vermutlich Richtung Frühstück.

Wenn sie so etwas hier überhaupt kannten.

Dringend musste ich mir abgewöhnen, diese Leute hier als Hinterwäldler zu bezeichnen, aber irgendwie wollten die Vorurteile aus meinem Kopf nicht verschwinden.

Bisher hatte mich niemand registriert, was ich zum Anlass nahm, aus der Wohnung zu treten.

Heitere Gespräche folgten mir auf dem unbekannten Weg zum Speisesaal. Ab und an konnte ich ein paar Wortfetzen aufschnappen, doch dabei ging es um belanglose Dinge, wie die Arbeit, wie man geschlafen hatte und ob der und die wieder etwas miteinander hatten.

Hier unten musste es ja nicht gerade keusch zugehen. Tatsächlich empfand ich so etwas wie Sympathie, denn die Bewohner unterschieden sich charakterlich kaum von uns. Hatte ich gerade wirklich *uns* gedacht? Immerhin stimmte es zum Teil, es gab diese Gesellschaft oberhalb der Erdoberfläche und dann uns, die Bewohner der AlphaOne.

Plötzlich prallte ich gegen etwas. Nein, nicht etwas, sondern gegen jemanden, der sich im gleichen Moment zu mir umdrehte und mich überrascht musterte.

»Entschuldigung«, murmelte ich, als ich den überraschten Blick meines Gegenübers wahrnahm.

»Hey, kein Problem«, waren ihre warmen Worte. Mich lächelte eine kleine Brünette an, deren Sommersprossen mir sofort ins Auge fielen. Winzig kleine, dunkle Punkte zierten ihre Nase und Wangen. Sie sah unglaublich attraktiv aus.

»Ich habe gar nicht mitbekommen, dass du vor mir stehst«, gestand ich kleinlaut und erntete ein Schulterzucken.

»Ich bin auch leicht zu übersehen.« Erst nach wenigen Sekunden verstand ich, dass sie auf ihre Größe anspielte. Tatsächlich war sie fast einen Kopf kleiner als ich, was ihrer Ausstrahlung aber keinen Abbruch tat. Dunkelbraune Augen strahlten mich freundlich an und ich musste über ihren kleinen Witz lachen.

»Oh, tut mir leid. Ich wollte nicht lachen, aber...«

»Schon gut, ich mache doch selbst Scherze darüber. Hör auf, dich zu entschuldigen.« Ihre Worte erinnerten mich an die, die Noah schon gestern zu mir gesagt hatte. Ich sollte aufhören, mich ständig für alles zu bedanken und zu entschuldigen. Ich fragte mich nur, seit wann ich das tat.

»Ich bin Lucienne, aber du kannst mich Lucy nennen.« Sie zwinkerte mir zu, was ich als Freundschaftsangebot deutete. Ihre dunklen Haare fielen ihr in wilden Locken auf den Rücken und wollten kaum enden. Immer wieder wippten sie auf und ab, wenn sie ihren Kopf bewegte.

»Lina«, entgegnete ich.

»Ah, dann musst du die besagte, schreckliche Neuanschaffung von Noah sein.«

»Was?« Ich stutzte, und mir blieb der Mund offen stehen.

»Oh, so war das nicht gemeint. Emelie hat nur jedem von dir erzählt und nicht gerade mit Komplimenten um sich geworfen. Dabei verstehe ich gar nicht, was sie an dir nicht mag.« Lucy schüttelte ungläubig den Kopf und grüßte jemanden, der unseren Weg passierte. Automatisch wollte ich meinen Kopf zur Seite drehen, damit niemand mich erkannte, jetzt nachdem ich hörte, wie Emelie über mich sprach. *Neuschaffung.* Als wäre ich ein Haustier oder ein unsinniger Gegenstand, den eigentlich niemand benötigte.

»Super«, murmelte ich in meine Haare, die mir hinter den Ohren rausgerutscht waren und nun ins Gesicht fielen.

»Um Emelie brauchst du dir keine Sorgen machen. Die ist nur eifersüchtig, weil sie auf Noah steht.«

Lucy warf mir einen belustigten Blick zu und hakte sich plötzlich bei mir unter.

»Komm, ich glaube, ich habe eben deinen Magen genauso laut knurren hören wie meinen.« Ich ließ mich von der zierlichen Frau mitziehen und war glücklich, dass ich eine Art Freundin gefunden hatte. Lucy beziehungsweise Lucienne – welch schöner und passender Name – war mir auf Anhieb sympathisch. Anscheinend machte ich mir wirklich zu viele Gedanken darüber, was alle von mir dachten, dabei machte Lucy nicht den Eindruck, als würde sie mich verteufeln oder verurteilen, weil ich keine von ihnen war.

Zum ersten Mal in meinem Leben fühlte ich mich seltsam geborgen. Einundzwanzig Jahre lang hatte ich versucht, meinen eigenen Weg in einer Gesellschaft zu finden, die mir schon immer zu perfekt war. Deshalb hatte ich angefangen, meine Haare zu färben und meine Kleidung zu missbrauchen. Diese Perfektion der AlphaOne schien mir immer wie eine Fassade. Eine Fassade, die allen Menschen glauben lassen wollte, dass sie sicher und unzerstörbar war.

Nun wurden wir vom Gegenteil überzeugt.

Hier unten, in der Wüstenhöhle, ähnelte niemand dem anderen. Sie waren alle ganz eigenständige Individuen. Vielleicht war das ihr Geheimnis, dass diese Gesellschaft schon lange existierte, denn das musste sie, in Anbetracht der ausgetüftelten Gänge und Räume.

Von allen Seiten strömten immer mehr Menschen aus den Gängen, die von unserem abzweigten. Dies war vermutlich einer der Hauptgänge, die zu den wichtigen Räumen der Höhle führten. Wir waren in Richtung des Speisesaals unterwegs, während Lucy immer wieder für mich fremde Gesichter grüßte und sich kurz auf unserem Weg mit ihnen unterhielt. Sie schien beliebt zu sein, was ich ihrer freundlichen und liebevollen Art zuschrieb.

»Da vorne ist es«, sagte sie nach kurzer Zeit und zeigte auf einen großen Höhleneingang, aus dem unzählige Stimmen drangen. Der Speisesaal. Hunderte Menschen mussten sich dort zum Essen versammeln. Menschen, die mir theoretisch dabei zusehen konnten, wie ich den Speisesaal an Lucys Seite betrat, praktisch aber keine Notiz von mir nahmen. Ich rechnete damit, dass sich alle nach mir umdrehen und mich misstrauisch beäugen würden, doch nichts geschah.

Die Aufregung in mir wuchs von Sekunde zu Sekunde. Ich ließ meinen überraschten Blick über die Massen wandern. Wie sollte ich in diesem Chaos nur Noah finden?

Zu meinem Erstaunen waren zwar alle Tische gedeckt und ein Geruch nach gebratenen Eiern und Reis erfüllte die Luft, aber niemand wagte es, sich auch nur einen Happen in den Mund zu nehmen.

Ganz am Ende der Höhle stand ein langer Tisch der quer zu den anderen platziert war. Ich vermutete, dass dort Kilian und seine Familie aßen. Also auch Noah, den ich zu meiner Erleichterung tatsächlich mit einer Gruppe Männern sprechen sah.

Als würde er meine Anwesenheit trotz der vielen Meter Abstand spüren, drehte er sich mitten im Gespräch um und ließ seinen Blick auf mir ruhen. Er betrachtete mein Outfit und nickte mir kurz zu. Das Anzeichen eines kleinen Lächelns ließ mein Herz höherschlagen.

Himmel, heute sah er verdammt gut aus. Sein Oberkörper steckte in einem schwarzen Shirt, dass locker auf seiner dunklen Jeans auflag. Um seine Hüften prangte der gleiche Gürtel mit der Sonnen-Schnalle, wie bei mir. Ein kurzer Blick auf die anderen unzähligen Leute verriet mir, dass jeder so einen Gürtel trug. War dies ihr Erkennungszeichen? Die Sonne, die auch Noahs Brust zierte, schien als eine Art Symbol der Gemeinschaft zu dienen.

Irgendwie logisch, dass sie gerade dieses Symbol ausgewählt hatten, schließlich gab es nur einen Grund, warum sie unter diesen Umständen lebten. Die Supernova.

»Hast du Lust, dich zu uns zu setzen?«, fragte Lucy und riss mich somit aus meinen Gedanken. Noah machte keine Anstalten, mich eventuell zu sich zu holen, deshalb willigte ich ein und betrachtete das Geschehen aus einiger Entfernung.

Seine Augen ruhten immer noch auf mir, als ich der dunkelhaarigen Frau zu einem der Tische folgte, an dem sich eine Gruppe junger Leute versammelt hatte und mit hungrigen Blicken auf das Frühstück vor ihnen starrte.

Sie mussten ungefähr so alt sein wie ich, vielleicht ein oder zwei Jahre jünger und älter, aber besonders die Männer wirkten auf mich wie kleine

Kinder, die versuchten, sich gegenseitig in ihre Kronjuwelen zu schlagen.

»Wir sollten uns beeilen, Kilian wird gleich seine Ansprache halten.« Lucy wies mir einen Stuhl neben sich zu und wir setzten uns an den Tisch.

Kurz ebbten die spielerischen Rangeleien ab, als ihre Freunde mich bemerkten und mich interessiert ansahen, doch sie lächelten mir nur freundlich und aufmunternd zu und widmeten sich wieder ihrer eigentlichen Beschäftigung.

Zischlaute erfüllten den Speisesaal, als ich bemerkte, wie alle ihren Blick ans andere Ende der Höhle richteten. Genau dort, wo nun Kilian vor seinem Tisch stand, Noah und eine fremde Frau an seiner Seite. War das vielleicht seine Mutter? Wenngleich sie ein wenig zu jung wirkte, um einen erwachsenen Sohn zu haben.

Kilian ließ seinen strengen Blick über die Menge schweifen und wartete ab, bis alle Gespräche verstummten. Ich hatte das Gefühl, dass er einen Moment länger an meinem Platz hängen blieb, doch nicht auf meine Anwesenheit reagierte. Ein kalter Schauder lief mir dennoch den Rücken hinunter, sodass ich mich plötzlich nicht mehr so wohl in meiner Haut fühlte wie zuvor.

Erst dann räusperte er sich und faltete seine Hände vor dem Bauch zusammen. Es sah majestätisch aus und strahlte eine Kraft aus, die nur ein Anführer haben konnte.

»Meine Lieben«, Kilians Gesicht erhellte sich ein wenig, »wieder bricht ein neuer Tag an und wir sind, denke ich, alle froh, dass die Nacht uns keine neuen Gefahren ins Haus gebracht hat.« *Außer mir*, dachte ich und sah, wie Kilians Kiefermuskeln arbeiteten. Ob er wohl gerade ebenfalls an meine Wenigkeit dachte?

Schließlich stellte ich in seinen Augen die größte Gefahr dar. Nicht einmal die Hybride konnten mit mir mithalten.

»Lange Sonnenstunden werden uns wieder begleiten, doch wir haben in den letzten Wochen und Monaten viel erreicht. Endlich ist es uns wieder möglich, Gemüse und Obst anzubauen, dank Matthew, der ein neues System der Bewässerung konstruiert hat.«

Alle im Saal pfiffen und klatschen erfreut. Irgendwo konnte ich in der

Masse einen blonden Haarschopf ausmachen, der sich erhob und dankend verneigte. Das musste Matthew sein.

»Vielen Dank noch einmal für deine grandiose Arbeit«, setzte Kilian seine Ansprache fort. Kurz konnte ich in seinen Augen erkennen, dass er über das nachdachte, was er als nächsten sagen würde, und mich beschlich das Gefühl, dass es um mich ging.

Erwartungsvoll kehrte eine Stille ein, die unangenehm auf meinem Körper lastete. Würde er mich vor allen Leuten bloßstellen? Würde er sagen, woher ich kam und wer ich war? Hatte Noah ihm vielleicht doch ins Gewissen reden können?

Meine Träume verpufften augenblicklich, als der wettergegerbte Mann mir direkt in die Augen sah.

»Wie vielleicht einige von euch mitbekommen haben, gab es letzte Nacht... Zuwachs in unserer Gemeinschaft.«

Zuwachs. Ich konnte seine Abscheu mir gegenüber förmlich riechen. Am liebsten hätte er wahrscheinlich Emelies Worte benutzen wollen. *Schreckliche Neuanschaffung.*

Aber er verkniff sich weitere beleidigende Beschreibungen.

Ein Raunen ging durch die Reihen und interessierte Augenpaare musterten mich. Die viele Aufmerksamkeit war mir unangenehm. Ich wollte nicht im Mittelpunkt stehen, schließlich war ich eigentlich nur hier, um Hilfe zu holen und nicht, um neue beste Freunde zu finden.

Obwohl diese Tatsache vermutlich schon gescheitert war, als ich erstens in Noahs Bett geschlafen hatte und zweitens auf Lucy getroffen war, die mich wie eine alte Freundin behandelte.

Ich senkte meinen Blick, sodass meine blauen, leuchtenden Haare vor mein Gesicht fielen und konnte mir gerade so ein unehrliches Lächeln abringen.

Nachdem aber niemand mich verteufeln oder angreifen wollte, trotz dass ich offensichtlich aus einer anderen Welt stammte, erfüllte mich mit Erleichterung.

Noah hatte recht. Nicht alle teilten Kilians verbissene Ansichten, doch eines musste ich dem Anführer hoch anrechnen: Er warf mich nicht sofort den Hybriden zum Fraß vor oder ließ seine Wut an mir aus.

»Demzufolge berufe ich eine Versammlung zur Tagesmitte ein, um abzustimmen, wie wir weiter verfahren.«

Hieß das jetzt, dass abgestimmt werden sollte, ob ich bleiben durfte oder nicht? Ich schluckte schwer, denn ein dicker Kloß in meinem Hals schwoll zu enormer Größe an.

»Bis dahin wünsche ich euch einen erfolgreichen Arbeitstag und guten Appetit!«

Die Menge klatschte Beifall, und Kilian setzte sich gemeinsam mit Noah und der Frau, deren fuchsroten Haare in dem Dämmerlicht der Deckenlampen schimmerten.

Kurz darauf nahmen wieder alle ihre Gespräche auf, und es klapperten Teller und Besteck. Schüsseln mit Reis und Teller mit gebratenen Bohnen und Speck wurden herumgereicht, sodass sich jeder am Tisch etwas davon auffüllen konnte.

Unsicher nahm ich die Schüssel mit dem warmen Reis entgegen und wusste nicht so recht, ob ich nach der Kelle greifen sollte, die in dem dampfenden, klebrigen Getreide steckte.

»Keine Sorge, wir vergiften dich schon nicht.« Lucy stupste mich von der Seite an und zwinkerte mir neckisch zu. Unsicher lächelte ich und füllte mir dann doch etwas zu essen auf. Ebenfalls landeten ein paar Bohnen und Speck auf meinem Teller, deren Geruch meinen Magen ordentlich zum Knurren brachten.

Meine Güte, mir lief das Wasser im Mund zusammen; dieses Frühstück glich in meinen Augen einem Fünf-Sterne-Menü, da ich erst jetzt merkte, dass ich seit Langem nichts Vernünftiges mehr im Magen hatte. Abgesehen von dem Wild, das Noah mir bei unserer ersten Begegnung gereicht hatte.

»Guten Appetit«, sagte Lucy und piekte sich eine vor Fett tropfende Bohne auf die Gabel, bevor sie sie sich genüsslich in den Mund stopfte.

»Guten Appetit«, murmelte ich, häufte mir gierig ein wenig Reis auf die Gabel und schnitt danach ein Stück Speck ab. Was, wenn ich das Essen nicht vertragen würde? Lucy hatte mich mit ihrer Bemerkung nicht gerade beruhigt, auch wenn ich wusste, dass es natürlich nur ein Scherz war. Es fühlte sich alles so falsch an.

Die jungen Männer an unserem Tisch schmatzten fleißig vor sich hin und unterhielten sich dabei mit vollem Mund. Na ja, vielleicht gab es doch einen Unterschied zu den Bewohnern der AlphaOne. Uns wurden schon früh Benimmregeln beigebracht, damit wir nicht so endeten wie diese Spezialisten hier an meinem Tisch.

»Jungs, könnt ihr euch nicht ein wenig benehmen? Wir haben schließlich einen Gast.« Als hätte Lucy meine Gedanken gehört, schüttelte sie nur den Kopf und warf den Männern einen tadelnden Blick zu, der mich zum Schmunzeln brachte.

Ihr war es sichtlich unangenehm, dass ihre Freunde sich benahmen wie Schweine.

»Man, Lucy. Jetzt hab dich nicht so«, maulte ein braunhaariger Lockenkopf, der Lucy sehr ähnlich sah.

Sie streckte ihm kindisch die Zunge heraus. »Komm du mir mal nach Hause. Dann können wir das unter uns klären.«

»Uh, jetzt hab ich aber Angst.«

»Halt den Mund, Levin.«

Ich beobachtete das kleine Schauspiel, während immer mehr Reis und Bohnen in meinem Mund landeten und wohltuend meinen Bauch füllten.

»Mein Bruder ist ein Spätpubertärer, musst du wissen.«

Aha, also hatte ich recht. Die beiden waren verwandt.

Lucy traf daraufhin eine schwabbelige Bohne im Gesicht. Empört riss sie ihren Mund auf, und ich konnte mir ein belustigendes Grunzen nicht mehr verkneifen.

Hatte Levin das gerade wirklich getan?

»Levin Young«, quiekte sie, als sie sich das Fett von der Wange wischte.

Die anderen am Tisch hielten kurz in ihren Bewegungen inne, und ich konnte in ihren Augen sehen, dass sie ganz genau wussten, dass Levin zu weit gegangen war, aber bevor die Situation eskalieren konnte, vernahm ich einen mir bekannten Geruch nach Zimt. Gleich darauf legten sich zwei kräftige Hände auf meine Schultern, die behutsam zudrückten.

»Na, alles okay bei dir?« Noah war an unseren Tisch getreten. Eine Situation, in der Lucys Freunde verstummten und nur teilweise ihre

Gespräche leise fortführten, während das Geklapper von Besteck auf Tellern sie begleitete.

»Ja, alles bestens«, antwortete ich.

»Wie ich sehe, hast du schon Anschluss gefunden.« Er warf Lucy einen liebevollen Blick zu.

»Du kennst mich, ich kann eine einsame Seele doch nicht einfach hier herumlaufen lassen«, entgegnete sie.

Noah lachte. »Da hast du wohl recht.«

»Ich möchte gleich zur neuen Bewässerungsstation gehen. Wenn du Lust hast, würde ich mich freuen, wenn du mitkommst.«

Kurz dachte ich, dass er die kleine braunhaarige Frau neben mir meinte, doch dann realisierte ich, dass Noah mit mir sprach.

»Oh ja, klar. Sehr gerne.« Ein strahlendes Lächeln erreichte mich.

»Ist denn Kilian damit einverstanden?«, fragte ich vorsichtig.

Noah nahm die ganze Zeit über seine warmen Hände nicht von meinen Schultern, was mir außerordentlich gefiel.

»Noch ist nichts entschieden. Die Abstimmung wird erst zur Tagesmitte stattfinden, bis dahin bis du eine freie Frau. Und immerhin mein Gast.«

Bis dahin. Und was passierte dann mit mir? Was geschah, wenn mich die Leute nicht hier haben wollten, weil sie mich als Bedrohung ansahen? Ich musste ihnen verständlich machen, dass meine Heimat in Gefahr war. Dass die Menschen dort Hilfe brauchten, wenn das Feuer nicht schon alles zerstört hatte.

Vielleicht bekam ich die Chance, während der Abstimmung ein paar Worte loszuwerden.

Ich sah im Augenwinkel, dass Lucy uns neugierig beobachtete und sich ein verschmitztes Lächeln auf ihren Lippen ausbreitete. Hatte sie etwa gesehen, welche Auswirkungen Noahs Berührungen auf mich hatten? Dass mir die Röte in die Wangen gestiegen war, als mich seine blauen Augen trafen?

Verdammt, das waren alles Anzeichen dafür, dass ich mich in diesen Mann verknallte!

»Wann geht's los?«, fragte ich daher bewusst locker, damit Lucy nicht noch mehr von meinen Gefühlsausbrüchen mitbekam und ihre Schlüsse zog.

»Wenn du nichts dagegen hast, jetzt sofort. Aber wie ich sehe, ist dein Teller noch voll.«

»Oh, ach, ich bin schon satt. Der Speck war wirklich super lecker. War das wieder Wild?«

»Das ähm ...«, stotterte Noah.

Neben mir erklang ein belustigendes Hüsteln. Verwirrt sah ich zwischen Noah und Lucy hin und her.

»Liebes, in dieser Welt gibt es kein Wild mehr. Alle Tiere sind damals verhungert und verdurstet, zumindest die Tiere, die die Supernova und den Sprung nicht überlebt haben.«

»Aber Noah hat mir doch...«

»Hättest du es gegessen, wenn ich dir gesagt hätte, dass es Leguan ist?«

»Leguan?«, hauchte ich. Dabei musste ich an die merkwürdig aussehenden Wüstentiere denken, die mit ihrer langen Zunge Fliegen haschen konnten.

»Leguan«, bestätigte er amüsiert und warf mir einen entschuldigenden Blick zu.

»Okay, kein Problem«, meinte ich entspannt. Und ich war mir so sicher, dass es Wild gewesen war. Ich Trottel. Aber natürlich, welche Tiere konnten denn unter diesen Umständen überleben?

Hätte ich mal lieber besser in der Schule aufgepasst, dann wäre mir dieser Fauxpas erspart geblieben.

Ich legte mein Besteck zur Seite, erhob mich von der Bank und sah Noah erwartungsvoll an.

»Meinetwegen können wir los.«

»Viel Spaß euch beiden.« Lucy zwinkerte mir verheißungsvoll zu. »Ich werde nachher auch dort sein, dann sehen wir uns bestimmt, Lina.«

Ich nickte ihr zu und folgte Noah aus dem sich langsam leerenden Speisesaal. Als wir den Eingang erreichten, hörte ich Lucys kreischende Stimme, die ihren Bruder zur Rechenschaft zog.

Kapitel 27

Nach Kilians Ansprache beim Frühstück landeten immer mehr neugierige Blicke auf mir. Ich erkannte in den Gesichtern, dass einige vermutlich seine Meinung teilten, ohne auch nur den Grund meiner Anwesenheit zu kennen.

Automatisch fühlte ich mich wie auf dem Silbertablett serviert, doch Noah schien dies nicht zu bemerken. Oder er wollte es nicht sehen.

Seite an Seite, dabei streiften immer wieder unsere nackten Arme aneinander, gingen wir zu dem Ort, an dem das neue Bewässerungssystem von Matthew stand.

Noah hatte mir auf dem Weg kurz erklärt, dass sie das giftige Regenwasser filterten, doch diese Anlage nach zehn Jahren nun den Geist aufgegeben hatte.

Matthew war der Ingenieur der Gemeinschaft und treuer Anhänger von Kilians Regentschaft, wie ich es nannte.

Nun konnte das Regenwasser wieder dafür verwendet werden, um das Gemüse und Obst zu bewässern, aber es auch als Trinkwasser zu nutzen.

Fasziniert staunte ich über die riesige Höhle, die sich kilometerweit in die Ferne erstreckte und nicht enden wollte. Hier wurden die Lebensmittel angebaut. Oben an der Decke gab es ein kleines Loch, wo das Sonnenlicht durchschien. Mit gigantischen Spiegeln wurde es reflektiert, sodass es ein angenehmes Tageslicht spendete und die Pflanzen ihre notwendigen Nährstoffe bekamen. Ebenso wurde das Sonnenlicht gespeichert und in Energie umgewandelt, die die vielen Lampen an den Höhlendecken und andere wichtige Gerätschaften unterstützte. Als ich meinen Blick über die vielen arbeitenden Leute und die unzähligen vertrockneten Obstbäume und Büsche schweifen ließ, die endlich ihre langersehnte Wasserzufuhr bekamen, regte sich eine Erinnerung in meinem Kopf. Christian hatte mir auf der Flucht offenbart, dass es Gewächshäuser außerhalb der Mauern gab, in denen unsere Lebensmittel gezüchtet wurden. Meinte er etwa diese Höhle? Nein, sicherlich gab es dort draußen, wo auch immer es war, eine andere Art von Behausung. Mit unserer Technik, nicht so primitiv wie hier, aber dennoch genial.

Unglaublich, was diese Gemeinschaft in all den Jahren aufgebaut hatte. Noah erklärte mir einige Details, doch mein Gehirn war im Moment nicht aufnahmefähig. Ich war zu sehr mit Staunen beschäftigt.

»Hast du schon einmal was von dem Projekt *Lowline* gehört?«, riss er mich aus meinen Gedanken.

»Ähm, nein. Was ist das?«

»Eine Solartechnologie, die ein entferntes Oberlicht ganz tief unter der Erde schaffen soll. Schon im Jahr 2012 wurde dafür der Grundstein von zwei Wissenschaftlern gelegt.«

»2012? Das ist hunderte Jahre her!«

»Das stimmt, und schon damals hat es mit der richtigen Technologie wunderbar funktioniert.«

»Und wie gelangt das Sonnenlicht nach unten?«

»Durch eine Glasabschirmung, die das Sonnenlicht reflektiert, in einem Brennpunkt sammelt und in den Untergrund leitet. Dort wird das Licht über eine Verteilerschale übertragen, sodass es sich im Raum ausbreiten kann.«

»Das klingt wahnsinnig kompliziert«, stellte ich trocken fest, während mein Blick immer noch nach oben zu den riesigen Spiegeln gerichtet war.

»Wir können von Glück reden, dass wir nicht so tief unter der Erde sind, dass wir davon Gebrauch machen müssen. Aber niemand weiß, was in den nächsten Jahrzehnten mit diesem Planeten oder den anderen dort oben geschieht. Deshalb gibt es ein eigenes Forschungsteam, das sich damit beschäftigt.«

»Wow.« Ich staunte.

Um ehrlich zu sein, gewann ich diese Menschen und ihre Lebensweise langsam lieb. Es war einfach alles so anders, aber doch irgendwie gleich, im Gegensatz zu dem, was ich aus meiner Heimat kannte.

Die letzten Jahre war es mir egal gewesen, woher mein Essen auf dem Teller stammte. Es hatte mich nie interessiert, wie die Leute in den Gewächshäusern arbeiteten, Hauptsache ich war täglich satt und zufrieden, wenn ich abends ins Bett ging.

Doch nun stellte sich mein gesamtes Weltbild auf den Kopf. Nicht nur, weil am Firmament riesige Planeten zusehen waren und ein Feuerball größer als die bekannte Sonne den Himmel zierte. Nein, ich bekam einen Einblick, mit wie viel Leidenschaft und Arrangement diese Leute hier ihre Arbeit und ihren Tagesablauf verrichteten.

Staunend bekam ich meinen Mund kaum zu, als Noah mir auch die weiteren Höhlen zeigte. Darunter gab es auch so etwas wie ein Thermalbad, eine Großküche, eine Bibliothek, ein Fitnessraum und vieles mehr. Natürlich sah alles nicht so aus wie in meiner Heimat. Die meisten Möbel waren aus Holz gefertigt, andere wiederum aus Stein gehauen. Es musste funktional sein, einen gewissen Komfort bieten, aber nicht zu viel wollen. Und doch strahlte jeder Stuhl, jedes Regal und jeder Tisch etwas Heimeliges aus. Ich fühlte mich sofort wohl. Mir fielen aber auch einige Gegenstände ins Auge, die noch aus der Zeit vor der Supernova stammen mussten. Besonders im Fitnessraum erkannte ich alte Fahrräder, die man vermutlich in den Sandmassen ausgegraben hatte. Alles davon musste man manuell betreiben. Kein Vergleich zu der Technik, die ich kannte.

Am Ende unserer kleinen Tour erreichten wir den Höhlentrakt, der laut Noah der Wichtigste war. Ich dachte dabei an ein Verteilerzentrum für Lebensmittel oder ein Waffenlager. Doch blieb ich abrupt stehen, als meine Ohren Kinderstimmen vernahmen.

»Das...«

»Ist unsere Schule, ganz richtig. Bildung und Wissen ist das höchste Gut in der heutigen Zeit. Es ist wichtig, dass die Kinder früh mit den Dingen vertraut gemacht werden, die sie später in der Gemeinschaft einbringen müssen.«

Das Wort *müssen* hinterließ einen sauren Geschmack auf meiner Zunge. Das implizierte doch, dass diese jungen Menschen keine andere Wahl hatten, als sich einzufügen und unterzuordnen.

»Bekommen sie die Möglichkeit, frei zu entscheiden, welchen Weg sie später einmal gehen?«

»Natürlich. Niemand schreibt ihnen vor, welchen Beruf sie erlernen sollen.« Verdutzt schaute Noah mich an. Ich sah dabei geradeaus, aber konnte im Augenwinkel erkennen, wie er sich zu mir wandte.

»Hier wird niemand zu etwas gezwungen oder in eine Schublade gesteckt.« *Außer mir.*

»Ist das in deiner Gemeinschaft der Fall?«

Ein kleines, wehmütiges Stechen erfasste mein Herz.

»Es ist üblich, dass die Kinder in die Fußstapfen der Eltern treten und ebenfalls ihre Berufe ausüben.«

Wir passierten mehrere Höhlenöffnungen, deren Inneres mit Kindern ausgefüllt waren. Vor einer dieser Öffnungen machten wir Halt. Noah ging nicht auf meine Aussage ein und hakte auch nicht weiter nach, da er vermutlich spürte, dass mich das Thema traurig machte.

Ich beobachtete stumm das Geschehen vor mir, bis mir etwas ins Auge fiel.

»Hey, das ist doch die Skizze eines Earthscrapers«, stellte ich etwas zu laut fest, denn plötzlich verstummte das Gemurmel in dem *Klassenzimmer,* und mehrere Augenpaare richteten sich auf mich.

»Oh, Entschuldigung.«

»Welch schöne Überraschung. Und so ein außergewöhnlicher Gast noch dazu.« Die erfreute Stimme gehörte zu einem älteren, bereits ergrauten, drahtigen Mann, der zu meiner Rechten neben der besagten Skizze stand, die auf einer Leinwand prangte.

»Mister Anderson, mit Ihnen habe ich gar nicht gerechnet.«

»Sie sollen mich doch nicht so nennen, Sir.« Noah ging ein paar Schritte auf den Mann zu und umarmte ihn herzlich.

»Kinder, das ist Noah Anderson, ein ehemaliger Schüler von mir und…«

»Nur auf der Durchreise«, beendete Noah den Satz. Ein Schmunzeln umspielte meine Lippen, denn anhand seiner Reaktion, wusste ich ganz genau, dass er umgehen wollte, dass man ihn als den Sohn des Anführers vorstellte. Zumal vermutlich alle anwesenden Kinder wussten, wer er war.

»Ich führe Lina ein wenig herum und wollte ihr unbedingt den Ort zeigen, an dem ich die schlimmsten Jahre meines Lebens verbracht habe.«

»Ich dachte, Bildung wäre so wichtig?«, murmelte ich.

»Ah, es freut mich, dass mein Unterricht dir so gut in Erinnerung geblieben ist.« Ein herzhaftes Lachen erfüllte die Höhle.

»Natürlich. Nichts geht über eine Physikstunde mit Mister Jones.« Noah lächelte fürsorglich. »Darf ich vorstellen: Nova-Lina Brown aus der AlphaOne.« Im ersten Moment wollte ich ihn dafür kritisieren, dass er meinen vollständigen Namen preisgab, doch hielt mich sein Blick davon ab, der voller Stolz war.

Daher rang ich mir ein freundliches Lächeln ab und gab Mister Jones die Hand. Ich spürte, wie dünn die Haut des in die Jahre gekommenen Lehrers war und bekam sofort ein schlechtes Gewissen. Wochenlang mussten die Menschen hier mit einer Hungersnot kämpfen, während wir unter der Erde in Reichtum schwammen.

»Es freut mich, Sie kennenzulernen.«

»Ganz meinerseits. Es passiert nicht oft, dass ein so besonderer Gast unsere Stätte besucht. Im Grunde ist es noch nie passiert.« Wieder lachte er über seinen eigenen Scherz und verfiel in einen röchelnden Hustenanfall.

»Ist alles in Ordnung bei Ihnen?« Noah legte behutsam eine Hand auf Mr. Jones Schulter, der nur beschwichtigend nickte.

»Alles gut, Junge. Die Hitze und der Sand machen meiner alten Lunge nur zu schaffen. Keinen Grund zur Sorge.« In Noahs Augen erkannte ich aber, dass er sich um seinen alten Lehrer mehr als nur sorgte. Ich wusste, dass er ihn am liebsten sofort in die Krankenstation bringen wollte.

»Wo waren wir stehen geblieben?«, lenkte Mr. Jones vom Thema ab und wendete sich wieder seinen Schülern zu. Ich warf Noah einen fragenden Blick zu, doch der zuckte nur mit den Schultern.

»Es muss wirklich ein Wink des Schicksals sein, dass du in dem Moment hier auftauchst. Ich bin gerade dabei, den Kindern zu erklären, wie die Menschen versuchten, sich vor Klimakatastrophen zu schützen.

Würdest du uns mit deiner Anwesenheit und deinem Wissen beehren?« Wissbegierige, strahlende, aber auch alte Augen schauten mich an. Er meinte das tatsächlich ernst.

Ich drehte mich zu Noah um, um ihn stumm zu fragen, was ich tun sollte.

»Wir haben noch etwas Zeit«, sagte er liebevoll lächelnd und zeigte in Richtung der Kinder.

In Ordnung, dann begab ich mich wohl in die Höhle der Löwen. Zwar hatte ich gehofft, nie wieder einen Fuß in eine Schule setzen zu müssen, doch die Umstände waren nun andere.

Und wer konnte schon den neugierigen und leuchtenden Augen der Kinder widerstehen?

»Das ist Lina. Sie ist gestern Nacht zu uns gestoßen und stammt aus der AlphaOne. Dem ersten Earthscraper, den die Menschheit je gebaut hat.« So wie Mr. Jones mich vorstellte, hörte es sich an, als wäre ich mittlerweile eine Berühmtheit und stünde in ihren Geschichtsbüchern.

Ich lächelte unsicher. Vor mir saßen ungefähr fünfzehn Kinder, die alle in dem Alter meines kleinen Bruders sein mussten.

Ein dicker Kloß bildete sich in meinem Hals, als ich an Fin und das Feuer dachte. Was tat ich hier? Meine Familie steckte in Lebensgefahr, und ich hatte nichts Besseres zu tun, als ein Anschauungsobjekt zu mimen.

»Die Kinder haben sicherlich viele Fragen an dich. Ich hoffe, es ist okay, wenn sie sie stellen.«

»Natürlich«, stotterte ich ein wenig verunsichert.

»Wunderbar!« Mr. Jones klatschte in die Hände, woraufhin ich zusammenzuckte. »Wer möchte den Anfang machen? Freiwillige vor? Ich bin mir sicher, Lina beißt nicht.« Ein Zwinkern, gefolgt von einem erneuten Lachen.

Doch niemand hob die Hand oder setzte zu einer Frage an. Ich wurde einfach nur angestarrt, als wäre ich eine Außerirdische.

Nach ein paar stillen Sekunden fand jedoch ein blondes Mädchen in der letzten Reihe den Mut und streckte ihren Arm nach oben. Ihre eisblauen Augen faszinierten mich, aber am meisten beeindruckte mich ihr entschlossener Gesichtsausdruck. Als könnte ihr niemand etwas anhaben.

»Oh, wundervoll. Adelina, was möchtest du von unserem Gast wissen?« Mr. Jones faltete seine Hände vor dem Bauch, während alle ganz gespannt auf die Frage des Mädchens warteten.

Sie traf mich härter als geahnt.

»Mein Onkel Titus sagt, dass die Menschen unter der Erde dafür verantwortlich sind, dass wir leben, wie zu Urzeiten und früher oder später verhungern und verdursten werden. Ist das wahr? Bist du böse?«

Ich schluckte. Kilians Gedankengut hatte sich also schon unter den Kindern verbreitet.

»Adelina, ich bitte dich. So etwas Unhöfliches fragt man nicht.«

»Ist schon in Ordnung. Sie kann es nicht besser wissen«, ging ich dazwischen und räusperte mich. Dieses Mädchen sah nicht aus, als hasste sie mich oder die Bewohner des Bunkers. Sie war ehrlich daran interessiert und hinterfragte die Dinge, was ein gutes Zeichen war.

»Weißt du, man kann eine Person nicht für die Taten einer ganzen Gemeinschaft verurteilen. Ich bin nicht böse, ich bin auch nicht gefährlich oder dafür verantwortlich, dass die Geschehnisse der vergangenen Jahre so passiert sind. Ich bin selbst unter diesen Umständen aufgewachsen und kenne kein anderes Leben als das unter der Erde. Für mich existierte nicht einmal der Gedanke, dass es überhaupt andere Menschen oder Lebensformen oberhalb der Erdoberfläche gibt. Mir wurden auch Lügen und Geschichten erzählt, die ich für die Wahrheit hielt. Im Grunde sind wir alle daran schuld, dass es zwei unterschiedliche Gruppen gibt, denn hätten unsere Vorfahren damals in den schwersten Zeiten der Menschheit zusammengehalten, würden wir alle eine Einheit bilden. Vielleicht ist jetzt der Moment gekommen, in dem wir diese Chance nutzen sollten, gemeinsam an einem Strang zu ziehen. Also nein, die Bewohner der AlphaOne sind nicht schuld an eurer Lebensweise. Es gab damals eben Personen, die jeweils verschiedene Richtungen eingeschlagen haben. Aber eines kann ich dir sagen: Sie wollten nur das Beste für ihre Liebsten.«

Eine warme Berührung traf meinen Handrücken. Es war Noah, der sich zu mir gesellte und mir einen Blick zuwarf, den ich nicht deuten konnte. Es war kein Mitleid, auch keine Trauer. Vielleicht ein wenig Stolz.

»Das waren wirklich... weise Worte, Miss.« Mr. Jones schniefte berührt und wandte seinen Blick für wenige Sekunden nicht von mir ab, bevor er einmal in die Hände klatschte.

»Vielen Dank für deine Frage, Adelina. Wir wollen unseren Gast nicht weiter aufhalten, daher denke ich, ist es Zeit für eine Pause.« Wie aufs Stichwort erhoben sich Kinderstimmen. Es wurde gelacht und sich geneckt, als hätte es die letzten Minuten nicht gegeben.

Noah und ich verabschiedeten uns von Mr. Jones und verließen den Höhlentrakt.

Ich warf beim Hinausgehen noch einen Blick zurück, doch konnte ich das blonde Mädchen nicht mehr in dem Gewusel ausmachen. Aber ihr ausdrucksloser und starrer Gesichtsausdruck hatte sich in mein Herz gebrannt.

***

Den größten Teil der Wüstenstadt nahmen die vielen kleinen Wohnungen ein, die jeweils mit einem Schlafzimmer, einem Wohnzimmer, einer Kochnische und einem Badezimmer ausgestattet waren.

Apropos Badezimmer. Da war ja noch eine Frage, die ich Noah unbedingt stellen musste.

Wir verbrachten den halben Tag damit, durch die Höhlengänge zu streifen. Als ich Noah fragte, wie lange es zur Abstimmung dauern würde, erklärte er mir, dass die Tage hier länger anhielten als in der vergangenen Zeit vor der Supernova. Drei Tage der alten Erde glichen einem der neuen.

Müde fragte ich ihn nun, ob ich mich waschen und ein wenig ausruhen durfte.

»Wieso hast du das nicht gleich gesagt? Ich bringe dir sofort frische Handtücher und Seife. Sorry, ich hatte lange keinen Damenbesuch mehr«, sagte er als wir an seiner Wohnung angekommen waren.

»Auch Männer dürfen diese grandiose Erfindung namens Seife benutzen, mein Lieber.« Ich zwinkerte ihm keck zu, als ich in den Raum mit dem Waschbecken verschwand.

***

Die Zeit kroch schneckenlangsam voran. Nachdem ich mich frisch gemacht hatte und mich endlich wieder wie ein Mensch fühlte, legte ich mich auf das Bett, um die Nervosität mit ein wenig Ruhe zu verdrängen. Doch mein Kopf glich einem alten Uhrwerk. Überall ratterte es, in jeder Ecke drehten sich Gedanken. Noah war, kurz nachdem er mir alle nötigen Hygieneartikel gegeben hatte, aus der Wohnung verschwunden. Er wollte sich vor der Abstimmung noch einmal mit seinem Vater treffen.

Ich wusste nicht, ob ich das für eine gute oder schlechte Idee hielt. Denn so wie ich Kilian einschätzte, würde es ihn noch wütender machen, wenn sein Sohn ihm noch einmal ins Gewissen reden wollte.

Meine einzige Hoffnung ruhte nun auf der gesamten Bevölkerung dieser Wüstenstadt.

»Bist du so weit?« Noah streckte seinen Kopf durch die Öffnung zum Schlafraum. Mehr als ein Nicken brachte ich nicht zustande.

Die Abstimmung.

Nun ging es um Leben und Tod.

Um mein Leben.

Und um das der AlphaOne.

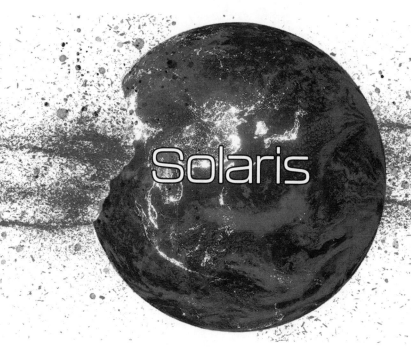

Kapitel 28

Ruhe! Ich bitte um Ruhe!«

Eine drückende Stimmung lastete schwer auf meinem Herzen. Ein Gefühl, als würde ich jeden Moment zu Boden sinken. Nie hätte ich mir erträumen lassen, dass mal jemand über meinen eigenen Tod entschied. Das erinnerte mich leicht an die Hexenverbrennung in der alten Zeit, als die Frauen mit besonderen Heilkünsten dazu verbannt wurden, auf dem Scheiterhaufen zu verbrennen, obwohl es Hexerei und Zauberei nicht einmal gab. Die Menschen konnten sich aber nicht erklären, wieso Frauen in der Lage waren, anderen zu helfen und ihre Krankheiten zu heilen.

Ich fühlte mich wie eine Aussätzige, deren Anwesenheit nur Unheil über die Bevölkerung brachte.

Ich stand neben Kilian auf einem Podest, sodass alle, aber auch wirklich alle Anwesenden in dieser Höhle mich sehen konnten.

Wie auf dem Präsentierteller.

Wie eine Abscheulichkeit, vor der man die Menschheit warnen musste.

Unruhe breitete sich in dem Versammlungssaal aus. Ich konnte nicht genau sagen, wie viele der Bewohner anwesend waren. Zweihundert? Dreihundert?

Mich starrten so viele Augenpaare an, dass sie schnell vor meinen Augen zu einer gesamten Masse verschwammen.

Mein Herz pochte wild, seitdem Kilian mich zu sich nach oben zitiert hatte. Bisher hatte er jedoch noch kein einziges Wort darüber verloren, warum ich überhaupt hier war.

Doch allein die Einberufung dieser Versammlung genügte, um die Menschen gegeneinander aufzuhetzen.

Schon jetzt spürte man deutlich, dass sich ein Teil der Anwesenden gegen mich entschieden hatten und sich somit auf Kilians Seite schlugen.

Und das, obwohl sie immer noch nicht den wahren Grund meines Besuches kannten.

Wie konnte ich, als einzige Person, die Leute davon überzeugen, meine Heimat zu retten, wenn sie doch eine so viel bessere hatten?

»Ruhe!«, brüllte Kilian nun mit befehlshaberischem Ton, sodass sich die Unruhen legten.

Noah stand an meiner Seite. Ich, zwischen ihm und seinem Vater, dessen Anwesenheit mir unangenehm auf der Haut prickelte.

Noah dagegen versprühte eine wohltuende Wärme, die mich beruhigte. Mein Herz aber schlug ohne Halten, sodass ich das Blut in meinen Ohren rauschen hörte.

Kilian hob beschwichtigend die Arme und machte ein Zeichen, dass die Masse leise wurde.

Mein Atem ging stoßweise, denn ich wusste nicht, was folgte; konnte nicht einschätzen, ob Noah vielleicht genug Leute auf meine Seite ziehen konnte. Denn er glaubte mir; wollte mir helfen; wollte meiner Familie helfen.

Meiner Heimat.

Er war mein Anker in dieser ganzen Geschichte. Mein Halt, an den ich mich klammern konnte, wenn die Zeit gekommen war. Was würde er tun, wenn sich die Gemeinschaft gegen mich entschied? Würde er mich verabschieden und ziehen lassen? Würde er mich einfach vor die Tür setzen, ohne auch nur mit der Wimper zu zucken? Das konnte und wollte ich mir nicht vorstellen.

Ich schätzte ihn so ein, dass er es schaffte, seinen Vater umzustimmen, falls diese Versammlung negativ für mich ausfiel.

Eine Hand legte sich sanft auf meinen Rücken, die ich als Noahs erkannte. Er versuchte mich zu beruhigen und mir zu versichern, dass alles gut gehen würde.

Wenn er sich da mal nicht täuschte.

Nachdem nur noch leises Gemurmel aus den Reihen der Wütigen zu vernehmen war, richtete Kilian seine Worte an die unzähligen Augenpaare vor uns.

»Gestern Nacht kam mein Sohn von einem seiner Ausflüge wieder.

Die ich ebenso als schädlich empfinde wie ihr. Denn, wie ihr wisst, ist es dort draußen gefährlich, sobald die Nacht hereinbricht und die Hybride Jagd auf alles Lebende machen.« Ein zustimmendes Raunen erfüllte den Saal.

»Mein Sohn schaffte es heil nach Hause zu kommen, doch wäre es dieses Mal beinahe schief gegangen.« Vereinzelnd vernahm ich überraschte Ausrufe. Ein tiefes Einatmen.

Noah allerdings rührte sich nicht einen Zentimeter, während sein Vater kein gutes Wort für ihn übrighatte.

»Den Grund dafür seht ihr hier.« Kilian zeigte auf mich, als wäre es niemandem vorher aufgefallen, dass ich anwesend war. Danke schön, es war ja nicht schlimm genug, dass ich in dieser Situation steckte.

Augenblicklich wurde es totenstill in der Höhle, als Kilian anfing zu erklären, wer ich überhaupt war und woher ich kam.

»Dieses Mädchen ...« *Mädchen? Ich bin kein Mädchen, ich bin eine erwachsene junge Frau, du Idiot. Nur, weil ich in deinen Augen minderwertig bin, heißt es noch lange nicht, dass du mich herablassend behandeln kannst.*

»Kommt aus der AlphaOne.« Dieser eine Satz reichte aus, um die tosenden Gespräche wieder ins Rollen zu bringen. Es wurde erschrocken nach Luft geschnappt, Männerstimmen brüllten unverständliche Worte in meine Richtung, aber so etwas wie *Abschaum* oder *Verräter* hörte ich klar und deutlich.

Was wurde ihnen angetan, dass sie so über uns dachten? Bis vor Kurzem wusste ich nicht einmal, dass es noch andere lebende Menschen auf diesem Planeten gab. Doch diese wussten genau über den gigantischen Bunker unter der Erde Bescheid. Warum verheimlichte man uns immer, dass wir nicht die einzigen Überlebenden waren? Dass wir nicht die einzigen Menschen waren, die die Supernova überlebt hatten?

Ich wollte Antworten, jetzt sofort!

»Ja, ich weiß. Das trifft uns alle. Unsere Vergangenheit kann niemand ändern, doch *wir* haben uns nicht unterkriegen lassen, vergesst das nie! Niemand stellt für uns eine Bedrohung dar. Einige von euch werden Angst haben, dass wir wieder verraten und hintergangen werden, aber hört mir zu: Das wird nicht geschehen! Denn dieses Mädchen behauptet, dass es ein Feuer in der AlphaOne gab. Dass dieses Ding einfach in Flammen aufgegangen sei und *sie* es geschafft hat zu fliehen, um Hilfe zu holen.« Gelächter traf mich mitten ins Herz. Kilians Worte klangen so, als würde er sich über meine Situation lustig machen. Er freute sich regelrecht, dass die AlphaOne zerstört wurde. Dass Menschen starben, gestorben waren und vermutlich einige immer noch um ihr Leben bangten.

Am liebsten hätte ich ihm vor die Füße gespuckt, so sehr widerte er mich an, doch eine Berührung an meinem Rücken hielt mich zurück. Noah.

»Das geschieht ihnen recht!«, rief ein Mann aus den vorderen Reihen.
»Nieder mit diesen Verrätern!«
»Lasst sie brennen!«

Ich schluckte. Das lief gar nicht gut. Ganz und gar nicht. Bisher hielten sich die Leute, die eigentlich mit meiner Anwesenheit bisher kein Problem hatten, zurück. Ich versuchte unter ihnen Lucy und Levin zu erkennen, doch es waren zu viele.

Sie hätten sich bestimmt für mich eingesetzt oder überdachten sie ihre Meinung über mich gerade? Hatte Lucy nicht gewusst, wer ich war, und stellte sich nun auf die Seite ihrer Gefolgsleute? Das verstand ich auf eine Art, doch konnte ich nicht glauben, dass der Hass in jedem der Bewohner schlummerte. Sie konnten doch nicht alle der Meinung sein, dass die Leute der AlphaOne es nicht verdient hatten, gerettet zu werden!

»Ruhe«, beschwichtigte Kilian wieder die aufgebrachte Meute. »Wir wissen nicht, ob sie die Wahrheit sagt, aber wenn, dann hat dieses Dreckspack seine wohlverdiente Strafe bekommen.«

Das konnte doch nicht...

»Es reicht!«, rief Noah plötzlich und stellte sich schützend vor mich. »Ich habe Lina dort draußen gesehen, habe ihr GPS-Signal empfangen. Glaubt ihr wirklich, dass sie uns eine Falle stellen wollten und so naiv wären, uns ein Signal zu senden?«

»Zutrauen würde ich es ihnen«, meldete sich eine Frauenstimme.

»Wahrscheinlich wollen sie sich nun alles nehmen, was nicht ihnen gehört!«

»Schickt das Mädchen fort. Es gehört nicht hierher!«

Jedes dieser Worte drang tief in mich ein und breiteten sich in meinem Kopf aus, bis ich fast selbst daran glaubte, dass ich sie alle in eine Falle locken sollte. Eine Spionin war.

»Ihr habt Lina nicht gesehen. Sie war völlig verängstigt und dem Tod nahe. In ihrem Atmen konnte ich noch den Rauch des Feuers riechen, als ich sie fand. Wenn sie gewusst hätte, was sie an der Oberfläche erwartet, hätte sie sich nie in die Nähe der Blumen getraut.« Anscheinend wusste jeder, *welche* Blumen Noah meinte, denn auf einmal herrschte Schweigen.

Nachdenkliches Schweigen.

Noah hatte nicht viel gesagt, aber genau diese Worte reichten aus, um in den Köpfen der Leute etwas zu bewirken. Dieses Detail kannten sie also nicht. Und laut ihren Gesichtsausdrücken war ihnen die Gefahr der violett leuchtenden Blumen sehr bewusst.

»Es ist eigentlich ein Wunder, dass sie es geschafft hat. Im letzten Moment konnte ich Lina davor bewahren, zu sterben. Egal, was die Vergangenheit mit uns gemacht hat, ich hätte es nicht zugelassen, einen Menschen in meinen Armen sterben zu lassen.« Er holte einmal tief Luft. »Wollt ihr wirklich dafür verantwortlich sein, dass noch mehr Menschen den Folgen der Supernova erliegen? Ist es nicht schon schrecklich genug, dass *wir* so viele unserer Liebsten verloren haben? Diese ganze Sache ist 50 Jahre her und noch immer begleitet sie uns. Ich bin der Meinung, dass nicht nur die Welt sich verändert hat, sondern wir es ebenso tun sollten. Geben wir der AlphaOne eine Chance...«

»Noah, es reicht!«, unterbrach Kilian ihn, als er sah, dass niemand der Anwesenden seinem Sohn widersprach. Ein kleiner Funken Hoffnung entflammte in meinem Herzen. Meine Augen waren die ganze Zeit nur auf Noah gerichtet.

»Nein, Dad! Jetzt hörst du mir mal zu. Ich habe keine Lust mehr auf dein nicht enden wollendes Gejammer. Auf deinen Hass, deine Unzufriedenheit. Das sind Menschen, die um ihr Leben kämpfen. Egal, ob sie es verdient haben oder nicht. Dort leben Kinder. Familien. Alte Leute. Hochintelligente Wissenschaftler. Gute Menschen, deren Technik wir gebrauchen könnten. Wir müssen ihnen helfen. Und dafür helfen sie uns. Du weißt, wie ernst die Lage werden kann. Mit ihrem Wissen können wir eine Einheit bilden.«

In Kilians Augen veränderte sich etwas. Aus Zorn und Hass wurde … Bewunderung? Ich hatte das Gefühl, dass er in diesem Moment seinen Sohn zum ersten Mal richtig ansah. Ihn wirklich sah. Wie er war, wie er lebte, welchen Menschen er trotz seines Hasses auf die Vergangenheit großgezogen hatte.

Einen Menschen, der ihm nicht glich. Einem einzigartigen Individuum, der verdammt nochmal die Wahrheit sprach. Sich von dem Gedankengut seines Vaters befreite und seinen eigenen Weg ging.

Ein wenig stolz schwellte ich die Brust. Noah war verdammt attraktiv! Dieser Mann war mein Retter. Mein Anker. Mein Halt. In diesem Moment regte sich etwas in mir, das andere vermutlich als Hingabe bezeichnen würden. Ich wollte mich Noah hingeben, mit ihm eins werden.

Dieser Mann war ein wahrer Anführer.

In mir entstand das Bild, wie ich neben ihm stand, wir beide als Einheit. Als führende Kraft. Ich an seiner Seite, als seine Partnerin. Seine Geliebte. Seine Frau.

Vielleicht war es wirklich möglich, dass diese Gemeinschaft der Wüstenstadt zusammen mit der der AlphaOne arbeiten und sogar leben konnte. Wenn wir uns zusammenschlossen, würden beide Seiten voneinander profitieren. Wir aus den Erfahrungen der Wüstenbewohner und sie von unserer Technik.

Was, wenn Noah und ich die beiden fehlenden Puzzleteile waren, die dem Ganzen ein Gesamtbild verliehen?

Schweigen umhüllte uns.

Eine unerträgliche Stille umschloss uns wie eine undurchdringliche Blase, die zu platzen drohte. Ich rechnete jeden Moment damit, dass entweder Kilian der Geduldsfaden riss oder die stumme Meute in Protest ausbrach.

Doch nichts geschah. Fast nichts. Vater und Sohn lieferten sich einen stillen Dialog, ihre Augen musterten die des anderen. Ich wagte nicht, mich zu regen, obwohl ich meine Stimme gerne erhoben hätte. Obwohl ich gerne zu all den Menschen sprechen wollte, um ihnen die Situation zu verdeutlichen. Wie ernst die Lage war. Dass ich Noah zustimmte und wir für ein gemeinsames Ziel kämpfen mussten. Was das Beste für uns alle war.

Doch eines wusste ich immer noch nicht: Wieso hegten die Bewohner der Gemeinschaft so einen Hass gegen meine Vorfahren? Was war damals passiert, dass sie hier lebten und nicht gut behütet hinter dicken Stahlmauern? Platz wäre sicherlich genug gewesen, als die letzten Menschen die Reise ins Ungewisse antraten. Mit der ständigen Angst, dass die Technik versagte und die Supernova alles verschlucken würde.

»Ich stimme Noah zu«, durchbrach eine weibliche Stimme das stumme Blickduell.

Ich suchte nach der Frau, die sich als erste traute, sich auf unsere Seite zu stellen. Sie musste soeben die Höhle erreicht haben, denn mir wäre sie vorher aufgefallen. Ich erkannte die Frau sofort wieder, die ich für Noahs Mutter gehalten hatte. Aber aus der Nähe sah sie zu jung aus. Vielleicht fünf Jahre älter als Noah, aber eine gewisse Ähnlichkeit erkannte ich in ihren Augen.

Sie besaßen dasselbe Blau, dieselbe runde Form.

»Die Lage wird immer ernster. Nicht nur unsere Technik, sondern auch unsere Möglichkeiten immer wieder Verbesserungen durchzuführen, schwinden von Tag zu Tag. Solaris wird früher oder später untergehen und wir mit ihr. Wenn wir den Leuten der AlpahOne helfen, gibt es zumindest die Hoffnung, dass wir eine Gegenleistung erhalten.«

»Das werdet ihr, ganz sicher«, fand nun auch ich meine Stimme wieder. Erst nachdem die rothaarige Schönheit sich zu Wort meldete, gewann ich meinen Mut zurück. Sonst nahm ich auch kein Blatt vor den Mund, also warum ausgerechnet in so einer wichtigen Angelegenheit?

Dankend nickte mir die Fremde zu.

»Kilian, was macht es für einen Sinn, sie wieder fortzuschicken, obwohl sie unsere einzige Verbindung ist? Und das seit Jahren. Solaris benötigt Hilfe. Hilfe, die *sie* uns geben können, wenn wir nur schnell genug handeln. Wenn es stimmt, was das Mädchen sagt...«

»Lina«, warf Noah ein.

»Wenn es stimmt, was Lina sagt, dann weiß ich nicht, wieso wir noch hier stehen und diskutieren. Ich glaube nicht, dass sie eine Spionin ist. Seht sie euch an, sie ist immer noch ganz verängstigt. In ihren Augen erkenne ich, dass sie nicht glauben kann, was sie hier sieht. Stimmt doch, oder?«

Ich nickte langsam. Diese Frau war der Wahnsinn. Entweder konnte man mich lesen wie ein offenes Buch oder sie hatte einfach eine gute Menschenkenntnis. Eine verdammt gute!

Sprachlos starrte ich in die vertrauensvollen Augen der jungen Frau, die nun direkt vor dem Podest stand, auf dem Noah, Kilian und ich uns befanden.

Ihre roten, langen Haare fielen ihr wie Seide über den Rücken und endeten kurz über ihrem Po. Wer war sie? Sie passte ebenso wenig wie ich in diese Gemeinschaft.

»Danke, Page.« Noah senkte seinen Kopf, um Page zu zeigen, wie viel ihm ihre Worte bedeuteten. Doch Kilians Gesicht glich immer noch einer in Stein gehauene Statue.

Erkannte er nicht, dass sie alle weiser waren als er? Oder war er sich dessen sehr bewusst und wollte es nicht zugeben, da *er* ja der Anführer von Solaris war? Solaris. So nannten sie also diese Wüstenstadt. Dieser Name zerging wie Butter auf meiner Zunge.

Wieso die Gründer der AlphaOne nicht so kreativ gewesen waren? Solaris ... könnte auch ein Videospiel von Fin und mir sein, das wir nächtelang durchzocken würden. Wenn er denn lebte.

Mit einem traurigen Lächeln wandte ich mich an Kilian, der griesgrämig seine Gemeinschaft begutachtete. Bisher hatte sich noch niemand lautstark zu Pages Meinung geäußert, denn alle warteten nur darauf, dass ihr Anführer etwas sagte.

»Bitte«, flüsterte ich heiser, da mir ein dicker Kloß im Hals steckte, als ich an meinen kleinen Bruder dachte. An sein kindliches Lachen, das mich so manches Mal zur Weißglut gebracht, aber auch täglich verzaubert hatte.

»Ich weiß nicht, was geschehen ist damals. Was mit euren Vorfahren während der Supernova passiert ist. Wieso ihr hier lebt und nicht in einem Earthscraper. Aber ich bitte euch, helft meiner Familie.«

Wenn sie alle noch leben, fügte ich in Gedanken hinzu, nachdem Kilian keine Anstalten machte, mir zu antworten.

Noah ergriff daher wieder das Wort, da sein Vater anscheinend dazu nicht in der Lage war.

Dieser Mann musste so verletzt und tieftraurig in seinem Herzen sein, dass er jedes Menschenleben opfern würde, um seines zu retten.

»Wir haben uns hier versammelt, um abzustimmen, ob wir Linas Gemeinschaft helfen. Ob Lina, solange wir die Mission vorbereiten, bei uns bleiben darf. Ich habe keine Lust auf weitere Diskussionen, daher sollen alle die Hand heben, die sich gegen die Mission entscheiden.«

Mein Herz setzte aus, als eine Hand nach der anderen sich in die Luft streckte. Schnell versuchte ich mir einen Überblick zu verschaffen, ob sie die Mehrheit bildeten, doch soweit mein geschultes Auge reichte, bestand die Hoffnung, dass viel mehr Leute auf meiner Seite waren.

»95 von 200 Anwesenden«, rief Page, die an meine Seite getreten war, sodass ich fast ihr seidiges Haar berühren konnte, das bei jeder ihrer Bewegungen wie Wasser über ihren Rücken floss.

95 von 200? Das bedeutete ...

»Es ist also beschlossen. Wir werden der AlpahOne helfen.«

Mir fiel ein ganzer Felsbrocken vom Herzen.

Kapitel 29

Am liebsten wäre ich vor Freude und Erleichterung in die Luft gesprungen. Hätte mich wie ein kleines Kind an seinem Geburtstag quiekend für die Geschenke bedankt. Für *das* Geschenk, das die Bewohner von Solaris mir in diesem bedeutsamen Moment machten.

»Das ist unmöglich. Du musst dich verzählt haben«, schnaubte Kilian, der wütend in meine Richtung stapfte.

»Bilde dir ja nichts darauf ein, Mädchen! Egal, ob wir dir und deinen Leuten helfen, die Vergangenheit kann niemand ändern. Falls es Überlebende geben sollte, versorgen wir sie und dann verschwinden wir. Sobald jemand von deiner Sippe uns folgt, wird er auf der Stelle getötet!«

»Dad!«

»Halt deinen Mund, Noah! Wegen deiner Gutmütigkeit ist es doch erst so weit gekommen. Hättest du sie draußen sterben lassen, dann befänden wir uns nicht in dieser Situation.«

»*Du* befindest dich in dieser Situation«, widersprach Page und stellte sich ebenfalls wie Noah schützend vor mich. Sie musste eine hohe Stellung in Solaris haben, wenn sie Kilian so in die Schranken weisen durfte.

Immer noch still und leise verfolgten unzählige Augenpaare die Diskussion auf dem Podest. Niemand wagte es, auch nur einen Mucks zu machen. Ob es schon einmal öffentlich zu einer Auseinandersetzung zwischen Sohn und Vater kam?

Ich sah, wie einige Leute miteinander flüsterten und auch, dass sich die Reihen bereits leerten. Diejenigen, die sich gegen die Rettungsmission entschieden, verließen den Saal.

Ein ungutes Gefühl machte sich in meinem Magen breit, das mir übel aufstieß. Sie warteten nicht einmal ab, was als nächstes beschlossen wurde. Sie gingen einfach, ohne sich zu beteiligen.

Leider konnte ich mir nicht jedes Gesicht der 95 Menschen merken, um vor ihnen auf der Hut zu sein. Ich schwor mir, stets in Noahs oder Pages Nähe zu bleiben, sicher war sicher.

»Ich konnte sie nicht sterben lassen, weil ich in ihren Augen Hoffnung gesehen habe. Und Mut. Mut, der dir fehlt, Dad.« Mit diesen ehrlichen Worten drehte sich Noah zu den Solariern um und würdigte seinen Vater keines Blickes mehr.

»Es ist beschlossen. Wir werden der AlphaOne helfen, doch wir müssen uns gut vorbereiten. Wir wissen nicht, was uns dort draußen erwartet. Wir haben noch eine halbe Tageszeit und eine Nacht, um uns zu rüsten. Freiwillige sollen sich bei mir in der nächsten Stunde melden. Danke für eure Anteilnahme.« Damit war die Versammlung beendet, und die Solarier stoben auseinander wie kleine Spinnen. Gespräche wurden aufgenommen, einzelne Blicke erreichten noch die vier Leute auf dem Podest, die sich unverhohlen ansahen.

Es war geschafft.

Solaris würde der AlphaOne trotz ihrer gemeinsamen Vergangenheit helfen. Welche gemeinsame Vergangenheit auch immer. Das würde ich von Noah noch erfahren.

Erleichtert atmete ich tief aus, meine Hände zitterten vor Adrenalin, das durch meinen Körper schoss.

»Noah«, flüsterte ich.

»Komm wir gehen.« Er packte mich etwas zu fest am Arm und zog mich vom Podest. Page folgte uns stumm.

»Die Sache ist noch nicht geklärt, Noah!«

Kilians Worte verhallten in der nun leeren Höhle.

Fast schon traurig dieser Anblick.

Wenn diese Situation ein überteuertes Gemälde aus der alten Zeit wäre, dann würde es vermutlich den Titel *Der gefallene Anführer* tragen.

Und genau dieser Gedanke zauberte mir ein zufriedenes Lächeln auf die Lippen.

***

»Danke, dass du uns unterstützt hast.«

»Kein Problem. Kilians miese Laune geht mir schon seit Monaten auf die Nerven. Da brauchte es nur einen guten Anlass, ihm mal die Meinung zu sagen.«

Page, Noah und ich saßen gemeinsam in Noahs Wohnung. Es waren schon einige Solarier zu uns gestoßen, um sich für die Mission anzumelden. Innerhalb kürzester Zeit sah es so aus, als wäre mindestens die Hälfte aller Bewohner bei uns gewesen.

Ich konnte es immer noch nicht glauben, wie viel Anteilnahme gezeigt wurde.

Wie viel Unterstützung wir erhielten. Dass sich alle für etwas opferten, das ihr Leben im schlimmsten Fall beenden konnte, ließ mich neuen Mut schöpfen.

Meiner Familie konnte geholfen werden. Ich war so nah dran, Fin wiederzusehen. Mom und Dad. Aris? Auch wenn ich Aris und meine kleine Affäre vergessen wollte, lagen mir selbst die Menschen am Herzen, die ich längst hatte tot sehen wollte.

»Es ist nicht selbstverständlich. Gerade, weil du deine Familie wegen all dem verloren hast.«

»Ich habe ja noch dich und … Kilian. Ich muss wieder zur Arbeit. Lasst euch nicht ärgern.« Page zwinkerte mir kokett zu.

»Keine Sorge, Cousinchen. Ich glaube, Lina und ich können ganz gut auf uns aufpassen.«

»Oh ja, das glaube ich dir aufs Wort!« Page lachte klangvoll und verschwand daraufhin hinter dem Vorhang, der vor der Eingangstür hing.

Noah selbst schüttelte nur den Kopf und schrieb den Namen des letzten Freiwilligen auf ein Blatt Papier. Er hatte sich schon ein viertes nehmen müssen, weil immer mehr Leute den Weg zu uns fanden.

»Cousinchen?«, fragte ich erstaunt.

»Jap. Ihr Vater war der Bruder meiner Mutter.« Jetzt wurde mir alles klar. Daher die Ähnlichkeiten ihrer Augen. Diese Stärke, die Page und Noah ausstrahlten.

»Was ist mit ihrer Familie passiert?« Ich streckte meine Beine aus, die vom langen Sitzen müde wurden, und auch mein Hintern schmerzte.

»Ihre Mutter erkrankte an einem Fieber, das niemand heilen konnte, kurz nach Pages Geburt. Ihr Vater starb auf einem unserer Ausflüge.« Kurz und knapp, wie ich ihn kannte. Er beschönigte nichts, schließlich hatte ich ja auch eine direkte Frage gestellt.

»Auf einem eurer Ausflüge? Du meinst, er wurde ... von den Hybriden gefressen?«, flüsterte ich.

»Ja«, bestätigte er. Ich spürte, dass er die Tatnacht nicht mit weiteren Ausführungen schmücken wollte, hakte deshalb auch nicht weiter nach.

Ich wollte kein Salz in die Wunde streuen, die der Verlust seiner und Pages Familie aufgetan hatte. Es ging mich, ehrlich gesagt, auch einen feuchten Dreck an. Das war Noahs Vergangenheit, nicht meine. Und ich durfte nicht vergessen, dass ich immer noch keine von ihnen war.

»Wir sollten für heute eine Pause machen. Ich hänge die Liste vorne an den Eingang, dann kann sich jeder eintragen, der noch zu uns stoßen will.«

»Okay.« Ich nickte und sah ihm dabei zu, wie er die Zettel vor seiner Wohnung befestigte, bevor er wieder zu mir kam.

»Hast du Lust, dir die Beine ein wenig zu vertreten?«

»Denkst du, das ist eine gute Idee, wenn ich hier einfach so herumlaufe?« Unbehaglich knetete ich nervös meine Hände.

»Warum nicht?« Noah zuckte mit den Schultern.

»Na ja, weil ich das Gefühl habe, sofort geköpft zu werden, sobald Kilians Leute mich sehen.«

Er verdrehte die Augen und setzte sich wieder zu mir. Zu meiner Überraschung nahm er meine feuchten Hände in seine und sah mich intensiv an. Ich ließ seine Berührung zu, wollte nicht, dass dieser Moment je verging. Noahs Blick traf direkt auf meine Seele, als würde er genau wissen, wie es in mir aussah.

Als wären meine eigenen Augen ein Buch, in dem er all meine Sorgen, Ängste und Befürchtungen lesen konnte.

»Ich habe es dir schon einmal gesagt. Du darfst dir nicht so viele Gedanken darüber machen. Mein Vater hat seine Gründe, auch wenn er endlich einsehen muss, dass die Vergangenheit eben nicht mehr zu ändern ist. So sehr er sich auch daran klammern mag. Du bist hier willkommen, okay? Solange du in meiner Nähe bist, wird dir nichts passieren. Allein wie viele sich uns anschließen. Glaubst du wirklich, dass man dich so sehr hasst?«

Ich senkte betroffen meine Lider. »Nein, aber anscheinend gibt es ein großes Problem. Und das hat mit meiner Heimat zu tun. Verrätst du mir endlich, was dieses große Geheimnis sein soll? Ständig wird von einer gemeinsamen Vergangenheit geredet und niemand hat je gesagt, worum es dabei geht.« Ich wollte Antworten, jetzt sofort. Noah konnte nicht wieder flüchten oder mich abwürgen. Er musste mir endlich erklären, was damals geschehen war.

»Sagst du mir jetzt endlich, was passiert ist?«, hakte ich mit einem deutlichen Unterton nach.

Er strich sich über seine blonden Haare, die er wieder zu einem kleinen Knoten auf seinem Kopf zusammengebunden hatte. Vereinzelt standen Bartstoppeln von seinem Kinn ab. Kurz musterte er mich. Dachte er etwa, ich würde die Wahrheit nicht ertragen? So schlimm konnte es doch nicht sein, oder?

»Okay, ich wollte es dir eigentlich so schonend wie möglich beibringen, weil ich sehe, wie sehr dich das beschäftigt. Aber du musst es einfach wissen.« Wieder kratzte er sich an seinem Kinn, und ich forderte ihn mit hochgezogenen Augenbrauen auf, endlich mit der Sprache herauszurücken. Was war daran bitte so schwer? Ich würde es schon verkraften, keine Sorge. Ich hatte schon mit schlimmeren Niederschlägen umgehen müssen.

»Unsere Familien kennen sich.«

»Unmöglich«, entwich es mir.

»Doch, dein und mein Großvater haben damals an der AlpahOne gebaut. Gemeinsam haben sie die ersten Zeichnungen vom Bau entworfen und auch angefangen sie zu konstruieren.«

Erstaunt klappte mir der Mund auf. »Woher weißt du, dass es mein Großvater war?«

»Deinen Nachnamen kennt jeder hier. Sei froh, dass sie nicht wissen, dass du eine Brown bist.«

Stirnrunzelnd dachte ich nach. »Ich habe dir nie meinen Nachnamen verraten.«

»Doch hast du, erinnerst du dich nicht mehr? In der Höhle, in die ich dich gebracht habe. Da hast du mir erzählt, dass du Nova-Lina Brown heißt, und wir haben uns über unsere einfallsreichen Eltern lustig gemacht.«

Ich schmunzelte. Tatsächlich. Ich erinnerte mich an die Situation. Aber dass ich ganz selbstverständlich meinen Nachnamen verwendet hatte, wunderte mich. Nie war ich so offen gegenüber anderen Leuten gewesen.

Lag vielleicht an den Nebenwirkungen dieser beschissenen violetten Blumen, die mir sämtliche Gehirnzellen versengt hatten. Es schüttelte mich kurz, als ich an den Tag dachte, der nun so weit zurück lag, dass es mir wie eine Ewigkeit vorkam. Der Schmerz saß noch immer in meinen Knochen, und immer wenn mir die Bilder des wunderschönen violetten Blumenmeeres in den Sinn kamen, konnte ich wieder all die Schmerzen spüren, die ich empfunden hatte. Wie die Brandblasen auf meiner rosigen Haut aufplatzten und ich ohnmächtig wurde.

»Wenn das wahr ist, dass unsere Großväter sich kannten, wieso kommt mir dann dein Nachname nicht bekannt vor?«, überlegte ich laut.

Wieder zuckte Noah mit den Schultern. »Anscheinend schämte man sich dafür, was uns angetan wurde. Oder es war nie wichtig genug, euch das zu erzählen. Verständlich, wenn man bedenkt, wie unsere Familien auseinandergegangen sind.«

Wieder sprach er in Rätseln und langsam riss mein Geduldsfaden. Was zur Hölle war denn nun geschehen?

»Raus mit der Sprache. Ich verkrafte das schon. Was ist damals passiert?«

Noah atmete tief durch. Er strich mir wieder sanft über den rechten Handrücken und begutachtete verträumt die zarten Narben, die davon zeugten, was mir dort draußen geschehen war.

»Als klar wurde, dass die Supernova früher eintreffen würde als gedacht, erkannte dein Großvater, dass der Bau des Earthscrapers nicht rechtzeitig beendet werden konnte. Die Kapazität reichte niemals aus, um wirklich alle Menschen, die zu diesem Zeitpunkt noch lebten, mitzunehmen und in Sicherheit zu bringen. Also handelte er. Und ließ seinen besten Freund zurück. Ebenso meine gesamte Familie und all die Menschen, die meinem Großvater vertrauten. Als die Sonne anfing, sich wie ein gigantischer Luftballon aufzublasen, schloss dein Großvater die Tore, bevor meine Familie überhaupt in die Nähe derer kam. Es blieb ihnen nichts anderes übrig, als sich in die Tunnel und Höhlen zu verkriechen, die die ausgetrockneten Meere hinterlassen hatten. Nur so konnten sie überleben. Dein Großvater hat meine Familie verraten und nur sich selbst gerettet. Deshalb hasst dich mein Vater, weil er deine Augen erkannt hat. Weil er in deinen Augen den ehemals besten Freund seines Vaters sieht. Dazu braucht er nicht zu wissen, dass du eine Brown bist. Er sieht es dir an.«

Ich schluckte schwer. Damit hatte ich nie gerechnet. Mein Großvater war ein Verräter? Er hatte seinen besten Freund und seine Familie einfach so zurückgelassen, mit der Gewissheit, dass sie sterben würden?

Mich plagte auf einmal das schlechte Gewissen, obwohl ich nichts für die vergangenen Taten meines Großvaters konnte. Wussten meine Eltern Bescheid? Meine Großmutter? Schließlich war es ihr Mann, der für diese ganze Misere verantwortlich war. Nicht einmal in der Schule fiel je ein Wort darüber, dass es noch eine andere Gründerfamilie gab. Die Andersons.

Sie lebten in Solaris, weil ihnen der Zugang zu einer besseren Welt verwehrt wurde. Weil man ihnen ein Leben auf der AlphaOne verweigert hatte. Hass stieg in mir auf.

»Aber ... wie haben die Menschen hier überlebt? Die Supernova hat doch alles unter sich begraben.« Dass etwas Entscheidendes mit der Erde passiert sein musste, als die Sonne implodierte, war logisch. Denn sonst würde auch ich nicht hier sitzen und mich mit Noah unterhalten.

»Wie du sicherlich bemerkt hast, befinden wir uns nicht mehr in der Milchstraße, wie man die Galaxie früher nannte. Durch die Druckwelle wurde die Erde aus ihrer Umlaufbahn gerissen, kurz bevor die tödlichen Gase der Sonne die Erdoberfläche erreichten und hierher katapultiert werden konnten.«

»Unmöglich. Das hätte niemand überlebt.«

»Tja, mehr weiß ich auch nicht. Aber wie du siehst, ist es möglich.«

In meinem Kopf ratterten die wenigen Gehirnzellen auf Hochtouren. Wie ein Uhrwerk drehte sich alles in einem beständigen Kreislauf, doch auch wenn ich die Beweise vor mir sah, konnte ich nicht glauben, dass das alles wirklich wahr war.

»Noah ... das tut mir alles so leid. Ich wusste ja nicht...«

»Hey, das ist nicht deine Schuld, hörst du? Mach dich nicht für Dinge verantwortlich, die nicht in deiner Macht stehen. Vergangenheit ist Vergangenheit. Manchmal glaube ich, dass es das Beste war, was uns je passieren konnte. Sonst gäbe es nie einen Beweis dafür, dass die Menschen zu viel mehr im Stande waren als angenommen. Sieh, was wir uns aufgebaut haben. Wir sind glücklich, auch wenn es oft sehr schwer ist. Aber jeder hier in Solaris weiß sich immer zu helfen. Im Endeffekt sollten wir deiner Familie dankbar sein.«

»Das klingt nicht gerade einleuchtend«, widersprach ich.

»Da magst du recht haben, aber ich bin der Überzeugung, dass alles im Leben einen Anfang hat. Dass alles einen Sinn ergibt, wenn man das große Puzzle erkennt. Jede Entscheidung, die ein Mensch trifft, zieht eine Konsequenz mit sich. Es sollte eben so sein, dass es euch und uns gibt.«

Er war nicht viel älter als ich und dennoch schon so viel weiser und erfahrener. Während ich mich über mein Leben in der AlphaOne beschwert hatte, musste er hier draußen um sein Leben kämpfen. Während ich all den Luxus und meine Probleme als selbstverständlich angesehen hatte, lernte Noah das wahre Leben kennen.

In diesem Moment geschah etwas mit mir. Etwas, das ich nicht in Worten beschreiben und auch nicht wirklich begreifen konnte.

Aus einem Reflex heraus küsste ich ihn direkt auf den Mund. Meine Lippen trafen hart auf seine, während mir eine Träne die Wange hinunterkullerte. Eine Träne der Dankbarkeit, der Trauer, des Hasses, der Wut. Alles auf einmal, doch als ich ihn dort vor mir sitzen sah, wie er für all die Taten meines Großvaters geradestand und sie begründete, obwohl er es nicht zu tun brauchte, überkam mich ein Gefühl der Hingabe.

Dieser Mann war etwas ganz Besonderes. Er hatte so viel mehr verdient als ich. Noah sollte anstelle meiner in der AlphaOne leben. Aber wie es das Schicksal wollte, hatte das Leben einen anderen Plan mit uns. Was wäre geschehen, wenn unsere Leben vertauscht wären? Würde ich einer fremden Person vertrauen, deren Familie dafür verantwortlich war, dass ich jeden Tag zusehen musste, wie ich überlebte?

Vermutlich nicht.

Kurz spürte ich, wie Noah sich versteifte. Seine Hand hielt in seiner Berührung inne und streichelte nicht mehr die meine. Doch kaum setzte ich zu einem neuen Kuss an, gab er sich mir hin.

Ich kannte diesen Mann kaum und fühlte Dinge, die ich nie zuvor in meinem Herzen gespürt hatte. Dinge, die meinen Körper bei jeder von seinen Berührungen erzittern ließ.

Seine Lippen schmeckten himmlisch. Butterweich schmiegten sie sich an meine. Noah umfasste meine Taille und zog mich auf seinen Schoß. Was passierte hier gerade?

Gelächter erklang vor Noahs Wohnung, woraufhin ich kurz innehielt und mein linkes Auge öffnete. Doch der Mann unter mir ließ sich nicht davon stören.

»Das ist der Nachteil an diesen Höhlen. Es ist immer und überall laut«, raunte er mir mit einem Schmunzeln zu, während seine Lippen leicht meine berührten. Sein warmer Atem sorgte für wohltuende Gänsehaut, und ich drückte mich noch enger an ihn.

Ein kurzes, raues Lachen kroch seine Kehle hoch. Ich wusste genau, was er dachte.

Wie sollte ich diesem Menschen nur widerstehen können?

»Na, dann hoffe ich für alle, dass wir sie nicht stören.« Ich konnte das Schmunzeln nicht unterdrücken. Obwohl wir miteinander scherzten, lagen unsere Gesichter dicht beieinander. Immer wieder hauchten wir uns Küsse auf die Lippen oder verfielen in einen innigeren Kuss.

Ich wollte mehr. Ich wollte diesen Mann. Diesen Anführer. Und nichts durfte uns jemals trennen.

Fühlte es sich so an, verliebt zu sein?

Ich war Noah von der ersten Sekunde an verfallen.

Und er mir offenbar ebenso.

Nach einigen stillen und intensiven Minuten, in denen es nur uns zwei gab, lösten wir uns keuchend voneinander. Ich rückte etwas von ihm ab, um sein Gesicht zu betrachten, das ich mit meinen Händen umschlossen hielt.

»Ich... ähm«, rang ich nach Worten.

»Alles gut. Du brauchst nichts sagen. Genießen wir den Moment einfach so, wie er ist.« Noah schaffte es immer wieder, mir das Gefühl von Sicherheit und Geborgenheit zu schenken. Lächelnd umarmte ich ihn.

»Danke«, murmelte ich nah an seinem Nacken und schloss die Augen, als er seine Arme um meinen Oberkörper schloss.

Für mich war diese Umarmung inniger und intimer als jeder Kuss, den wir austauschten. Vielleicht sogar intimer als es je ein Kuss mit einem anderen Menschen gewesen war.

»Steht dein Angebot noch, sich die Beine zu vertreten?«, fragte ich, als wir uns gleichzeitig aus der Umklammerung lösten und ich meine Kleidung richtete, die ein wenig verrutscht war. Bei jedem meiner Worte fühlte ich seine Lippen immer noch auf meinen. Sie waren leicht geschwollen von der innigen Berührung.

Mit strahlenden Augen lächelte Noah mich an. »Natürlich.«

Kapitel 30

Ich musste ständig daran denken, was passiert war. Während wir beschlossen, uns auf den Weg zur Bibliothek zu machen, warf ich Noah immer wieder flüchtige Seitenblicke zu. Erst dachte ich, er ignorierte sie oder tat so, als wären die letzten Minuten zwischen uns nicht passiert. Doch dann erwischte ich ihn dabei, wie er für einen längeren Moment verträumt mein Gesicht betrachtete. Sofort sah er weg, doch er konnte sich ein Grinsen nicht verkneifen. Das Leuchten in seinen Augen sprach dafür, dass er genauso fühlte wie ich.

Wie zwei verliebte Teenager!

»Liest du gerne?«, fragte er mich plötzlich.

»Ähm ... na ja ... Bücher sind eher weniger mein Fachgebiet. In der AlphaOne lief alles digital ab. Aber, falls du Videospiele und eine Konsole hast, mache ich dich fertig, das verspreche ich dir.«

Noah lachte auf. »Sorry, damit kann ich leider nicht dienen. Aber wenn du unsere Bibliothek siehst, dann ändert sich deine Meinung vielleicht. Nein, eigentlich bin ich mir da ganz sicher. Du wirst es lieben.«

Ich glaubte und vertraute ihm. Es konnte ja nicht schaden, meinen Horizont etwas zu erweitern.

In der Bibliothek angekommen, verschlug es mir die Sprache. Noah hatte nicht gelogen. Diese Höhle war der absolute Wahnsinn. Unzählige Bücher reihten sich in hohen Holzregalen aneinander, die kein Ende zu nehmen schienen. Sprachlos drehte ich mich im Kreis und betrachtete die vielen bunten Buchrücken, die mir fast entgegensprangen. Welche Geschichten sich wohl auf ihren Seiten verbargen? Gab es Berichte über die alte Zeit? Geschichten von vergangenen Tagen? Tatsächlich kribbelte es in meinen Fingern, durch die Seiten der Bücher zu gleiten und jedes Wort in mich aufzusaugen.

Fasziniert brachte ich nur ein »Wow!« heraus, wobei mich Noah zufrieden ansah. Sein Ablenkungsmanöver zeigte deutlich Wirkung. Wenigstens für einen kurzen Augenblick konnte ich die Tatsache vergessen, dass meine Familie immer noch hilflos in der AlphaOne gefangen war. Uns blieb eben nichts anderes übrig, als zu warten, bis die nächste lange Tageszeit anbrach. *Haltet durch*, stieß ich ein kleines Gebet gen Himmel. Vielleicht gab es ja doch so etwas wie Glück und Schicksal, die meine flehenden Worte erhörten.

An irgendetwas musste ich mich klammern. Und wenn es auch nur der kleinste Funken Hoffnung war, dass alle dieses schreckliche Ereignis überlebten.

»Tob dich ruhig aus. Du hast Zugriff auf alles, was du hier siehst.«

»Ist das dein Ernst? Es ist unglaublich. Woher habt ihr all die Bücher?« Wir setzten unseren Weg fort und gingen den langen, breiten Hauptgang entlang. Tatsächlich waren wir nicht allein. Teenager, die in kleinen Gruppen an den Tischen saßen und über einen Haufen aufgeschlagener Bücher brüteten, lernten wahrscheinlich gerade für die Schule.

»Die eine Hälfte besteht aus alten Schätzen, die die ersten Bewohner mitbrachten oder die ausgegraben wurden. Die erkennst du besonders daran, dass es noch richtige gebundene Bücher sind.«

»Ich weiß, wie Bücher aus der Zeit vor der Supernova aussahen.«

»Ich dachte nur, weil bei euch alles digitalisiert ist...«

»Das ist ein deutlicher Vorteil, das stimmt. Es spart eindeutig mehr Platz, der für die Forschung oder Wohnungen besser gebraucht wird. Aber auch wir haben ein Archiv, in dem so manche alten Schätze aufbewahrt werden. Diese dürfen nur leider ausschließlich von ganz wichtigen Menschen angesehen werden.« Augenrollend wanderte mein Blick über die hohen Bücherregale. »Was ist mit der zweiten Hälfte?«

»Bitte?«

»Du sagtest, dass eine Hälfte aus alten Büchern besteht, was ist mit dem Rest?« Wir blieben stehen.

»Ich würde behaupten, dass sie von ganz besonderen Menschen geschrieben sind. Wir haben hier so einige kreative Köpfe, die ihre Geschichten zu Papier bringen. Leider verfügen wir über keine Technik, die es ermöglicht, die losen Blättersammlungen in Form zu bringen.«

»Schade, man könnte sie so viel besser vor dem Staub und dem Sand schützen.«

»Mit der richtigen Technik.«

»Genau.« Ich wusste, dass er in diesem Moment ebenfalls daran dachte, dass die AlphaOne genau diese Möglichkeiten bot.«

»Unglaublich. Ich kann gar nicht fassen, dass alles hier den Sprung und die Hitze überlebt hat.«

»Oh, das hat es.« Noah lachte amüsiert auf. Mit offenem Mund und staunenden Augen betrachtete ich all die wundersamen Schätze, die hier tief unter der Erde verborgen lagen. Wenn das meine Eltern sehen könnten, Dad würde ausrasten vor Freude. Ich hatte seine Stimme im Ohr, die sich fast täglich darüber aufregte, dass Zuhause alles digitalisiert war. Die Jugend könnte nicht verstehen, welchen besonderen Zauber gedruckte Buchstaben auf echtem Papier auf den Leser ausübten.

Jetzt verstand ich, was er meinte. Ein magisches Kribbeln bebte in meinen Fingern, die unbedingt eines dieser Bücher aufschlagen wollten. Dad musste diese Bibliothek sehen. Er musste es einfach.

»Worauf hast du Lust? Wir haben wirklich jedes Genre vertreten. Von Sachbuch über Fantasy bis hin zu den richtig kitschigen Dingern.«

Ich verzog das Gesicht. »Liebe und Romantik ... Das ist nichts für mich. Gibt es hier vielleicht etwas über die Zeit vor der Supernova?«, fragte ich wissbegierig und warf einen interessierten Blick in eine der schmalen Gänge, die von diesem Hauptgang abzweigten.

»Natürlich, aber da müssen wir bis fast nach ganz hinten gehen. Dort stehen die Bücher aus der alten Zeit. Kaum jemand darf diesen Teil betreten, also sei froh, dass du den Sohn des Anführers neben dir stehen hast.« Schmunzelnd zwinkerte Noah mir kokett zu, und sofort wurden meine Knie weich wie Pudding. Himmel, dieser Mann musste aufhören damit. Egal, wie er es anstellte, sein Charme traf mich direkt ins Herz, sodass ich für einen kurzen Moment nur stumm dreinblicken konnte.

»Lina? Alles gut?« Mir war nicht aufgefallen, dass wir unseren Gang unterbrochen hatten und nun wie bestellt und nicht abgeholt mitten in der Bibliothek standen. Beinahe konnte ich die misstrauischen und neugierigen Blicke der anderen Bibliotheksbesucher auf meiner Haut spüren, die zu uns aufblickten.

»Ja, also, wo geht's lang?« Eine gute Schauspielerin würde ich wohl nie werden, so schlecht überspielte ich meinen Patzer, den Noah unkommentiert ließ. Doch für einen kurzen Moment hatte ich dieses Schimmern in seinen Augen gesehen, dieses lustvolle Glitzern, als er mich ansah. Verdammt, ich war über beide Ohren in diesen Menschen verliebt! Jedoch beschlich mich ein Gedanke: Was, wenn die Rettungsaktion schiefging und sich nur ein weiterer Streit, wenn nicht sogar Krieg zwischen der AlphaOne und Solaris entwickeln würde.

Dann würde ich mich immer für meine Familie entscheiden, auch wenn es mir das Herz brach.

Aber vielleicht waren Noah und ich doch die letzten beiden fehlenden Puzzleteile, die die verfeindeten Familien wieder zusammenführen konnten.

Die Hoffnung starb ja bekannterweise zuletzt. In meinem Fall hatte mir das Schicksal in den letzten Tagen gut in die Karten gespielt, so sollte es bitte weitergehen.

»Komm, ich zeig es dir. Aber du musst wirklich vorsichtig sein, wenn du eines der Bücher in die Hand nimmst. Die Seiten sind über Hunderte von Jahren alt und nicht immer in einem guten Zustand.«

»Aye, aye, Captain«, scherzte ich und salutierte vor ihm, der mit einem Augenrollen seinen Weg fortsetzte.

Der Hauptgang erstreckte sich immer tiefer in die Höhle, und als wir uns der Abteilung näherten, in der die Bücher der vergangenen Zeit standen, lichteten sich auch die Reihen der wenigen Besucher.

Wir waren die Einzigen, die sich bis in den hinteren Teil der Bibliothek wagten. Irgendwie konnte ich es auch verstehen, denn wie in einem alten Film schwanden die Lichtverhältnisse und es wurde zunehmend schummriger um uns herum. Das Licht der Deckenlampen, deren Glühbirnen an Drähten und Kabeln hingen, reichte jedoch aus, um zu erkennen, dass diese Werke verdammt alt sein mussten. Einige Titel auf den Buchrücken konnte ich kaum noch entziffern, auch die Umschläge waren verfärbt.

»Früher war ich oft hier gewesen, wenn ich mal keine Lust hatte, Dad dabei zuzuhören, wie er mir predigte, dass ich als Sohn des Anführers diese und jene Aufgaben erfüllen musste. Entweder schlich ich mich nach draußen oder verkroch mich hier hinten, damit niemand mich fand. Hat auch immer ganz gut funktioniert.« Noah nahm sich einen Stuhl, der an dem einzigen Tisch hier stand und setzte sich. »Bitte, du kannst dir gerne alles ansehen.«

»Wo soll ich da nur anfangen.« Ich war mit der ganzen Situation heillos überfordert. Genau wusste ich nicht, was mich interessierte. Ich wollte nur wissen, wie die Welt vor der Supernova ausgesehen hatte. Vielleicht gab es ja gedruckte Bilder oder Ähnliches.

Sachte strich ich über die alten Buchrücken, die in Reih und Glied in den Regalen standen. Zufällig wählte ich eines aus.

»Eine Reise durch Afrika«, las ich laut vor und schlug es auf dem Tisch, an dem Noah saß, auf.

»Gute Wahl. Besonders die Bilder, auf denen die Löwen die Hyänen zerfleischen, sind wirklich sehr detailreich. Dieses ganze Blut, das...«

Angewidert verzog ich das Gesicht und schüttelte mich. »Du bist ekelig.«

Lachend strich er sich über seinen Zopf, aus dem sich einige Strähnen gelöst hatten. Wie gerne ich durch seine blonden Harre fahren und sie packen würde. Wie gerne ich den Moment aus seiner Wohnung wiederholen wollte. Wie gerne...

Lina! Verdammte Scheiße, das war nicht der richtige Zeitpunkt dafür.

»Solaris an Lina.« Noah fuchtelte mit einer Hand vor meinen Augen hin und her.

»Sorry, ich musste mich gerade mental darauf vorbereiten, was mich erwartet.«

Fragend zog er eine Augenbraue hoch.

»Die Löwen. Und die Hyänen.«

»Ah, das wirst du schon verkraften.«

Neckten wir uns gerade?

Ich schlug das Buch irgendwo in der Mitte auf und staunte nicht schlecht. Mich begrüßten zwar keine verwesenden Kadaver, aber dafür eine atemberaubende Landschaft.

»Das ist wunderschön«, flüsterte ich und fuhr mit dem Zeigefinger über das Bild eines unglaublichen Sonnenuntergangs. Die Silhouette einer Giraffe, die vor einem knochigen Baum stand, faszinierte mich. Im Hintergrund flogen schwarze Vögel der Sonne entgegen. Ich war überrascht, wie gut dieses Buch noch in Schuss war, denn es musste unglaublich alt sein. Gute hundert Jahre, wenn ich mich nicht täuschte.

»Noah? Mann, hier steckst du!« Ein grünäugiger, schlanker Mann lugte um die Ecke eines Regals und atmete erleichtert aus.

»Troy, was ist los?« Noah setzte sich alarmierend auf.

»Es gab eine Prügelei im Trainingsraum. Einige von Phils Leuten haben sich mit Parker angelegt wegen...« Troy warf mir einen unmissverständlichen Blick zu. Ich wusste, warum es zu diesem Streit gekommen war. Der Grund waren ich und die Mission, dazu benötigte es keine weiteren Worte.

Noah stöhnte auf. »Das kann doch nicht wahr sein. Danke dir. Ich komme und kläre die Situation.«

»Alles klar. Danke, Mann. Ich glaube, die Sache endet sonst ziemlich blutig, wenn nicht bald etwas passiert.« Damit verschwand Troy.

Ich richtete meinen Blick auf Noah, der sich etwas verzweifelt und gleichzeitig genervt über seinen stoppeligen Bart strich.

»Es ist wegen mir«, stellte ich ausdruckslos fest.

»Das weißt du nicht.«

»Hast du seinen Blick nicht gesehen? Der war ja wohl mehr als eindeutig.«

»Ja, gut. Aber bitte mach dir keine Sorgen, okay? Ich kriege das schon in den Griff. Es war abzusehen, dass sich Phils Leute in die Sache einmischen würden.«

Mit einem Schaben der Stuhlbeine erhob sich er von seinem Sitzplatz und schaute mich etwas verunsichert an.

»Geh schon!« Ich machte eine scheuchende Bewegung mit meinen Händen Richtung Ausgang.

»Bist du sicher, dass du alleine klarkommst?«

»Hallo? Ich glaube nicht, dass plötzlich ein böses, menschenfressendes Büchermonster aus den Regalen springt und mich zerfleischt.«

Beleidigt verschränkte ich die Arme vor meiner Brust und zog belustigt eine Augenbraue hoch.

»Na, da wäre ich mir nicht so sicher. Denk nur an die Löwen und die Hyänen...«

»Noah! Verschwinde endlich!«

Lachend schüttelte er seinen Kopf und machte Anstalten zu gehen. Was dachte er denn von mir? Dass ich es nicht einmal eine Minute ohne ihn aushalten konnte? Schließlich hatte er mich auch in seiner Wohnung zurückgelassen, mit dem Gedanken, dass ich eventuell auf dem Weg zum Speisesaal angegriffen werden würde.

Also bitte, früher hatte ich mich auch am wohlsten gefühlt, wenn ich allein war. In meinem Zimmer nur mit mir und meiner schlechten Laune.

Aber in diesen Momenten, wenn mich keiner störte und ich meiner Kreativität freien Lauf lassen konnte, war ich ganz ich selbst. Einfach nur Lina. Ohne ihren bescheuerten Zweitnamen.

»Okay, okay.« Beschwichtigend hob Noah seine Hände. Die vielen Tattoos an seinen Armen bewegten sich, als seine Muskeln arbeiteten. In meinen Fingern kribbelte es wieder unheilvoll, bei dem Gedanken, wie sich die Tinte unter seiner Hat anfühlte.

Also, natürlich konnte man die Tätowierungen nicht spüren, doch ich stellte es mir dennoch vor, wie ich die feinen schwarzen Linien einzeln entlangfuhr...

»Warte hier, es sollte nicht lange dauern. Meist braucht es nur ein drohendes Machtwort bei Phil und schon ist er wieder treu wie ein kleines Hündchen.«

»Ich laufe schon nicht weg. Außerdem habe ich ja meine neuen Freunde, die mich eine Weile beschäftigen.« Mit einer ausladenden Bewegung zeigte ich auf die hohen Regale, deren Inhalt mich so in Verzückung bracht.

»Das glaube ich dir aufs Wort. Und denk dran, keine dummen Sachen anstellen und bitte ... bitte lass alle Bücher heil.«

»Jetzt geh!« Ich schob Noah aus dem kleinen Bereich, in dem wir uns befanden. Wenn er weiter Smalltalk mit mir führte, dann würde Troys

Vorhersage sich bewahrheiten. Und ich wollte auf keinen Fall schuld an einem Blutbad sein.

Mit nun doch ernstem Gesichtsausdruck verschwand er hinter den Bücherregalen. Seine schnellen, harten Schritte auf dem Boden hallten noch lange nach, auch als er schon lange die Bibliothek verlassen hatte.

Auch wenn ich Noahs Anwesenheit sehr genoss und das vermutlich mehr als mir lieb sein sollte, fühlte ich seinen ständigen Blick auf mir. Als würde er herausfinden wollen, wie ich ticke. Was in meinem kleinen Köpfchen vorging, wenn ich meinen vorlauten Mund einmal nicht öffnete.

Dennoch war die wohltuende Wärme, die mich in den letzten Stunden begleitete, nicht mehr da. Noah hatte sie mitgenommen, als er die Bibliothek verließ.

Diese Mission stand auf Messers Schneide. Auch wenn sich viele der Solarier uns anschlossen, so war ihnen diese Reise dennoch freiwillig überlassen. Zu jeder Zeit konnten sie es sich anders überlegen. Immerhin hing ihr Leben davon ab, denn niemand wusste, was auf uns zukam. Was, wenn wir es doch nicht schnell genug zur AlphaOne schafften und die Nacht uns überraschte. Mit der nahenden Dunkelheit krochen auch die Hybride aus ihren Verstecken und würden uns sicherlich nicht verschonen.

Gedankenversunken blätterte ich in »Eine Reise durch Afrika« umher. Die wunderschönen Bilder von einer unglaublichen Vielfalt an Vegetation zog mich in ihren Bann. Besonders der Regenwald tat es mir an, da ich so etwas gigantisches natürlich nicht aus meiner Realität kannte. Wie gerne ich durch die feuchten Wälder ziehen, jeden Regentropfen auf meiner Haut spüren und kosten wollte. Glücklich lächelnd lümmelte ich auf dem noch warmen Stuhl und stützte mein Kinn in der rechten Handfläche ab.

»Na, wen haben wir denn da? Was für ein Zufall.« Erschrocken blickte ich auf und hielt eine Hand auf die Stelle an meiner Brust, wo mein Herz vor Schreck wild pochte.

Heilige Scheiße!

Doch es war nicht Noah, der zurückgekommen war, sondern Troy, der mich nun mit verzogenen Mundwinkeln betrachtete.

Und er war nicht allein. Vier weitere Männer standen hinter ihm und lehnten sich entspannt an die hölzernen Regale.

Was ging hier vor sich?

Ich erkannte den Mann nicht wieder, der noch vor ein paar Minuten völlig aufgelöst Noah aufgesucht hatte, um ihn von einer Prügelei zu berichten. Nun stand in Troys Augen die Gier. Und etwas Unheilvolles, das mich beunruhigte.

»Wo ist Noah?«, fragte ich unsicher, während mein Blick hinter den Männern nach dem tätowierten Mann suchte, der hoffentlich jede Minute hier auftauchen würde. Denn mich beschlich das Gefühl, dass Troy nicht ganz ehrlich zu Noah gewesen war.

»Ach der, über den mach dir mal keine Sorgen. Wir sind doch jetzt da und leisten dir Gesellschaft.« Mit einem ekligen Lachen trat er auf mich zu. Er kam mir viel zu nah, und ich sprang vom Stuhl auf, der polternd zu Boden ging. Doch der kleine Bereich lag zu abgelegen, als dass es einer der anderen Besucher hätte hören können.

»Was wollt ihr?« Mit verschwitzten Händen versuchte ich, meine Finger in das Holz des Tisches zu krallen, um Halt zu finden. Diese Situation war gar nicht gut. Sofort schrillten in mir alle Alarmglocken.

Wie ein Rudel Wölfe umkreisten mich die anderen fremden Männer. Langsam schlichen sie sich an mich heran, doch blieben immer auf Abstand zu Troy, als wäre er ihr Anführer.

»Wie schon gesagt, wir wollen dir nur ein wenig Gesellschaft leisten, weil dein Aufpasser doch so schwer beschäftigt ist.« Troy blieb nicht stehen, und kurz überlegte ich, das Buch nach ihm zu werfen, doch er war vermutlich schneller bei mir, als ich loslaufen konnte.

»Versuch es erst gar nicht. Das würde die Sache nur schlimmer machen«, sagte er, als hätte er meine Gedanken gelesen – vermutlich hat mich mein rascher Blick auf das dicke Buch auf dem Tisch verraten.

Troys Anhänger grunzten belustigt, blieben jedoch endlich stehen. Eingekesselt stand ich verkrampft an dem Holztisch und wusste nicht, was ich machen sollte.

Wo blieb Noah nur? Die Auseinandersetzung musste doch schon längst geschlichtet sein. Es sei denn…

»Du hast gelogen. Es gibt gar keine Prügelei, habe ich recht?«

»Dingdingding. Ganz richtig, meine Liebe. Ich wusste, dass sein Gerechtigkeitssinn siegen würde und er dich endlich aus den Augen lässt. Hat wunderbar geklappt findet ihr nicht?« Zustimmend murmelten die anderen Männer etwas Unverständliches und gaben ihm offenbar Recht.

Ihre schmierig grinsenden Gesichter blickten mir wie unheimliche Fratzen entgegen. Ich musste mich irgendwie aus dieser Situation befreien, aber wie? Meine einzige Chance, Troy für nur einen kurzen Moment abzulenken, war das Buch. Mehr fiel mir nicht ein.

»Was willst du?« Mein Hals kratzte trocken und meine Stimme brach ängstlich. Verdammte Scheiße, ich wollte mir meine Panik nicht anmerken lassen, doch nun war es zu spät.

Er erkannte meine Unsicherheit und meine Furcht in diesem Moment und sagte nur einen einzigen Satz, der mich bis ins Mark erschütterte.

»Rache.« Wie ein Blitz schoss er nach vorne und packte mich am Hals. Meinen Schrei unterdrückte er, indem er seine Finger fest um meine Kehle schloss, sodass ich nur wenig Luft bekam.

Röchelnd versuchte ich, mich aus seinem Klammergriff zu befreien, doch er stieß meine Hände zur Seite, mit denen ich versuchte, ihn zu kratzen.

»Halt still«, zischte er aus zusammengebissenen Zähnen und drückte mit seiner Handfläche meinen Kopf zur Seite. Mein Nacken tat weh, doch ich konnte mich nicht wehren, verdammte Scheiße!

Die anderen Männer standen nur tatenlos um mich herum und schienen sich über seine Tat regelrecht zu freuen. Wieso unternahmen sie nichts? Wieso hielt niemand ihn ab? Ich vermutete, dass Troy nie vorhatte, uns auf der Mission zu begleiten, sondern dass er ganz hinter Kilians Entscheidung stand.

»Lass ... mich ... los«, presste ich gequält hervor, doch das schien ihn nur anzufeuern. Sein Atem war ganz nah an meinem Ohr und ließ mich erschaudern.

»Erst, wenn ich mir dir fertig bin.«

Ich spürte seinen Körper dicht an meinem, er hatte sich so zwischen meine Beine gestellt, dass ich nicht einmal nach ihm treten konnte. Was immer er vorhatte, ich konnte mich nicht wehren.

Er wollte Rache, aber wofür? Und warum war Gewalt die Lösung dafür?

Kapitel 31

Meine Muskeln waren zu müde, um mich weiter gegen Troys Gewicht zu stemmen. Mir blieb nichts anderes übrig, als auf ein Wunder zu hoffen.

Eine kleine, heiße Träne der Verzweiflung stahl sich aus meinem Augenwinkel und tropfte leise auf das dunkle Holz des Tisches.

»Es wird nicht lange dauern. Nur hier und da ein paar Verschönerungen«, hauchte er mir wieder ins Ohr. Seine linke Hand umklammerte meinen Hals fester, sodass ich den Sauerstoffmangel langsam in meinem Kopf spürte. Ein Wimmern entfuhr mir, das ich nicht mehr zurückhalten konnte.

So viel zu meiner Willensstärke und meinem Selbstbewusstsein.

»Noah ...wird dich ... umbringen«, krächzte ich.

»Noah wird hiervon nie erfahren, hörst du? Niemals.«

»Er wird ... kommen.«

»Oh, das glaube ich nicht. Ich habe dafür gesorgt, dass er für eine Weile beschäftigt ist. Ich kenne wirklich die besten Leute. Und jetzt halt die Klappe«, stieß er hervor. Plötzlich lief alles wie in Zeitlupe vor meinen Augen ab. Troys erhobene Faust, die nur ein Ziel hatte. Mein Gesicht.

Noah! Wo bist du?, flehte ich stumm. Das durfte nicht passieren. Nie hätte ich gedacht, jemals so einer Situation ausgeliefert zu sein.

Noah! Ich kniff die Augen zusammen, die mit Tränenflüssigkeit gefüllt waren und wartete auf den Schmerz.

Ich...

Seine Faust traf mich das erste Mal an der rechten Schläfe.

...kann...

Dann auf die Nase.

...nicht...

Der Geschmack von Eisen breitete sich in meinem Mund aus. Blut rann über mein Kinn.

...mehr...

...atmen.

Ich schrie.

»WAS zum Teufel ist hier los?« Troys Körper wurde ruckartig von mir gerissen, die plötzliche Leichtigkeit ließ mich nach Luft schnappen. Bevor ich auch nur annähernd realisieren konnte, was geschah, hörte ich dumpfe Schläge und knackende Knochen.

Unter Schock riss ich meine Augen auf und starrte auf das Szenario, das sich mir bot. Troy taumelte vor Noah umher, der ihn am Hals gepackt hatte und in die Luft hob. Seine Füße baumelten wenige Zentimeter über dem steinigen Boden.

Gelähmt und nicht fähig dazu, mich zu bewegen beobachtete ich, wie Noah immer und immer wieder auf Troy Gesicht eindrosch.

Die anderen Männer waren wie feige Kaninchen davongelaufen, nicht einer von ihnen eilte ihrem Freund zur Hilfe. Arschlöcher!

Blut spritzte, als Noah Troy fallen ließ, der wie ein nasser Sack auf den Boden plumpste und sich schwach seine gebrochene Nase hielt. Wimmernd versuchte er, vor Noah zu fliehen, doch jegliche Versuche, sich irgendwie davonzustehlen, scheiterten daran, dass er nicht mehr die Kraft in den Armen hatte, sich aufzurappeln.

»Ich. Werde. Dich. Umbringen!«, stieß Noah wütend hervor, während er langsam auf den Geschädigten zu ging. Seine Augen hatten sich zornig verdunkelt.

»Noah«, versuchte ich heiser, ihn dazu zu bringen, von dem Mann abzulassen. Er musste seine gerechte Strafe erhalten, sollte leiden für das, was er mir angetan hatte. Aber nicht auf diese Weise.

»Bitte...«, wimmerte Troy verzweifelt. »Ich wollte das nicht.«

»Du wolltest das nicht? Wen willst du hier verarschen? Ich dachte, ich kann dir vertrauen!«, brüllte Noah entgeistert.

»Wer hat dir überhaupt erlaubt, auch nur einen Gedanken daran zu verschwenden, sie anzufassen?«

»Ich...« Troy jaulte vor Schmerzen auf, als Noah ihn mit dem Fuß hart in die Rippen traf. Beinahe konnte ich das leise Knacken des Bruches hören, den er ihm zufügte.

»Noah, bitte. Lass ihn leben.« Meine Stimme war nur ein Flüstern in dieser erdrückenden Stille. Fast hätte ich mich selbst nicht wahrgenommen. Ich starrte auf die beiden Männer. Noah raste vor Wut, seine Kiefermuskeln arbeiteten in einer Tour und sein Atem ging schwer.

»Wieso sollte ich das tun? Er hat dich verprügelt. Ohne jeden Grund!« Noah wandte dabei seinen Blick nicht von dem auf dem Boden kauernden Mann ab.

»Sie hat recht. Du solltest mich leben lassen. Was würde Kilian dazu sagen, wenn sein eigener Sohn jemanden aus der Gemeinschaft umbringt?« Plötzlich flackerte in Troys Augen wieder dieses unheilvolle Schimmern auf, das ich schon gesehen hatte, als er kurz davor war, mich auf den Tisch zu pressen.

»Lass meinen Vater aus dem Spiel. Er wird auf meiner Seite stehen, wenn er erfährt, was du unserem Gast angetan hast!« Wieder trat er in die Rippen, seine Haut musste bereits grün und blau sein. Troy jedoch verzog seine Lippen zu einem widerwärtigen Grinsen, das seine von Blut verschmierten Zähne zeigte.

»Stehst du etwa auf die kleine Schlampe? Oh, wie tragisch. Eine Liebesgeschichte ohne Happy End. Das ist doch genau das Richtige für dich.« Bevor er auch nur ein weiteres Wort herausbringen konnte, holte Noah aus und donnerte seine Faust direkt an seine Schläfe. Dieser Schlag knockte ihn nun vollends aus, sodass sein Kopf zur Seite sackte und Blut auf den steinernen Boden tropfte.

Ich hatte vor Schreck aufgeschrien, als Noah ohne zu zögern seinen Gegner ausschaltete.

»Ist er ... ist er tot?«, japste ich überfordert und hielt mir die Hände vor meinen Mund.

»Ich hätte kein Problem damit, wenn es so wäre. Aber nein, er ist nur ohnmächtig.« Noah warf Troy noch einen letzten, hasserfüllten Blick zu, bevor er endlich zu mir kam.

Erst jetzt realisierte ich, wie schrecklich ich aussehen musste. Meine Nase pochte vom Aufprall, aber es fühlte sich nicht nach einem Bruch an. Die Sicht meines rechten Auges war leicht verschwommen, da es vermutlich anschwoll.

Und das Blut, das ebenfalls an meinen Händen klebte, ließ mich zittern.

Sofort verwandelte sich seine Wut in Besorgnis.

»Oh Gott, es tut mir so leid. Wenn ich geahnt hätte, dass es eine Falle ist, dann hätte ich dich nie allein gelassen.« Verzweifelt rieb sich Noah mit den Händen über das Gesicht.

»Ist alles ... in Ordnung? Verdammt, du siehst schlimm aus. Das muss genäht werden.« Er betastete vorsichtig meine aufgeplatzte Augenbraue.

»Du bist gerade rechtzeitig gekommen, bevor Schlimmeres passiert wäre«, beruhigte ich ihn, als ich endlich die Kraft dazu fand. Ein unangenehmes Gefühl breitete sich in mir aus, mein Herz raste immer noch, doch zu meiner Überraschung verschwand die Verzweiflung und die unendliche Panik, als ich in Noahs blaue Augen sah, die mich besorgt musterten.

Dennoch schwirrte mir die eine Frage im Kopf umher, was geschehen wäre, wenn er mir nicht rechtzeitig zur Hilfe geeilt wäre. Hätte Troy so lange auf mich eingeprügelt, bis ich mich nicht mehr gerührt hätte?

Plötzlich brach ich in Tränen aus, obwohl ich nicht zulassen wollte, dass meine mentalen Verletzungen irgendjemand zu Gesicht bekam. Erst recht nicht Noah. Meine Beine gaben unter mir nach und ich fiel. Noah fing mich zum Glück noch rechtzeitig auf und hielt mich fest im Arm, während wir uns auf den Boden hockten.

Ich weinte.

Weinte all meine Trauer, meinen Frust, meine Verletzungen, meinen Hass und meine Verzweiflung hinaus. Schluchzte unentwegt an seiner Brust, dessen T-Shirt sich langsam mit Tränen vollsog. Wie konnte so etwas nur passieren? Wie konnte so etwas *mir* passieren? Die Welt war grausam, schrecklich und gefährlich.

Ich wollte wieder zurück in mein altes Zuhause, in mein Bett, meine neue Wohnung, die ich doch eben erst bezogen hatte. Wollte Fin und meine Eltern wieder in den Arm schließen, auch wenn ich meine Liebe ihnen gegenüber selten zeigte, so wollte ich das genau in diesem Moment tun.

Diese neue, grausame Welt sollte ganz aus den Köpfen aller lebenden Menschen gelöscht werden. Ich bereute, dass ich überhaupt durch das Stahltor gegangen war. Nur deswegen musste ich nun diese Qualen ertragen. Musste diese Verzweiflung und diese Angst um meine Familie erleiden.

Wimmernd presste ich mein Gesicht an Noah.

Er hatte mich gerettet. Erneut.

War es das zweite oder dritte Mal?

Wie oft würde ich noch in einer aussichtslosen Situation stecken und einsehen müssen, dass ich für das Leben hier draußen nicht geschaffen war?

Wie oft musste das Schicksal mir noch vor Augen führen, dass es einen Sinn dahinter gab, weshalb diese Menschen hier draußen und wir in der AlphaOne lebten?

»Sch… alles ist gut. Ich bin bei dir, okay? Ich lass dich nicht los. Nie wieder, das verspreche ich dir. Nie wieder«, flüsterte er in mein Haar. »Ich… Das hätte niemals passieren dürfen. Ich werde dich beschützen, egal, was kommt. Ich gehe sogar mit dir nach draußen und rette deine Familie allein, wenn es sein muss. Du brauchst keine Angst haben, das wird nie wieder passieren. Er wird seine gerechte Strafe erhalten, das verspreche ich.« Troy lag immer noch bewusstlos am Boden neben dem Tisch, doch für mich existierte er schon gar nicht mehr.

Nur Noahs Stimme hielt mich im Hier und Jetzt und verhinderte, dass ich ebenfalls das Bewusstsein verlor.

Sachte streichelte er meinen linken Arm, der schlaff an meinem Körper baumelte. Wir saßen in einer äußerst unangenehmen Position, aber das war mir ebenso egal wie ihm.

Ich wollte nur, dass er mich nie wieder losließ, so wie er es mir versprach. Nie wieder.

»Weißt du, als ich letztens heimlich Solaris verlassen habe, um einen klaren Kopf zu bekommen, rechnete ich nicht damit, überhaupt auf etwas Lebendiges zu treffen. Doch plötzlich empfing ich dieses Signal auf meinem Funkgerät, das ich sicherheitshalber immer bei mir trage, falls ich eine Entdeckung mache. Dann stehst du da, schreiend in diesem teuflischen Blumenmeer, und ich wusste, dass die Zeit der Veränderung gekommen ist. Dass es endlich etwas gibt, für das es sich zu kämpfen lohnt.« Seine warme Stimme umhüllte meine Gedanken. Es war also wirklich er gewesen, dessen Signal ich empfing und welches Ava nicht zuordnen konnte.

Er war es gewesen, der mich am Leben hielt, während ich halb verdurstet war. Erst war es nur ein kleiner Punkt auf einem noch kleineren Bildschirm, doch dieser Punkt entwickelte sich zu einem Menschen. Zu meinem Anker, der mich schon an diesem verheerenden Tag über die Runden gebracht hatte.

»Ich weiß, ich sage dir immer, dass du dich für nichts entschuldigen brauchst, aber jetzt bin ich derjenige, der alle Schuld auf sich nehmen sollte. Ich hatte gehofft, dass mein Vater so vernünftig sein würde, deiner Gemeinschaft auf der Stelle zu helfen, doch meine Gutgläubigkeit hat mich geblendet. So etwas wird nie wieder passieren. Ich bin für dich da, hörst du, Lina? Das werde ich immer sein.«

»Noah? Ach, du Scheiße!« Emelies Stimme riss uns aus unserer Trance, doch ich war zu schwach, um etwas zu sagen. Lediglich meine Augen öffnete ich leicht, um den orangen Haarschopf zu erkennen, der bei einem der Regale aufgetaucht war.

Ein erneutes Aufkeuchen ließ mich ahnen, dass sie soeben Troy entdeckte, der blutend auf dem Boden lag.

Wir mussten ein schreckliches Bild abgeben.

»Emelie«, sagte Noah überrascht, denn auch er hatte nicht mit ihr gerechnet.

»Ich wollte es nicht glauben, als Brix mir sagte, dass du in der Bibliothek gerade Troy zu Hackfleisch verarbeitest, aber ... oh mein Gott! Ich bin gleich wieder da. Ich hole die Krankenpfleger.« Schon war sie wieder verschwunden, ebenso ihr Misstrauen mir gegenüber. Tatsächlich konnte ich so etwas wie Sorge in ihrer Stimme heraushören.

Vielleicht war sie doch nicht so übel, wie ich dachte. Aber ich wollte nicht mehr an das Gute im Menschen glauben, jeder besaß eine dunkle Seite. Auch ich.

Kurz darauf kam Emelie, begleitet von drei weiteren Leuten, wieder und hockte sich vor uns.

Knapp erklärte Noah ihr, was passiert war. Ich hörte nur mit einem Ohr hin, denn mir war diese Scheiße schließlich angetan worden, und ich wollte sie nicht noch einmal vor meinem inneren Auge erleben.

»Fuck, das gibt's doch nicht. Ich werde sofort zu Kilian gehen und ihm davon berichten. Wie konnte er nur so dumm sein? Was hat ihn dazu getrieben?«

»Lass gut sein, ich werde mit meinem Vater persönlich reden. Es ist besser, wenn er es von mir erfährt. Wenn er es nicht schon längst weiß.«

»Okay. Wie geht es ihr?«, fragte Emelie, als wäre ich gar nicht anwesend. Unter anderen Umständen hätte ich mich jetzt aufgeregt, doch ich sollte froh sein, dass die mürrische Frau überhaupt nach meinem Gemütszustand fragte.

»Wie soll es ihr schon gehen? Der Typ hat sie verprügelt. Also beschissen, denke ich.« Seine Worte klangen für einen Außenstehenden vielleicht hart und eiskalt, doch ich wusste, dass Emelie damit umzugehen wusste. Wozu die ganze Sache auch beschönigen? Noah hatte recht.

Den genauen Grund würden wir vermutlich nie erfahren, weil Troy wahrscheinlich nicht einmal selbst wusste, was ihn zu dieser Tat getrieben hatte.

»Die Arme. Ein Arzt sollte ihre Wunden versorgen. Und nicht nur die äußeren.«

Noah nickte. »Ich bringe Lina in meine Wohnung. Kannst du jemanden schicken, der sie untersucht?«

»Natürlich, mache ich sofort«, sagte Emelie fürsorglich, und ich spürte eine Hand auf meiner. Vorsichtig hob ich meine Lider und blickte ihr entgegen.

Die Krankenpfleger schafften Troys schlaffen Körper geräuschlos aus der Bibliothek. Ich wagte nicht, ihn anzusehen, meine Abscheu war viel zu groß.

Mit Leichtigkeit hob Noah mich hoch und trug mich durch die Bibliothek zurück zu seiner Wohnung.

Einen letzten Blick auf das aufgeschlagene Buch *Eine Reise durch Afrika* konnte ich mir dennoch nicht verkneifen.
Seine Seiten waren beschmutzt mit dunkelroten Punkten.

Kapitel 32

Meine Stärke war verschwunden. Ebenso mein Mut, meine Hoffnung und mein Vertrauen in die Menschen von Solaris.

Ich wusste, ich sollte sie nicht alle über einen Kamm scheren und sie für Troys Taten verantwortlich machen, aber mein Kopf konnte nicht anders.

Die schrecklichen Bilder hatten sich in mein Gedächtnis gebrannt, und ich wusste, dass sie mich auf ewig verfolgen würden.

Was, zum Teufel, war nur mit mir geschehen? Was war mit diesem Mann passiert, dass er zu solch einer Tat fähig war? Hatte man ihn so schlecht behandelt in den letzten Jahren, hatte man seinen Hass auf die AlphaOne so sehr geschürt, dass er sich zu nichts anderem in der Lage gesehen hatte, als mich verprügeln zu wollen?

Zusammengekugelt wie ein Embryo lag ich auf Noahs Bett, die dünne Decke bis zu den Ohren gezogen und starrte unentwegt auf die kahle, steinerne Wand vor mir.

Ab und an hörte ich Noahs Schritte in den Nebenräumen oder spürte seine Anwesenheit, wenn er ins Schlafzimmer schaute, doch ich konnte ihm, nein, ich *wollte* ihm nicht in die Augen sehen.

Er sollte in ihnen nicht die Trauer und die Zerbrechlichkeit meiner Seele sehen, denn ich wusste, dass er sich nur noch mehr Vorwürfe machen würde als ohnehin schon.

Er war nicht schuld an der Situation, auch wenn er es nicht wahrhaben wollte. Noah hatte genau das Richtige in dem Moment getan, als er um Hilfe gebeten wurde. Dafür war er schließlich der Sohn des Anführers. Er musste sich um seine Mitmenschen kümmern, wenn es andere offensichtlich nicht konnten.

Ich fragte mich, ob er seinem Vater schon von den Vorkommnissen in der Bibliothek berichtet hatte oder ob er solange warten wollte, bis ich in besserer und ansehnlicher Verfassung war.

Kilian konnte mich mal kreuzweise, durch seine Hassparolen auf die AlphaOne war es doch erst zu dieser Katastrophe gekommen. Wenn er eingesehen hätte, dass die Vergangenheit ruhen musste, hätte es in Troy wahrscheinlich nicht den Gedanken entzündet, mir so etwas antun zu wollen.

Nicht nur körperlich, auch seelisch war ich ein Wrack, fühlte mich wie ausgekotzt. Oder wie nach einer durchzechten Nacht mit viel Alkohol und langen Spielstunden vor der Konsole. Völlig verkatert, ohne den Anlass etwas unternehmen zu wollen. Mich überhaupt zu bewegen.

Es tat mir unendlich leid, dass Noah sich mich als Last aufgetragen hatte, dass er die Verantwortung für mich übernahm, obwohl ich nur eine dahergelaufene Frau war, die immer wieder gerettet werden musste.

Als ich so dalag, stumm an die Wand starrte, dachte ich an meine Eltern, an meinen Bruder, an meine Großmutter und auch an meinen Großvater, der im Grunde genommen ein Held war. Auch wenn er seinen ehemals besten Freund verraten hatte.

Ich war allen dankbar, dass sie mir so eine unbeschwerte und glückliche Kindheit beschert hatten. Dass sie mich so liebten, wie ich war. Mit blauen Haaren und zerrissenen Hosen. Frech, vorlaut und aus irgendeinem Grund immer ein wenig schlecht gelaunt. Abgesehen von meinem schwarzen Humor, den nur die wenigsten verstanden und meine nicht vorhandene Ader für jegliche Romantik.

Nur eines wurde mir immer wieder bestätigt: Mein Misstrauen Menschen gegenüber.

»Lina?« Ich zuckte nicht einmal zusammen, als Noahs sanfte Stimme meine Gedanken durchbrach, ich ließ nicht einmal meine Tränen verschwinden, die meine Augen schon ganz aufquellen ließen, ich drehte mich nicht um. Er wusste, dass ich wach war, denn schlafen konnte ich nicht. Sobald ich meine Augen schloss, sah ich wieder das viele Blut auf dem Boden, Troys hasserfüllten Blick und die Wut, die in seinen Augen lag.

»Ich habe gedacht, dass du ein wenig weiblichen Besuch vertragen kannst.« Ich hörte, wie Noah sich unsicher über seinen stoppeligen

Bart strich, den ich so an ihm mochte. Sein Gesicht wirkte darunter geheimnisvoll und machte das Bild des Überlebenskämpfers komplett.

»Hey, Lina.« War das...?

Jetzt drehte ich mich doch langsam um, denn die Stimme der jungen Frau ließ einen warmen Schauer durch meinen Körper fahren. Nicht so, wie er es tat, wenn ich Noah berührte oder ansah, sondern auf eine freundschaftliche und herzliche Art.

»Du hast nicht gelogen«, flüsterte Lucy in der Absicht, ich könnte es nicht hören, doch da täuschte sie sich. Und mir war bewusst, was sie meinte. Mein Anblick musste verstörend sein. Die Wunde an meiner Augenbraue war genäht worden, aber der dicke Wulst ließ sich nicht vertuschen. Meine Nase war zum Glück nicht gebrochen, aber verstaucht, sodass ein dunkelvioletter Fleck auf dem Nasenrücken prangte. Die geröteten Augen, dicke Lidern und rosige Schlieren meiner Tränen auf den Wangen nicht zu vergessen. Meine Haare waren zerzaust und ließen kaum noch erahnen, welcher Mensch sich unter dieser zerbrochenen Seele befand.

»Darf ich reinkommen?«, fragte sie und ich nickte zaghaft. Aus irgendeinem Grund war sie genau die richtige Person, die ich hier haben wollte, obwohl ich die kleine, braunhaarige Frau nur aus dem Speisesaal kannte. Sie war so etwas wie meine Freundin. Normalerweise ließ ich nicht so schnell jemanden an mich heran, aber Lucy hatte mich vom ersten Moment an verzaubert.

»Okay, ich lass euch dann mal allein. Wenn etwas sein sollte, sag Bescheid. Du weißt ja, wo du mich findest.« Noah warf mir noch einen letzten, warmherzigen, aber traurigen Blick zu. War es Mitleid, das ich in seinen blauen Augen sah?

Lucy nickte ihm zu, und er verschwand aus der kleinen Höhle.

»Wie geht's dir?« Sie setzte sich auf das Podest, auf der die Matratze lag. Ich drehte mich gequält und stöhnend zu ihr um. Meine linke Körperhälfte war schon ganz taub und kribbelte nun unaufhörlich, doch ich ignorierte das unangenehme Gefühl. Ich war froh, überhaupt etwas zu fühlen.

»Okay, die Frage war dumm«, sagte sie, als Lucy meine hochgezogene

Augenbraue bemerkte. Ihre lockigen Haare trug sie offen, sodass sie wie ein Meer aus Wellen über ihren Rücken fielen. Musternd beobachtete sie mich aus ihren ebenfalls braunen Augen, die eine Wärme versprühten, die mir unheimlich guttat.

»Was meinte Noah damit, du wüsstest, wo er ist?«

Meine Stimmbänder waren ganz belegt vom vielen stummen Weinen der letzten Stunden, und ich musste den dicken Kloß im Hals kräftig hinunterschlucken. Nur schwer hielt ich meine geschwollenen Augen offen, denn die Müdigkeit übermannte mich plötzlich.

»Ich glaube, es ist besser, wenn du das nicht weist«, betonte Lucy mit Nachdruck, aber dennoch sorgsam, bevor sie mir eine blaue Strähne aus meiner Stirn strich. Kurz schloss ich die Augen und genoss ihre Berührung, doch sofort riss ich sie wieder auf, denn ich wollte nicht einschlafen. Die immer wiederkehrenden Bilder aus der Bibliothek beschleunigten meinen Puls in gefährliche Höhe.

»Doch, sag's mir bitte«.

Lucy atmete einmal tief durch und verzog den Mund, als sie überlegte, wie sie die nächsten Worte gut formulierte.

»Er ist bei Troy.« Ein Schmerz durchzuckte mein Herz, doch ich unterdrückte die Gedanken an seine Faust, die auf mein Gesicht hinabstieß und versuchte, ruhig zu atmen. Die Panik schlich sich langsam durch meine Adern, doch ich ließ nicht zu, dass sie mich übermannte.

»Okay«, hauchte ich. »Was passiert jetzt mit ihm?«

»Noah hat ihn in eine der verlassenen Höhlen gebracht, nachdem seine Nase weitestgehend versorgt wurde. So schnell wird er dort nicht mehr herauskommen. Das, was er dir angetan hat ... ist unverzeihlich und wird normalerweise sehr hart bestraft. Normalerweise.«

Ich schluckte. Lucy ließ mit Absicht aus, *wie* hart diese Strafe ausfiel.

»Es ist nur noch nie zu so einem Fall gekommen, daher sind sich alle noch nicht einig, wie mit ihm umgegangen werden soll. Eigentlich möchte niemand, dass jemand die Gemeinschaft verlassen muss. Die letzte Dürre und Krankheitswelle haben viele das Leben gekostet. Wir brauchen jeden, der mit anpacken kann.«

»Was sagt Kilian dazu?«

»Der?« Lucy schnaubte höhnisch. »Der hat sich bisher nicht darum gekümmert und hockt in seinem Büro rum. Noah ist ganz allein dafür zuständig, aber es gibt Leute, die ihn unterstützen, solange sein Vater der Meinung ist, sich mit anderen *wichtigen* Dingen zu beschäftigen.« Augenrollend schüttelte sie den Kopf und hob ihre Finger zu Anführungszeichen.

»Lasst mich mit ihm reden.«

»Lina, ich glaube nicht, dass das jetzt eine gute Idee ist. Du kannst kaum laufen. Und Kilian ... Du hast ihn erlebt. Er ist nicht gut auf dich zu sprechen. Wir wollen nicht, dass noch Schlimmeres passiert.«

»Ich muss«, stieß ich hervor. »Er soll es mit eigenen Augen sehen. Soll sehen, was seine Worte bezwecken. Nämlich, dass sie Menschen dazu bringen, anderen wehzutun. Wer weiß, wozu Menschen wie Troy noch in der Lage sind, wenn Kilian seine Meinung nicht ändert. Es bringt nichts, wenn nur ein Teil der Solarier mit zur AlpahOne kommt. Es würde nur einen weiteren Krieg anzetteln. Unter euch. Solaris würde entzweit werden. Und ich glaube nicht, dass das die Absicht von Kilian ist.«

Ich atmete schwer aus, denn meine kleine Ansprache raubte mir jede Kraft, die noch in meinem Körper vorhanden war. Erschöpft schloss ich meine Augen und horchte in die Stille, die Lucy und mich umgab.

Wenn, dann sollte Kilian sich persönlich davon ein Bild machen. Ich wollte ihm selbst davon berichten, wie es war, keinen Ausweg zu finden und mit dem Leben einfach abschließen zu wollen.

Noahs Worte würden ihn nur wieder zur Weißglut bringen, das wusste ich. Er würde seinem Sohn ebenfalls vorwerfen, sich von mir blenden zu lassen und würde ihn fortschicken, ohne auch nur eine Sekunde darüber nachzudenken, ob *er* derjenige war, der sich von seiner eigenen Vergangenheit beeinflussen ließ.

Mit gesenktem Blick hörte ich regelrecht, wie es in Lucys Kopf arbeitete. Vermutlich wägte sie soeben ab, welche Entscheidung die bessere war. Ich wusste nur eines: Dass ich mich nicht davon abbringen ließ, mit Kilian zu sprechen. Egal, in welcher Verfassung ich war. Zur Not schlich ich mich auch aus dieser Wohnung. Wenn jeder meinte, zu wissen, was das Beste für mich war.

»Okay«, sagte Lucy schlussendlich, und ich öffnete zuerst nur mein rechtes Augen, um sie anzusehen. Mit dieser doch schnellen Antwort hatte ich nicht gerechnet.

»Okay?«

»Ja. Ich weiß sonst nicht, wie es weitergehen soll. Ich befürchte, dass Noah sich zu sehr mit Troy beschäftigt, als die Mission vorzubereiten. Dabei gibt es jetzt doch etwas viel Wichtigeres zu tun. Deine Familie, deine Gemeinschaft zu retten. Troy würde auch danach noch seine gerechte Strafe bekommen. Und ich finde, du hast recht. Kilian wird nur zur Besinnung kommen, wenn du es ihm erzählst. Das bedeutet aber nicht, dass Noah oder ich oder irgendein anderer dich allein zu ihm lassen, verstanden?«

Ich nickte. Gleichzeitig zauberten Lucys ehrliche Worte ein kleines Lächeln auf meine Lippen, deren Haut vom vielen Salz meiner Tränen ganz porös waren.

»Danke. Das bedeutet mir wirklich viel«, flüsterte ich und rollte mich auf den Rücken. Als ich meine Glieder streckte, zog es unangenehm in meinen Muskeln, denn durch die gekrümmte Haltung, in der ich die letzten Stunden gelegen hatte, war mein gesamter Körper verspannt.

»Was tust du?«, fragte Lucy, als ich Anstalten machte, aufzustehen.

»Ich will nicht länger warten. Ich muss jetzt sofort zu Kilian.«

»Lina, du musst dich noch ein wenig erholen.«

»Ist mir egal, besser, wenn er mich in diesem Zustand sieht und nicht, wenn ich gut erholt und frisch geduscht bin.« Ohne auf ihre Proteste zu achten, schwang ich meine Beine über die kleine Empore. Irgendwie fühlte ich mich etwas schuldig, dass ich Noahs Bett die ganze Zeit in Beschlag nahm. Ich nahm mir vor, ihm vorzuschlagen, dass ich dieses Mal diejenige war, die auf dem Sofa schlief. Er sollte nicht alles für mich opfern.

»Na gut, aber lass mich erst Noah holen. Du rührst dich nicht von der Stelle, hast du verstanden?«

»Jawohl, Madame.« Ich salutierte gespielt, was Lucy mit einem misstrauischen Blick quittierte.

»Ich haue nicht ab, keine Sorge«, sagte ich nachdrücklich und spürte das schlechte Gewissen, denn ich wusste, dass ich sie gerade anlog.

Ich hatte nicht vor, hier wie ein kleines Mädchen zu hocken und auf meinen großen Beschützer zu warten. Die plötzliche Euphorie überschüttete mich mit Adrenalin, das durch meine Adern schoss.

Lucy hatte mir den perfekten Hinweis geliefert. Noah war zu weit entfernt, um schnell zu mir zu gelangen, und sie selbst wollte sich soeben auf den Weg zu ihm machen. Kilian befand sich in seinem Büro und das war mein nächstes Ziel.

»Ich beeile mich«, versprach die kleine, dunkelhaarige Frau mit den Sommersprossen und war sogleich aus der Wohnung verschwunden.

Das war meine Chance.

Ich musste nur durch die Eingangstür und zu Kilian gehen, das durfte nicht weiter schwer sein. Doch sobald ich aufstand und daran dachte, diese schützenden vier Wände zu verlassen, wurde mir übel.

Dort draußen liefen Menschen umher.

Bewohner von Solaris.

Und nicht jeder war mir positiv gesinnt.

Wer weiß, hinter welchen Augen sich dieselben Gedanken wie die von Troy abspielten.

Niemand konnte es wissen. Auch ich nicht, obwohl ich von mir überzeugt war, eine gute Menschenkenntnis zu haben. Der Vorfall in der Bibliothek hatte mich eines Besseren belehrt.

»Okay, Lina. Du schaffst das«, sprach ich mir selbst Mut zu.

Verdammte Scheiße! Jetzt geh da raus und stell dich deinen beschissenen Ängsten.

Diese eine Sache wollte ich ganz allein schaffen. Wie sollte ich schließlich meine Familie retten, wenn ich nicht einmal in der Lage war, für mich allein zu sprechen und zu handeln? Ich würde die Mission mit Kilian anführen. Auf mich kam es an, dass ich die Solarier den richtigen Weg zeigte.

Ein Rascheln ließ mich zusammenzucken und aufhorchen. Etwas bewegte sich vor dem Eingang. Vorsichtig schlich ich mich nach vorne, wo der dicke Vorhang in der Höhlenöffnung hing.

Kaum ebbte das Rascheln ab, schob ich ganz vorsichtig den Stoff zur Seite und spähte hinaus.

Im Augenwinkel sah ich, wie sich das Papier, auf denen die Namen derjenigen stand, die uns begleiten wollten, im Windzug bewegte.

Es hatte sich nur ein weiterer Freiwilliger eingetragen. Meine Befürchtungen, einen Eindringling in die Flucht zu schlagen, verpufften daher schnell.

Staunend trat ich aus der Wohnung, denn die vielen Namen überraschten mich.

Gequetscht füllten sie bereits kreuz und quer jeden freien Zentimeter des gelblichen Papiers aus. So viele.

So viele Freiwillige wollten mir helfen.

Ich schnappte mir die Listen und riss sie von der Wand. Jetzt gab es kein Halten mehr für mich. Kilian musste das sehen.

Es würde ihn überzeugen. Genau hatte ich nicht nachgezählt, aber die Namen würden hoffentlich reichen, den Anführer von Solaris in eine andere Richtung zu lenken. In die richtige.

Das Glück war vielleicht doch auf meiner Seite.

Wenn dem so war dann nahm ich alles und jeden in Kauf, der sich mir in den Weg stellte.

Kapitel 33

»Wer stört?«

Den Weg zu seinem Büro wiederzufinden war nicht schwer, ich hatte ein gutes Gedächtnis, zumal es nicht lange her war, dass ich gemeinsam mit Noah in den Räumen gestanden hatte.

Eine halbe Tageszeit war schon lange vorüber und bald würde die Nacht hereinbrechen. Vermutlich war es bereits schon so weit, denn es schien, als würden die Lampen in den Höhlen heller leuchten.

Meine Güte, dafür, dass eine Tageszeit drei Tagen meiner Welt glich, verging die Zeit hier wie im Flug.

»Ich frage nicht noch einmal, also, wer auch immer dort ist, sollte sich schnell zeigen, sonst werde ich ungemütlich.« Kilian war offenbar noch schlechter gelaunt als bei unserer ersten Begegnung.

Was hatte ich mir nur dabei gedacht?

Vermutlich mal wieder nichts oder doch zu viel.

Bevor er Hackfleisch aus mir machen konnte, trat ich aus dem Schatten des Eingangs zu seinem Büro.

Perplex senkte er eine Handvoll Zettel, die er in der Hand hielt und schaute mich ungläubig an.

»Lina.« Das war keine Frage, auch keine Feststellung. Irgendetwas dazwischen. Was mich überraschte, war seine Stimmlage. Weder genervt noch wütend oder aggressiv. Kilian war tatsächlich überrascht mich hier zu sehen.

Was vermutlich an meinem desolaten Äußeren lag. Ich hatte mir nicht einmal die Mühe gemacht, die verkrusteten Tränen auf meinen Wangen zu entfernen. Kilian würde mir sonst keinen Glauben schenken, wenn ich aussah, wie aus dem Ei gepellt. Nun sah er die ganze, schonungslose Wahrheit.

Stumm stand ich im Eingang und starrte ihm in die Augen, die Noahs zum Verwechseln ähnlich sahen. Die Namensliste hielt ich fest umklammert in meiner rechten Hand, sodass sie von einem leichten Schweißfilm meiner Hände feucht und knittrig wurde.

Doch der ältere Mann hatte nichts mit der Gutmütigkeit seines Sohnes zu tun. Selbst die vielen Falten und Narben im Gesicht ließen ihn weniger sympathisch wirken, doch als er mich nun in seinem Büro stehen sah, glättete sich seine krause Stirn, als er die Augenbrauen ungläubig in die Höhe zog.

»Was ist passiert?«, fragte er mich mit einer Spur Besorgnis in der Stimme. Ich sah, wie er einen prüfenden Blick hinter mich warf, wahrscheinlich in der Erwartung, dass Noah gleich auftauchen würde.

»Noah, wird nicht kommen«, erwiderte ich. »Und du weißt, was passiert ist.«

Es hatte sich herumgesprochen. Wie ein Lauffeuer brodelten die Gerüchte über eine blutige Auseinandersetzung in der Bibliothek, das hatte mir Lucy noch mitgeteilt, bevor sie ging. Kilian *musste* es also schon gehört haben.

»Ja, ich habe davon Kenntnis genommen, doch hielt ich es für ein dummes Geschwätz, das in die Welt gesetzt wurde.«

»Das *ich* es in die Welt gesetzt habe, richtig? Das denkst du doch«, widersprach ich ihm und traute mich nun einen Schritt näher zu treten. Kilian legte nun endgültig die vielen Zettel auf seinen Schreibtisch und es schien, als wusste er nicht so recht, wohin mit seinen Händen. Er legte sie schlussendlich flach auf das Holz des Tisches.

»Das habe ich nie behauptet. Aber ich gebe zu, dass mir der Gedanke gekommen ist, ja. Aber wie ich sehe, geht es dir wirklich nicht gut.«

»Nicht gut?«, spuckte ich aus. »Mir geht es beschissen. Einer deiner Leute hat grundlos auf mich eingeprügelt, nur weil dein Hass auf meine Familie größer ist, als deine Fähigkeit, anderen Menschen zu vertrauen. Dein Stolz hat diese ... Gedanken in Troys Kopf gepflanzt.« Bei meinen Worten zeigte ich auf meinen eigenen Schädel. Wütend, aber dennoch bedacht, nicht sofort an die Decke zu gehen, kam ich wieder einen Schritt näher auf ihn zu.

»Er hat es also wirklich getan?«

»Sieh mich doch an!« Aufgebracht trat ich weiter ins Licht der Deckenlampe, die nun über mir schwebte.

Nun waren die vielen dunkelvioletten Flecken auf meiner Haut nicht mehr zu übersehen. Die geschwollene Augenbraue, das verkrustete Blut, das in meiner Nase klebte. Auf meiner Wange konnte ich immer noch das alte Holz des Tisches fühlen und die flache Hand, mit der Troy mein Gesicht zur Seite gedrückt hatte.

In Kilians Augen flackerte Erkenntnis und eine Spur Mitleid auf, als er meine Verletzungen betrachtete. *Ja, sieh es dir genau an, das ist das Ergebnis deines Stolzes. Deiner Worte, die bei gewissen Menschen vielerlei Gefühle und Handlungen auslösen.*

»Lina, ich...« Verdutzt sah ich ihn an und vergaß für einen kurzen Augenblick meine Wut. Er hatte mich in der ganzen Zeit, in der ich hier war, nicht ein einziges Mal bei meinem Namen genannt. Und als er es tat, klang es, als würde er eine längst vergessene Tochter wiedergefunden haben.

»Ich habe nicht geahnt, dass so etwas passieren wird«, gestand er und erhob sich von seinem Stuhl. Langsam ging er um den Tisch herum. Uns trennten nur noch wenige Meter.

»Das hat niemand. Aber es ist nun einmal geschehen und kann nie wieder rückgängig gemacht werden. Selbst wenn die blauen Flecken verschwinden, hier drin...« Ich zeigte auf die Stelle, an der mein Herz lag. »Wird es nie wieder heilen.«

Tränen stiegen mir in die Augen, denn meine Wut löste sich langsam wie ein Nebelschleier auf und es blieb nur noch meine Traurigkeit übrig.

Ein plötzlicher, kalter Schauer durchfuhr meinen Körper, und ich fing zu zittern an. Sofort war Kilian an meiner Seite und drückte mich behutsam an seine Brust.

Was passierte hier gerade?

Kilian, der Mann, der mich am liebsten nicht nur mit Blicken töten wollte, hielt mich im Arm und ... tröstete mich? Schlaff hingen meine Arme an meinem Körper herunter, sodass das Papier aus meiner Hand glitt und auf den Boden segelte. Erneut brachen meine Tränen alle Dämme. Stumm ließ ich meinen Gefühlen freien Lauf. Ebenso ließ ich es zu, dass Kilian mich berührte. Wie ein Vater seine Tochter umarmte, wenn sie einen Niederschlag erlitten hatte.

Aus irgendeinem Grund, den ich nicht greifen konnte, schloss ich meine Augen und genoss den Moment. Mir wurde bewusst, dass es viel zu selten vorgekommen war, dass mein eigener Vater mich so beschützend umarmt hatte.

Ich hoffte nur inständig, dass wir dies nachholen konnten, vorausgesetzt Dad lebte noch.

»Es tut mir leid«, flüsterte Kilian, dessen Stimme nicht mehr hart und erbost klang. Sie war freundlich, fürsorglich und gutmütig. Als hätte er soeben begriffen, dass es sinnlos war, weiter in der Vergangenheit zu leben.

Als Antwort schluchzte ich auf, denn ich war erleichtert und erschöpft zugleich. Mir hatte der kurze Weg hierher schon so viel Überwindung und Kraft geraubt, dass ich mich am liebsten auf den Boden fallen lassen wollte, um ewig zu schlafen.

Früher, als es mir lieb war, löste sich Kilian aus unserer Umarmung und hielt mich an den Oberarmen ein Stück entfernt von ihm.

»Es tut mir wirklich leid. Was dir angetan wurde. Und auch das, was mit deiner Familie passiert ist. Ich weiß selbst, dass Noah immer recht hatte. Dass ich nicht länger in der Vergangenheit leben sollte, aber als dein Großvater uns verraten hat, zerbrach etwas in mir, das mehr als nur eine Freundschaft war. Tiberius war für mich wie ein Onkel, zu dem ich aufsah. Mein Vater hatte ihn für seine Genialität vergöttert.« Den Namen meines Großvaters zu hören, versetzte mir einen Stich ins Herz, auch wenn ich ihn nie kennengelernt hatte. Doch er schwebte stets über unseren Köpfen und war unsterblicher Teil der AlphaOne.

Niemand würde Tiberius Brown je vergessen.

Kilian fing eine Träne auf, die soeben von meinem Kinn tropfte. »Als dann das Undenkbare eintrat und die Tore sich vor unseren Augen schlossen, spürte ich nichts weiter als ein tiefes schwarzes Loch in mir, in das ich fiel. Niemals hätte ich damit gerechnet, dass der beste Freund meines Vaters uns zurücklassen würde, um seine eigene Familie zu schützen. Dein Vater musste zu diesem Zeitpunkt knapp drei Jahre alt gewesen sein. Ich habe öfter den Babysitter gespielt, wenn unsere Väter an der AlphaOne tüftelten. Vielleicht erinnert er sich ja noch an mich. Aber Tiberius ging es immer darum, *allen* Überlebenden der Erde einen Platz auf der AlphaOne zu geben, aber die Supernova kam schneller als geahnt und das musste eine Kurzschlussreaktion in ihm ausgelöst haben. Ich bin verletzt, ja, aber ehrlich gesagt, bin ich ihm auch dankbar. Hätte er uns nicht zum Sterben zurückgelassen, hätten wir nie herausgefunden, wozu die Menschen in den katastrophalsten Situationen fähig sind.«

Wieder schluchzte ich und hörte ihm aufmerksam zu. Hinter seiner harten Schale verbarg sich ein weicher, verletzlicher Kern, der seinem eigenen Vater und dessen besten Freund hinterher trauerte. In diesem Moment verstand ich, dass Kilian nur sich und seine Familie schützen wollte. Dass er seine Fassade aufrechterhielt, um nicht angreifbar zu sein. Doch leider hatte sein Zorn irgendwann die Oberhand über sein Herz gewonnen und seine Worte Leute dazu angeregt, ebenfalls diesen Hass auf meine Gemeinschaft zu empfinden.

Zu meiner Überraschung konnte ich ihm nicht mehr böse sein. Er hatte soeben sein wahres Ich an die Oberfläche gelassen, und das war alles, was ich bezwecken wollte.

»Troy wird seine gerechte Strafe erhalten, das verspreche ich dir. Ich verspreche dir auch, dass ich alles in meiner Macht Stehende tun werde, um die AlphaOne zu retten. Als ich dich das erste Mal sah, erkannte ich sofort, aus welcher Familie du stammst. Und als du davon berichtet hast, dass ein Feuer entflammt war, galten meine ersten Gedanken Tiberius. Ich gebe zu, erst dachte ich daran, dass ihr endlich eure gerechte Strafe erhaltet, dass der Tod meines Vaters nicht umsonst war, aber je öfter du mir begegnetest, umso größer wurde auch mein schlechtes Gewissen. Damals war ich noch ein kleiner Junge, der die Welt durch die Augen seines Vaters sah. Seine Wut ist auf mich übertragen worden und hat sich in meinen Kopf gepflanzt. Ich hoffe, du kannst mir verzeihen, Lina. Das wünsche ich mir.«

Ruhig atmend sah ich Kilian in sein trauriges Gesicht. Reue breitete sich aus. Nicht nur in ihm, sondern auch in mir, denn ich hätte ihn nicht zu voreilig verurteilen dürfen. Schließlich verlangte ich es auch von anderen, wenn es um mich ging.

Bevor ich etwas erwidern konnte, schnitt Kilian mir das Wort ab. Nie im Leben hätte ich gedacht, dass dieser wortkarge Mann zu so einer Ansprache fähig war.

»Natürlich verstehe ich es auch, wenn du weiterhin sauer auf mich bist und mich vermutlich auf einen anderen Planeten wünschst. Davon gibt es im Umkreis wirklich reichlich.« Kurz schmunzelte er über seine eigene Aussage. »Aber ich sehe meinen Fehler ein und verstehe, wieso Noah mir ständig ins Gewissen reden will. Nicht nur er. Ich bin ja nicht blind. Ich habe schon gemerkt, dass sich die Stimmung langsam verändert und viele der Bewohner sich etwas Besseres wünschen, als weiterhin unter der Erde zu hausen. Vermutlich kamst du zur rechten Zeit, um mich aufzuwecken.«

Da mir nichts einfiel, das ich hätte sagen können, nickte ich nur zustimmend. Ich war noch nicht dazu fähig, ihm ins Gesicht zu sagen, dass ich ihm im Namen meiner Familie verzieh, denn erst musste er seine Worte auch unter Beweis stellen. Er sollte uns auf der Mission begleiten, an vorderster Front. Gemeinsam mit Noah und mir.

Erleichtert verzog ich mein Gesicht zu einem Lächeln. Irgendwie hatte ich mir die Begegnung mit Kilian anders vorgestellt. Schlimmer. In meinem Kopf hatte ich mich ebenfalls in einer der abgelegenen Höhlen gesehen, vollkommen abgeschnitten von jeglicher Zivilisation.

Mich wunderte es in diesem Augenblick nur, wieso Noah immer noch nicht eingetroffen war. Lucy wollte ihn doch auf der Stelle zu mir bringen. Er hätte längst eins und eins zusammengezählt, wenn er seine leere Wohnung vorfand.

Als hätte jemand meine Gedanken erhört, stürmte plötzlich eine aufgebrachte Frau in Kilians Büro.

Lucy.

Mein Herz rutschte mir sofort in die Hose.

Ihr Gesichtsausdruck verriet nichts Gutes.

»Noah ... er ...«, japste sie erschöpft. Sie musste den ganzen Weg hierher gerannt sein.

»Lucienne«, rief Kilian erstaunt und ließ sofort von mir ab. Die wohltuende Wärme seiner Hände spürte ich noch Minuten danach auf meinen Oberarmen.

»Noah ist verschwunden! Ich wollte ihn holen, aber er ist nirgends aufzufinden. Troy ist ebenfalls weg.«

Verdammt! Noah, was hast du vor?

Tief durchatmend hielt sich Lucy an der Wand neben ihr fest. »Ich vermute, dass er Solaris verlassen hat.«

»Er ist rausgegangen?«, fragte ich leicht panisch.

»Ich denke schon, ja. Niemand hat ihn in den Höhlen gesehen.«

»Dann dürfen wir keine Zeit verlieren. Wenn er mit Troy dort draußen ist, sind sie in großer Gefahr. Die Nacht bricht in weniger als einer Stunde herein.« Kilian drehte sich blitzschnell zu mir um. »Bist du fit genug, um mitzukommen?«

Perplex nickte ich mit dem Kopf, ohne darüber nachzudenken, in welcher Verfassung ich eigentlich war.

»Auf dich wird er hören, du kannst ihn zur Vernunft bringen.«

Ich schluckte schwer. Wenn er der Meinung war, dann musste es stimmen.

»Lucienne, sag dem Waffenlager Bescheid, dass sie den Tresor aufschließen sollen. Wir brauchen vermutlich härtere Geschütze als Pfeil und Bogen.«

Gehorsam willigte sie ein und verschwand ebenso schnell, wie sie gekommen war.

Unsicher, was ich nun tun sollte, stand ich wie ein Schluck Wasser einfach nur tatenlos herum und war nicht fähig, einen klaren Gedanken zu fassen.

Noah, was zum Teufel hast du dir dabei gedacht?

»Zieh dir deine Lederjacke an, sie wird dich vor der Kälte der Nacht schützen und vielleicht noch vor etwas viel Gefährlicherem.«

Den Hybriden, dachte ich und sah Kilian dabei zu, wie er seine eigene Jacke über die Schultern streifte.

»Lina!«, holte er mich in die Realität zurück. Ich würde wieder dort raus gehen. Ich ballte meine Hände zu Fäusten, um die Angst nicht Überhand gewinnen zu lassen.

»Ja. Ja, ich hole sie. Sie liegt in Noahs Wohnung.« Zumindest hoffte ich, dass Noah mir eine Lederjacke besorgt hatte, als er sich auch um meine jetzige Kleidung gekümmert hatte.

Als ich mich umdrehte und zum Eingang rannte, hörte ich nur noch Kilians Stimme, die flehend und auch leicht verzweifelt eines murmelte: »Hoffen wir das Beste.«

Und ich wusste, dass er nicht die Tatsache meinte, dass ich eine Lederjacke besaß, sondern, dass sein Sohn noch am Leben war.

Die Mission

Kapitel 34

Plötzlich ging es nicht mehr nur darum, meine Familie und die AlphaOne zu retten, sondern auf eine weitere, vielleicht viel gefährlichere Mission zu gehen.

Noahs Rettung.

Beziehungsweise die Hoffnung, dass er nichts Dummes tat, während er mit Troy irgendwo dort draußen sein Leben riskierte.

Was hatte er sich nur dabei gedacht, ohne jemanden über sein Vorhaben zu informieren, Solaris zu verlassen?

Welcher Schalter musste sich in seinem Kopf umgelegt haben, dass er Troy selbst bestrafen wollte, ohne ein Urteil der Gemeinschaft abzuwarten?

Noah musste mehr an mir liegen, als ich ahnte, auch wenn dieses kleine Gefühlschaos zwischen uns eindeutig war, wusste ich nicht ganz, woran ich bei ihm war.

Schließlich hatten wir auch Besseres zu tun, als uns in eine wilde Affäre oder gar Beziehung zu stürzen, während meine Familie um ihr Leben kämpfte.

Eilig rannte ich zurück in die Wohnung. Schubste dabei sogar Passanten zur Seite, die meinen Weg kreuzten. Protestierend riefen sie mir etwas nach, doch ich reagierte nicht auf ihre Worte. In meinem Kopf herrschte Chaos; rin kunterbunter Trubel, der meine Sinne berauschte. Ich musste so schnell wie möglich in die Wohnung laufen, um noch schneller bei Noah zu sein. Vielleicht hatte Kilian recht und Noah würde auf mich hören. Vielleicht konnte ich wirklich etwas bezwecken, wenn ich ihm direkt gegenüberstand. Vielleicht kam er zur Besinnung, dass das, was er vorhatte, egal was es war, nicht der richtige Weg war. Dass Troy seine gerechte Strafe nur erhielt, wenn es gemeinsam beschlossen wurde.

In diesem Moment tat Noah etwas ganz Dummes: Er setzte sein eigenes Leben aufs Spiel. Das musste ich verhindern. Ich wollte nicht noch mehr Tote sehen, wollte nicht auch ihn noch zu Grabe tragen. Denn das würde ich im schlimmsten Fall mit meiner eigenen Familie tun müssen.

Schwer atmend kam ich endlich an und rannte sofort ins Schlafzimmer. Und wie es das Schicksal wollte, lag neben dem kleinen Podest des Bettes eine ordentlich zusammengefaltete schwarze Jacke. Sie war mir vorher nicht aufgefallen. Wahrscheinlich lag es daran, dass mir nie in den Sinn gekommen wäre, bei diesen Temperaturen überhaupt mehr als nur das Top anzuziehen, welches ich immer noch trug und das durch die ganzen Strapazen der letzten Stunden etwas zerknittert und verstaubt war.

Hastig stopfte ich meine Arme durch die Löcher der Jacke und richtete sie. Wow, sie passte wie angegossen und auch das Leder fühlte sich in keiner Weise schwer auf meinen Schultern an. Zufrieden beschloss ich, einen Blick in den Spiegel im kleinen Badezimmer zu werfen, der über einer Waschschüssel hing.

Bei meinem Anblick stockte mir der Atem und am liebsten wäre ich schreiend davongelaufen. Das war übel. Richtig übel. Ich sah schrecklich aus! Viel schlimmer, als ich dachte. Unter meinen Augen hatten sich dunkle Schatten gebildet und die rosigen Schlieren der salzigen Tränen sahen aus wie Narben, die sich längs über mein Gesicht zogen.

Die verquollenen Augen versuchte ich mit kaltem Wasser etwas zu beseitigen, was einigermaßen funktionierte. Schnell schrubbte ich mir mein Gesicht und wusch all die vergangenen Ereignisse fort, bis meine Haut rosig und sauber leuchtete. Einzig die dicke Wulst an meiner Augenbraue und die blauen Blutergüsse konnte ich nicht vertuschen.

Meine Haare band ich zu einem Zopf, der mir am Hinterkopf saß, das Blau war matt vom Staub und Sand geworden und schrie nach einer Wäsche, doch darüber durfte ich jetzt nicht nachdenken. Ein Glück besaß Noah Haarbänder, mit denen er sich ebenfalls seine Haare aus dem Gesicht band. Er würde es sicherlich nicht schlimm finden, wenn ich mir eines ausliehe.

Als ich mich doch recht zufrieden im Spiegel betrachtete, fiel mein Blick auf die große Gürtelschnalle um meine Hüften. Die Sonne, das Zeichen von Solaris. Jetzt machte alles auch einen Sinn. Die vielen

Sonnen Tattoos, die ich bisher auf jedem Körper entdecken konnte. Die Gürtelschnallen, die golden im Licht der Deckenlampen schimmerten. Ich sah aus wie eine von ihnen. Schlagartig traf mich diese Erkenntnis. Nichts zeugte mehr davon, dass ich eigentlich im puren Luxus gelebt hatte. Auf meiner Haut zeichnete sich schon eine leichte Bräune ab, die Verbrennungen der giftigen Blumen waren nicht mehr als rote, kreisförmige Flecken, gepaart mit meiner neuesten Errungenschaft, den blauen Hämatomen. Unter meinen zuvor perfekt gepflegten Fingernägeln steckte dunkler Schmutz, aber nichts von alldem störte mich.

Früher hätte ich stundenlang unter der Dusche gestanden und meinen Körper so lange geschrubbt, bis er glänzte. Bis nicht ein Makel mehr zu sehen war. Doch diese Lina gab es nicht mehr. Die neue Lina fühlte sich unheimlicher Weise wohl in ihrem neuen Outfit.

Ich fühlte mich stark, unnahbar, selbstbewusst, wieder wie ein Individuum. Wo kam nur meine neue Stärke her? Noch vor einer Stunde hätte ich am liebsten mein Leben getauscht, hatte alle Menschen verteufelt, wäre lieber eingeschlafen und nicht wieder aufgewacht, als noch einen Tag länger in Solaris zu leben.

Nichts und niemand konnte mich in diesem Moment unterkriegen.

Verdammte Scheiße, ich war Nova-Lina Brown. Die Enkelin von Tiberius Brown, dem Mann, der uns diesen Leben überhaupt ermöglicht hatte. Ich konnte alles schaffen. Nein, ich *schaffte* alles.

Mit einem selbstbewussten Blick nickte ich mir im Spiegel zu, richtete meine Lederjacke erneut und verschwand ebenso schnell, wie ich gekommen war, aus der Wohnung.

***

»Fertig?« Erschrocken zuckte ich zusammen, denn wie zwei Türsteher standen Page und Lucy im Eingang der Wohnung.

»Was hast du dir dabei gedacht?«, fauchte Lucy hinterher.

»Moment mal, steht ihr die ganze Zeit schon hier?«, fragte ich überrascht.

»Wie konntest du ohne einen von uns zu Kilian gehen?«

»Lucy, beruhige dich.«

»Nein, ich beruhige mich nicht. Er hätte ihr den Kopf abschlagen können«, sagte sie hysterisch und gestikulierte wild mit ihren Armen umher.

»Jetzt übertreib mal nicht, es ist doch alles gutgegangen.« Page verdrehte genervt die Augen, während sie ihre Arme vor ihrer Brust verschränkte.

»Okay, okay. Mal ganz langsam. Was wollt ihr hier?«, stellte ich die beiden zur Rede.

»Kilian will, dass wir dich holen, um dir den Weg ins Waffenlager zu zeigen. Und weil wir dich nicht allein lassen wollen«, gab die Rothaarige gelassen zu. Dafür, dass ihr Cousin gerade in Lebensgefahr schwebte, war sie ziemlich entspannt.

»Wie man sieht, kommst du aber ganz gut klar«, stellte Page grinsend fest, nachdem sie einen prüfenden Blick auf meinen Körper geworfen hatte.

»Trotzdem ist es besser, wenn wir bei ihr sind. Was hast du dir nur dabei gedacht«, fragte Lucy mich.

»Es ist doch alles gut. Kilian hat Einsicht gezeigt und bereut seine Fehler. Ich wusste, dass er es nicht tun würde, wenn Noah oder ein anderer dabei gewesen wären. Ich musste ihn allein sprechen. Und wie du siehst, hat er mir nicht den Kopf abgeschlagen«, wiederholte ich ihre Worte.

Sie grunzte und schüttelte den Kopf.

»Sollten wir uns nicht beeilen in das Waffenlager zu kommen?«

»Lina hat recht, lasst uns los. Und kein Gemecker mehr, Winzling.«

Empört stemmte Lucy ihre Fäuste in die Hüften und funkelte Page wütend an. Die jedoch drehte nur mit den Augen und ließ Lucy stehen.

»Wirklich ... du hättest...«

»Es reicht«, wies ich sie zurecht. »Es gibt jetzt Schlimmeres als meinen Dickkopf.«

»Gut, dass du es einsiehst.«

Wir verloren keine unnötige Zeit mehr und nahmen unsere Beine in die Hand. Auf dem Weg zum Waffenlager erklärte Page mir kurz und knapp, dass sich im Tresor des Lagers die Schusswaffen befanden.

Kilians Worte, dass wir härtere Geschütze auffahren mussten, hallten noch in meinem Kopf nach.

Der Einbruch der Nacht rückte immer näher und ließ mich nervös werden. Sobald die Sonne verschwunden war, tauchten die Hybride auf. Kreaturen, die vor langer Zeit Menschen waren.

»Und Kilian hat einfach Einsicht gezeigt?«, fragte Lucy ungläubig noch einmal nach.

Ich nickte. »Mein Anblick hat ihn wahrscheinlich so sehr geschockt, dass ihm nichts anderes übrigblieb.«

Die kleine, dunkelhaarige Frau schien einen Moment zu überlegen, bevor sie schulterzuckend und mit einem mahnenden Blick an mich gewandt meinte: »Dennoch hättest du auf einen von uns warten können.« Sie ließ einfach nicht locker.

»Hey, da seid ihr ja endlich.« Kilian empfing uns in dem Waffenlager, in das ich zuvor noch keinen Blick werfen durfte. Noah fand es wohl sinnlos, mir diesen Teil der Höhlen zu zeigen, was ich nachvollziehen konnte, denn er hatte sicherlich nicht damit gerechnet, dass jemand so schnell in Not geriet. Und dann war es ausgerechnet er selbst, dessen Sicherungen durchgebrannt waren und nun Hilfe benötigte. Auch wenn er es sich vermutlich nie eingestehen wollte.

»Danke euch beiden«, richtete Kilian seine Worte an Page und Lucy. Es war klar, dass Page nur mit einem gelassenen Schulterzucken und Lucy mit einem aufgeregten Nicken antwortete.

»Wir müssen uns beeilen, tatsächlich wird es schneller dunkel, als ich dachte. Nehmt euch so viele Waffen, wie ihr tragen könnt. Lina, hast du schon einmal mit so etwas geschossen?«

Er hielt mir eine Handfeuerwaffe entgegen, die sofort ein unangenehmes Gefühl in mir auslöste.

Tod.

Dieses Gerät bedeutete den Tod. Nichts weiter.

Ich schluckte. »Das ist das erste Mal, dass ich eine Waffe überhaupt in der Realität sehe«, gestand ich kleinlaut.

Kilian versuchte, sich seine Enttäuschung und seine Unsicherheit nicht anmerken zu lassen, doch sein Mund zuckte kurz, bevor er mir dennoch das Metallding in die Hand drückte. »Das ist nicht so schwer. Einfach draufhalten und den Abzug betätigen.«

Das klang ja nicht gerade ermutigend. Meine nicht vorhandenen Fähigkeiten konnten uns allen zum Verhängnis werden, wenn es hart auf hart kam, aber ich wollte nicht das Weichei spielen. Man lernt schließlich nie aus, daher wollte ich mir nicht die Blöße geben und einen Rückzieher machen. Ich musste mitkommen, da gab es kein Wenn und Aber. Keine Ausrede, hinter der ich mich verstecken konnte.

»Sehr gut«, sagte Kilian und wendete sich wieder dem Tresor zu, der nicht wie ich dachte, ein kleiner viereckiger Kasten war, sondern ein gesonderter Raum in dem Waffenlager, das vollgestopft mit herkömmlichen Nahkampfwaffen, wie Messer, Schwerter, Speere oder Bogen war.

»Wie kommt ihr an all die Schusswaffen?«, fragte ich erstaunt, während Kilian einem anderen Mann weitere Waffen entgegennahm.

»Selbstgebaut, mitgebracht oder geklaut«, bekam ich die wohl deutlichste Antwort, die man mir hätte geben können, und sie stammte von keiner Geringeren als von Emelie, die soeben vollgepackt mit sämtlichen Waffen an ihrer Kleidung aus dem Tresor kam.

»Oh«, entfuhr es mir nur erstaunt. In Emelies Blick lag wieder diese Missgunst und Abscheu mir gegenüber, wie schon bei unserer ersten Begegnung, als ich in das überdimensionale Netz fiel, das mich nach Solaris gebracht hatte.

»Sicher, dass sie mitkommen soll?«, richtete sie ihre Frage an Kilian, der sich einen Gürtel um die Hüften schnallte, in dem ebenso wie bei ihr Handfeuerwaffen steckten. Aber auch zahlreiche Messer, die vermutlich nur im äußersten Notfall benutzt werden sollten.

»Ja, Noah wird nicht auf einen von uns hören. Lina kann ihn zur Besinnung bringen, das weiß ich. So wie sie es mit mir getan hat.« Dankend schenkte er mir ein kleines, aber ehrliches Lächeln, das mir Mut machte, das Richtige zu tun.

Erstaunt, welche Wirkung ich auf andere Menschen ausüben konnte, nickte ich ihm ebenfalls dankend zu. Emelie entfuhr ein genervtes Schnauben und wahrscheinlich beleidigende Worte, doch ich konnte ihr unverständliches Gemurmel nicht verstehen.

»Sind das alle, die mitkommen?«, fragte Page, ohne auf Emelies Zickerei einzugehen.

»Nein, José, Luke und Peter werden uns noch begleiten.« Kilian zurrte seinen Gürtel fest und prüfte, ob alles sicher verwahrt war. Page reichte mir ebenfalls einen Gürtel, an den ich meine Waffe stecken konnte. Aufgeregt band ich ihn mir um die Hüften, über die goldene Sonnenschnalle.

»Sie sind einige der besten Schützen, die wir haben. Keiner ihrer Schüsse verfehlt ihr Ziel«, erklärte mir Kilian, und ich hörte ein wenig Stolz in seiner Stimme, als er von den drei Männern sprach.

»Ich werde nicht mitkommen und solange die Stellung hier halten, falls unangenehme Fragen auftreten.« Lucy nestelte etwas nervös an ihren Fingernägeln. War das etwa Angst in ihrer Stimme?

»Ist okay, Lucienne. Ich bin dir sehr dankbar. Es wäre nicht gut, wenn unser kleiner Ausflug zu große Bedeutung bekommt. Die Leute sind schon unruhig genug wegen der Mission zur AlphaOne. Behalte die Lage im Auge und falls jemand fragt, wo ich sei, dann sagst du bitte, dass ich mich in meine Wohnung zurückgezogen habe, um einige wichtige Unterlagen durchzugehen und nicht dabei gestört werden möchte.«

»Okay, alles klar. Mache ich. Und euch ... viel Glück.« Lucy drückte mich an sich. »Bring ihn unverletzt nach Hause«, hauchte sie mir ins Ohr, und ich nickte sachte, sodass nur sie meine Bewegung spürte.

Schon verschwand die kleine Frau um die Ecke und tat das, was sie am besten konnte. Den Leuten das Gefühl geben, dass alles um sie herum in Ordnung war und niemand wegen etwas besorgt sein brauchte.

»Sie war noch nie draußen.« Page war an meine Seite getreten, während Kilian und Emelie drei Ankömmlinge begrüßten und ihnen den Sachverhalt erklärten. Das mussten José, Luke und Peter sein. Unverkennbar waren sie gute Kämpfer. Ähnlich wie Noahs waren ihre Körper muskelbepackt und mit Tätowierungen übersät. Ihre schwarzen Lederjacken spannten auf ihren breiten Oberarmen.

»Was?«, fragte ich, da ich zu sehr damit beschäftigt war, die drei Männer zu begutachten.

»Lucy. Sie war noch nie dort draußen. Deshalb kommt sie nicht mit.«

»Oh.«

»Die meisten Bewohner haben die Luft dort draußen oder das Tageslicht noch nie zu Gesicht bekommen. Nur über die großen Lichtkollektoren in der Halle, wo wir unser Gemüse und Obst anbauen. Aber das zählt nicht wirklich. Viele haben Angst, was ich ihnen nicht verübeln kann. Es ist unheimlich dort draußen. Und gefährlich, wenn man nicht weiß, was einen erwartet.«

»Wem sagst du das«, murmelte ich zustimmend. Ich hatte am eigenen Leib erfahren, was es bedeutete, an der Erdoberfläche zu überleben, um sein Leben zu kämpfen und verloren zu sein in der Weite der unendlichen Wüste.

Natürlich wusste ich, dass ich wieder dort raus musste, doch dass es öfter passieren musste, als geahnt, löste Unbehagen in mir aus. Vielleicht war es auch Angst, aber keine, die mich in eine Ecke trieb, aus der ich nie wieder hervorkommen wollte. Sondern eine Angst, die mich mit Adrenalin füllte. Die mich antrieb, einen Menschen zu retten, dem ich in so kurzer Zeit verdammt nah gekommen war. Den ich in mein Herz geschlossen hatte, schon bei unserer ersten Begegnung, als ich seine blauen Augen und die blonden, kinnlangen Haare gesehen hatte. Seine verschwitzte, braune Haut mit den vielen Tattoos. Noah war mir seit der ersten Sekunde sympathisch gewesen, wenn ich mich nicht sogar dort schon ein klein wenig in ihn verliebt hatte.

»Deswegen ist es auch so wichtig, dass wir uns mit euch verbünden. Die Leute können nicht ewig hier in diesen Höhlen leben, sie brauchen ein neues Ziel. Einen Antrieb.«

»Auch wenn die AlphaOne genauso tief unter der Erde liegt wie Solaris? Sogar noch tiefer?«, fragte ich.

»Ja, es geht nur darum, dass ihnen die Angst vor Veränderungen und der Welt dort draußen genommen wird. Dass sie sehen, dass es so viele neue Möglichkeiten gibt, ein besseres und weniger gefährlicheres Leben zu führen. Hier drinnen fällt den meisten langsam die Decke auf den Kopf und die Hitze macht es nicht gerade einfacher, dass alle bester Laune sind.«

Bestes Beispiel war Emelie, dachte ich still bei mir. Obwohl, diese

Frau war vom Wesen her schon eine maulige Katastrophe mit unberechenbaren Stimmungsschwankungen. Noch vor ein paar Stunden war sie fürsorglich und hilfsbereit gewesen, als sie Noah und mich neben dem blutenden Troy vorgefunden hatte. Aber vermutlich galt ihre Güte nur Noah und nicht mir, denn wie ich wusste, empfand sie mehr für ihn als er für sie. In ihren Augen war ich nur ein weiteres Hindernis, das aus dem Weg geräumt werden musste.

Ich sollte mich vor ihr in Acht nehmen und sie weiter im Auge behalten, wenn wir gleich die Höhlen verließen. Irgendwie beschlich mich das Gefühl, dass Emelie auf den Moment wartete, in dem ich meine Aufmerksamkeit und meine Vorsicht ihr gegenüber weitestgehend ablegte und sie mich in einen Hinterhalt oder in eine Falle locken konnte.

Die Hybride, die auf uns lauerten, waren da die beste Gelegenheit jemanden loszuwerden.

»Wir haben alles. Seid ihr bereit?« Page und ich drehten uns gleichzeitig um. Ich hatte immer noch wie in Trance in den Gang gestarrt, in den Lucy verschwunden war.

Kilian wies jemanden an, den Tresor wieder zu schließen. Viele Waffen waren nicht mehr übrig, denn José, Luke, Peter, Kilian und Emelie waren bis unter die Zähne bewaffnet.

Wenn ich sie so betrachtete, glaubte ich nicht daran, dass uns überhaupt ein Wesen gefährlich werden konnte, doch ich unterschätzte die Lage. Immerhin hatte ich schon einen kleinen Vorgeschmack auf die Hybride bekommen, die uns ein paar hundert Meter weit gejagt hatten. Jetzt würde uns unser Weg vermutlich noch weiter in die Nacht treiben.

»Bereit«, sagte Page mit fester, selbstbewusster Stimme und rückte sämtliche Waffen zurecht, die sie bei sich trug. Ich fühlte mich zwar etwas benachteiligt, da mir nur diese eine kleine Schusswaffe anvertraut wurde, doch mit mehr konnte ich auch gar nicht umgehen.

Zur Sicherheit steckte Kilian mir noch ein langes Messer zu. »Danke für alles«, raunte er, als er direkt vor mir stand und ich seinen Geruch einatmete.

»Dank mir erst, wenn wir Noah und Troy wieder bei uns haben.

Lebendig.« Ich sah ihm in die Augen, die Noahs sehr ähnelten und erkannte darin tiefere Dankbarkeit, als Kilian in diesem Moment zuließ.

»Okay, dann lasst uns keine Zeit verlieren. Wir gehen durch den hinteren Tunnel. Dort werden wir keine Aufmerksamkeit erregen und auf niemanden treffen, der Fragen stellen könnte.« Die drei muskelbepackten Schützen nickten nur. Bisher hatte ich noch keinen Ton aus ihren Mündern gehört, aber es war auch nicht die Zeit, um Smalltalk zu führen. Wir hatten Wichtigeres zu tun.

Weitere Menschenleben waren in Gefahr und dieses Mal dachte ich nicht an Fin, Christian oder meine Eltern, als ich gemeinsam mit dem kleinen Rettungstrupp die Höhlenstadt verließ und in die rote Abenddämmerung hinaustrat.

Kapitel 35

»Mist!«

Dem konnte ich nur zustimmen, denn der gigantische Feuerball am Horizont existierte nur noch als dünner Lichtstreifen, der letzte orange-gelbe Sonnenstrahlen auf den Planten warf.

Der Rest der Umgebung war bereits in ein unheilvolles Dämmerlicht gehüllt, dass uns zu verschlucken drohte.

Dennoch staunte ich nicht schlecht, als ich meinen Blick gen Himmel richtete, denn ich wurde von der Schönheit anderer Planeten und Sternen erschlagen, die unserer neuen Erde so unglaublich nah waren, dass ich das Gefühl hatte, sie berühren zu können, wenn ich meine Hand ausstreckte.

Ein Farbenmeer aus blauen, grünen und violetten Tönen schimmerte um die anderen fremden Planeten herum. Ob dort ebenfalls Leben existierte? Oder eine andere Lebensform? Das Bild eines grünen, schleimigen Aliens schoss mir in den Kopf, was in dieser Situation völlig unangebracht war, aber mir trotzdem ein kleines Schmunzeln entlockte.

Unzählige funkelnde Sterne, so groß wie die Sonne der alten Zeit selbst, strahlten um uns herum. Aber ihr Licht schaffte es nicht ganz zu uns herunter und verlor sich irgendwo in der Atmosphäre, die die Erde umgab.

Mit offenem Mund stand ich im Eingang zu den Höhlen und konnte nicht fassen, was ich sah.

Page hatte zwar klar und deutlich die Sachlage zusammengefasst, doch meine Augen galten für diesen Moment nur der Schönheit der vielen unterschiedlichen Planeten über mir.

Ja, es war totaler Mist. Wenn nicht sogar richtige Scheiße, denn die Dunkelheit kroch immer weiter voran, sodass ich nur noch wenige hundert Meter weit gucken konnte.

Wie sollten wir da nur Noah und Troy finden? Die Hybride mussten schon längst aus ihren Verstecken gekrochen sein, um sich auf die Jagd nach potenzieller Beute zu machen.

Wie auf mein Geheiß, ertönte in der Ferne ein unmenschlicher Schrei. Ein Hybrid, der vermutlich sein Rudel über etwas wichtiges informieren wollte. Oder er hatte uns in der Ferne mit seinen geschärften Sinnen erspäht. Eigentlich wusste ich nichts über sie, nur das, was Noah mir quasi zwischen Tür und Angel erklärt hatte. Sie waren einst Menschen gewesen oder zumindest so etwas Ähnliches, die sich von dem giftigen Regen ernährten, der...

»Der Regen!«, rief ich aufgebracht. »Der Regen! Noah meinte, wenn es dunkel wird, dann regnet es giftigen Niederschlag. Wir können nicht dort raus gehen!« Hatte das denn niemand beachtet? Ich hatte Noahs Worte noch genau im Kopf, als er mir sagte, dass die Hybride das weniger Gefährlichere waren. Der giftige Regen, der die ganze Erde verpestete, war die eigentliche Katastrophe.

»Keine Sorge«, versuchte Kilian mich zu beschwichtigen. »Noah war nicht so naiv, als er sich dazu entschied, Troy heute rauszubringen, denn er weiß, dass es heute nicht regnen wird.«

»Was, wieso?«, fragte ich erstaunt. Ein weiterer Schrei hallte durch die Nacht, der mich zusammenzucken ließ. Diese verdammten Viecher, sie kamen immer näher.

»Schon eine Weile regnet es nicht mehr jede Nacht, deshalb hatten wir auch mit einer Dürre zu kämpfen. Nächtelang kam nicht ein Tropfen herunter, doch seit gut zwei Wochen regnet es in regelmäßigen Abständen. Alle zwei Nächte und dafür umso heftiger, dass unsere Filteranlagen kaum hinterherkommen«, erklärte Page mir in einem beunruhigend leisen Ton. Wir mussten vorsichtig sein. Duften nicht zu viele Geräusche machen, sodass die Hybride uns nicht hörten. Vermutlich witterten sie uns trotzdem.

Dazu waren diese skelettartigen Kreaturen des Todes doch fähig, oder?

»Wir sind wirklich froh, dass die Dürre endlich ein Ende hat, aber stellt uns diese Masse an giftigem Niederschlag erneut vor eine Herausforderung. Deswegen wünschen sich schon viele eine Vereinigung mit der AlpahOne. Ihr habt bessere Technik, seid besser geschützt vor jeglichen Gefahren...«

»Außer vor Feuer«, murmelte ich.

»Sorry, natürlich, das wollte ich nicht.« Page warf mir einen entschuldigenden Blick zu.

»Schon okay.«

»Können wir die Lehrstunde endlich mal beenden?«, zischte Emelie hinter uns und bedachte mich mit einem genervten Blick. »Wir haben jetzt keine Zeit die Unwissenheit gewisser Leute aufzufrischen.«

Mir war klar, dass sie mich meinte, wen auch sonst. Ich war schließlich die einzige anwesende Person, die immer noch keinen richtigen Plan von der neuen Welt hatte.

Page reagierte mal wieder mit einem gekonnten Augenrollen. »Reg dich ab.«

»Pf«, machte Emelie und schaute zur anderen Seite, aus der die unmenschlichen Schreie der Hybride zu uns drangen. Dämliche Zicke.

»Kommt. Die Hybride sind nicht mehr weit von uns entfernt, und wir haben immer noch keinen Anhaltspunkt, wo Noah stecken könnte.« Kilian beendete somit das unangebrachte Verhalten von Emelie, die ihre orangen kinnlangen Haare ebenfalls zu einem kurzen Zopf trug. Das machte sie irgendwie attraktiv. Ein klein wenig Eifersucht regte sich in mir, denn Emelie kannte Noah schon so lange. Sie wusste, wer er war, was er mochte, welches sein Lieblingsessen oder -farbe war. Wie er seine Freizeit verbrachte und welche besonderen Macken und Ticks er besaß.

Ich hingegen ... Ich wusste nur, dass er mein Retter in der Not war und dass er ebenfalls etwas für mich empfand. Ich redete mir ein, dass diese beiden Tatsachen ausreichten, um eine engere Verbindung zu ihm zu haben.

»Ich kenne da, glaube ich, einen Ort«, wandte ich ein. Alle Augen richteten sich auf mich.

»Okay, dann raus mit der Sprache«, forderte Page neugierig.

»Als Noah mich aus dem Blumenmeer gerettet hatte, brachte er mich in eine kleine Höhle in der Nähe. Sie dürfte keine fünf Kilometer weit entfernt sein, wenn ich mich richtig erinnere.«

»Das ist doch ein Anfang!« Kilian schenkte mir ein zufriedenes und dankbares Lächeln, das ich erwiderte.

»Wieso hast du nicht gleich damit rausgerückt?«, murmelte Emelie genervt.

Page warf ihr nur ein »Halt die Klappe« an den Kopf und ließ sie damit stehen. Endlich jemand, der der Zicke Paroli bieten konnte.

Die Sticheleien zwischen den beiden Frauen gefielen mir auf eine Art. Selten hatte ich mich innerlich so sehr unterhalten gefühlt, auch wenn der Zeitpunkt wirklich unangebracht war.

Luke, Peter und José ignorierten das Gezanke und griffen nach ihren Waffen. Ein Klicken ertönte, als sie sie entsicherten. Ab jetzt drohte uns Gefahr. Wir mussten stets aufmerksam sein, denn sonst könnte es uns das Leben kosten. So viel hatte ich während der kurzen Zeit in der Höhlenstadt gelernt.

Meine blauen Flecken gerieten langsam in Vergessenheit. Was predigte Noah seinem Vater ständig? Dass man seine Vergangenheit hinter sich lassen sollte. Man konnte sie so oder so nicht ändern. Es entstanden neue Probleme, die bewältigt werden mussten.

Nun war es meine Aufgabe, unseren kleinen Suchtrupp zu der Höhle zu führen, in der ich Noah das erste Mal begegnet war.

»Kannst du uns hinbringen?«, fragte Kilian, als er ebenfalls seine Waffe entsicherte.

Ich nickte. »Ja.« Auch wenn ich mir dessen nicht ganz sicher war, immerhin umhüllte uns nun vollständige Dunkelheit. Die Sonne war ganz und gar am äußeren Rand der Steinwüste verschwunden.

Ich würde es schaffen.

»Dann los. José bildet die Spitze, dann kommen Lina und ich, Page und Emelie dahinter, das Schlusslicht bilden Luke und Peter.«

»Verstanden.«

»Okay.«

»Alles klar.«

»Wieso ausgerechnet mit ihr?«

»Halts Maul.«

In dieser Formation entfernten wir uns vom Eingang zu den Höhlen.

Ein Gefühl sagte mir, dass wir nach rechts gehen mussten, daher lotste ich José in diese Richtung.

Wenn ich doch nur mein SmartPad oder den Ring hätte, doch beide hatten den Geist aufgegeben, noch bevor ich das Blumenmeer erreicht hatte. Da sagte noch einmal jemand, dass die Technik der AlphaOne wundersam war. Schlussendlich versagte sie dennoch kläglich.

Ein Kreischen ertönt und ließ José auf der Stelle anhalten. Ich musste aufpassen, nicht in ihn hineinzulaufen.

Stumm horchten wir in die Stille hinein. Wenn mich nicht alles täuschte, dann...

»Das war ganz in der Nähe«, hauchte Kilian. José bestätigte seinen Verdacht nur mit einem Nicken.

Plötzlich pochte mein Herz vor Angst so stark, dass ich kaum noch etwas um mich herum wahrnehmen konnte. Mir schnürte es die Kehle zu, sodass ich mich konzentrieren musste, ruhig durchzuatmen.

Verkrampft umklammerte ich die Pistole in meiner Hand, deren Metall sich kühl in meine Haut grub.

Die Bilder vor meinen Augen verschwammen kurz, bevor ich wieder scharf sehen konnte. Zumindest so gut es in der Dunkelheit ging.

Die vielen leuchtenden Farben der anderen Planeten über uns passten überhaupt nicht zu der Szenerie, die uns umgab.

Wie gerne ich in diesem Moment einfach nur die Sterne beobachten wollte.

»Sind wir noch auf dem richtigen Weg?«, fragte José und zum ersten Mal hörte ich seine Stimme.

»Ja, immer geradeaus.«

»Dann dürfen wir keine Zeit verlieren, sie sind uns eigentlich schon viel zu nah.«

Ich schluckte. Brachte ich allen den Tod? Was, wenn ich versagte und mein Bauchgefühl mich belog? Wenn es vielleicht doch nur ein unangenehmes Grummeln war, weil ich Angst hatte.

Wir gingen weiter. Immer weiter. Gute zwei oder drei Kilometer mussten schon hinter uns liegen. Die Zeit verging wie im Flug, das Merkwürdige war nur, dass wir die Hybride zwar hörten, aber sie nicht sahen. Niemand griff uns an. Nichts näherte sich uns, aber das Ziehen in meinem Bauch führte uns zu der kleinen Höhle.

Lass mich wenigstens einmal etwas Sinnvolles tun.

Mein Großvater hatte die Menschheit gerettet, nun wollte ich sein Erbe in Ehren halten. Ich war eine Brown – wir waren keine Versager.

Nur die leisen Schritte auf dem sandigen Steinboden und die einzelnen Rufe der Hybriden begleiteten uns. Meine Augen suchten die ganze Gegend ab, in der Hoffnung, dass mir vielleicht etwas bekannt vorkam. Wenn es auch nur ein Stein war.

Da geriet etwas in Sicht, das mein Herz höherschlagen ließ. Die Schatten der toten, verkrüppelten Bäume des Wäldchens ragten wie Klauen in den Himmel. Wir waren richtig!

»Es kann nicht mehr weit sein«, informierte ich meine Begleiter.

Als Noah und ich einen weiten Bogen um die unheimlichen Bäume gemacht hatten, war es mir kalt den Rücken hinuntergelaufen, doch jetzt erfreute mich ihr Anblick. Welche Ironie des Schicksals.

Meine Freude währte nicht lange.

Plötzlich ging alles ganz schnell. Schüsse ertönten aus der Ferne, Lichtblitze folgten. Animalisches Kreischen ließ den Erdboden erzittern und fuhr mir durch Mark und Bein.

Noah!

Wir brachen aus unserer Formation aus, denn nun dachten wir nur noch an eines: So schnell wie möglich zu den beiden Personen zu gelangen, die nur als Schatten in der Dunkelheit existierten.

Noah und Troy. Sie lieferten sich einen Kampf mit den Hybriden. Es mussten locker fünf oder sechs der Kreaturen sein. Die Lichtblitze der Schusswaffen erhellten die Nacht. Jemand lag auf dem Boden. *Bitte lass es nicht Noah sein!*

Kilian, Page, Emelie, José, Luke und Peter riefen wild durcheinander. Ich hörte Noahs und Troys Namen. Die anderen warfen sich Befehle zu, doch in meinen Ohren herrschte nur ein betäubendes Rauschen. Fokussiert achtete ich nicht darauf, was die anderen machten und lief so schnell ich konnte. An mir zischten Kugeln entlang, die ihre Ziele nur teilweise verfehlten.

Ich ahnte, was sie vorhatten. Sie versuchten gleichzeitig den Hybriden zu schaden, aber auch ihre Aufmerksamkeit auf uns zu lenken.

Mit brennenden Muskeln meiner Oberschenkel rannte ich auf die Szene vor mir zu. Heiße Tränen brannten in meinen Augen, als die Angst mich überwältigte, mich aber dennoch antrieb, Noah zur Hilfe zu eilen.

Noch nie hatte ich dieses gefährliche Kribbeln in meinem Körper gefühlt. Todesangst.

»Lina, pass auf!«, rief Page hinter mir, denn ich war ihnen ein Stück voraus. Dafür, dass ich keine besonders gute Sportlerin war, stellte ich mich ziemlich gut an. Meine Füße flogen regelrecht über den steinigen Boden.

Kaum hatte Page ihre Warnung ausgesprochen, hörte ich ein Knurren ganz dicht an meinem Ohr.

Ich warf einen Blick nach rechts. Mit gefletschten Zähnen sprang ein Hybrid mit enormer Geschwindigkeit auf mich zu. Mein Herz blieb stehen, doch ich zögerte keine Sekunde, hob meine Waffe und schoss. Ein schmerzerfülltes Jaulen ertönte, als er seine klaffende Wunde im Laufen betrachtete. Doch genoss ich meinen kleinen Erfolg, so verflog meine Euphorie sogleich, denn der Hybrid leckte sich nur kurz das schwarze Blut von seiner Schulter und rannte weiter.

Scheiße!

»Lina!«, schrie Page alarmiert, denn ich spürte beinahe den kalten Atem der Kreatur. Der Geruch nach Verwesung und Tod stieg mir in die Nase.

»Page, du musst ihr helfen. Sie wird es nicht schaffen!«

Kilian.

»Wir kümmern uns um Noah und Troy.«

Daraufhin knallten Schüsse durch die Luft. Einer davon musste von Page stammen. Mein Angreifer knurrte gefährlich, als ihn eine weitere Kugel traf, doch mir war es egal, ob ich mein Leben soeben riskierte. Ich hatte nur das Wirrwarr aus skelettartigen Kreaturen und Menschengliedern vor Augen.

Ohne zu zögern blieb ich wie angewurzelt stehen, drehte mich blitzschnell um und jagte dem Hybriden eine Kugel zwischen die Augen. Erstauntes Luftschnappen ertönte hinter mir, als meine Begleiter sahen, was ich getan hatte.

»Ich schaffe es also nicht, ja?«, sagte ich nur mit selbstbewusster Stimme und warf Kilian einen stolzen, aber auch arroganten Blick zu. Mir war bewusst, dass meine Tat nur ein Sandkörnchen in einer ganzen Wüste war, doch scheiße, war ich stolz auf mich.

»Anfängerglück«, murmelte Emelie, als sie an mir vorbeilief, um mit einem weiteren Kugelhagel die anderen Hybride von Noah und Troy fernzuhalten.

»Pf«, zischte ich.

Aus dieser Distanz konnte ich nun endlich erkennen, wer der leblose Körper am Boden war, der neben einem toten und stinkenden Hybriden lag. Troy. Noah versuchte derweil drei der Viecher in Schach zu halten, doch wollte er zu einem Schuss ansetzen, so sprang ihn eine hungrige Kreatur von der Seite an.

»Luke, Peter, José – los jetzt!« Die drei Schützen verloren keine Zeit und überholten mich nun im Eiltempo. Meine Kraft verließ mich langsam, so sehr hatte mich die kleine Auseinandersetzung und der Sprint über die Steinwüste geschwächt.

Meine Augen beobachteten also nun, wie Kilians beste Schützen sich auf die Hybriden stürzten. Zunächst aus der Ferne, doch als mehrmaliges Klicken ohne das Knallen von Schüssen ertönte, stockte mir der Atem. Ihre Munition war leer. Jetzt halfen nur noch die Messer und Schwerter.

»Noah!«, schrie ich, als mir bewusstwurde, dass unsere anfänglich guten Chancen gefährlich schwanden.

Page, Emelie und Kilian waren ebenfalls langsam am Ende ihrer Schüsse und versuchten die Hybride so gut es ging zu schwächen.

Erneutes Jaulen erfüllte die Nacht, als eine der Kreaturen, die sich soeben auf José stürzen wollte, schlaff zu Boden fiel.

Jetzt waren es nur noch zwei, und wie es mir schien, wurden sie nur noch wütender und blutrünstiger, je mehr ihrer zähnefletschenden Freunde starben.

Während José mit einem Schmerzensschrei unter dem toten Körper begraben wurde, sah ich aus dem Augenwinkel, wie sich von links etwas näherte. Es war viel gewaltiger und größer als die Geschöpfe vor uns.

Niemand meiner Leute bemerkte das kommende Tier, das sich mit rasender Geschwindigkeit und mit toten leeren Augen auf den am Boden liegenden Troy stürzen wollte.

Egal was Troy mir angetan hatte, das durfte ich nicht zulassen. In der Hoffnung, dass meine Waffe noch genug Kugeln innehatte, feuerte ich eine nach der anderen auf das Untier ab.

Dieses Mal war das Glück nicht auf meiner Seite und nur einer meiner Schüsse traf das gigantische Wesen am Bein.

Er humpelte nicht einmal, als das schwarze Blut aus der Wunde tropfte.

Sein Röcheln und Atmen klangen, als wäre er direkt aus der Hölle gekommen. Diese Kreaturen waren das Schlimmste, was ich je in meinem Leben zu Gesicht bekommen hatte.

»Ahh!«, brüllte ich frustriert und jagte eine Kugel nach der anderen in den Hybriden, während ich ihm mit zitternden Knien entgegenging.

Doch nichts half.

Die langen Klauen gruben sich bei jedem seiner Schritte in den Boden und hinterließen tiefe Furchen.

Der Gestank nach Tod umhüllte mich.

Schüsse hallten, ein tiefes Brüllen ertönte, Schreie benebelten meinen Verstand, als ich sah, wie mein Finger den Abzug der Waffe drückte, aber nichts geschah.

Nichts.

Nichts.

Wieder nichts.

Egal, wie oft ich meinen Finger nach hinten zog, der Lauf der Waffe blieb leer.

Kapitel 36

»Ist sie tot?«

»Nein, sie befindet sich in einer Schockstarre.«

»Schade ... Aua!«

»Noch ein Wort und ich breche dir sämtliche Knochen deines beschissenen Körpers!«

»Geht's noch? Meine Nase blutet!«

»Das ist nur ein Kratzer, Miststück.«

»Emelie, geh zur Seite«, herrschte eine männliche Stimme. Kilian.

»Lina? Hörst du mich? Du kannst die Augen wieder aufmachen. Es ist alles gut.« Alles gut. Es ist alles gut. Alles gut. Alles ... Ich riss meine Augen auf und japste nach Luft. Ich hatte gar nicht gemerkt, dass ich sie angehalten hatte, als mich das Monster angriff.

Ich müsste eigentlich tot sein, zerfleischt und im Magen dieser widerwärtigen Kreatur, doch ich lebte. Ganz offensichtlich, denn um mich herum standen Page und Kilian, die mich mit besorgter Miene musterten.

»Geht's dir gut?«, fragte Page vorsichtig. Ich ging kurz in mich, bewegte meine Zehen, Beine und Arme. Ja, alles noch dran, alles noch voll funktionstüchtig.

Aber...

Ich drehte meinen Kopf auf die linke Seite und sah direkt neben meinem Gesicht das aufgerissene Maul des Hybriden, der mich noch vor ein paar Sekunden fressen wollte.

Seine toten Augen wirkten jetzt nur noch leerer und starrten geradeaus. Seine blaue Zunge hing ihm aus dem Maul, in dem lange, spitze Zähne steckten.

Ich schluckte.

Wem hatte ich nur mein Glück zu verdanken, dass mir diese Zähne meinen Kopf nicht abgerissen hatten?

»Sie sind tot?«, fragte ich.

»Ja«, antwortete Page, die mir eine Hand reichte und mir hoch half.

»Aber es werden noch mehr kommen. Wir sind nicht gerade leise gewesen.« Kilian warf mir einen prüfenden Blick zu. Ich nickte nur, um ihm zu verstehen zu geben, dass mit mir alles in Ordnung war. War es doch, oder?

Ich spürte keine Schmerzen, also waren meine Knochen alle heil. Bis auf ein paar Schrammen und Kratzer blieb ich unversehrt.

»Wo ist Noah?« Ich schaute mich aufgeregt um. Die Nacht war immer noch bedrückend und hüllte uns in einen dunklen Schleier ein, der nur durch die bunten Farben der anderen Planeten durchbrochen wurde.

»Ich bin hier.« Ich reckte meinen Kopf nach der mir vertrauten Stimme, die mein Herz für eine Sekunde aussetzen ließ. Noah, er ... hörte sich so zerbrechlich an.

»Noah!« Ich bahnte mir einen Weg durch die Umstehenden und lief auf ihn zu. Angewurzelt blieb ich stehen, denn Pages und Kilians Versuche mich aufzuhalten, hätte ich besser nicht ignorieren sollen. Zu meiner Erleichterung ging es Noah gut. Soweit ich es in der Dunkelheit beurteilen konnte, doch er hockte vor einem leblosen, blutigen und zerfetzten Körper, der einst ein Mensch war.

Erschrocken hielt ich mir die Hände vor den Mund, um einen Aufschrei zu unterdrücken. Diese fleischigen Überreste. Das war ...

Troy.

Ich ging einen Schritt näher, doch Noah hob eine Hand, damit ich anhielt.

»Du solltest das besser nicht sehen.«

Meine Beine taten dennoch, was sie wollten, und so ging ich mit weit aufgerissenen Augen näher auf ihn und den leblosen Körper vor ihm zu.

»Lina, wirklich. Du solltest es lassen.« Page versuchte mich am Arm zu greifen, doch ich schlug sie zur Seite.

Ich wollte es sehen.

Wollte sehen, wozu die Hybride im Stande waren.

Wollte sehen, was sie mit Troy angestellt hatten.

Wollte sicher gehen, dass wir ihm wirklich nicht mehr helfen konnten. Und da gab es auch nichts mehr zu retten. Meine Beine knickten beinahe unter mir weg, doch ich bewies genug Stärke, um mich aufrechtzuerhalten.

Das, was einst Troys Gesicht darstellte, war nichts weiter als ein Gemisch aus zerfetzter Haut und Blut. Nicht einmal ein Auge konnte ich mehr erkennen. Seine Nase war ein hohler Raum und der Mund hing irgendwo zwischen Kinn und Hals.

Der Anblick war grausam. Übelkeit stieg in mir auf, und ich erbrach mich an Ort und Stelle. Sofort war Page bei mir, die mich festhielt.

»Wir müssen zurück. Wer weiß, wie viele von den Viechern hier noch rumlaufen.«

»Was passiert mit ihm?«, fragte ich fassungslos, als ein erneutes Würgen meinen Körper erschütterte. Page versperrte mir die Sicht auf Troy, doch das Bild seines geschändeten und ausgeweideten Körpers hatte sich auf meine Netzhaut gebrannt.

»Wir können nichts mehr für ihn tun.«

»Heißt das ...«

»Er muss hier bleiben.« Stille trat ein. Meine Gedanken schwirrten umher.

»Lina.« Noah erhob sich hörbar und löste Page ab. »Es hat keinen Zweck. Er ist tot und würde uns nur weiter aufhalten, wenn wir ihn nach Hause tragen. Dafür haben wir keine Zeit.« Ich richtete mich auf. Noah stand direkt vor mir, sodass meine Nasenspitze beinahe sein Kinn berührte. Eine Ader an seinem Hals pulsierte, vermutlich immer noch angetrieben durch das Adrenalin des Kampfes.

»Du siehst schrecklich aus«, hauchte ich, als ich sein Gesicht aus nächster Nähe betrachtete.

»Du siehst auch nicht viel besser aus. Aber danke für das Kompliment.« Vorsichtig schob er eine Strähne hinter mein Ohr, die sich aus meinem Zopf gelöst hatte. Seine Augenringe waren dunkel, auf seinem Gesicht lagen angetrocknete Blutspritzer, von denen ich nicht erkennen konnte, ob es sein eigenes, Troys oder das der Hybriden war. Nur dunkle Sprenkel und Schlieren zogen sich bis hinab zu seiner Brust hinunter, die in einem zerrissenen T-Shirt steckte. Seine Lederjacke hatte wie durch ein Wunder keinen Kratzer abgekommen.

»Bist du verletzt?«

»Bis auf ein paar blauen Flecken und einer geprellten Rippe, geht's mir gut.«

»Was hast du dir nur dabei gedacht?« Ich schlug mit meiner geballten Faust auf seine Brust. Als ich ein kurzes Zusammenzucken seiner Augen wahrnahm, war mir bewusst, dass er mich anlog, was seine Verletzungen anging. Ihm ging es schlechter, als er zugeben wollte.

»Ich wollte für Gerechtigkeit sorgen.«

»Und das war die einzige Lösung? Ihn hierher zu bringen? Du hättest ebenfalls sterben können, du Trottel.« Erneut setzte ich dazu an, ihm eine zu verpassen, doch hielt ich im letzten Moment inne.

»Ich weiß, aber das war es mir wert.«

Ich öffnete meinen Mund, doch schloss ihn wieder, da mir die richtigen Worte fehlten. Noah brauchte nichts weiter zu sagen, ich verstand auch so. *Ich* war es ihm wert, zu sterben.

Heiße Tränen quollen zu enormer Größe in meinen Augen an, die dann stumm auf meine Wange tropften. Mein Gewissen rang mit meinem Verstand. Denn auf der einen Seite war ich froh, dass Troy nicht glimpflich aus der Sache herausgekommen war und vermutlich sollte ich froh sein, dass er tot war. Doch auf der anderen Seite hatte ich mir eine andere Strafe für ihn gewünscht.

»Es tut mir leid, ich hätte nicht einfach davonlaufen sollen. So habe ich dich nur in Gefahr gebracht.«

»Uns alle«, berichtete ich Noah, der ganz dicht vor mir stand. Wir ließen uns nicht für einen Moment aus den Augen, und wenn uns Kilian nicht unterbrochen hätte, würden wir vermutlich noch immer hier stehen und uns ansehen. Ich wollte ihn küssen, meine Lippen auf seine pressen, ihn wieder schmecken und ihm noch näherkommen als zuvor, doch der Zeitpunkt war wirklich der schlechteste, den man sich hätte aussuchen können.

»Wir müssen los. Ich habe das Gefühl, dass wir nicht allein sind.« Wie auf Kilians Worte, ertönte in weiter Ferne ein Schrei. Ein Schrei, der mich daran erinnerte, welcher Gefahr wir soeben ausgesetzt waren.

»José ist verletzt, wenn wir Glück haben, schaffen wir es ohne weiteres zurück in die Höhlen.« Das war unser Stichwort. Noah und ich lösten uns aus unserer Starre, und ich bemerkte erst jetzt, dass Peter und Luke ihren Freund stützten.

Verdammt, ich hatte nichts Besseres zu tun, als Noah schöne Augen zu machen, dabei hatten wir jeglichen Grund, so schnell wie möglich nach Solaris zu kommen.

Wieder einmal konnte ich mich selbst schallen.

José sah übel aus. Der Hybrid, der auf ihn gefallen war, hatte seinen Unterkörper unter sich begraben. Mit schmerzverzerrtem Gesicht hielt José das eine Bein in die Luft, doch mit dem anderen konnte er ebenfalls schlecht auftreten.

»Dann los.« Noah ging an mir vorbei und bot Peter und Luke seine Hilfe an, die ihm aber unmissverständlich zu verstehen gaben, dass es seine Schuld war, dass José verletzt war. Was stimmte. Ich konnte ihnen ihren Unmut nicht verdenken, schließlich war José wegen Noah mit uns gekommen. Um ihm zu helfen. Nur dass Noah weitestgehend unverletzt war und noch selbstständig geradeaus laufen konnte. José nicht.

Wir verloren keine Zeit und traten den Rückweg an. Ich blieb noch kurz stehen, denn ich rang mit mir, einen letzten Blick auf die Überreste von Troys Körper zu werfen.

»Lina.« Ich richtete meine Augen geradeaus. Als wüsste Page, was mir soeben durch den Kopf ging, schüttelte sie nur den Kopf und wies mich an, zu ihr zu kommen.

Mit einem schweren Stein im Magen tat ich dies auch, doch spürte ich immer noch Troys Anwesenheit in meinem Rücken. Als würde seine Seele nach Hilfe rufen, doch ich konnte ihn nicht mehr retten.

***

Der Rückweg kam mir viel länger vor als der Hinweg. Wir konnten nicht einmal laufen, denn Luke und Peter stützten José, dessen Körper mit jedem Kilometer, den wir hinter uns ließen, schwächer wurde.

Bitte lass ihn nicht auch noch sterben. Diese Menschen hier hatten schon genug Verluste erleiden müssen. Wegen einer dummen Kurzschlussreaktion durften nicht noch weitere Leben aufs Spiel gesetzt werden.

Das Kreischen eines Hybriden vorhin blieb bisher das einzige und meine Hoffnung starb zuletzt, dass nicht noch weitere Kreaturen unsere Fährte witterten.

Niemand sagte etwas. Niemand traute sich etwas zu sagen. Alle hingen stumm ihren Gedanken nach, doch ich konnte förmlich die rauchenden Köpfe der anderen sehen.

Was sie wohl dachten?

Warfen sie Noah vor, dass es seine Schuld war, dass es so weit kommen musste?

Oder waren sie einfach nur froh, dass es nicht noch mehr Tote gab?

Zumindest von Emelie hatte ich einen schnippischen Kommentar erwartet, doch auch sie blieb stumm und ging voraus.

Nachdem wir den unheimlichen Wald mit seinen knöchernen Bäumen hinter uns gelassen hatten, näherten wir uns immer weiter dem Eingang des Nebentunnels, durch den wir gekommen waren.

Ich warf noch einen Blick gen Himmel, wo die unzähligen Sterne glitzerten wie Diamanten und das prächtige Farbenspiel der anderen Planeten, die aussahen, als würden sie mit unserem kollidieren, schimmerte.

Ich wollte diesen Anblick nie wieder vergessen, er übertünchte die schrecklichen Bilder von Troys geschändetem Körper. Für ihn hatte es schon zum Zeitpunkt unseres Eintreffens keine Chance mehr gegeben, vermutlich war er dort bereits tot.

Wabernde grüne Farbstreifen verbanden sich mit blauen und violetten und schossen mal mehr, mal weniger der Erde entgegen, aber sie drangen nicht in unsere Atmosphäre ein. Fasziniert beobachtete ich den gigantischen Planeten über mir, auf dem ich nur das Grau einer vermutlich sehr einsamen und steinigen Landschaft erahnen konnte.

Ich stellte mir vor, dass die graue Struktur kilometerhohe Berge waren und übersah beinahe Kilians erhobene flache Hand.

»Was ist?«, flüsterte Page.

Doch Kilian zeigte nur in die Ferne, wo ich einen dunklen Schleier erkennen konnte.

»Sind das...?«

»Wolken«, stellte Noah ausdruckslos fest. Sofort wussten alle, was zu tun war.

Außer ich, denn ich brauchte einen Moment, bis ich begriff, was diese Wolken zu bedeuten hatten.

Der Regen. Er kam direkt auf uns zu.

Peter und Luke schnappten sich José. Jeder der beiden griffen unter eines seiner Beine, sodass sie ihn tragen konnten. Ein Schmerzensschrei entwich José und sein Kopf schnellte das hinten. Sein Gesicht war verzerrt, weil ihn die Verletzung betäubte.

Alle liefen los. Kilian und Noah voraus. Ich versuchte, Schritt zu halten.

Der Eingang der Höhle konnte nicht mehr weit sein, doch die Wolken kamen ebenfalls mit rasender Geschwindigkeit näher.

Jeder meiner Begleiter wusste, was passierte, wenn der giftige Regen auf die Erdoberfläche prasselte. Sie alle hatten wahrscheinlich schon einmal miterleben müssen, was es bedeutete, von den Tropfen berührt zu werden. Womöglich nicht gerade am eigenen Leib, aber vielleicht bei einem der Solarier.

Fühlte es sich so an wie die violetten Blumen, die meine Haut verbrannt hatten? Oder noch um einiges schlimmer? Da ich nicht unbedingt Zeuge dessen werden wollte, trieb ich meine Beine dazu an, schneller zu laufen. Auch wenn meine Oberschenkel bereits tierisch brannten, durfte ich nicht stehen bleiben.

Der keuchende Atem eines jeden von uns rauschte in meinen Ohren. Immerhin waren uns keine Hybriden auf den Fersen. Giftiger Regen und diese abscheulichen Viecher waren wahrlich keine gute Kombination. Im Einzelnen waren sie schon tödlich. Was, wenn beides aufeinandertraf und wir in einer Sackgasse steckten?

Vergiss diese Bilder, zwang ich mich, als das riesige Maul des Hybriden wieder vor meinen Augen auftauchte und mich beinahe zum Straucheln brachte.

»Da!«, rief Emelie entschlossen. »Der Eingang!« Und tatsächlich. Keine dreihundert Meter vor uns erkannte ich ein schwarzes Loch, das aus einem Steinhügel lugte.

Erleichtert lachte ich kurz auf, doch meine Euphorie wurde sofort im Keim erstickt. Da wir den Wolken immer näherkamen, erkannte ich nun, dass sie einen gefährlichen violetten Schimmer ausstrahlten. *Wie die Blumen*, schoss es mir durch den Kopf. *Giftig.*

Ebenfalls hörte ich das Prasseln und Rauschen des Regens, der nun wenige hundert Meter hinter dem Eingang nach Solaris auf dem Boden platschte.

Heilige Scheiße, wir würden es niemals rechtzeitig schaffen. Doch anscheinend teilten die anderen nicht unbedingt meine Meinung, denn sie liefen unentwegt weiter.

»Wir ... schaffen ... es nicht«, japste ich verzweifelt. Meine Luftröhre brannte und röchelte gefährlich. Meine Lunge kollabierte gleich.

»Lauf weiter!«, rief Page ermutigend. Noah fiel ein Stück zurück, um mich am Arm zu packen, aber ich schüttelte ihn ab.

»Nein!« Gerne würde ich mehr sagen, doch mir blieb die Luft weg. Am liebsten hätte ich ihn angetrieben, mir nicht zu helfen, stattdessen seine Familie in Sicherheit zu bringen, aber meine Kräfte verließen mich mit jeder Sekunde, in der die violetten Wolken immer näherkamen.

Keine hundert Meter mehr.

Wir waren dem Eingang schon so nahe.

Die giftigen Tropfen des Regens zischten gefährlich, als sie auf dem Boden der sandigen Steinwüste trafen. Sofort fingen die rosigen Narben meiner Brandblasen wieder an zu schmerzen. Nicht noch einmal wollte ich dabei zusehen, wie meine Haut sich von meinem Körper schälte.

Ein Brüllen ertönte.

»José!«, riefen alle gleichzeitig.

Peter und Luke waren gestolpert und hatten José fallen lassen. Der kräftige Mann hielt sich sein Bein, das ungelenk zur Seite geknickt und offenbar gebrochen war. Seine beiden Freunde eilten ihm sofort zur Hilfe und wollten ihm aufhelfen, doch er schlug ihre Arme zur Seite.

»Nein! Lauft weiter! Ihr habt es gleich geschafft!«

»Wir lassen dich hier nicht sterben!«, brüllte Luke aufgebracht seinem Freund entgegen, der sich immer wieder gegen jede Hilfe wehrte.

»Lina, Emelie, Page! Rein mit euch!« Kilian war ebenfalls stehen geblieben und zeigte auf den Eingang der Höhle, der nur noch wenige Schritte von uns entfernt war.

Es zerriss mich innerlich, Lukes und Peters hilflose Blicke zu sehen, die sie sich, sowie Kilian und Noah zuwarfen. Wenn José sich nicht auf der Stelle helfen ließ, dann würden alle sterben.

Das wussten die vier Männer. Ich sah es in ihren Augen. In ihren Blicken, als der am Boden liegende Mann wieder und wieder gegen jede Hilfe ankämpfte.

Es hatte keinen Zweck, wurde mir schlagartig bewusst. Er starb hier draußen.

»Lina, komm jetzt!« Page riss mich an meinem Arm und zog mich mit sich.

»Aber...«

»Willst du ebenfalls sterben?«

»Nein«, murmelte ich und ließ mich von ihr antreiben.

Der giftige Regen rauschte nun laut in meinen Ohren. Wie viele Sekunden blieben uns noch?

Kaum hatte ich diesen Gedanken vollendet, stand ich schon im Dunkeln und sah dabei zu, wie sich die vier Männer stumm von José verabschiedeten, der mit schmerzverzerrtem Gesicht den Wolken entgegenblickte. Im Schimmer seiner tränenbenetzten Augen sah ich nur noch das Violett des Regens, der ihn erfasste und umhüllte, als Kilian, Noah, Luke und Peter in aller letzter Sekunde den Eingang erreichten.

Mehrere Schreie betäubten meine Ohren, als wir zusehen mussten, wie Josés Körper von den giftigen Wassermassen dampfend und zischend zersetzt wurde.

Kapitel 37

»Das ist alles deine Schuld!«, brüllte Emelie schluchzend und ging mit erhobenem Messer auf Noah los.

»Stopp!«, rief Kilian und stellte sich zwischen die wutentbrannte Emelie und seinen Sohn. »Bist du von allen guten Geistern verlassen?«

»Emelie, was soll die Scheiße?« Page schüttelte ungläubig den Kopf.

»Sie sind gestorben, weil *er* seinen beschissenen Dickkopf durchsetzen musste!« Emelie machte einen weiteren Schritt vorwärts. »Lass mich durch. Ich will ihm eigenhändig die Kehle aufschlitzen!«

»Hör auf mit dem Mist!« Wieder Page, die versuchte, ihr das Messer aus der Hand zu schlagen. Diese jedoch fauchte nur wie ein Tier und zielte im gleichen Moment auf Page. Die Rothaarige hob ergeben ihre Hände.

»Wow, mal ganz langsam. Ich will dir nichts tun. Aber es bringt doch nichts, wenn du Noah erdolchst. Es sind schon genügend Leute gestorben.«

»Genau deswegen, ja. Wie viele sollen denn noch sterben? Obwohl ... im Grunde genommen ist es sogar *ihre* Schuld.« Emelie drehte sich blitzschnell zu mir um und funkelte mich böse an, bevor sie zu der Entscheidung kam, dass ich an Noahs Stelle treten sollte.

»Es reicht!«, rief Kilian gebieterisch und schob mich hinter sich. Mit einer gekonnten Bewegung trat Page Emelie in diesem Moment gegen den Oberschenkel, die sofort das Messer fallen ließ und sich kreischend das Bein hielt. »Erst meine Nase und jetzt mein Bein?«, fauchte sie hysterisch, doch Page fackelte nicht lange, schoss das Messer mit dem Fuß aus Emelies Reichweite und drehte ihre Arme so auf den Rücken, dass die orangehaarige Frau unbeweglich war.

»Lass mich los«, jaulte sie, doch Page war stärker.

»Wir werden die Sache in meinem Büro klären, hier ist nicht der richtige Ort dafür.« Kilian sah sich zu Noah und mir um. »Seid ihr okay?«

Wir nickten gleichzeitig. Ich hörte ein Räuspern hinter mir.

»Wenn es okay ist, würden wir gerne Josés Familie in Kenntnis setzen.«

»Natürlich, aber bringt ihnen die Sache so schonend wie möglich bei. Und ... erwähnt am besten nicht zu viele Details. Einen weiteren Aufstand können wir uns nicht leisten.«

Peter und Luke nickten und verschwanden daraufhin in dem langen Gang, der zur Höhlenstadt zurückführte.

»Was denkst du, werden sie Josés Frau sagen?«, fragte Noah.

»Ich weiß es nicht, aber die beiden kennen Femke schon sehr lange. Sie werden die richtigen Worte finden«, erwiderte Kilian. »Und nun zu dir.« Mit zusammengekniffenen Augen starrte er die auf dem Boden hockende Emelie an, die von Page in einem unangenehmen Griff gehalten wurde.

»Niemand, auch nicht du, bedroht meinen Sohn. Ich weiß nicht, was zwischen euch mal gelaufen ist oder was du dir immer erhofft hast, was zwischen euch passieren könnte, aber das gibt dir nicht das Recht mit einem Messer auf ihn loszugehen. Ich bin nicht blind und beobachte schon eine Zeit lang, wie du Noah wie eine läufige Hündin hinterherhechelst.«

Betroffenheit schimmerte in Emelies funkelnde Augen, als ihr Blick zu Noah zuckte.

»Ich dachte, wir sind Freunde. Wieso wolltest du das tun?« Noah trat vor Kilian und hockte sich neben Emelie.

»Wir gehen in mein Büro«, befahl Kilian, doch Noah hob die Hand.

»Ich weiß, es war naiv von mir, im Alleingang Troy seine gerechte Strafe zu bescheren. Ich hätte nie zulassen dürfen, dass ihr nach uns sucht, aber so ist es nun einmal gekommen. Es sind Menschen gestorben, ja. Menschen, die es nicht verdient haben, die ich in Gefahr gebracht habe, aber ich frage dich noch einmal: Warum?«

Immer noch mit dem Versuch, sich aus Pages Griff zu winden, hob und senkte sich Emelies Brust, als wäre sie soeben einen Marathon gelaufen.

Eine leise Vorahnung beschlich mich. Ich konnte mir denken, warum sie es tat. Oder zumindest tun wollte.

Ihr eiskalter Blick traf mich.

»Es geht dir nicht um José oder Troy, richtig?«, fragte ich. »Nein, dich interessieren deine Mitmenschen gar nicht. In deiner Welt dreht sich alles nur um deine Gefühle. Es geht dir ganz allein um mich, habe ich recht?«

Emelie fletschte die Zähne, als wäre sie von Sinnen. Als würde ihr Geist von einer anderen Macht beherrscht werden. Sie sah beinahe so animalisch wie die Hybriden aus.

»Abführen«, sagte Noah kalt. »Bring sie am besten doch lieber gleich in ihre Wohnung, dann sehen wir weiter, was mit ihr passiert.«

Page nickte und riss die jaulende Emelie auf die Beine, die humpelnd vor ihr herlief, als wir gemeinsam den Eingang verließen.

Hinter uns hörte ich noch das Prasseln des giftigen Regens, der unentwegt auf den steinigen Boden aufschlug.

***

»Du weißt, dass diese Aktion noch mehr Leben gekostet hätte.« Kilian ging zu seinem Tisch und ließ sich stöhnend in den Stuhl dahinter fallen.

»Ja, ich weiß, und es tut mir auch leid, ehrlich. Aber...«

»Dir sind die Sicherungen durchgebrannt, ich verstehe schon. Wegen Lina?«

Noah antwortete nicht sofort, doch dann sah ich ein leichtes Nicken, das mein Herz in die Höhe schnellen ließ.

Kilian stützte sich mit den Ellenbogen auf dem Tisch ab und rieb sich mit den Händen über sein Gesicht.

»Junge, wie soll ich das den anderen erklären? Peter und Luke kümmern sich zwar um Josés Familie, aber was ist mit Troys Schwester und Mutter? Die beiden denken immer noch, er sitzt unschuldig bis zu seiner Verhandlung in einer der Höhlen, in die du ihn ohne mein Wissen gebracht hast. Sie sind ebenfalls nicht gerade gut auf Lina zu sprechen.«

»Darum kümmere ich mich. Ich werde es ihnen persönlich sagen und die ganze Schuld auf mich nehmen, immerhin habe ich ihn nach draußen geschleppt.« Noah senkte den Kopf.

»Das ist auch das mindeste, was du tun kannst.«

»Ich kriege das schon hin. Immerhin warst du auch nicht auf unserer Seite, und wie ich sehe, versteht ihr euch beide blendend.« Noah sah zwischen Kilian und mir hin und her.

»Hey«, mischte ich mich nun ein. »Ist denn jetzt wirklich die Zeit, sich gegenseitig Vorwürfe zu machen? Dieser Zwischenfall hat unsere eigentliche Mission völlig in den Hintergrund gestellt. Und durch deine Aktion werden sicherlich wieder einige Leute abspringen. Ich habe die Listen gesehen, die Namen quellen über, aber ich bezweifle, dass es so bleiben wird, wenn sich die Tode von José und Troy herumsprechen.«

»Schlussendlich müssen es alle erfahren«, meinte Kilian unterstützend.

»Und jetzt? Willst du ebenfalls einen Prozess für deinen eigenen Sohn anberaumen? Willst du die Gemeinschaft noch weiter entzweien? Damit kommen wir nicht weiter. Sobald wir der AlphaOne geholfen haben, werde ich meine Strafe absitzen. Dann kannst du mit mir machen, was du willst. Aber lass uns erst diese Mission durchziehen. Lass mich wenigstens diese Menschen retten.«

Kilian lehnte sich nach hinten und verschränkte die Arme vor der Brust. Erst dachte ich, er würde wieder zu dem Mann werden, der mich mit eiskaltem Blick begutachtet hatte, doch er atmete nur tief durch.

»Gut, im Morgengrauen werden wir aufbrechen. Ich werde eine nächtliche Versammlung einberufen und die Gemeinschaft über die Tode informieren. Lass mich ausreden«, sagte Kilian, als Noah zum Protest ansetzen wollte. »Ich werde ihnen nicht sagen, dass du der Verantwortliche bist. Vorerst. Luke und Peter sollen berichten, was sie Femke erzählt haben, damit wir der Gemeinschaft das Gleiche erzählen. Sobald die Rettungsaktion der AlphaOne abgeschlossen ist, werden wir weitersehen.«

Kilian sagte nicht *geglückt* oder *erfolgreich*. Nein, einfach nur *abgeschlossen*. Betrübt schluckte ich, während ich das Gespräch zwischen Vater und Sohn verfolgte. Im Grunde hatte Kilian recht, niemand wusste, wie die Mission enden würde. Ob überhaupt noch jemand aus der

AlphaOne lebte. Das konnten wir nur in Erfahrung bringen, wenn wir uns gemeinsam auf den Weg machten. Wenn wir an einem Strang zogen.

Kilian beendete das Gespräch und schickte Noah und mich fort. In seinem Gesicht traten die müden Augenringe deutlich hervor, als sich zu ihnen weitere Sorgenfalten gesellten. Lange würde er nicht mehr durchhalten, dachte ich. Kilian war der Aufgabe nicht mehr gewachsen, diese Gemeinschaft aufrechtzuerhalten. Zumindest nicht allein. Wenn die AlphaOne und Solaris sich zusammenschlossen, dann könnte daraus etwas viel Größeres und Stärkeres hervorgehen. Ich wünschte mir, dass Kilian einen Weg fand, sich mit den neuen Ereignissen anzufreunden, dass er dorthin gehen musste, wo ihn meine Familie damals im Stich gelassen hatte.

Wo alles Alte endete und alles Neue anfing.

Dorthin, wo hoffentlich eine neue Ära der Menschen geschrieben werden konnte.

Schweigend gingen Noah und ich nebeneinanderher. Es war totenstill in den Gängen, das Licht an den Höhlendecken glomm schwach, während die Bewohner von Solaris schliefen.

In Noahs Wohnung angekommen, ging ich schnurstracks in Richtung Schlafzimmer.

»Lina.« Er hielt mich am Arm fest und drehte mich zu sich um, als ich im Eingang zu dem kleinen Raum mit der Matratze stand. Mein Körper schrie nach Schlaf und Erholung, doch wollte mein Herz auch wissen, was er mir zu sagen hatte.

Stumm betrachtete er unsere Hände. Sein Daumen strich sanft über meinen Handrücken, was einen angenehmen Schauer in mir auslöste. Die Wärme seiner Hände strahlte über meinen Arm bis hin zu meinem Herzen aus und erfüllte es mit einem Gefühl tiefer Zuneigung.

Mit gesenktem Blick starrte er auf meine blasse Haut, unter der sich blaue Adern abzeichneten. Kurz zuckte ich, als sein Daumen eine rosige Stelle berührte, an der einmal eine dicke Brandblase aufgeplatzt war.

»Es tut mir leid«, hauchte er, und seine Stimme ließ etwas in mir zerbrechen. »Ich wollte das alles nicht. Ich wollte dich nur beschützen«, gestand er kleinlaut und hob seinen Kopf, sodass sich unsere Blicke trafen.

Aufregung pulsierte in mir.

Diese wunderschönen blauen Augen, dieser stoppelige Bart, den ich so liebte. Alles an Noah nahm mich ein und ließ mich alles um mich herum vergessen.

Dieser Mann übte eine Anziehungskraft auf mich aus, die ich nicht begreifen konnte.

»Ich konnte nicht mit ansehen, wie du unter allem leidest. Du bist in der Hoffnung auf Rettung geflohen und erlebst stattdessen so viel Schlechtes. Das hast du nicht verdient.« Er ließ unsere Hände sinken, doch ließ meine nicht los. Ich war gezwungen, ihm näher zu kommen, denn auch ich wollte nicht, dass seine Berührung endete.

»Ich bin dir nicht böse«, sagte ich. »Ich kann dich sogar verstehen, aber es war nicht unbedingt die beste Lösung, für Gerechtigkeit zu sorgen.«

»Ich weiß.« Noah hob die Hand und griff hinter meinen Kopf. Mit einer fließenden Bewegung öffnete er meinen Zopf. »Offen gefallen sie mir besser.«

»Mir auch«, hauchte ich, und wir mussten beide schmunzeln. Diese Situation war so absurd.

Ich traute mich nicht, den nächsten Schritt zu wagen, da ich Angst hatte, zu weit zu gehen. Auf merkwürdige Art und Weise fühlte ich mich nach dieser Nacht noch mehr von Noah angezogen. Auch wenn Menschen gestorben waren, die sich nur seinetwegen der Gefahr der Dunkelheit ausgesetzt hatten, konnte ich das Gefühl nicht zurückdrängen, das mich zu ihm trieb.

Hingabe. Zuneigung. Liebe?

Als hätte er meine Gedanken erraten, fuhr seine Hand, die eben noch meinen Zopf geöffnet hatte, meinen Nacken entlang und verweilte auf meiner Wirbelsäule. Genussvoll schloss ich die Augen und legte meinen Kopf schief.

Dieses Zeichen deutete er richtig und zog mich zu sich heran. Nun berührten unsere Oberkörper sich und unsere Münder schwebten übereinander. Noah war größer als ich, daher musste er sich ein kleines Stück zu mir herunterbeugen, um mich zu küssen.

Ein Stöhnen entfuhr mir, und ich musste mich zusammenreißen, ihn nicht zu packen und auf die Matratze zu verfrachten. Himmel, war dieser Kuss gut!

Zwar hatten wir uns schon einmal geküsst, doch war die Situation eine andere. Die nächtlichen Ereignisse lösten in uns etwas aus, das uns enger miteinander verband.

Liebevoll umschloss Noah mit seinen Händen mein Gesicht und küsste mich mit einer Leidenschaft, die eine Gefühlsexplosion in mir auslöste. Langsam schob er mich rückwärts Richtung Bett und legte mich behutsam darauf ab.

»Ich will dich«, hauchte ich an seinen Lippen, sodass er mich noch enger zu sich heranzog.

»Was hält dich davon ab?«, brummte er mit ruhiger Stimme, während seine Zähne mein Ohrläppchen streiften.

»Nichts.«

Ich schloss meine Augen und genoss den innigen Moment zwischen uns, der niemals enden sollte.

Kapitel 38

Mit dröhnendem Kopf, aber auch mit einer inneren Befriedigung wachte ich langsam auf. Der Körper, auf dem mein eines Bein lag und um den mein Arm geschlungen war, strahlte eine angenehme Wärme aus, sodass ich mich enger an ihn kuschelte.

Herrlich und fast schon widerlich romantisch. Zu romantisch für mich. Doch ich wollte Noah nicht gehen lassen, wollte für immer hier liegen bleiben, ganz egal, was passierte.

»Fuck!« Ich schreckte so schnell hoch, dass bunte Pünktchen vor meinen Augen flirrten und es kurz schwarz um mich herum wurde.

»Mh«, murmelte Noah verschlafen und wollte mich wieder zurück ins Bett ziehen, doch ich schlug seinen Arm zur Seite.

»Wir müssen aufstehen! Oh Gott, sie warten bestimmt schon auf uns.« Der Schleier vor meinen Augen lichtete sich, sodass ich wieder klar sehen konnte.

Ich war halb nackt. Nur die dünne Decke über meinen Oberschenkeln und meinem Unterwäsche bedeckte Körper.

»Leg dich wieder hin, es ist doch noch mitten in der Nacht«, maulte Noah, doch ich drehte mich zu ihm und boxte ihm gegen seinen nackten Oberarm. *Heilige Scheiße!* Die Decke war ganz von Noahs Körper gerutscht, sodass ich diesen sehr heißen Anblick genießen konnte. Wären wir in einer anderen Situation, dann würde ich die vergangene Nacht sofort wiederholen. Nur eine ganz wichtige Tatsache hinderte mich daran.

»Noah.« Ich rüttelte an seiner Schulter. »Es ist früh am Morgen.« Mir stockte der Atem und mein Hals wurde schlagartig trocken, als mir bewusst wurde, welcher Tag heute war. »Die Mission«, hauchte ich mit pochendem Herzen.

»Was?« Noahs Augen öffneten sich träge. »Welche ... O shit!« Und schon saß er kerzengerade im Bett, als ihn die Erkenntnis wie ein Schlag mit der Faust ins Gesicht traf.

»Die Mission. Die AlphaOne. Verdammt, wir haben total verschlafen.«

»Was du nicht sagst.« Ich wickelte geschwind die Decke um meinen Körper und hielt Ausschau nach meinen Klamotten, die überall im Schlafraum verteilt lagen. Unter den ganzen Stoffen aus Schwarz war es schwer zu erkennen, welche meine und welche Noahs Sachen waren.

Mir kam es immer noch so fern und unglaubwürdig vor, dass wir uns in ein paar Stunden auf den Weg zur AlphaOne machten. Und das hoffentlich ohne weitere Vorkommnisse. Die Ereignisse der letzten Nacht steckten mir noch tief in den Knochen, und als ich Noahs Gesicht betrachtete, sah er auch nicht unbedingt extrem erholt aus. Dunkle Augenringe ließen seine blauen Augen trüb wirken, und kleine Fältchen hatten sich an seinen Augenwinkeln gebildet, die er sich mit kaltem Wasser aus dem Gesicht spülen wollte, nachdem wir uns in Windeseile angezogen hatten.

»Wenn wir Glück haben, ist noch etwas vom Essen übrig.«

»Wie kannst du jetzt nur an Essen denken? Mir ist vor lauter Aufregung schon ganz schlecht«, gab ich zu.

»Das flaue Gefühl in deinem Magen kommt vielleicht davon, dass dein Körper nach einer guten Portion Haferbrei schreit.« Er zwickte mich spaßeshalber in die Seite, woraufhin ich quietschend zur Seite sprang.

»Du bist so...«

»Attraktiv? Charmant? Witzig?«

»Unausstehlich, trifft es wohl eher.«

Ich band meine kinnlangen Haare zu einem halben Zopf zusammen, wollte die struppigen Dinger aus meinem Gesicht haben, wenn die elende Hitze der Sonne mir Schweißperlen auf die Stirn trieb.

Ich spürte, wie Noah mich im Spiegel über der Waschschüssel betrachtete.

»Ist was?«, fragte ich, als ich meinen Zopf festzog.

Seine Lippen verzogen sich nur zu einem Schmunzeln, bevor er mir einen sanften Kuss auf die Schulter drückte.

»Wir schaffen das heute, das verspreche ich dir. Wir werden sie retten, dafür werde ich sorgen. Selbst, wenn ich dafür sterben muss.«

»Sag das nicht.« Ich drehte mich zu ihm um, sodass sich unsere Nasenspitzen wieder beinahe berührten.

»Niemand wird mehr sterben, hörst du? Nicht durch dich, nicht durch mich. Nicht durch das Feuer. Sie leben. Das weiß ich.« Ich belog mich selbst, denn meine schlimmsten Befürchtungen beherrschten ständig meine Gedanken.

Es würde an ein Wunder grenzen, wenn die meisten Bewohner es lebend aus dieser Hölle geschafft hatten.

»Ich wünsche es dir so sehr«, flüsterte Noah und hauchte mir einen Kuss auf die Lippen, den ich erwiderte.

»Umso schneller sollten wir aufbrechen«, beendete widerwillig den schönen Moment zwischen uns.

***

Noah sollte Recht behalten. Immerhin hatte man uns etwas zu Essen übriggelassen, doch der Speisesaal war bis auf wenige Anwesende leergefegt, als wir ihn betraten.

»Na, da sind die beiden Turteltauben, ja.« Page schenkte uns beiden ein verschmitztes Lächeln. Sie ließ sich die vergangenen Ereignisse der Nacht nicht anmerken. Was wurde besprochen, während wir noch selig vor uns hin träumten? Hatte man allen Bewohnern erzählt, dass José und Troy tot waren oder hielt Kilian sein Versprechen, bis nach der Mission zu warten?

Ich bombardierte Page mit meinen Fragen, die sie gelassen beantwortete.

»Kilian hat sich dazu entschieden, bis nach der Mission damit zu warten. Luke und Peter haben Femke erzählt, dass José sich in der Nacht bei einem blöden Unfall bei der Bewässerungsanlage so schwer verbrannt und vergiftet hat, dass wir ihn nicht mehr retten konnten. Troys Familie schwelgt immer noch in Unwissenheit. Es wird kompliziert werden, ihnen die Wahrheit zu sagen.«

Noah rieb sich über den Bart. »Ich weiß. Ich werde es ihnen persönlich

beibringen, aber erst nachdem wir von der AlphaOne zurück sind.«
Wir saßen Page gegenüber, die so entspannt und unbekümmert in ihrem Kaffee rührte, als würde sie sich gerade über das herrliche Wetter unterhalten.
»Wo ist mein Vater überhaupt?«
»Der ist schon im Waffenlager und versorgt alle mit der richtigen Ausrüstung.«
Noah nickte. »Gut.«
»Und Emelie?«, fragte ich vorsichtig nach.
Page grinste. »Die sitzt in ihrer Wohnung fest.«
»Du warst zu hart zu ihr«, sagte Noah.
»Zu hart? Sie ist mit einem Messer auf dich losgegangen und hätte dir die Kehle aufgeschlitzt. Ich habe sie so behandelt, wie sie es verdient hat.«
»Und welche Strafe habe ich dann verdient? Immerhin bin ich für zwei Tode verantwortlich.« Auf diese Aussage wusste keiner richtig zu reagieren. Dieses Thema hatten wir bereits mit Kilian durchgekaut, und ich wollte mir nicht vorstellen, was mit Noah geschah, wenn die Zeit da war, um die Wahrheit ans Licht kommen zu lassen.
Die Solarier würden sich vermutlich wie eine Horde Rachsüchtiger auf ihn stürzen. Es war alles so verwirrend und verzwickt. Wie sollte man in dieser Welt für das richtige Maß an Gerechtigkeit sorgen? Wer bestimmte, was richtig und was falsch war?
Gab es so etwas überhaupt noch? Richtig und falsch?
»Hat irgendjemand von unserem nächtlichen Ausflug Wind bekommen? Etwas gehört oder gesehen?«
»Nein.« Page schüttelte den Kopf und kippte den letzten Schluck Kaffee hinunter, während Noah und ich uns Haferbrei in den Mund schaufelten. Zugegeben, es schmeckte himmlisch, aber vermutlich hätte ich auch an einem trockenen Ast knabbern können und wäre begeistert. Noah hatte nicht gelogen, als er meinte, dass mein Magen nach etwas Essbarem rief.
Immerhin war ich jetzt gut gesättigt für den stundenlangen Marsch durch die trockene Steinwüste.

»Und wenn, dann hat sich niemand etwas anmerken lassen. Das Frühstück verlief wie immer.«

»Wenigstens etwas Gutes«, murmelte Noah, als er sich einen gehäuften Berg Haferbrei in den Mund schob.

»Lina! Noah! O Gott, da seid ihr ja!« Lucy kam mit erleichtertem Gesicht in den Speisesaal gestürmt und umarmte uns freudig. Heute trug sie ihre lockigen Haare zu zwei Zöpfen, die links und rechts über ihre Schulter fielen. Auf ihrem Kopf waren sie wunderschön geflochten.

Sie sah heute noch bezaubernder aus als sonst. Mir trieb es die Tränen in die Augen, die ich eilig zurückdrängte, als ich daran dachte, die kleine sommersprossige Frau vielleicht nie wieder zu sehen.

Denn ich stellte mir die Frage, ob ich mein Leben in der AlphaOne fortführen, oder nach Solaris zurückkehren wollte. Je nachdem, welcher Anblick mich hinter der dicken Stahltür erwartete.

»Hey.« Ich drückte Lucy fest an mich und hielt sie einen Moment länger im Arm als beabsichtigt, doch die braunhaarige kleine Frau ließ sich ihre Verwunderung darüber nicht anmerken.

»Jetzt erzählt schon, was ist passiert? Und versucht mir nicht weiszumachen, dass José bei einem Unfall ums Leben gekommen ist.« Sie warf jedem von uns einen mahnenden Blick zu. »Der Arme«, fügte sie hinzu und verzog ihr Gesicht zu einem Ausdruck der Trauer.

Noah, Page und ich sahen uns kurz an und wechselten einen stummen Dialog. Wozu mit der Wahrheit hinter dem Berg halten? Schließlich war Lucy anwesend, als wir in der Nacht gemeinsam mit José aufgebrochen waren.

Page zuckte gelassen die Schultern. »Ich habe keine Lust auf weitere Lügen. Wozu es verheimlichen?«

Sie schob den leeren Becher von sich, lehnte sich zurück und verschränkte erneut die Arme vor der Brust. Erwartungsvoll sah sie Noah an, der kurz zu überlegen schien, ob er Lucy einweihen sollte. Ich verstand nicht ganz, was es da groß zu überdenken gab. Lucy konnte man nichts vormachen und welche neue Lüge wollte er ihr noch auftischen? Er war derjenige, der am Ende ganz Solaris über die Geschehnisse aufklären musste. Lieber jetzt Klartext reden, als sich in einem

Lügenkonstrukt zu verzweigen.

»Der Regen hat uns überrascht, kurz bevor wir den Höhleneingang erreicht hatten«, nahm ich das Zepter in die Hand, als Noah sich für meinen Geschmack zu viel Zeit nahm, um eine Erklärung auf den Tisch zu legen.

Erschrocken riss Lucy ihre braunen Augen auf. »Was? Der Regen? Aber ... der sollte doch erst in der nächsten Nacht kommen.«

»Das dachten wir auch«, sagte Page. »Aber die Natur hatte wohl andere Pläne.«

»Und dann? Was ist dann passiert?«

»José war verletzt«, gewann Noah nun an Stimme. »Sein Bein wurde von einem Hybriden zerquetscht, den wir erledigt hatten, aber er konnte danach nicht mehr ohne Hilfe laufen.«

»O mein Gott«, hauchte Lucy entsetzt und hielt sich die Hand vor den Mund. Im Hintergrund sah ich, wie die letzten Bewohner von Solaris den Speisesaal verließen und uns argwöhnisch beobachteten. Es sah wahrscheinlich wirklich stark nach Geheimniskrämerei aus, wie wir vier hier saßen, flüsternd, uns verstohlene Blicke zuwerfend.

»Luke und Peter mussten ihn tragen, so waren wir zwar langsam, aber immerhin hätten wir keinen weiteren Verlust zu beklagen gehabt.«

»Hätten«, warf ich ein und starrte auf die letzten schmierigen Reste des Haferbreis auf dem Teller vor mir.

»Ja, hätten. Kurz bevor wir den Eingang erreichten, sahen wir die Wolken, die viel zu schnell auf uns zukamen. Wir wussten, dass wir es nie schaffen würden, wenn José nicht selbst laufen konnte.« Noah stützte seine Unterarme auf der hölzernen Oberfläche des Tisches ab und sah Lucy direkt in die Augen.

»Ihr habt ihn zurückgelassen?«, fragte sie mit piepsiger Stimme.

»Meinst du das ernst?«, zischte Page. »Luke und Peter sind gestolpert. José war kaum noch bewegungsfähig nach dem Sturz. Er wollte, dass wir ihn zurücklassen. Aber...«

»Wir haben versucht, ihn zu retten, aber dazu blieb uns keine Zeit mehr. Der Regen war schon viel zu nah. Und so ... hat José sich quasi dafür geopfert, dass wir am Leben bleiben.« Ich hatte gespürt, dass

Page innerlich anfing zu kochen, weil Lucy für einen Moment dachte, wir hätten einen Freund einfach zum Sterben dem giftigen Regen überlassen, daher versuchte ich, die Situation wenigstens so gut es ging ins Lot zu bringen.

»Wir konnten nichts mehr für ihn tun«, fügte Noah reuevoll hinzu.

»Es war meine Schuld. Ich hätte nie allein mit Troy hinausgehen dürfen, dann wäre das alles nicht passiert.«

Ich wunderte mich, dass Lucy gar nicht nach Troy fragte, beschloss aber, dass sie sich ihren Teil denken konnte. Immerhin war sie ebenfalls nicht gut auf ihn zu sprechen gewesen, aber dass sein Tod sie in keiner Weise interessierte, machte mich dennoch etwas stutzig.

Lucy schien in der Hinsicht so abgebrüht. Mich beschlich das leise Gefühl, dass sie mir etwas verschwieg. Vielleicht hatte sie ebenfalls Ähnliches durchmachen müssen mit ihm? Menschen konnten Menschen täuschen, dass hatte Troy uns vortrefflich bewiesen. Was, wenn er schon immer der Mann war, den ich unweigerlich kennenlernen musste?

»Scheiße«, fluchte Lucy, aber schien dennoch erleichtert darüber zu sein, dass wir ihr offen und ehrlich die Wahrheit sagten. »Man möge für José beten, wenn es denn einen Gott oder so gibt. Er war wirklich ein guter Kerl.«

»Und einer der besten Schützen«, fügte Page hinzu.

Für einen kurzen Augenblick verweilten wir in ausnahmslose Stille und starrte auf die Oberfläche des Tisches. Jeder hing seinen eigenen Gedanken nach und dachte an den breitschultrigen Familienvater, der sein Leben gegeben hatte, um uns zu retten.

Nachdem wieder Leben in unsere Körper kroch und alle einmal tief durchatmeten, erklärte Noah das Frühstück für beendet. Es war schließlich Zeit sich einer weiteren Mission zu widmen. So schwer es mir auch fiel, die beiden Tode der letzten Nacht in meinen Hinterkopf zu schieben, musste ich mich jetzt auf die Rettung der AlphaOne konzentrieren. Immerhin war ich aus diesem einen Grund nach Solaris gekommen.

Kapitel 39

Mich überraschte es nicht sonderlich, wie gut die anderen mit dem Tod umgingen. Wie ich wusste, hatten sie schon von einigen Menschen Abschied nehmen müssen. Pages Eltern, Noahs Mutter und viele weitere, die einst hier lebten und die Höhlen mit ihrem Lachen gefüllt hatten.

Tatsächlich blieb uns nur noch wenig Zeit bis zum Aufbruch. Es würde keinen guten Eindruck machen, wenn ausgerechnet Noah und ich zu spät kamen. Gerade die beiden Personen, die diese Mission erst ins Leben gerufen hatten.

Ich verabschiedete mich mit gefülltem Magen von Lucy, die, wie ich ahnte, in der Höhlenstadt blieb, um die Stellung zu halten. Wir versprachen uns, dass wir uns wiedersehen würden, und nun stahl sich doch noch eine kleine heiße Träne aus meinem Augenwinkel, die auf ihren Rücken tropfte. Page quittierte diese Szene natürlich wieder mit einem genervten Augenrollen und machte uns daher gleichzeitig Druck, sich endlich auf den Weg ins Waffenlager zu machen.

Auf dem Weg dahin gab ich vor, meine Schnürsenkel der Schuhe zu binden und blieb stehen. Page wollte weitergehen und verschwand mit den Worten, dass wir uns vor Ort sahen.

Wenn ich ehrlich war, wollte ich genau das bezwecken. Allein zu sein mit Noah, denn mir brannte etwas auf der Seele, das mich die ganze Zeit nicht losließ. Etwas, womit ich Page nicht belasten wollten, denn nur Noah sollte von meinen Ängsten erfahren, die in mir schlummerten.

Also knibbelte ich an den Bändern meiner Schuhe herum und wartete, bis der rote Haarschopf von Page aus der Sichtweite war.

»Wie oft willst du sie dir noch zubinden?«, fragte Noah belustigt und verschränkte erwartungsvoll die Arme vor der Brust. Ich hob meinen Knopf und sah ihn für einen kurzen Augenblick ausdruckslos an.

Seine blonden, langen Haare saßen in einem perfekten Knoten an seinem Hinterkopf, die vielen schwarzen Tattoos prangten auf der nackten Haut seiner muskulösen Arme. Irgendwo an seinem Körper befand sich auch eine schwarze Sonne, das Zeichen von Solaris.

Noah musterte mich aus seinen blauen Augen, die in dem künstlichen Licht der Deckenlampen dunkler wirkten.

»Lina?«

Ich beendete mein Schuhe-zubinden-Spektakel und richtete mich auf. Niemand kreuzte unseren Weg, sodass wir allein in dem Höhlengang waren. Nur fernab hörte ich das Gemurmel von Menschen. Ob sie sich gerade auf den Weg ins Waffenlager machten, um uns zu unterstützen?

Genau dieser Gedanke ermutigte mich dazu, Noah von meinen Sorgen und Bedenken zu erzählen.

Ebenso wie sein vertrauensvolles Gesicht, das ein jüngeres Abbild Kilians darstellte.

»Was, wenn sie doch etwas gehört haben und uns nun im Stich lassen?«

»Was genau meinst du?«, hakte er nach, doch ich wusste, dass er meine Antwort bereits ahnte.

»Die Leute, die vielen Namen auf der Liste. Was, wenn sie doch mehr von der letzten Nacht wissen und die wahren Gründe von Troys und Josés Tod sich schon längst herumgesprochen haben und uns schlussendlich niemand begleitet?«

Noah ließ seine Arme sinken und trat auf mich zu.

»Das haben sie nicht, glaub mir. Die Einzige, die ihren Mund aufreißen könnte, ist Emelie, doch die ist weggesperrt und hat keine Möglichkeit, irgendjemanden etwas zu verraten.«

»Und was, wenn sich Luke oder Peter verplappert haben? José war ihr Freund. Meinst du, die Beiden halten einfach so dicht und lügen, bis die Sache vom Tisch ist?«

»Zumindest müssen sie es nur so lange, bis wir wissen, was mit der AlphaOne passiert ist. Danach sollen es doch eh alle erfahren.« Seine Hände lagen auf meinen Schultern und gaben eine wohltuende Wärme an meinen Körper ab, dessen Muskeln sich sofort entspannten.

Ich konnte mir nicht vorstellen, dass die große Lüge, die meine Gedanken überschattete, standhalten würde, bis es an der Zeit war, reinen Tisch zu machen.

Ich schaute betrübt auf meine Schuhspitzen, die ganz staubig von der feinen Sandschicht des Bodens waren.

»Ich kenne die Menschen hier schon sehr lange, Lina. Glaubst du, ich könnte mich so in ihnen täuschen?«

»Bei Troy hat es auch funktioniert«, warf ich ein.

»Ja, das hat es, und so etwas wird mir nicht noch einmal passieren. So etwas *darf* nicht mehr passieren, wenn wir alle an einem Strang ziehen und für ein neues Leben kämpfen wollen. Glaub mir, jeder einzelne, der sich in die Liste eingetragen hat, möchte die Chance ergreifen, ein Bündnis mit deiner Gemeinschaft zu schließen. Sie haben sich dabei etwas gedacht. Sie spüren die Hoffnung, dass die Tage in den Höhlen gezählt sind. Dass es andere Möglichkeiten gibt, ein ausgefülltes Leben zu führen.«

»Aber was ist, wenn sie uns nicht mehr helfen, nachdem sie die Wahrheit erfahren haben? Wenn sie wissen, dass du für zwei Tode verantwortlich bist?«, überlegte ich laut.

»Was hat das eine mit dem anderen zu tun? Ich bin Solarier, wenn sie meinen, mich bestrafen zu wollen, für das, was ich getan habe, dann hat das keine Auswirkungen auf die Zusammenarbeit mit deiner Gemeinschaft.« Noah hatte natürlich recht und so ganz verstand ich meine eigenen wirren Gedanken auch nicht.

Jetzt, so kurz vor dem Ziel, überschwemmten mich die Zweifel, die Ängste, die Sorgen, die sich in meinen Kopf fraßen.

Mit jedem Schritt, den ich meiner Familie wieder näherkam, spürte ich die tief verwurzelte Panik, dass ich enttäuscht würde. Dass es kein Happy End gab. Dass ich am Ende eine Waise war.

Doch um mir vor Augen zu führen, ob meine Suche nach Hilfe erfolgreich war oder nicht, musste ich zurück zu diesem beschissenen Stahltor gehen und es öffnen. Irgendwie. Doch mit dem *Wie* wollte ich mich jetzt nicht beschäftigen. Jetzt zählte nur, dass ich überhaupt mit zahlreichen Helfern die AlphaOne erreichte.

»Ich sage es dir gerne noch einmal: Es wird alles gut. Egal, was passiert, du hast das Richtige getan. Ich sehe in deinen Augen, dass du daran zweifelst, ob es die richtige Entscheidung war, dem GPS-Signal zu folgen. Ich sage dir: Ja, war es. Sonst wäre mein Vater nie zur Besinnung gekommen, ich hätte dich nie kennengelernt und die Bewohner von Solaris hätten nie diesen neuen Hoffnungsschimmer in ihrem Herzen, der sie antreibt, für etwas Gutes einzustehen.«

Noahs Worte trafen mich mitten ins Herz. Ich wusste nicht, wie lange wir bereits die Zeit in diesem Höhlengang vergeudeten, doch ich brauchte diese Zuneigung und seine aufmunternden Worte.

Immerhin wollte ich wieder zu der selbstbewussten und starken Einundzwanzigjährigen werden, die ich noch vor kurzem gewesen war.

Die Frau, die es liebte, zu zocken, Pizza zu essen, sich über die Menschen aufzuregen und sich keinen Kopf darüber zerbrach, wie der nächsten Morgen aussah. Obwohl ich diese Tatsache schleunigst aus meiner Charakterkarte entfernen wollte. Ich *musste* mir endlich Gedanken über das machen, was morgen, in ein paar Tagen, Wochen, Monaten oder Jahren passierte.

Ich war mehr als nur ein kleiner Teil des großen Ganzen, dieser Erde, des Universums. Mit dem Tag, an dem ich mich dazu entschlossen hatte, Hilfe für die AlphaOne zu holen, war ich dazu in der Lage, die Zukunft zu ändern. Und das im positiven Sinne.

»Wir sollten los«, sagte ich mit belegter Stimme und hob meine Lider, um Noah noch ein letztes Mal deutlich anzusehen, bevor wir uns der Rettungsmission widmeten.

Seine Antwort bestand aus einer liebevollen, aber kräftigen Umarmung. Er vergrub sein Gesicht in meinem Haar.

»Danke«, sagte er ohne weitere Ausführungen, doch dieses eine Wort stand für so viel mehr. Das wusste ich.

Kapitel 40

Überfordert. Das traf meinen aktuellen Gemütszustand wohl am besten. Überfordert und überrascht. Überrascht über so viel Anteilnahme, die man mir entgegenbrachte. Für so viele Menschen, die sich mir anschlossen, die für etwas Besseres kämpfen wollten.

Perplex blieb ich im Eingang zum Waffenlager stehen und riss meine Augen auf. Das konnte nicht wahr sein, kurz erinnerte ich mich an die Liste, die Noah geführt hatte und in die sich die Freiwilligen der Rettungsmission einschreiben sollten.

Wie viele waren es? Dreißig oder vierzig? Aber auf den ersten Blick fühlten sich die einzelnen Augenpaare an wie Hunderte.

Als hätte Noah meine Gedanken gelesen, schenkte er mir ein zufriedenes Lächeln, mit dem er mir sagen wollte, dass er recht behalten hatte. Dass meine Sorgen wieder einmal völlig unbegründet waren.

Niemand schien den Eindruck zu machen, auf uns sauer zu sein. Niemand erwähnte auch nur mit einem Wort die vergangene Nacht. Alle konzentrierten sich nur darauf, die richtigen Waffen an sich zu nehmen und an diejenigen zu verteilen, die noch keine bei sich trugen.

Wozu bewaffneten sie sich so stark? Am Tage konnte uns doch nur die unerträgliche Hitze gefährlich werden, aber vermutlich war es eine reine Sicherheitsmaßnahme, da die Solarier schon viele Rückschläge erlitten hatten.

Grob überflog ich die vielen Köpfe und kam zu dem Entschluss, dass wirklich alle, die sich bei uns freiwillig gemeldet hatten, anwesend waren.

Glück und Zuversicht kroch in mir hoch und breitete sich in meinem Körper aus. Eine mir unbekannte Euphorie und Wärme erfüllte mein Herz. Ja, so konnten wir es schaffen. Es waren genug Helfer vor Ort, um so viele Menschen wie möglich aus der AlphaOne zu retten. Jeder von ihnen konnte zumindest zwei verletzte Personen stützen.

»Lina, ich muss mich bei dir entschuldigen.« Kilian trat in mein verschleiertes Blickfeld, und ich musste zweimal blinzeln, um wieder klar sehen zu können.

»Was?«

»Dafür, dass ich dich so schnell verurteilt habe«, gab er aufrichtig zu.

»Aber ... das hast du doch schon«. Erstaunt schaute ich den Anführer der Höhlenstadt an.

»Richtig, aber ich kann es nicht oft genug sagen. Es kommt mir vor, als würden die Leute vor Euphorie und Tatendrang strahlen. Und das habe ich nur dir zu verdanken«

Ich schluckte den dicken Kloß in meinem Hals hinunter. »Mir?«

»Natürlich, durch dich ist das doch erst alles möglich geworden. Durch dich habe ich auch endlich verstanden, dass ich nicht länger der Vergangenheit nachtrauern, sondern der Zukunft entgegenblicken sollte. Im Grunde genommen warst du der Antrieb, auf den wir alle seit Monaten gewartet haben.« Liebevoll lächelte Kilian und nickte mir dankbar zu. Immer noch erstaunt über seine aufrichtigen Worte, brachte ich nicht den leisesten Ton heraus, sondern öffnete und schloss meinen Mund, wie ein nach Luft schnappender Fisch.

»Hört mir mal bitte alle zu!«, rief Kilian, nachdem er sich von mir abwandte und sorgte so für vollkommene Stille in der Höhle. Ich erkannte, dass einige der Anwesenden sowohl Schusswaffen als auch herkömmliche, wie Pfeil und Bogen bei sich trugen, doch ich erspähte nichts, das auch nur ansatzweise danach aussah, als könne es das dicke Stahltor öffnen, das uns von der AlphaOne trennte.

Hatte Kilian das bedacht? Oder hätte ich ihn vorher lieber doch darauf aufmerksam machen müssen?

»Es erfüllt mich mit Stolz, dass sich so viele an dieser Mission beteiligen. Ich gebe es zu, ich war nicht begeistert davon, dass mein Sohn eine wildfremde Person, und dazu noch eine Brown ...« Ein erstauntes Raunen ging durch die Reihen. Also hatten sie bisher nicht gewusst, welcher Familie ich entstammte. Im selben Moment erwartete ich, dass man mir einen Pfeil oder eine Kugel zwischen die Augen jagte und hielt kurz die Luft an. Doch nichts geschah. Alle lauschten gespannt Kilians

Worten. »In unsere Gemeinschaft gebracht hat, doch mir wurden die Augen geöffnet. Ich habe verstanden, was es bedeutet, sich für etwas einzusetzen, das vermutlich der ganzen Menschheit helfen kann. Ich suchte seit Jahren nach diesem Gefühl, etwas Gutes zu tun, aber nichts konnte mich erfüllen. Nichts wollte so richtig funktionieren. Jeder von euch hat alles dafür getan, um das Leben in Solaris so einfach und menschlich wie möglich zu gestalten. Dafür bin ich euch unendlich dankbar. Auch wenn noch viele zweifeln, so ist es doch ein Anfang einer neuen Zukunft, dass ihr hier steht. Dass ihr bereit seid, einer anderen Gemeinschaft zu helfen, die uns in der Vergangenheit zwar tief enttäuscht, aber doch zu dem Leben gebracht hat, das wir heute führen. Ich denke, ohne Tiberius Brown und meinem Vater würde es uns Menschen nicht einmal mehr geben. Also seien wir ihnen dankbar und halten sie für immer in Ehren.«

Die Gruppe applaudierte, als Kilian seine Ansprache beendete. Er war nicht mehr der besiegte Anführer, der seinem Zorn verfallen war. Er wuchs mit neuer Hoffnung zu einem anderen Menschen heran. Und dies sahen auch die Bewohner der Höhlenstadt. Das motivierte sie, an das zu glauben, was in ihren Köpfen schwebte. Eine neue, bessere Zukunft. Der Neubeginn der Menschheit.

Und ausgerechnet ich sollte dafür verantwortlich sein?

Ein Grinsen breitete sich unwillkürlich in meinem Gesicht aus, und ich applaudierte ebenfalls. Noah trat an meine Seite, küsste mich aufs Haar und drückte mich kurz an sich.

»Danke«, sagte er erneut. Und dieses eine Worte stand für alles, was ich dieser Gemeinschaft geschenkt hatte. Allein dadurch, dass ich wie ein Häufchen Elend draußen herumgelaufen und mich in Gefahr gebracht hatte. Es war vielleicht kein Zufall gewesen, dass ich von den violett schimmernden Blumen angezogen worden war.

Christian wusste, dass es an der Oberfläche Menschen gab, das hatte er mir in den letzten Minuten seines Lebens erzählt. Er hatte ausgerechnet mich dafür ausgewählt, sie zu finden und das Geheimnis der AlphaOne zu lüften. Denn unsere Regierung musste von Solaris gewusst haben.

Christian hatte in mir etwas gesehen, das ich erst lernen musste zu begreifen.

Ich konnte Hoffnung schenken, mein Handeln konnten Menschen leiten. Sie führen, sie anregen, ihr Leben zu überdenken. Und genau das geschah in den Köpfen aller Anwesenden in dem Waffenlager.

***

»Kann ich dich kurz sprechen?« Nachdem der Applaus abgeebbt und die letzten Vorbereitungen getroffen wurden, tippte ich Kilian auf die Schulter.

»Ja, natürlich. Was gibt es?«

So ganz wusste ich nicht, wie ich die Frage richtig formulieren sollte, ohne Kilian vor den Kopf zu stoßen, aber mein Mund bewegte sich mal wieder schneller, als mein Gehirn reagieren konnte.

»Wie genau hast du vor, den Stahl zu durchbrechen?«

Mein Blick fiel auf die vielen Waffen, die alle bei sich trugen.

Kilian schmunzelte. »Ich glaube, du hast vergessen, wozu wir fähig sind. Was denkst du, wie wir all unsere Konstruktionen und Waffen zusammengeschweißt und gebaut haben? Ganz hilflos sind wir nicht. Vertrau mir, ich habe extra Matthew in die Spur geschickt, einen speziellen Stahlschneider zu entwickeln, mit dem es uns möglich ist, das Tor aufzubrechen.«

Erleichtert atmete ich aus. Natürlich war es nicht meine Absicht, ihm zu unterstellen, nicht an alles gedacht zu haben, aber vermutlich wusste er besser als ich, aus welchem Material die AlphaOne beschaffen war. Dennoch hoffte ich, dass er sich dessen bewusst war, was auf uns zukam.

Da sowohl mein SmartPad als auch *Ava*, die künstliche Intelligenz, die Christian in den kleinen hübschen Ring gezaubert hatte, nicht mehr funktionstüchtig waren, waren mir auch meine Hände gebunden. Ich konnte keinen Kontakt mit irgendjemanden in der AlphaOne aufnehmen, wenn wir vor dem Tor standen und vielleicht merkten, dass die Technik unsere Möglichkeiten überschritt.

Es musste einfach funktionieren. Es musste. Ansonsten fiel mir zum jetzigen Zeitpunkt keine Lösung ein, wie wir in das Innere kommen sollten. Die Zeit würde nicht reichen, um sich auf die Suche anderer Ausgänge zu machen. Die Nacht würde uns früher übermannen, als dass wir auch nur in die Nähe eines weiteren Toren kamen. Falls es denn eines gab.

»Vertraust du uns?«, fragte Kilian plötzlich und riss mich aus meinen Gedanken.

Wahrscheinlich sah ich ihn einen Moment zu lange ausdruckslos an, doch mich hatte seine Frage ehrlich überrascht. Ja, vertraute ich ihnen denn wirklich? Nach dem, was ich erlebt habe? Was mir angetan wurde?

Mein Herz schrie ein deutliches *Ja* hinaus, doch mein Verstand ließ immer wieder Bilder der misstrauischen Blicke, Kilians anfänglicher Hass und Emelies Abscheu mir gegenüber aufblitzen. Dazu gesellte sich der wütende Blick von Troy und die Tatsache, dass immer noch nicht alle Solarier an das glaubten, wofür wir nun kämpften. Was wir erschaffen wollten. Weil sie immer noch in den Schatten ihrer Vergangenheit festhingen.

»Ja«, sagte ich ernst. »Ja, ich vertraue euch. Im Moment. Erst, wenn alle beweisen, dass sie es ernst meinen und niemand einen Rückzieher macht. Sobald es darum geht, den Leuten in der AlphaOne zu helfen, mit ihnen das Essen oder den Schlafplatz zu teilen, frag mich noch einmal. Ich hoffe sehr, dass ich dann immer noch mit *ja* antworten werde.« Wow, überrascht über die Stärke und Klarheit in meiner Stimme, straffte ich stolz die Schultern. Vielleicht war ich soeben um wenige Zentimeter gewachsen.

Die Solarier sollten sich beweisen, und ich würde ein Auge auf jeden von ihnen haben, sobald wir eine gemeinsame Zukunft erschufen. Vielleicht auch zwei Augen.

»Ich verspreche dir, das werden sie. Für jeden von ihnen lege ich meine Hand ins Feuer.«

Ich nickte.

»Also, wo ist meine Waffe?«, wechselte ich das Thema, weil es mir zu sentimental wurde. Ich hatte keine Lust, als Heldin dazustehen. Ich war schon froh, dass ich die Kraft dazu besaß, die Leute anzutreiben und sie aus ihrer Trance aufzuwecken. Das sollte mir erst einmal einer nachmachen, immerhin war ich als Nichts hierhergekommen und bildete nun die Spitze dieser Rettungsmission.

Innerlich klopfte ich mir auf die Schulter, ein wenig selbstverliebt durfte ich doch wohl sein.

Von einer unbekannten blonden, kurzhaarigen Frau, die sich mir als Celeste vorstellte, bekam ich exakt die Schusswaffe in die Hand gedrückt, die ich auch in der letzten Nacht bei mir getragen hatte. Ein kleiner Stich ins Herz durchfuhr mich, als ich das kühle Metall auf meiner Haut spürte. Wenn ich mich nicht täuschte, erkannte ich sogar ein paar dunkle Blutspritzer am Griff und musste schlucken.

»Uns kann nichts passieren. Die Hybride scheuen das Sonnenlicht, es schadet ihnen.« Page war an meine Seite getreten und schwang sich einen Beutel über die Schulter, während sie ihre eigene Waffe am Gürtel befestigte. »Aber wir sollten trotzdem vorsichtig sein. So eine große Gruppe sorgt für Aufmerksamkeit, wer weiß, welche Geschöpfe dort draußen noch herumlaufen.«

»Danke für deine aufmunternden Worte«, murmelte ich.

»Immer gerne.« Ich wusste mit Pages Humor umzugehen, aber sie hatte mich trotzdem nervös gemacht. Liefen dort draußen vermutlich noch viel gefährlichere Kreaturen herum? Was hatte der Schubser in eine andere Galaxie mit der Fauna angestellt? Ich war mir sicher, dass es weitere Jahre dauern würde, um all die Geheimnisse der neuen Welt aufzudecken und insgeheim dachte ich mir, dass es wohl besser wäre, nicht alles zu erfahren.

Celeste drückte mir einen Beutel mit Proviant in die Hand und warf gleichzeitig einen verlegenen Blick auf die rothaarige Frau neben mir. Page hatte ihre langen Haare zu einem hohen Zopf gebunden und sah fantastisch aus in ihrer schwarzen Kleidung, die sich so extrem von ihren Haaren abhob. Wie eine Kriegerin.

Doch sie interessierte sich gar nicht für die Blonde vor ihrer Nase, die tatsächlich etwas errötete, als Page sich ungeniert ihre Brüste im T-Shirt zurechtrückte. Stand Celeste etwa auf sie?

Ein kleines Schmunzeln umspielte meine Lippen, als ich mich für den Beutel bedankte und sie in der Masse verschwand.

»Ehrlich jetzt?«

»Was?«

»Du bist echt blind, oder?« Ungläubig schüttelte ich den Kopf. »Ich glaube, Celeste hat ein Auge auf dich geworfen.«

»Ich weiß«, sagte Page nur tonlos und nestelte nun unverfroren an ihrem Gürtel herum.

»Du bist unglaublich.«

»Danke, auch das weiß ich.« Sie zwinkerte mir schelmisch zu.

Die Gesichter aller Anwesenden verhärteten sich, jeder wusste, was uns nun bevorstand. Ein anstrengender Marsch durch die Hitze, kein Wasser außer unseren Vorräten, staubige, trockene Luft, die das Atmen erschwerte, und die Ungewissheit, was uns am Ende unseres Weges erwartete.

Leben? Tod? Zerstörung?

In mir drin spürte ich zum Glück nur Willenskraft, aber auch ein wenig Angst, die ich so gut es ging in meinen Hinterkopf schob.

Dieses Mal nahmen wir nicht den Nebeneingang, denn wir brauchten uns nicht zu verstecken, um ungesehen ins Freie zu gelangen. Tatsächlich standen Frauen, Kinder und Männer, jene, die zurückblieben, an den Wänden der Höhlengänge und verabschiedeten uns stumm. Einige senkten ihre Blicke, andere nickten uns aufmunternd zu. Aber es gab auch diejenigen, die besonders mich mit verschränkten Armen begutachteten. Jene, die uns nicht folgen wollten, die nicht daran glaubten, dass diese zwei Gemeinschaften zusammenleben konnten. Jene, die immer noch an einer Lüge oder einer List festhalten wollten, die ich ihnen ihrer Meinung nach auftischte und stellen wollte.

Sie würden schon sehen, dass ich die Wahrheit sagte. Spätestens, wenn die ersten Verletzten der AlphaOne versorgt waren und wir alle miteinander vereinten. Wenn sie sahen, was das Feuer angerichtet hatte.

Eigentlich wollte ich, dass sie es vor Augen geführt bekamen, doch zwingen konnte ich niemanden, uns zu folgen. Mir zu folgen.

Kilian, Noah, Page und ich gingen an vorderster Front, gefolgt von den vierzig Freiwilligen, die mit Proviant, medizinischer Versorgung und Waffen ausgerüstet waren.

Ich spürte die Wärme der Sonne schon, als wir dem Ausgang näherkamen. Das grelle Licht blendete uns alle für einen kurzen Moment, bevor sich unsere Augen an die neuen Lichtverhältnisse gewöhnt hatten. Mit einer Hand schirmte ich meine Augen ab und blinzelte ins Freie.

Irgendwie sah die Natur noch faszinierender aus, als ich in Erinnerung hatte. Obwohl ich weit und breit nichts als Stein, Sand und Trockenheit erkannte. Am blauen Himmel prangten die gigantischen Planeten, die nun eher als neblige Schemen zusehen waren und nicht als farbenfrohe Kugeln in der Nacht.

Als ich vor ein paar Tagen das erste Mal diese neue Welt erblickt hatte, fühlte sich alles fremd und utopisch an. Unglaubwürdig, wie in einem schlechten Film, in dem ich gefangen war. Doch nun, als ich erneut die unendliche Weite der Landschaft mit meinen Augen erfasste, durchströmte mich Neugier, aber auch das Gefühl, einer alten Freundin gegenüberzustehen.

Fremd, aber doch unheimlich vertraut.

Kapitel 41

Der Weg durch die Steinwüste war beschwerlich, heiß, anstrengend und raubte uns fast jede Kraft. Jeder meiner Atemzüge fühlte sich nach einigen Stunden an, wie Schleifpapier, so sehr kratzte und zwickte der Staub in meiner Lunge. Nicht einmal das Wasser aus unseren Flaschen konnte Abhilfe verschaffen. Irgendwie kam es mir vor, als würde die Sonne heute extra hell scheinen und ihre ganze Energie allein auf unsere Erde ausbreiten.

Niemand wagte es, etwas zu sagen, denn sobald man den Mund öffnete, verschwendeten wir schon viel zu viel Kraft und Sauerstoff, weil wir atmeten. Schlurfende Schritte begleiteten unseren Weg; hinter uns erkannte ich eine kleine Staubwolke, die wir aufwirbelten, als ich einen Blick über die vielen gesenkten Köpfe warf.

Die Euphorie und Willensstärke, die jeder noch empfunden hatte, als wir die Höhlenstadt mit Sack und Pack verließen, war mit der trockenen Luft verdampft, die um uns herum waberte, wie ein unsichtbares Gespenst.

Falls es noch andere Lebewesen auf diesem Planeten gab, erregten wir auf jeden Fall ihre Aufmerksamkeit. Eine Horde Menschen, die wie Zombies durch die Wüste streiften und eine gewaltige Schneise aus Staub, Sand und Dreck hinter sich herzog. Ich war zwar eine Freundin diverser Geschichten, hatte mir immer wieder die Frage gestellt, ob ich eine Überlebende wäre oder eine dieser traurigen Personen, die gleich am Anfang starben, doch wenn ich mir diese Situation durch den Kopf gehen ließ, konnte ich diese Frage nicht genau beantworten. Es fühlte sich zwar an wie kurz vor dem Ersticken, aber immerhin lebte ich noch und war nicht nach wenigen Auftritten den Zombies erlegen.

Vereinzeltes Husten ertönte aus den Reihen, Wasserflaschen wurden sich gereicht, der Vorrat neigte sich langsam dem Ende. Dieser Weg kam mir wie eine Ewigkeit vor. Als würden wir unbewusst einen Umweg machen, weil wir unser Ziel aus den Augen verloren hatten. Doch eine innere Stimme sagte mir, dass wir uns auf dem richtigen Pfad bewegten und direkt auf das Stahltor zur AlphaOne zuliefen.

Dieses Mal vertraute ich dieser Stimme in meinem Kopf, die mich führte, mich leitete und mich am Leben hielt, indem sie immer wieder von den schönen Erlebnissen in meinem Leben sprach. Von den vielen gemeinsamen Abenden mit meiner Familie, einer großen Pizza und ausgiebigen Spielstunden mit Fin. Von Aris und meiner kurzen Affäre, unseren heißen Küssen. Meinen vielen Geburtstagen, die Mum immer so schön wie möglich gestaltete. Mit Kuchen, der uns nur zu Festlichkeiten zur Verfügung stand, Kerzen, die jedes Jahr immer mehr auf der sahnigen Oberfläche des Gebäcks wurden und Geschenken. Wenn auch nur kleine, aber jedes Mal, wenn ich das sterile Geschenkpapier geöffnet hatte, empfand ich Freude, die ich nur in den seltensten Fällen zeigte.

Ich war ein Mensch, der mit sich selbst alles ausmachte. Ich *war* traf es wohl am besten, denn die letzten Tage hatten mir gezeigt, wie wichtig es war, sich anderen anzuvertrauen und ihnen meine Gedanken und Gefühle mitzuteilen. Besonders, wenn ich an den gutaussehenden Krieger neben mir dachte, dessen nackter Arm ganz feucht vom Schweiß war und meinen natürlich ganz zufällig berührte, als wollte mir Noah sagen, dass ich nicht alleine war. Dass er mich beschützen würde, an meiner Seite blieb, egal, was passierte.

Je länger unsere Schuhe über den Boden schlurften, je weiter wir in die Steinwüste unseren Weg bahnten, umso nervöser wurde ich. Mein Herz setzte ein paar Mal aus, als ich mich fragte, wie lange unser Trupp die sengende Hitze noch aushalten würde?

Ich wollte nicht schuld daran sein, dass Kinder ihren Vater oder ihre Mutter, Frauen und Männer ihren Ehepartner verloren, weil sie nach Ewigkeiten Solaris verlassen hatten, um einer jungen, blauhaarigen Frau zu folgen, die sich, als sie noch in der AlphaOne lebte, kaum um das Leben der anderen geschert hatte.

Im Nachhinein musste ich mir eingestehen, dass ich wirklich ein unerträglicher Mensch gewesen war. Meine Launen waren genug Leute zum Opfer gefallen, bei denen ich mich nun entschuldigte. Wenn auch nur still, ganz für mich allein. Aber meine Gedanken kreisten um all die Personen, denen ich in meiner ganzen Lebenszeit einmal blöd gekommen war, sie mit meinem Verhalten verletzt oder mit meinen genervten Blicken getötet hatte.

Besonders meine Eltern hatten jeden meiner Sprüche einfach hingenommen und begründeten sie damit, dass jeder einmal jung war.

Ich konnte es kaum erwarten, sie wieder in die Arme zu schließen, ihnen für alles zu danken, was sie für mich getan hatten. Allein dafür, dass ich ihre Tochter war.

Weitere Stunden vergingen. Ab und an erinnerte mich Noah daran, das Trinken nicht zu vergessen, während er selbst aussah, als könnte sein Körper eine ganze Wasserinfusion vertragen. Page versuchte, die Stimmung mit schlauen Sprüchen und witzigen, aber bissigen Kommentaren über unsere Situation zu heben, doch auch sie verstummte bald, als das Atmen immer schwerer wurde.

Erst der plötzliche Regen in der Nacht, nun die enorme Kraft der Sonne, die unsere Haut fast verbrannte. Was kam als nächstes? Hybride, die sich an das Tageslicht gewöhnt hatten und uns auflauerten?

Niemand aus unseren Reihen wäre jetzt noch in dem Zustand, gegen sie zu kämpfen, selbst unsere Waffen konnten nichts erreichen, wenn niemand sie richtig benutzen konnte.

Ich starrte gerade betrübt und durch einen leichten nebligen Schleier vor meinen Augen in die Ferne vor uns und ...

Ich hielt abrupt inne. Der kleine unheimliche Wald mit seinen knochenartigen Bäumen lag schon Stunden hinter uns, aber das, was ich nun sah, ließ einerseits mein Herz vor Euphorie hüpfen, andererseits breitete sich ein brennender Schmerz auf meiner Haut aus.

Jemand rempelte mich von hinten an und murmelte ein müdes »Sorry«, bevor er ebenfalls stehen blieb.

»Sind das...?« Page war meinem Blick gefolgt und sah ebenfalls in die Richtung, wo das violette Schimmern des Blumenmeeres wie ein fremder Schatten in der Umgebung flirrte.

»Ja. Das sind sie. Mortiferum Pulchritudo: Tödliche Schönheiten«, vollendete Kilian Pages Satz. Und wie recht sie hatte, diesen Namen hatte ich bisher noch nicht gehört. *Tödliche Schönheit* traf es am besten. Mich hatten diese Blumen schließlich auch fasziniert und magisch angezogen, dabei sind sie giftig, gefährlich und quasi der Tod in Person. Wieder kribbelte meine Haut an den rosigen Stellen meiner Verbrennung und auch meine Organe zwickten merklich. Einen großen Bogen würden wir um dieses Blumenmeer machen, damit niemand in die Versuchung geriet, der wunderschönen Farbe zu verfallen.

Ein süßlicher Duft stieg mir in die Nase und erinnerte mich an meine ersten Stunden an der Oberfläche, als ich noch nichts von dem ahnte, was ich danach erfahren sollte.

»Kommt, wir müssen weiter. Es kann nicht mehr weit sein. Ich habe die Blumen vom Stahltor aus gesehen, wir sind also ganz in der Nähe.« Erleichterung breitete sich aus, als die gute Nachricht die Runde machte. Auch meine Gedanken klarten wieder auf, als der süße Geruch der Blumen sich in meiner Nase festsetzte. Es war nicht mehr weit, bald würde ich das kühle Stahl unter meinen Fingern spüren. Dem Tor zu meiner Heimat.

Beschwingter gingen wir vorwärts, die Gespräche unter den Leuten wurden wieder aufgenommen und begleiteten uns als stetiges Gemurmel bis an den Rand der tödlichen Schönheiten.

Staunende Ausrufe entfuhren den meisten. Noah erklärte mir, dass viele die Blumen nur vom Hören-Sagen kannten, von gemalten Bildern und aus Büchern. Doch jeder war sich deren Gefahr bewusst; wenn sie nur wüssten, wie schmerzhaft eine Berührung des nebligen Gifts war, dann würden sie nicht länger die hübschen, violetten Gewächse in ihrer vollen Pracht bestaunen.

Natürlich wünschte ich niemandem, die gleichen Schmerzen erleiden zu müssen, wie ich es getan hatte.

Niemand sollte so kurz vor dem Tod stehen, wenn er nicht gerade dem hohen Alter erlag.

Ich griff unbewusst nach Noahs Hand, als wir das Blumenmeer passierten und einen weiten Bogen darum machten, sodass nur der süße Duft uns verfolgte. Noah ließ es zu, dass ich beinahe seine Hand zerquetschte und fuhr sanft mit dem Daumen über meinen Handrücken. Er wusste, woran ich dachte. Er wusste genau, wie schlecht es mir damals ging, wie schrecklich ich ausgesehen hatte, als sich die vielen Brandblasen auf meinem Körper bildeten und teilweise klebrig geplatzt waren.

Ich beruhigte mich ein wenig, als ich Noahs Wärme spürte, schloss kurz meine Augen und öffnete sie schnell wieder, bevor ich über meine eigenen Füße stolpern konnte.

Kilian wies unsere staunenden Begleiter an, den Blumen nicht zu nah zu kommen und sich nicht von ihrer Schönheit blenden zu lassen. Ich konnte aber die enorme Neugier in den Augen der meisten erkennen, die zum ersten Mal diese wunderschöne Farbenpracht in natura sahen. Ich konnte es ihnen nicht verübeln, mich hatten diese Pflanzen ebenfalls in ihren Bann gezogen, doch heute wusste ich, dass sie tödlich waren und man sich nicht von ihrem äußeren Schein täuschen lassen sollte.

Wieder streichelte Noah zärtlich eine Hand, als ich mich verkrampfte, aber langsam lockerer wurde, sobald wir das Blumenmeer hinter uns gelassen hatten. Erleichtert atmete ich aus.

»Alles gut?«, flüsterte er mir ins Ohr und ließ meine Hand wieder los, als ich nickte.

»Es ist nicht mehr weit, sagst du?« Kilian kam mit schnellen Schritten zu uns an die Front, nachdem er sich versicherte, dass niemand unserer Begleiter aus den Reihen getanzt war. Alle blieben stets zusammen, niemand traute der Umgebung so richtig. Was verständlich war.

»Ja, ich konnte die Blumen damals vom Tor aus sehen. Zwar nur als violetten Schimmer, aber immerhin so deutlich, dass ich wusste, was es war.« Eine tödliche Gefahr. Eine Falle, dachte ich bei mir. »Eigentlich müssten wir den Eingang längst sehen«, murmelte ich eher zu mir selbst als zu Kilian.

Wir setzten unseren Weg fort, jetzt umso aufmerksamer, denn jeder hielt Ausschau nach dem Stahltor, aus dem ich gekommen war, als das Feuer uns nach oben gedrängt hatte. Vergessen war die stundenlange Quälerei, der Durst, der in unseren Kehlen brannte. Sogar unsere

Schritte beschleunigten sich, als die Nachricht die Runde machte, dass wir unserem Ziel schon ganz nah waren. Nach der kurzen Bewunderung der Blumen, breitete sich Freude und ein Hauch von Erleichterung aus. Ich fühlte die neue Energie, die jeder von uns versprühte, auf meiner Haut. Sie kribbelte, als wollte sie mir sagen, dass ich meinem Ziel schon vor Augen hatte, nur genau hinsehen musste.

Ich kniff meine Augen zusammen, als ich etwas in der Ferne entdeckte. Im ersten Moment wollte ich freudig losschreien, doch ich riss mich zusammen. Ich konnte mich auch täuschen und wollte nicht für unnötige Unruhe oder weitere Hoffnung sorgen, die im Nachhinein nur Enttäuschung brachte.

Aber dieser Schimmer. Dieses Funkeln. Ein heller Punkt in der Ferne, der ein gewohntes Gefühl in mir auslöste.

Kein Schimmern. Kein Funkeln. Kein Glitzern, auch keine Einbildung.

Verdammt, es war eine Reflexion der Sonne!

Und das konnte nur eines bedeuten.

»Da vorne ist es!«, rief ich und warf dabei all meine Sorgen und Vorsätze über Bord, mir erst ganz sicher gehen zu wollen, dass meine Augen mich nicht trübten.

Aber als ich es aussprach, wusste ich es. Ich wusste es einfach! Die Reflexion zog mich magisch an und mein Herz pumpte aufgeregt. Das Adrenalin stieg in jede Ader und Faser meines Körpers und ließ mich loslaufen.

»Lina!«, hörte ich Noah noch rufen, doch meine Stiefel polterten schon über den steinigen Boden.

Es zählte nur eines: So schnell wie möglich zu diesem Tor zu gelangen; mich zu versichern, dass all die Mühe nicht umsonst war.

»Kommt, Leute! Lina scheint den Eingang entdeckt zu haben!«

Freudige Ausrufe erfüllten die stickige Luft und hörten sich in meinen Ohren an, als würden die Stimmen hinter einer Blase verschwimmen. Fokussiert trieb ich meine Beine an, noch schneller zu laufen. Jede Sekunde zählte. Jeder Schritt, mit dem ich dem Ziel meiner kleinen Reise durch diese neue Welt näherkam, konnte Leben retten. Und je früher ich ankam und umso schneller wir das Tor öffnen konnten, desto eher konnte ich meine Familie wieder in die Arme schließen. Je mehr Menschen konnten gerettet und ärztlich versorgt werden.

Der Trupp setzte sich hinter mir in Bewegung. Noah war der Erste, der bei mir nach Luft schnappend ankam, als ich wie angewurzelt stehen blieb. Nicht, weil mich meine Augen getäuscht hatten und wir wieder einmal vor Nichts standen, sondern eben deswegen, weil ich genau das sah, was ich sehen wollte.

Das Stahltor. Keine fünfzig Meter von mir entfernt. Und es strahlte so kräftig im Schein der Sonne, als würde es uns einladen wollen. Zu meiner Freude oder doch eher Besorgnis, waren die Türen einen kleinen Spalt breit geöffnet und von innen nach außen eingedellt. Der Druck des Feuerballs, der den Aufzug, in dem Christian verbrannt war, in seinen tiefen Schlund gezogen hatte, musste das Tor beschädigt haben. Oder jemand hatte gewalttätig versucht das Tor auf andere Weise zu öffnen, um ins Freie zu gelangen? Diese Lösung schien mir plausibler, schließlich hatte ich Stunden lang an dem kühlen Stahl gesessen und in die Ferne gestarrt. Das Feuer hätte auch mich verbrannt.

»Du hattest recht«, sagte Noah erfreut. »Wir sind tatsächlich da.«

Mein Atem ging stoßweise, als er sich umdrehte und den anderen zurief, dass wir es geschafft hatten. Jubelnde Schreie ertönten, doch ich dachte mir nur, dass sie sich nicht zu früh freuen sollten. Niemand wusste, was das Feuer angerichtet hatte.

Wenn wirklich Menschen das Stahltor versucht hatten zu öffnen, dann waren sie vielleicht noch in dem Tunnel und warteten auf Erlösung.

Fin. Ein einziger Name schoss mir durch den Kopf.

»Fin!«, brüllte ich plötzlich, als wären sämtliche Sicherungen in meinem Gehirn durchgebrannt. Als hätte sich nur der Schalter für die Notbeleuchtung eingeschaltet.

»Fin!« Immer wieder rief ich seinen Namen in der Hoffnung, dass er immer noch in diesem Tunnel war. Zwar verletzt, aber doch bitte am Leben.

Die fünfzig Meter ließ ich in wenigen Sekunden hinter mir, blieb abrupt vor dem Tor stehen und schlug meine flachen Hände gegen den Stahl. Es fühlte sich so vertraut an.

Nach meinem Zuhause, doch es bedeutete auch noch etwas anderes. Dieses Tor hatte uns jahrelang wie in einem Käfig gefangen gehalten, aus Schutz, natürlich. Aber die Menschen hätten so viel Neues entdecken können, wenn uns der Ausgang nach draußen nicht verwehrt worden wäre.

Mit trockenen Händen, deren Knöchel weiß hervortraten, fing ich an, an der kleinen Lücke zu zerren, die die Beule verursacht hatte. Aber wenn selbst niemand von Innen es geschafft hatte, die Türen zu öffnen, dann gelang es mir erst recht nicht.

Ein verzweifelter Schrei entwich meiner Kehle, als meine Fingerkuppen zu bluten anfingen.

Ich musste sofort in diesen Tunnel!

Kapitel 42

»Lina! Hör auf damit! Du machst es nur noch schlimmer!«
»Ich muss da rein!«, schrie ich. »Sofort!« ich schlug die Hände weg, die mich an den Armen packten, um mich vor weiteren Verletzungen zu schützen.

»Lass mich!«, fauchte ich denjenigen an.

»Ist gut, ist gut. Los jetzt, holt den Stahlschneider!«, rief Kilian jemandem zu. Er war es aber nicht, der mich von dem kühlen Stahl wegzog. Ihn versuchte ich nicht zu treten oder zu schlagen. Es war Noah, der mich schreiend von dem Eingang wegzog und außer Reichweite brachte.

Was tat er da? Ich wollte nicht tatenlos zusehen, ich wollte helfen! Ich wollte diejenige sein, die als Erste durch dieses Tor in den Tunnel trat.

»Bitte«, flehte ich verzweifelt. »Lass mich helfen.«

»Nein, du stehst total neben dir und würdest dich nur selbst verletzten. Sie doch nur deine Hände an.«

Mein Blick wanderte nach unten. Noah hatte mich von hinten unter die Achseln gepackt, sodass ich meine Arme heben konnte. Frisches Blut tropfte auf den Boden und verdampfte mit einem leisen Zischen. Der Geruch nach Eisen stieg in meine Nase und ich erkannte Schnitte an meinen Fingerkuppen und Handinnenflächen.

»Du kannst nicht helfen, wenn du herumläufst wie eine Furie. Völlig von Sinnen.« Seine Worte und der Anblick meiner blutenden Hände trafen mich tief, sodass ich versuchte, meinen Puls etwas herunterzufahren.

»Aber ... meine Familie«, wimmerte ich unter aufsteigenden Tränen.

»Ich weiß, und ich verstehe dich besser als du denkst.« Seine Lippen waren ganz nah an meinem rechten Ohr. Seine Umarmung war nicht länger verkrampft, nachdem er merkte, dass ich nicht mehr herumzappelte und mich wehrte. »Wir werden jetzt alles dafür tun, dass dieses Tor so schnell wie möglich geöffnet wird und dann wirst du deine Familie wieder sehen, okay? Aber bitte beruhige dich. Wir verstehen alle, wie schwer es für dich sein muss, aber du musst die Nerven behalten.« Ich lehnte meinen Kopf schwach an seinen. Die Hitze und der endlose Marsch durch die Steinwüste hatten mich geschwächt. Mir bis auf ein kleines Häufchen sämtliche Kraft aus meinem Körper geraubt, aber Noah hatte recht.

Ich musste jetzt einen klaren Kopf bewahren, um auf das gefasst zu sein, was mich erwartete.

Ich sah wie am Stahltor, genau an der Wölbung nach außen, ein Gerät angesetzt wurde. Man nutzte die Energie der Sonne, um elektrische Geräte zu bedienen, hatte Noah mir in Solaris einmal erklärt.

Funken sprühten, ein kreischendes Geräusch, das meine Ohren betäubte, ertönte, und ich sah dabei zu, wie das Sägeblatt sich nach und nach in das dicke Stahl fraß.

Hoffentlich würde diese Erfindung der Technik der AlphaOne standhalten.

Wie durch ein Wunder glitt der Stahlschneider mühelos durch das Tor. Ich vermutete, dass uns der kleine Spalt zugutekam, denn so hatten die kräftigen Männer, die nun gleichzeitig an den Türen zerrten, einen Angriffspunkt.

Noah ließ mich los, sodass er mit mir bedenkenlos zu der Truppe gehen konnte, die sich um den Eingang versammelt hatte und nun gespannt darauf wartete, was passierte.

Automatisch machte man mir Platz und ließ mich durch, als ich durch die Reihen trat, um nach vorne zu Kilian zu gelangen.

Ausdruckslos stand ich einfach nur da und starrte das Tor an. Im Augenwinkel erkannte ich, wie Page einen fragenden Blick zu Noah warf, der ihr vermutlich in einem stummen Dialog versicherte, dass ich okay war.

Die Geräusche um mich herum verstummten. Nicht, weil niemand etwas tat, sondern weil meine Aufmerksamkeit allein den Funken galt, die der Stahlschneider produzierte.

Mein Herz verlangsamte seinen Schlag und fuhr das Adrenalin herunter. Mein Körper sammelte neue Kräfte, um gleich so viele Leben zu retten, wie nur möglich.

Wie in Zeitlupe sah ich dabei zu, wie der ausgeschnittene Kreis langsam nach hinten kippte und mit einem lauten Knall auf der anderen Seite des Tores auf dem Boden prallte.

Ich atmete tief ein. Kilian sah mich an. Alle Augen waren auf mich gerichtet. Niemand wagte es, etwas zu sagen. Die Menschen warteten, bis ich den ersten Schritt tat.

Es war meine Heimat, in die wir eindrangen. Mein Zuhause, das gerettet werden musste.

Langsam normalisierte sich mein Zustand wieder. Meine Hände kribbelten nicht mehr ganz so stark und meine Ohren ließen es wieder zu, dass ich etwas hörte.

»Nach dir«, sagte Kilian und wies mit einer Hand auf das Loch im Tor. Das ließ ich mir natürlich nicht zweimal sagen und kletterte ohne Probleme in das Innere des Tunnels.

Sofort umhüllte mich beißender Rauchgestank, sodass ich mir eine Hand vor Mund und Nase hielt.

Heilige Scheiße! Die Wände, der Boden und die Innenseite des Stahltores waren mit Ruß bedeckt.

Hinter mir hörte ich, wie nacheinander das Loch passiert und nach Luft geschnappt wurde.

Dies war nur der Anfang der Zerstörung. Ich ahnte, dass es noch viel schlimmer kommen würde.

Kapitel 43

Meine Augen suchten den breiten Tunnel ab, durch den locker ein Fahrzeug fahren konnte, wie ich bemerkte. Viel zu breit, um nur für Fußgänger zu dienen. Der schwarze Ruß benetzte meine Schuhspitzen, die kleine Rauchschwaden aufwirbelten, als ich langsam tiefer hinein ging.

Was dachten meine Begleiter in dem Moment, als sie in den Tunnels traten? Zumal sie dem Earthscraper vermutlich noch nie so nahe gewesen waren.

Dies hätte ebenfalls ihr Zuhause sein können, wenn mein Großvater ihnen nicht damals die Tür vor der Nase zugeknallt hätte. Wenn ich aber so darüber nachdachte, wäre niemals genug Platz für alle Menschen gewesen. Schon jetzt platzten die Räumlichkeiten fast aus allen Nähten. Die Geburtenraten waren in den letzten Jahren immens gestiegen. Ich fragte mich immer, ob die Leute nichts anderes zu tun hatten, als sich zu vermehren. Obwohl ich ein großer Freund der zweitschönsten Sache im Leben war. Essen stand ganz oben auf meiner Liste, nicht einmal Sex konnte das toppen.

»Fin?«, rief ich in die endlose Weite des Tunnels. Aber auf was hoffte ich? Dass mein kleiner Bruder im nächsten Moment quietschfidel um die Ecke kam und mich freudig begrüßte? Unversehrt und lebendig? Man musste ihn entweder gefunden und ihn in Sicherheit gebracht haben oder...

Das Oder wollte ich mir nicht ausmalen, denn sein schmerzverzerrter Blick hatte sich in meine Netzhaut gebrannt, als sich die dicken Stahltore hinter mir geschlossen hatten und ich ihn zurücklassen musste.

Na ja, musste ich es wirklich? Oder hätte ich ihn genauso gut retten können? Hätte ich zurücklaufen und ihn holen sollen? Aber dann wären wir beide vermutlich niemals an die Oberfläche gelangt, da sich das Tor ja bereits schloss, als ich es noch gerade so durch den kleinen Spalt geschafft hatte.

»Fin? Bist du hier?«, fragte ich noch einmal. Ich musste irgendetwas sagen, um mir zu beweisen, dass ich am Leben war. Dass all das hier der Realität entsprach und ich nicht in einen endlosen Traum feststeckte.

Obwohl ... ganz so abwegig war dieser Gedanke nicht. Was, wenn ich ins Koma gefallen war, als der giftige Rauch des Feuers meine Lunge benetzt hatte und ich nun alles träumte? Wenn Noah, Kilian, Page und all die Menschen um mich herum nicht existierten und ich mich in Wahrheit immer noch in der AlphaOne befand?

Nein, das konnte nicht sein, dazu fühlte sich alles viel zu echt an. Noahs Küsse auf meinem Körper waren keine Einbildung gewesen. Troys Hände auf meiner Haut, die Hybride, die Blumen, die Planeten am Horizont. Wenn dies alles nur meinem Verstand entsprungen war, dann war ich ein verdammtes Genie.

»Man kann kaum etwas sehen«, flüsterte Page neben mir, die wie ein Geist geräuschlos an meine Seite trat.

»Es sieht nicht danach aus, als wäre das Feuer bis hierher gekommen«, stellte Kilian fest. »Das ist nur der Ruß des Rauches, den es abgegeben hat.«

Bei genauerer Betrachtung stellte ich es ebenfalls fest. Hier war nichts verbrannt, nur eingestaubt mit einer grauen Schicht aus dunklen Flocken, die bei jedem unserer Schritte wie Federn vor uns herflogen.

»Am Ende des Tunnels gibt es einen Aufzug, der nach unten führt, aber der ist vom Feuer zerstört worden«, sagte ich und überlegte schon im nächsten Moment, wie wir überhaupt in das Innere der AlphaOne gelangen wollten.

»Bist du dir sicher? Bei dieser Technik kann ich mir schlecht vorstellen, dass er außer Betrieb ist.« Noah ging hinter mir, ich spürte seine Wärme in meinem Rücken. Unsere Begleiter folgten uns ohne weitere Fragen.

»Das können wir nur genau sagen, wenn wir ihn uns anschauen. Aber ... ich sehe da vorne nichts außer Schmutz, Dreck und Dunkelheit.« Page kniff ihre Augen zusammen, um besser fokussieren zu können, aber auch ich sah nicht wirklich viel.

Weit konnte der Aufzug nicht von uns entfernt sein, aber vielleicht lag ich richtig und er existierte schon gar nicht mehr. Nur ein tiefes, schwarzes Loch würde an seiner Stelle an ihn erinnern.

Ich sträubte mich ein wenig, unseren Weg fortzusetzen, da mein Herz die Ausmaße und Zerstörung des Feuers nicht verkraften wollte. Mein Kopf sagte mir aber, dass es keine andere Möglichkeit gab. Wir mussten dort hinunter.

Ich wusste aber, dass es mich zerreißen würde, wenn ich meine alte Heimat betrat, die nicht mehr die gleiche war, die ich in Erinnerung hatte. Weiß, rein und schillernd. Unantastbar. Unzerstörbar. Fröhliche Gesichter, die mir jeden Tag über den Weg gelaufen waren; Menschen, die zur Arbeit gingen und sich abends daran erfreuten, welch erfülltes Leben sie führten. Ihre Familien in den Arm schlossen, Frauen und Männer, die sich noch einen letzten Abschiedskuss gaben, bevor sie zur Arbeit mussten. Kinder, die in den Schulen lernten, auf den Spielplätzen lachten und gackerten.

Mit jedem Schritt, den ich in Richtung Aufzug tat, versuchte ich, mir die wunderschönen Bilder einer heilen Welt ins Gedächtnis zu rufen. Sie sollten für immer in meinem Kopf bleiben und mich in unserer aktuellen Situation und in allen die noch folgten, daran erinnern, wie das Leben einmal war und wie es wieder sein konnte, wenn wir nur alle an einem Strang zogen.

Ich ging an vorderster Front und führte unseren Trupp an, obwohl es nur einen Weg gab. Nämlich geradeaus durch den Tunnel, den ich vor ein paar Tagen im Sprint durchquert hatte.

Bedrückende Stille breitete sich aus, die mir schwer auf die Lunge drückte, als wir alle spürten, dass sich die Umgebung veränderte. Schwarze Schlieren an den Wänden und auf dem Boden. Das Zeichen, dass das Feuer bis hierher gekrochen war. Ich erinnerte mich an den Feuerball, der den Aufzug und Christian in sich verschluckt hatte, wir waren also ganz nah.

Und schon im nächsten Moment packte mich eine Hand am T-Shirt und riss mich nach hinten.

»Pass auf!«

Ich prallte gegen Noahs Brust, der sofort seine Arme um mich schlang.

»Das war knapp.« Page und Kilian waren ebenfalls abrupt stehen geblieben und warfen einen Blick in das große schwarze Loch vor uns. Der Aufzug, wie ich feststellte.

»Danke«, sagte ich zu Noah, der mich nun losließ.

»O mein Gott, das sieht ja schrecklich aus. Wie tief ist das? Zweihundert, dreihundert Meter?« Page beugte sich weit über das Loch.

»Sei vorsichtig«, mahnte sie Kilian. »Gut, der Aufzug ist also hinüber. Dann bleibt uns nur eines übrig: Wir müssen klettern.«

»Klettern? Da runter?« Ich schluckte verzweifelt. »Das ist verdammt tief, und wir wissen nicht, ob wir überhaupt irgendwie Halt finden«, gab ich ebenfalls zu bedenken.

»Kennst du noch einen anderen Weg?«, fragte Noah mich, der ebenfalls das Loch beäugte. Hinter uns machte sich langsam Unruhe breit.

»Nein.« Ich schüttelte den Kopf. »Ich habe keine Ahnung. Vielleicht gibt es noch andere Ausgänge, aber die sind vermutlich Kilometer weit entfernt.«

Noah atmete langsam aus, während er sich an seinem Bart kratzte. Kilian war indessen zu unseren Begleitern gegangen und klärte sie über die Sachlage auf.

»Das würden nicht alle schaffen. Die meisten sind jetzt schon am Verdursten.« Page traf den Nagel mal wieder auf den Kopf. Sie hatte natürlich vollkommen recht und das wusste Noah, der uns beide abwechselnd ansah.

»Tja, dann ... müssen wir wohl klettern.« Sein Adamsapfel bewegte sich schwer, als er bei diesem Gedanken schluckte.

»Mh«, stimmte ich ihm mit mulmigem Grummeln im Bauch zu.

»Jeder, der sich dazu bereit fühlt, soll mitkommen, die anderen bleiben hier. Wir werden sie irgendwie kontaktieren, wenn wir wissen, wie es dort unten aussieht, und ob wir durch einen anderen Ausgang wieder raus können.«

Ich nickte, und Noah unterrichtete Kilian kurz über seinen Plan, der diesen sofort an unsere Begleiter weitergab. Zwanzig Arme hoben sich, die uns folgen würden, der Rest blieb hier oben zurück.

***

Einer nach dem anderen kletterte in das Loch. Noah voran, dann kam ich, gefolgt von Page und Kilian.

Meine Finger klammerten sich um jedes greifbare Stück Metall oder bohrten sich in jede Ritze des ehemaligen Gestells des Aufzugs. Es kostete mich enorme Kraft, überhaupt irgendwo Halt zu finden, und meine Muskeln in Armen und Beinen zitterten vor Anstrengung. Aus meiner Kehle krochen merkwürdige Laute, und ich verzog schmerzerfüllt mein Gesicht, als meine aufgeschnittenen Hände erneut zu bluten anfingen.

Es rauschte in meinen Ohren, Tränen stahlen sich aus meinen Augenwinkeln, die heiß an meinen Wangen hinunter auf mein Oberteil tropften. Lange würde ich es nicht mehr aushalten. Alles tat mir weh. Meine Lungen rasselten bereits durch die schlechte, Ruß besetzte Luft, denn auch der Schacht, durch den wir hinunterkletterten, war mit einer dunklen Rauchschicht bedeckt.

Meine Hände wurden glitschig und die Staubpartikel brannten in den Wunden. Ab und zu bekam ich kaum noch etwas zu greifen und rutschte ständig mit den Händen ab.

Ebenso war es bedrückend, dass Page über mir kletterte, wenn sie fiel, dann riss sie Noah und mich mit sich in die Tiefe. Kein besonders schöner Gedanke, da wir nicht einmal wussten, wie weit es noch war.

Meine Hände griffen ins Leere, versuchten etwas zu packen, doch vergebens. Das Blut auf meiner Haut machte es unmöglich, dass ich etwas greifen konnte. Noah bemerkte meinen verzweifelten Schrei und versuchte schon hinaufzuklettern, um mir zu helfen, doch ich kippte bereits nach hinten. Meine Schuhe rutschten ab, und ich ruderte mit den Armen in der Luft.

»Lina!!«, brüllten alle gleichzeitig, doch es war bereits zu spät. Niemand konnte mir helfen, niemand konnte mich festhalten, auch wenn Noah einen Arm ausstreckte und versuchte, nach meiner Hand zu greifen, als ich an ihm vorbei in die tiefe Dunkelheit des Schachts fiel.

Kapitel 44

Pochende Schmerzen dröhnten in meinen Kopf. Nein, nicht nur da, in meinem ganzen Körper.

Sie wollten mich zerreißen, mich mit sich ziehen, in die dunkle Unendlichkeit führen, die dem Tod so gleich war.

Aber ich wehrte mich, wollte nicht aufgeben, konnte nicht zulassen, dass mein Verstand aufhörte zu arbeiten.

Mein Herz pochte aufgeregt, also musste ich noch am Leben sein. Mit weit aufgerissenen Augen starrte ich ins Leere, in den Schacht, durch den ich gefallen war, als meine blutigen Hände mir zum Verhängnis wurden. Ich hörte ihre Rufe, ihre Schreie. Mein Name fiel, doch ich konnte nicht antworten. Nicht ein einziger Ton kam über meine Lippen, obwohl ich sie öffnete. Für einen kurzen Moment war ich nicht einmal mehr fähig zu atmen, doch langsam stabilisierten sich meine Lungen, die durch den Aufprall vermutlich beschädigt waren.

Aber nicht nur sie fühlten sich irgendwie taub an. Auch meine Beine und Arme wollten nicht wie ich. Zu meinem Entsetzen stellte ich fest, dass ich mich überhaupt nicht bewegen konnte.

Was, wenn meine Wirbelsäule beschädigt und ich nun gelähmt war? Der harte Aufprall auf dem Boden des Schachts musste mir sämtliche Knochen gebrochen haben, da war ich mir sicher. Nur … spürte ich irgendwie nichts, außer einem endlosen Stechen und Ziehen in allen Gliedern. Das bedeutete, dass ich noch etwas fühlte, konnte also nicht gelähmt sein.

Erleichterung, wenn auch nur ein kleiner Funken, breitete sich in meinem Herzen aus und füllte meine Adern mit Wärme.

Jetzt konnte ich die Rufe der anderen auch besser wahrnehmen. Sogar Noahs Stimme machte ich aus dem Chaos der Schreie aus. Kurz darauf landete er neben mir und seine blauen Augen erreichten mein Blickfeld.

»O mein Gott, Lina!« Fahrig schwebten seine Hände über meinem Körper. Mit weit aufgerissenen Augen starrte er meinen Körper an, ohne zu wissen, was er als nächstes tun sollte.

Ich öffnete erneut meinen Mund und krächzte heiser, um ihn zu fragen, wie schlimm es um mich stand, doch wieder entwich nicht ein einziger Ton meiner Kehle. Sein Blick sprach auch so Bände. Wie viele Knochen waren gebrochen? Wie stark blutete ich? Konnte man mir überhaupt noch helfen?

»Es ... tut mir so leid.« Vorsichtig berührte Noah mit einer Hand meine Wange. Seine Augen schwammen in Tränen.

Bitte, nicht weinen. Nicht um mich. Ich war doch nur ein normales Mädchen, das dich liebt. Dich von ganzem Herzen liebt. Dir vertraut.

Ich blinzelte mehrmals, als Tränen über mein Gesicht strömten und mein Körper erzitterte. Noah presste seine Lippen auf meine. Ein Kuss voller Zuneigung, aber dennoch spürte ich, dass er sich gerade von mir verabschiedete.

»O nein!« Page sprang die letzten Meter einfach hinunter und kam mit einem lauten Knall neben ihrem Cousin und mir auf. Ebenso Kilian, mehr fanden keinen Platz in dem schmalen Schacht. Die anderen mussten sich wohl oder übel mit all ihrer Kraft an der Wand festkrallen, um nicht so zu enden wie ich.

»Hey, Schätzchen, es wird alles gut, okay? Wir flicken dich wieder zusammen.« Page hatte sich auf meine andere Seite gehockt und schenkte mir ein zuversichtliches Lächeln, dessen versteckte Traurigkeit aber bei mir ankam. Mein Anblick musste schrecklich sein.

Noah warf Page einen Blick zu, der mein Herz zerriss. Er sagte ihr stumm, dass es verdammt schlecht um mich stand und Page das wusste. Sie war nur so frei, mich nicht mit der Wahrheit zu konfrontieren, damit ich mich nicht selbst aufgab. Das wollte ich auch nicht. Ich kämpfte soeben mit jeder verstrichenen Sekunde um mein Leben.

Bitte lass mich nicht sterben. Nicht jetzt. So kurz vor dem Ziel.

Wir befanden uns in der AlphaOne, hatten schon so vieles hinter uns gelassen, ich durfte einfach nicht aufgeben.

Nicht, bevor ich nicht sicher gehen konnte, dass meine Familie am Leben war.

»Wir müssen sie irgendwie stabilisieren«, sagte Page und schaute sich um. Sie hielt in ihrer Bewegung inne, denn ich hörte auch die nahenden Schritte.

Schritte? Ja, von der anderen Seite der Wand. Ich konnte meinen Kopf zwar nicht bewegen, aber ich wusste, dass ich genau neben der Aufzugtür lag. Ich spürte den kleinen Spalt der Türen, die sich aufgetan hatten, als Christian Fin und mich hineingestoßen hatte.

Das konnte nur eines bedeuten.

Die Schritte wurden immer lauter, ja, sie kamen näher.

»Da ist jemand«, sagte Page erfreut und hämmerte im nächsten Moment an die Tür. »Hallo? Hört mich jemand? Wir sind hier drin!«

Unruhe machte sich auch unter den Leuten breit, die immer noch verzweifelt an der Wand des Schachts hingen und deren Kräfte sich langsam dem Ende neigten. Sie hörten, dass sich unter ihnen etwas tat und wollten so schnell wie möglich zu uns stoßen, doch Kilian bat sie zur Vernunft, denn es war kein Platz mehr hier unten.

»Hallo?«, rief Page erneut. »Wir stecken in dem Aufzug fest! Wir sind verletzt, bitte helft uns die Tür zu öffnen.« Kaum hatte sie ausgesprochen, zischten die beiden Türen auseinander und strahlendes Licht blendete uns alle.

»Scheiße«, zischten Kilian und Noah, die sich beide mit zusammengekniffenen Augen vom Licht wegdrehten.

»Lina?«, fragte eine Stimme. Eine warme, ruhige Stimme. Vertraut.

Ich konnte nur weiter nach oben starren, da ich immer noch nicht in der Lage war meinen Kopf zu bewegen.

»Tobias Anderson?«, fragte die Stimme erneut. Kilian blinzelte verdutzt gegen das Licht an, an das wir uns langsam gewöhnten, und ich konnte im Augenwinkel beobachten, dass er nun seine Augen aufriss und beinahe den Boden unter seinen Füßen verlor. Seine Knie zitterten plötzlich und er musste sich an Noahs Schulter festhalten, der fragend denjenigen ansah, der uns die Tür geöffnet hatte.

Da wusste ich es.

Ich wusste, zu wem diese Stimme gehörte, die mein Herz zerspringen ließ und sämtliche Gefühle in mir auslöste, dass mich eine Woge des Zitterns erfasste. Die mich jahrelang begleitet hatte, mir so vertraut vorkam.
»Dad«, hauchte ich und brach wimmernd in Tränen aus.

***

Man hob mich unter einem lauten Schmerzensschrei hoch und legte mich auf eine Trage. Keine zwei Minuten später, nachdem mein Vater die Aufzugtüren geöffnet hatte, traf weitere Hilfe ein.
Gesichter, die immer wieder mein Blickfeld kreuzten, mich fragten, wo es am meisten wehtat.
Überall! hätte ich sie am liebsten angeschrien, doch meine Stimme versagte, ebenso verschwamm nach und nach die Sicht vor meinen Augen. Ein schwarzer Schatten pulsierte an ihren Rändern, als ich die vorbeiziehenden Lichter an der Decke vorbeirauschen sah.
»Sie verliert das Bewusstsein!«, rief einer der Männer, die mich trugen und warf mir ein besorgten Blick zu.
»Nicht einschlafen, Lina, hörst du? Wir sind gleich da.« Dad. Er war hier. Unversehrt, soweit ich das beurteilen konnte. Er hielt meine Hand, die schlaff vom Rand der Trage baumelte. Ich versuchte ihm ein Lächeln zu schenken und seine Hand zu drücken, doch es gelang mir nur schwer.
»Du wirst wieder gesund, das verspreche ich dir. Aber du musst wach bleiben, meine Süße.«
Ja, Dad. Ich werde wach bleiben. Für dich, für Mum, für Fin. Für jeden Menschen, der auf dieser beschissenen Welt noch am Leben war. Für sie alle. Und für diejenigen, die noch folgen würden. Aber ... diese Schmerzen und dieses angenehme Gefühl, wenn ich meine Augen schloss und mich der Dunkelheit hingab. Einfach himmlisch ...
Ich würde einfach nur ein kurzes Nickerchen machen. Nur ganz kurz ...
»Lina!« Vor Schreck riss ich meine Augen auf, denn Noahs Stimme holte mich wieder in die Realität zurück, der ich nicht entfliehen durfte.
Oh, mein Noah. Wie glücklich ich war, dass ich dich kennenlernen

durfte. Dass ich ein Teil deiner Welt sein durfte. Und wie dankbar ich für alles war, was du mir gegeben hast. Dankbar dafür, dass du niemals an meiner Glaubwürdigkeit gezweifelt hast.

Aber diese Dunkelheit, die sich wie ein warmes, weichen Bett anfühlte...
Nein! Ich musste wach bleiben!

Meine Trage wurde hart irgendwo abgestellt. Neue Gesichter gesellten sich zu den bekannten.

»Es wird nicht weh tun, aber wir müssen dich jetzt in Narkose legen, um deine Knochenbrüche zu operieren.«

Eine blonde Frau sah mich an, in ihrer Hand hielt sie bereits eine Spritze und ein Beatmungsgerät. Ich kannte sie. Natürlich, sie war eine der Ärzte aus Sektor Ost. Sie hatte überlebt. Es war ein Zeichen, dass die Bewohner meiner Heimat einen Weg gefunden hatten, das Feuer zu besiegen, während ich verzweifelt um Hilfe gebettelt hatte.

Kaum hatte sie ihren Satz ausgesprochen, da stülpte jemand das Beatmungsgerät über meinen Mund und meine Nase.

Endlich umfing mich die Dunkelheit. Nur dieses Mal durfte ich sie genießen.

Ich spürte nichts mehr. Keinen Schmerz. Keine Trauer. Keine Angst. Nur die leichte Berührung an meiner Hand.

Noah.

Seine Wärme würde ich unter Tausenden wiedererkennen.

Kapitel 45

Vier Wochen später

Und dann ging alles ganz schnell. Sie haben dich aufgeschnitten. Oh man, du glaubst gar nicht, was das für eine Sauerei war.«

Ich verzog angewidert das Gesicht. »Danke, aber so genau wollte ich das nicht wissen.«

»Ich musste sogar helfen. Irgendwelche Dinge halten, von denen ich bis heute nicht weiß, wie sie heißen.« Page reagierte nicht auf meinen Einwand, sondern quasselte munter weiter. So hatte ich sie noch nie erlebt. Sonst war sie immer sehr resigniert und machte ihren Mund nur auf, wenn sie einen ihrer klugen Sprüche klopfte, oder wirklich etwas Wichtiges zur Unterhaltung beizutragen hatte.

Nun saß sie aber seit mindestens zwei Stunden an meinem Bett, hatte die Beine überschlagen und erklärte mir jedes Detail, was in meiner Abwesenheit passiert war. Die weiße Kleidung stand ihr außerordentlich gut und harmonierte perfekt mit ihren roten Haaren, die sie seit zwei Tagen kurz trug.

Im ersten Moment hatte ich die schlanke, sportliche Frau gar nicht erkannt, die zu mir auf die Krankenstation gekommen war. Mit einem so breiten Lächeln, dass es die Sonne hätte erreichen können.

»Du glaubst gar nicht, wie oft ich mir gedacht habe, dass es vorbei um dich ist, aber immer wieder konnten die Ärzte dich zurück ins Leben holen, wenn dein Herz ausgesetzt hatte. Dieser Moment...« Sie hielt sich die Hand vor den Mund und schüttelte traurig den Kopf. »Ich wäre am liebsten mit dir gestorben.«

»Sag so etwas nicht.«

»Doch, ehrlich. Ich will gar nicht wissen, wie Noah sich gefühlt haben muss. Er war die ganze Zeit bei dir und hat deinen Kopf gestreichelt.

Ich habe ihn noch nie so verzweifelt und aufgelöst gesehen, glaub mir. Mein Cousin ist eigentlich ... ein ganz Harter.«

Wir mussten beide lachen.

Ja, Noah war keine Sekunde von meiner Seite gewichen, das hatte mir jeder erzählt, der mich in den letzten zwei Tagen besucht hatte. Natürlich war er bei mir gewesen, als ich nach vier Wochen endlich aus dem Koma aufgewacht war. Mit tränenüberströmtem Gesicht war er aufgesprungen und hatte mich umarmt, mich geküsst, meine Haut gestreichelt, bis die Ärzte kamen, um mich zu untersuchen.

Page hatte ihn vorhin schlafen geschickt, da er seit meinem Erwachen kein Auge zugetan hatte. Ich dagegen war immer wieder eingeschlafen und aufgewacht. Meist durch einen schlimmen Albtraum, der meinen Herzschlag in die Höhe schnellen ließ.

Ich träumte jedes Mal von den skelettartigen Hybriden, von zerfleischten Körpern und dem tiefen Fall durch den Aufzugschacht, der mir fünf Rippenbrüche, ein ausgekugeltes Schultergelenk, ein Schädel-Hirn-Trauma und diverse Prellungen beschert hatte. Ganz zu schweigen von den Schäden meiner Wirbelsäule. Immer noch konnte ich meine linke Körperhälfte nicht spüren, geschweige denn bewegen.

Doch die Kraft in meinem rechten Arm gewann an Stärke, sodass man mich wenigstens nicht mehr füttern musste.

»Ich bin so froh, dass du am Leben bist.« Page nahm meine linke Hand, ich erkannte an ihren angespannten Muskeln, dass sie sie drückte, doch ich fühlte rein gar nichts.

Ich schluckte kurz, wollte mir aber meine Sorgen nicht anmerken lassen. *Das wird schon wieder*, dachte ich mir. Die Ärzte gaben mir jeden Tag das gute Gefühl, dass ich bald wieder fast die Alte sein würde.

Aber auch nur fast. Niemand wusste, ob ich je mein linkes Bein wieder ganz belasten oder meinen linken Arm überhaupt heben konnte.

Ich freute mich dennoch über jeden kleinen Fortschritt, den ich machte.

Ein Klopfen an der Tür ertönte, gleich darauf öffneten sich die Flügel mit einem hydraulischen Zischen und glitten zur Seite.

»Hey, Liebes.« Mein Dad betrat das Zimmer. Sofort erhellte sich mein Gesicht, und ich versuchte, meinen Oberkörper an das Kopfkissen zu lehnen. Page kam mir zur Hilfe und richtete mich auf.

»Kann ich Lina kurz unter vier Augen sprechen?«, fragte Dad, woraufhin Page sofort aufstand und mit einem Nicken verschwand. Ihr fiel es immer noch etwas schwer, sich daran zu gewöhnen, dass nun alle zusammenlebten. Solaris und AlphaOne. Page war zwar immer meine treuste Unterstützung gewesen, aber immerhin hatte ihre Familie aufgrund der ganzen Situation ihr Leben geben müssen.

Wenn ich wieder fit war, dann würde ich ihr alles zeigen, die tollen Seiten der AlphaOne, ohne dass sie misstrauisch werden brauchte. Diese selbstbewusste, starke und unabhängige Frau, zeigte mir nun ihre kleinen Schwächen, was ich nur noch sympathischer fand.

»Wie geht es dir heute?« Dad setzte sich nicht wie Page auf den weißen, eleganten Sessel neben meinem Bett, sondern direkt auf die Matratze, auf der ich lag.

»Ganz gut. Ich fühl mich schon viel besser. Ich glaube, ich kann bald aufstehen.«

»Ganz langsam, Süße. Überstürzt bitte nichts und vertraue auf die Ärzte. Sie werden dir sagen, wann du so weit bist.«

Ich atmete ein wenig enttäuscht aus, aber nickte. In diesem Moment wurde ich wieder zu dem kleinen Mädchen von damals, als ich meinen Vater so nah bei mir spürte. Das wollte ich doch die ganze Zeit über: Wieder mit meiner Familie vereint sein, sie in die Arme schließen, sie nie wieder loslassen. Doch...

»Wo ist Fin, Dad?«, stellte ich ihm die eine Frage, die mir seit zwei Tagen niemand beantworten wollte.

Jedes Mal wichen sie meinem Blick aus. Und meine Befürchtung, dass meinem kleinen Bruder etwas Schlimmes passiert war, verhärtete sich auch in dem Moment, als Dad seinen Blick senkte, meine Hand in meine nahm und tief durchatmete.

»Dad, bitte«, flehte ich ihn an. »Sag mir die Wahrheit. Ich werde es verkraften.« Ja? Konnte ich das wirklich? Wollte ich hören, dass mein Bruder tot war? Dass ich ihn nicht hatte retten können? Dass ihn das Feuer verschluckt hatte, während ich ebenfalls entkräftet am Stahltor gesessen hatte?

Eine Träne kullerte von Dads Wange auf unsere umschlungenen Hände, seine Brust hob sich schwer und ich schloss meine Augen.

»Er hat es nicht geschafft«, flüsterte er, hielt mich ganz fest, zumindest vermutete ich es, anhand seiner weiß hervortretenden Knöchel, als ich meine Augenlider einen Spalt breit öffnete und unter einem Tränenschleier seine makellose Haut betrachtete.

»Wie?«, hauchte ich.

»Er war verletzt. Seine Lunge war kollabiert. Wir haben ihn im Tunnel gefunden, aber es war bereits zu spät. Er ist an den Folgen der Rauchvergiftung erstickt und wäre vermutlich auch der schwachen Strahlung bald erlegen.«

Ein leises Wimmern entwich meiner Kehle. Fast schon animalisch schluchzte ich still vor mich hin. Wieso musste Fin ausgerechnet in dieser Nacht zu Christian in den Technikraum gehen? Wieso hatte Christian ausgerechnet in dieser Nacht experimentiert?

»Es ... es ist meine Schuld.«

»Nein, das ist es nicht. Hör auf, das zu denken!« Dad schüttelte vehement seinen Kopf. »Das *darfst* du nicht denken, Lina.«

»Ich habe ihn aber zurückgelassen. Ich war es. Ich habe ihn umgebracht«, rief ich heiser und mit tränenerstickter Stimme. Sofort fiepten die Geräte los, an die ich angeschlossen war, die meinen Herzschlag und die Sauerstoffsättigung in meinem Körper kontrollierten.

»Ich habe ihn umgebracht«, flüsterte ich.

Ich habe meinen Bruder ermordet.

Ich war schuld an Fins Tod.

Immer wieder schwebten diese beiden Sätze in meinem Kopf umher. Aber hätte ich ihn wirklich retten können, wenn ich ihn mit nach draußen gezogen hätte? Oder wäre er so oder so der Rauchvergiftung erlegen?

»Niemand hätte ihn retten können«, beantwortete Dad meine stumme Frage. »Nicht einmal die besten Ärzte.«

Eine ganze Weile verbrachten wir in endloser, bedrückender Stille und erinnerten uns an meinen kleinen Bruder. Erst jeder für sich allein, doch dann fing mein Vater an, von Fin zu erzählen. Wir sprachen über alles, was ihn ausmachte, über seine Macken, seine Ticks, seine Eigenschaften, die uns oftmals zur Weißglut gebracht hatten.

Später erschien dann auch Mum in der Tür, die die Situation sofort richtig einschätzte. Sie sah unsere roten, verweinten Augen, den Schmerz in unseren Gesichtern.

Und so trauerten wir nicht nur um Fin, sondern um jeden, der sein Leben in dem Feuer gelassen hatte.

Wir sehen uns bald wieder, mein kleiner Quälgeist.

Und dann ... ja, dann gibt es auch die versprochene Revanche an der Spielekonsole.

Mit ganz viel Pizza.

Versprochen.

Epilog

Ich traf auf Emelie und Aris zu, die sich lachend einen Arm um die Schultern gelegt hatten und meinen Weg kreuzten. Ihr dicker Babybauch war nun nicht mehr zu verstecken und sie streichelte liebevoll über die Rundung unterhalb ihrer Brust.

Ich freute mich für die beiden. Ehrlich, ich hätte nie im Leben gedacht, dass sie zueinander finden würden, aber sie passten perfekt zusammen. Wie Topf und Deckel.

»Sehen wir uns gleich, Lina?«, fragte Aris mich im Vorbeigehen.

Ich nickte. »Das will ich doch nicht verpassen.«

»Sehr schön. Dann bis nachher.«

Und schon waren die beiden Turteltauben um die Ecke verschwunden.

Heute feierten wir die Vereinigung von Solaris und AlphaOne. Zwei Gemeinschaften, die nicht unterschiedlicher hätten sein können. Schon zwei Jahre war es her, dass das Feuer ausgebrochen und ich hinaus in die vergessene Welt gezogen war, um Hilfe zu holen. Wie ich später erfuhr, hatten nur fünfzig Menschen das Feuer überlebt und sich in einem sicheren Raum verschanzt, bis sie uns gehört hatten. Viele waren in den darauffolgenden Wochen ebenfalls an der sich ausbreitenden Strahlung erkrankt und verstorben. Niemand hatte ihnen helfen können. Wie Dad damals sagte, als er mich auf der Krankenstation besucht hatte. Nicht einmal die besten Ärzte konnten gegen diese Gewalt etwas tun.

In diesen zwei Jahren war so viel passiert, so viel Gutes geschehen, dass ich nur noch selten an die schlimmen Ereignisse dachte, die uns damals heimgesucht hatten. Aber eines würde ich nie vergessen. Fins Tod.

Das Leben war erfüllter, friedlicher, ruhiger. Jeder Bewohner, sei es aus dem ehemaligen Solaris oder aus der AlphaOne, versuchte das Miteinander so fröhlich wie möglich zu gestalten. Kaum hatte man mich weitestgehend zusammengeflickt, nachdem ich den Aufzugschacht hinuntergestürzt war, hatte man die Solarier, die uns auf der Mission begleiteten, hierher gebracht. Die Tore zu den anderen Sektoren standen seitdem offen und waren für jeden passierbar. Es gab keine Einteilung der Sektoren mehr. Es gab ab diesem Tag nur noch ein *Uns*. Keine Abgrenzungen, keine geschlossenen Türen. Alle Menschen, die noch lebten, bildeten eine große Gemeinschaft.

Und diese war in den letzten zwei Jahren enorm gewachsen. Die Höhlenstadt Solaris diente nun nur noch als gigantisches Gewächshaus unter der Erde. Häuser aus Stein und Sand wurden um die Tore der Sektoren gebaut. Diese gab es tatsächlich, wie Christian damals vermutet hatte. Jeder Sektor besaß eines dieser Stahltore, aus dem ich geflohen war, nachdem das Feuer mir keine andere Wahl gelassen hatte. Ebenso lüftete sich bald das Geheimnis der ominösen Gewächshäuser. Nachdem die Regierung zur Rede gestellt und in Anbetracht der Tatsachen, dass Solaris entdeckt wurde, rückten sie mit der Sprache raus. Für viele der Bewohner war es ein Schock und einige verließen die AlphaOne. Sie kehrte nie wieder. Wo genau sie nun lebten, wusste ich nicht, hoffte aber, dass sie einen geeigneten Platz gefunden hatten. Abseits der Gefahren. Abseits der brütenden Hitze und der Hybride.

Wir lernten voneinander. Die Solarier klärten uns über den Regen, über die Blumen, die Hybride und das Leben unter der Erde auf, und ich half ihnen dabei. Ich hatte endlich einen Platz gefunden. Und der war bei Noah. Bei Kilian und meinem Vater, die diese neue Gemeinschaft leiteten – nicht führten oder regierten. Das wollte niemand. Jeder der Bewohner war nun ein vollwertiges Mitglied der Gemeinschaft. Mein Dad und Kilian dienten demzufolge als Anlaufstelle, wenn es Probleme gab. Dann wurde gemeinsam über Lösungen entschieden. Dad und Kilian kannten sich tatsächlich von früher. Mein Vater war zwar keine drei Jahre alt, aber Kilian und er hatten schon zu Kinderzeiten viel Zeit miteinander verbracht. Schließlich waren ihre Väter einmal beste Freunde gewesen.

Ich befand mich soeben auf dem Weg in meine Wohnung. Es war immer noch die gleiche, die ich damals bezogen hatte. Nach dem Brand hatten wir sie von Grund auf neu gestaltet. Nun erfüllte der Duft nach

Zimt meine Räume. Noah war bei mir eingezogen und hatte es sich sofort gemütlich gemacht. Erstaunlich, wie schnell er sich an die neue Umgebung gewöhnt hatte. Manchmal war er wirklich unausstehlich. Ließ überall seine Klamotten liegen, räumte nur die Hälfte von dem auf, was er fabriziert hatte oder raubte mir jede Nacht den Platz im Bett.

Aber dafür liebte ich ihn. Jede seiner Macken und Eigenschaften. Ich liebte jeden Zentimeter an seinem braungebrannten Körper, der mir nachts Wärme spendete, der mich schlaftrunken in die Arme nahm, wenn mich ein Albtraum heimsuchte. Der mich sanft in die Badewanne steckte und den Schweiß von meinem Körper wusch, wenn ich aufgelöst und panisch aufschreckte.

Noah war stets bei mir. Egal, ob wir beisammen waren oder nicht. Ich trug ihn in meinem Herzen, ebenso wie die zarte Kette um meinem Hals mit dem blauen Anhänger, gefertigt aus dem Material von Fins liebstem Controller, mit dem er mich fast tagtäglich in einem unserer Videospiele hatte besiegen wollen. So oft war ich mir sicher gewesen, dass er schummelte, also beschloss ich, das Plastik einzuschmelzen, damit es mir als Glücksbringer dienen konnte und mich jeden Tag an den kleinen blonden Jungen erinnerte, der mein Leben so viel fröhlicher gestaltet hatte.

Ich kam soeben von Fins Grabstätte, die ich jede Woche besuchte und hätte beinahe die Zeit aus den Augen verloren, denn ich musste mich noch fertig machen für die Feier am Abend. Die Vereinigung.

Mit meiner Beinprothese war ich etwas langsamer, aber ich hatte mich gut mit ihr arrangiert. Seit einem Jahr saß sie an meinem Oberschenkel, der an die Verletzungen erinnerte, die ich mir an dem Tag der Mission zugezogen hatte. Es sah zunächst danach aus, als könnte ich mein Bein bald vollständig bewegen, doch dann entzündete sich die Blutgefäße und mir musste mein Unterschenkel amputiert werden.

Auch heute noch trainierte ich hart, sodass die Kraft in meiner linken Hand beinahe vollständig zurückgekehrt war. Auf mein linkes Bein musste ich aber leider verzichten.

»Da bist du ja endlich. Ich habe mir schon Sorgen gemacht«, empfing mich Noah, der bereits in einer schicken weißen Hose steckte. Sein Oberkörper war noch unbekleidet. Sofort schmunzelte ich.

»Na los, zieh dich an. Wir kommen sonst zu spät.«

Ich verdrehte die Augen. Ich konnte mir im Moment wahrlich besseres vorstellen, als auf diese Feier zu gehen. Zum Beispiel mit Noah auf dem Sofa zu lümmeln.

»Soll ich dir beim Anziehen helfen?«, fragte er, während er sich ein weißes Hemd über die Schultern streifte und anfing, die Knöpfe zu schließen.

Ich ging auf ihn zu, hielt ihn in seiner Bewegung auf und übernahm die Arbeit.

»Lass mich das machen«, flüsterte ich und schloss jeden einzelnen Knopf mit einer immensen Genugtuung.

»Danach darf ich dir aber auch helfen.«

»Immer doch.«

Wir genossen den Moment zu zweit, bevor ich in mein silbernes, bodenlanges Kleid schlüpfte, das ab meinen Hüften fließend auf dem Boden aufkam. Ich war überglücklich, dass Noah überhaupt lebend vor mir stand. Es hätte auch anders enden können, wenn sich die Solarier dazu entschieden hätten, ihn sehr, sehr hart zu bestrafen. Doch die Vereinigung von Solaris und AlphaOne war nicht nur der ersehnte Silberstreif am Horizont, sondern stimmte die Menschen sanfter. Noah hatte lediglich eine Nacht an der Erdoberfläche verbringen und einen Eid schwören müssen, nie wieder die Hand gegenüber eines Mitgliedes der Gemeinschaft zu erheben. Der oberste Grundsatz unserer neuen Heimat.

»Wow, du bist wunderschön.« Er bestaunte mich und drehte mich an der Hand einmal im Kreis.

»Du siehst auch nicht schlecht aus.« Schelmisch zwinkerte ich ihm zu.

Ich warf noch einen kurzen Blick in den Spiegel neben der Wohnungstür und entdeckte eine strahlende, junge Frau, deren lange blaue Haare in Wellen auf ihren Rücken flossen. Ihre rosig angehauchten Wangen, die grünen Augen, die vor Glück schimmerten, standen ihr verdammt gut. Nicht zu vergessen, der attraktive Mann neben ihr, der seine blonden Haare nun kurz trug und dessen gepflegter Bart sie beim Küssen manchmal kratzte.

Die alte Lina war mit dem Tod ihres Bruders ebenfalls gestorben.

Die neue Lina war so viel stärker, erwachsener, mutiger und selbstbewusster.

Ich bin Nova-Lina Brown.
Und dies ist erst der Anfang eines neuen Zeitalters.
Einer neuen Welt.

Danksagung

Wieder ist ein Abenteuer zu Ende erzählt. Wieder eine weitere Geschichte beendet. Dieses Buch in den Händen zu halten, ist für mich nicht selbstverständlich.

»Nova« hat viele kleine Umwege nehmen müssen, um endlich am Sternenhimmel strahlen zu dürfen. Daher bin ich besonders den Leisternen Anna und Lisa des Dunkelsternverlags unendlich dankbar, dass sie meinen Geschichten so sehr vertrauen und an sie glauben. Dass sie an mich glauben.

Ich habe dieses Buch schon vor einigen Jahren geschrieben, daher hatte ich ein wenig Zweifel, wie es im Gegensatz zu meinen vorherigen Veröffentlichungen ankommen wird. Doch ich hoffe, dass ich mit »Nova« viele Herzen höher schlagen lassen und neue Leser von diesem Genre überzeugen konnte.

Daran, dass dieses Buch überhaupt einen Platz auf dieser Welt bekommt, sind auch viele weitere wundervolle Menschen schuld.

Danke an Adriana, die damals die (Rohrohrohroh)-Fassung-schon abgöttisch geliebt hat und sogar für kreative Namensgebungen gesorgt hat. Dein Support ist einfach das größte Geschenk für mich. (Und ja, Noah gehört dir :D)

Danke an Anna, die sich während des Lektorats wieder in meine Charaktere verliebt und diese Geschichte mit viel Herzblut und Leidenschaft noch runder gemacht hat. Deine Kommentare schaffen es, mir nicht nur ein Lächeln ins Gesicht zu zaubern, sondern auch an mir zu arbeiten.

Danke an Christine, die »Nova« innerhalb des Korrektorats noch einmal genauer unter die Lupe genommen hat. Dass ausgerechnet wir beide uns unter diesen Umständen noch einmal zusammenfinden, hat mich riesig gefreut! Deine hilfreichen und herzlichen Kommentare haben wir viel Mut geschenkt.

Danke an Lisa, Kapitelzierdenqueen und Buchsatzgenie, die jedem Buch so viel Leben einhaucht. Deine Arbeit lässt jede Geschichte noch mehr strahlen.

Danke an Asuka Lionera, die es mal wieder geschafft hat, aus Nichts etwas so Großartiges zu erschaffen. Du hast meine Lieblinge wieder atemberaubend in Szene gesetzt!

Zu guter Letzt möchte ich wieder einmal jedem danken, der überhaupt zu diesem Buch gegriffen hat. Das ist immer wieder eine große Ehre für mich.

Ihr alle macht es möglich, dass ich meinen Traum vom Schreiben leben darf.

Falls ihr mich weiterhin unterstützen und meine Reise weiter verfolgen wollt, freut es mich, wenn ihr mich auf meinem Instagramaccount (queen.of.bookcourt) besucht.

Eure Steffi